Bernd Hoffmann
Die Katharer Schriften

Bernd Hoffmann

Die Katharer Schriften

Roman

Bibliografische Information Der Deutschen Bibliothek
Die Deutsche Bibliothek verzeichnet diese Publikation in der Deutschen
Nationalbiographie; detaillierte bibliografische Daten sind im Internet über http://dnb.ddb.de abrufbar.

ISBN: 3-936950-19-9
Das Werk einschließlich aller seiner Teile ist urheberrechtlich geschützt. Jede Verwertung ist ohne Zustimmung des Verlags unzulässig. Dies gilt insbesondere für Vervielfältigungen, Übersetzungen, Mikroverfilmungen und die Einspeicherung und Verarbeitung in elektronischen Systemen.

© Bernd Hoffmann, 2005
© CONTE Verlag, 2005
Am Ludwigsberg 80-84
66113 Saarbrücken
Tel: 0681/416 24 28
Fax: 0681/416 24 44
E-Mail: info@conte-verlag.de
www.conte-verlag.de

Umschlagentwurf:	Gepa Schwickerath
Druck und Bindung:	PRISMA Verlagsdruckerei, Saarbrücken

Er fühlte sich unbehaglich. Lauschte wohl zum unzähligsten Mal an diesem Abend nach nicht vorhandenen Geräuschen. Schreckte angsterfüllt empor, sobald sich irgendein reales Geräusch vernehmen ließ, nur um dann erleichtert festzustellen, dass es doch nur der Wind war, der es verursacht hatte.

Er nahm die Brille ab, lehnte sich im Stuhl zurück und schloss die müden Augen. Es ging auf einundzwanzig Uhr zu, und er sollte eigentlich gar nicht mehr hier sein. Aber wie schon an jedem anderen Tag in der vergangenen Woche, war er auch heute nach Dienstende noch einmal ins Labor hinuntergegangen, um allein und ungestört arbeiten zu können. Und er wusste nur zu gut, dass er auch in den kommenden Tagen ebenso handeln würde, trotz seiner wachsenden Ratlosigkeit.

Er stand auf, zog ein Tuch aus der Brusttasche seines Kittels und wischte sich den Schweiß von der Stirn. Seltsam, dachte er, aber es wurde ihm tatsächlich erst in diesem Augenblick bewusst, dass er in Schweiß gebadet war. Dies war umso unverständlicher, als es ausgesprochen kühl war im Labor. Aber er verwarf den Gedanken daran sogleich wieder, indem er diese Laune seines Körpers der Erschöpfung zuschrieb, und öffnete den kleinen Schrank zu seiner Rechten.

Mit inzwischen vertraut erscheinenden Gesten entnahm er die Cognacflasche und füllte sein Glas mit der ihm eigenen Akribie exakt bis zum Teilstrich. Auch dieses Ritual war eine Neuerung der vergangenen Woche, das war ihm sehr wohl bewusst; vorher hatte er den Genuss von Alkohol am Arbeitsplatz strikt abgelehnt.

Auch dies also eine Folge seiner steigenden Unsicherheit und … und auch Angst.

Er warf einen hasserfüllten Blick auf jene Dokumente, die nach der abgeschlossenen Restaurierung innerhalb von nur einer Woche sein Leben verändert, sogar in den Grundfesten erschüttert hatten.

Hatte er zuvor noch das beschauliche, wenig aufregende, aber sichere Leben eines Archäologen geführt, so fühlte er sich nun bedroht und verfolgt, da er sich ein Wissen angeeignet hatte, das er sich nie hätte aneignen dürfen.

Aber all das hatte er natürlich nicht ahnen können, als er im Zuge eines jener unregelmäßig stattfindenden Schachabende von seinem Freund um einen *kleinen Gefallen* gebeten worden war. Er war sich sogar sicher, dass nicht einmal Horst Gelbert, den er als wirklich aufrichtigen Freund betrachtete, ahnte, was er mit seiner scheinbar harmlosen Bitte auslösen würde. Zu abstrakt war die Begleitgeschichte, die er zur Erklärung der Bitte erzählt hatte, als dass er sie hätte erfinden können.

Außerdem war alles, was er gesagt hatte, in sich schlüssig gewesen und konnte zudem leicht überprüft werden.

Horst Gelberts Bruder war schließlich wirklich Mönch in einem italienischen Kloster gewesen. Und dieses Kloster hatte sich Anfang 1918, vor gut zehn Jahren also, auch tatsächlich in der Nähe des Frontverlaufs befunden. Was war also nahe liegender als die Vermutung, dass die wichtigsten Dokumente des Klosters in Anbetracht der immer näher rückenden Front in Sicherheit gebracht wurden.

Und war es nicht ebenfalls denkbar, dass ein in Bedrängnis geratener Mönch, der weiß, dass er seinen ursprünglichen Bestimmungsort nicht mehr erreichen kann, sich vertrauensvoll an den in Sicherheit befindlichen Bruder wendet?

Nun ja, soweit passte die Geschichte. Aber nur wenn man nicht wusste, um was für Dokumente es sich dabei handelte. Und wenn man ferner davon ausging, dass auch Horst Gelberts Bruder, obwohl er als Mönch offensichtlich Zugang zu den Dokumenten besaß, über dessen wahre Bedeutung nicht informiert war.

Und noch zwei Dinge beunruhigten ihn, für die er einfach keine logische Erklärung finden konnte. Zum einen hätte er ein Dokument, das fähig war, die seinerzeit existierende christliche Welt praktisch mit einem Schlag auszulöschen, höchstens im Geheimarchiv des Vatikans vermutet, nicht aber in den finsteren Kellergewölben eines kleinen italienischen Klosters. Und zum anderen war da der Zeitfaktor, der nicht recht ins Bild passen wollte. All diese Geschehnisse um die Dokumente hatten Anfang 1918 stattgefunden. Das alles geschah in der Endphase des großen Weltkrieges. Aber das lag immerhin volle zehn Jahre zurück. Warum also hatte sich seitdem nie jemand um die Dokumente gekümmert?

Es war geradezu unvorstellbar, dass ein derartig brisantes Material seit zehn Jahren bei Horst Gelbert buchstäblich herumlag, ohne dass der Vatikan, oder doch zumindest jener Orden seines Bruders, in Erscheinung getreten wäre, um die Dokumente zurückzuverlangen.

Wie auch immer, es hatte nicht den Anschein, als wenn die anstehenden Fragen noch heute geklärt werden könnten. Schon gar nicht, da er sich mit niemand besprechen konnte, noch nicht einmal mit seinen Kollegen. Die Restaurierungs- und Übersetzungsarbeiten waren ein reiner Freundschaftsdienst für Horst, und keiner seiner Kollegen war ausreichend darüber informiert, womit er sich in den Abendstunden tatsächlich beschäftigte.

Dabei hätte er sich nur allzu gerne mit seinen Kollegen besprochen, aber anfängliche Überlegungen in diese Richtung hatte er schnell wieder fallen gelassen, als er die Bedeutung der Dokumente in vollem Umfang zu erfassen begann.

Er seufzte und stürzte schließlich hilfesuchend den Cognac hinunter. Aber das half natürlich wenig. Er spürte, dass seine Gedanken nun zu Silvia abwandern würden, und er wusste auch, dass er dann seinen unweigerlich folgenden Depressionen ausgeliefert wäre, wenn er nicht schnellstens aus diesem kühlen und abweisenden Laboratorium herauskam.

Dabei wusste er sehr wohl, dass die Atmosphäre, die ihn in seiner großen, leeren Wohnung erwartete, auch nicht die erhoffte Befriedigung bringen würde. Besser wäre es, die auch am Abend pulsierende Stadt auf der Suche nach Zerstreuung zu durchstreifen, aber seit dem Tod Silvias vor zwei Jahren hatte er eine geradezu bösartig subtile Abneigung gegen jede Art von Vergnügen entwickelt. Im Wesentlichen lag dies daran, dass er sich immer noch eine Mitschuld am Tode Silvias gab.

Silvia war im Wochenbett bei der Geburt ihrer Tochter gestorben. Es war eine schwierige und zudem frühzeitige Geburt gewesen, und so musste er nur vier Wochen später auch die gemeinsame Tochter zu Grabe tragen.

Seit damals quälte ihn die Vorstellung, dass ein kurzer Augenblick höchsten Glücks für ihn gleichzeitig das Todesurteil war für die Frau, die er liebte, vielleicht sogar für alle Frauen, die er jemals lieben würde.

Das war natürlich Unsinn, und sein Verstand erfasste diese Tatsache durchaus, aber dennoch: Die Chance auf ein neues, unbeschwertes Glück hielt er für vernichtend gering. Dennoch beschloss er heute Abend sein Heil in der Welt außerhalb seiner eigenen Mauern zu suchen, denn schließlich war das Berlin des Jahres 1928 reich an Möglichkeiten zur abendlichen Zerstreuung.

*

Inzwischen hatte er seinen Arbeitsplatz aufgeräumt, den Cognacschwenker ausgespült und die angsteinflößenden Dokumente so sorgfältig verstaut wie es das alte, anfällige Pergament erforderte. Nun brauchte er die Stahlkassette mit den Schriften nur noch in ihrem bewährten Versteck zu deponieren, und er war bereit zum Aufbruch.

Bereit für einen neuerlichen Versuch des Vergessens in dem bunten, jugendlichen Treiben des selbstbewussten und überschäumenden Berlin. Und treiben lassen würde er sich, denn er hatte wie stets auch diesmal kein festes Ziel.

Vielleicht würde er eines der vielen Lichtspielhäuser rund um die Gedächtniskirche aufsuchen. Das *Capitol*, das *Marmorhaus*, der *Gloria-Palast*, der *Tauentzien-Palast* und wie sie alle hießen. Oder nein, wenn schon, dann eher der *Ufa Palast am Zoo*. Er mochte dieses gewaltige Lichtspieltheater, das für dreitausend Personen Platz bot und vor dessen von einem goldenen Vorhang verdeckter Leinwand ein ganzes siebzigköpfiges Symphonieorchester die dargebotenen Filme intonierte.

Die Atmosphäre, die einen umfing, wenn die Ouvertüre zum Hauptfilm erklang und die Beleuchter mit farbigen Lichtreflexen das musikalische Thema betonten, war dergestalt, dass jedes Vergessen denkbar leicht wurde und man für die nächsten neunzig Minuten in eine andere, ferne Welt hinabtauchen konnte.

Oh ja, der *Ufa Palast* war eine gute Idee, und hinterher konnte man noch eine der Bars, der Tanzlokale, der Weinstuben oder eines der so beliebten russischen Restaurants besuchen, die sich vom Nollendorfplatz bis zum Charlottenburger Knie erstreckten. Dort wo uniformierte Balalaika-Orchester spielten, oder wo die schlanken Kaukasier mit ihren Fellmützen zu einer ewig schluchzenden Geige tanzten.

Aber kaum hatte er das Gebäude verlassen und war auf die Straße hinausgetreten, da ahnte er, dass es weder mit dem *Ufa Palast* noch mit einem der russischen Restaurants etwas werden würde.

Stattdessen entstieg ein junger, athletisch wirkender Mann einem auf der Gegenseite parkenden NAG und kam mit einem Ausdruck freudiger Überraschung direkt auf ihn zu.

„Herr Dr. Weymann! Tatsächlich, Sie sind es! Im ersten Augenblick hätte ich Sie fast nicht erkannt."

Die Worte sprudelten nur so aus ihm heraus, und noch bevor Weymann Gelegenheit hatte in irgendeiner Weise zu reagieren, stand der Neuankömmling schon vor ihm und schüttelte mit übertrieben erscheinender Begeisterung seine Hand.

„Wissen Sie, wir wollten gerade losfahren, als ich Sie das Gebäude verlassen sah. Ich sagte gleich zu meinem Freund …"

Endlich stutzte er und unterbrach seinen Redeschwall.

„Aber entschuldigen Sie, Herr Doktor. Sie scheinen mich nicht zu erkennen. Ist ja auch schon eine Weile her. Gestatten Sie also, dass ich mich nochmals vorstelle: Dräger. Mein Name ist Friederich Dräger."

„Guten Abend", erwiderte Weymann etwas verwirrt, denn der Name sagte ihm gar nichts.

„Ja, guten Abend, bester Doktor", plauderte Dräger unverdrossen weiter. „Sie ahnen ja gar nicht, wie sehr Ihre Vorträge über die Bedeutung der zeitgenössischen Archäologie in Marburg und Göttingen mein Leben verändert haben. Ja, man könnte sogar sagen …"

Marburg und Göttingen, ging es Weymann durch den Sinn. Es konnte sich also nur um die Vortragsreise zur Entdeckung des Tut-ench-Amun Grabes durch Howard Carter handeln, zu der er im März 1923 eingeladen worden war. An einen Friederich Dräger, oder auch nur an einen Mann seines Aussehens, konnte Weymann sich allerdings nicht erinnern.

Dieser hatte ihn inzwischen - unablässig weiterredend - am Arm gefasst und begann ihn zum Wagen zu führen.

„… und so kam es dann also zu all den Veränderungen bei mir", hörte er Dräger nun sagen. „Wissen sie, jetzt wo ich in Bremen wohne, haben natürlich eine Menge Dinge …"

Bremen?, fragte sich Weymann. Er hatte das Nummernschild des NAG bemerkt, den sie inzwischen erreicht hatten. Es war ein Berliner Kennzeichen. Aber der Wagen konnte natürlich auch dem Freund gehören, der sich noch im Inneren des Fahrzeugs befand.

Dräger hatte nun die Tür zum Innenraum geöffnet und sich dabei so gestellt, dass Weymann sich plötzlich zwischen Dräger und der geöffneten Tür befand.

„Dr. Weymann, darf ich Sie mit Herrn Konsul von Heesfeld bekannt machen", meinte Dräger nun, auf seinen Mitfahrer weisend. Weymann war beeindruckt von dem unerwarteten Titel und nur allzu bereit sich ihm zuzuwenden, in der Hoffnung so dem Redeschwall Drägers zu entkommen.

„Guten Abend, Herr Konsul. Erfreut, Sie kennen zu lernen."

„Dr. Weymann, ich muss gestehen, dass ich diese Begegnung mit Spannung erwartet habe", entgegnete dieser. „Unser Herr Dräger hier ist ja des Lobes voll von Ihnen."

„Nun, ich fürchte, dass seine Darstellung meiner Person nicht ohne Übertreibung war", erwiderte Weymann bescheiden.

Für Dräger schien diese Bemerkung Anlass zu höchster Heiterkeit zu sein, denn er begann schallend zu lachen, was ihm einen äußerst missbilligenden Blick des Konsuls eintrug.

„Nun, Ihre Bescheidenheit ehrt Sie, auch wenn ich diese Auffassung durchaus nicht teile", erwiderte der Konsul, während Dräger ebenso abrupt verstummte, wie er zu Lachen begonnen hatte. „Ich darf doch hoffen, dass Sie mir die Ehre erweisen uns auf ein Glas zu begleiten."

Genau genommen war dies ein Befehl und keine Frage.

„Nun, Herr Konsul, auf mich wartet noch einige Arbeit, und ..."

„Unsinn", fuhr ihm Dräger ins Wort. „Es gibt eine Zeit für Arbeit, und es gibt eine Zeit für Vergnügungen. Und dies hier ist eindeutig die Zeit für Vergnügungen."

Während er dies sagte, hatte er Weymann mit seiner übertriebenen Fröhlichkeit bereits halb in den Wagen geschoben, so dass er die *Bitte* nun wahrlich nicht mehr ablehnen konnte, ohne grob zu werden.

„Nun gut, aber wirklich nur auf ein Glas", erwiderte er also, wobei er sehr wohl seinen Ärger durchblicken ließ. „Meine Zeit ist knapp bemessen."

„Aber gewiss, Herr Doktor. Gewiss doch", beruhigte der Konsul ihn, während er sich setzte.

Dräger folgte ihm hastig in den Wagen und erteilte den knappen Befehl: „Fahren Sie los, Krüger!", kaum dass er die Tür zugeschlagen hatte.

Also ist dies doch Drägers Auto, dachte Weymann zutiefst beunruhigt. Er begann zu ahnen, dass es ein schwerwiegender Fehler gewesen war einzusteigen, zumal er sich nun eingezwängt zwischen den beiden wiederfand.

„Dr. Weymann, Sie müssen mir unbedingt von Ihrer Arbeit berichten", begann der Konsul. „Gerade Ihre augenblickliche Beschäftigung interessiert mich in höchstem Maße."

„Nun, was meine Abhandlung über das antike Babylon anbelangt", begann Weymann vorsichtig, „so beruht sie natürlich vorwiegend auf den Ergebnissen von Robert Koldewey, der, wie Sie sicher wissen ..."

„Aber bester Doktor!", unterbrach Dräger ihn nun weitaus weniger freundlich. „Unser Interesse gilt nicht dem antiken Babylon, wie Sie sehr wohl wissen dürften. Unser Interesse gilt ihrer abendlichen und äußerst geheimnisvollen Beschäftigung mit jenen Pergamentrollen, die gegen Ende des Krieges aus einem italienischen Kloster verschwunden sind."

*

Eigentlich unnötig, dieses morgendliche Brimborium, dachte Adalbert von Grolitz nun, da die Verhandlungen abgeschlossen waren. Schließlich hatte man bereits gestern Abend in allen geschäftlichen Belangen Übereinkunft erzielt, und die Verzögerung der Abreise ihrer Geschäftspartner war eine bloße Konzession an seinen Vater.

Aber dieses morgendliche Sektfrühstück im *Kempinski* hielt sein Vater für ebenso unverzichtbar wie die Unterbringung und Bewirtung ihrer Geschäftspartner im Hause von Grolitz. War letzteres, gemessen an den besonderen Beziehungen zwischen dem Hause von Grolitz und den Sehrbrock Werken noch durchaus akzeptabel, so war der Besuch des *Kempinski* eine Marotte seines Vaters, die man mit der gleichen Gelassenheit hinnahm, mit der man den oft absonderlichen Wünschen eines kleinen Kindes nachgibt.

Das riesige, palastartige *Kempinski* mit seinen verschiedenen Räumen, vom kleinsten Séparée bis zum prunkvollen Saal, mit seinen exklusiven Speisen von Austern bis Kaviar und den skurrilen, aber durchaus erschwinglichen Einheitspreisen, war eine typisch berlinerische Attraktion, die weit über die Grenzen der Stadt hinaus bekannt war.

Zudem galt es als *schnieke*, was schon die illustre Schar der Gäste zeigte. Aber die ehrfurchtgebietende Weltgewandtheit, die sein Vater durch diesen Besuch zu demonstrieren gedachte, wurde ihm eindeutig nur vorgespielt.

Dennoch war Adalbert zufrieden. Die Verhandlungen waren ein Erfolg gewesen. Sein Erfolg, um genau zu sein. Er hatte gegen den anfänglichen Widerstand seines Vaters durchgesetzt, dass er diesmal allein die Verhandlungen führen würde, da die Beziehungen zu den Sehrbrock Werken durch die oft halsstarrige Art seines Vaters zuletzt sehr gelitten hatten.

Und er hatte es in diesen zwei Tagen nicht nur geschafft, die

Beziehungen wieder zu normalisieren, sondern er hatte auch weitaus bessere Konditionen ausgehandelt als ursprünglich angestrebt.

Und das war wichtig. Er wusste, dass sein Vater mit seinem Lebensstil nicht einverstanden war. Sein Umgang mit Künstlern, seine gerade beendete Affäre mit einer Schauspielerin und sein Engagement im Automobil-Rennsport waren für ihn jugendliche Verfehlungen, die mit zweiunddreißig schon längst hätten beendet sein müssen. Nicht zuletzt deshalb zögerte er die Übergabe des von Grolitz Konzerns an ihn immer wieder hinaus, obwohl er über alle notwendigen beruflichen Qualifikationen verfügte und sein Vater schon längst jenes Alter erreicht hatte, in dem er sich zur Ruhe setzen wollte.

Aber Adalberts Führungsstil war ihm zu fremd und seine Pläne für die Zukunft zu revolutionär. Vor seinem geistigen Auge sah er den von Grolitz Konzern unter Adalberts alleiniger Führung zu Grunde gehen. Also hatte er sich vorgenommen, die Führung des Konzerns so lange zu halten, bis sein einziger Sohn sich *ausgetobt* hatte, wie er es nannte.

Es war also an Adalbert, den Beweis anzutreten, dass er in der Lage war das Vorhandene nicht nur zu sichern, sondern auch verantwortungsbewusst auszubauen. Und zwar mit den Mitteln, die er für richtig hielt.

Er sah auf die Uhr und stellte fest, dass bis zu seinem nächsten Termin noch fast eine Stunde Zeit war. Sein Vater hatte es sich nicht nehmen lassen, seine Gäste persönlich zum Bahnhof zu geleiten, und würde somit wohl erst gegen Mittag wieder zurück sein.

Er entspannte sich also. Lehnte sich in seinem Stuhl zurück und griff zur aktuellen Ausgabe der *Berliner Morgenpost*. Nicht dass er die Absicht gehabt hätte, ernsthaft Zeitung zu lesen, es diente ihm nur als Zeitvertreib. Die wichtigsten Meldungen hatte er schon heute Morgen zur Kenntnis genommen, und so überflog er nur kurz die Schlagzeilen, ohne weiter darüber nachzudenken.

Erst als er beim Lokalteil angelangt war, wurde er stutzig. *Bekannter Archäologe beging Selbstmord* stand dort zu lesen. An sich hätte er auch dieser Meldung keine besondere Beachtung geschenkt, wäre ihm nicht plötzlich der Name Dr. Julius Weymann im Text aufgefallen.

Diese Erkenntnis machte ihn betroffen. Er kannte Julius Weymann. Gewiss, es war eine flüchtige Bekanntschaft, im Grunde nur durch einige gemeinsame Schachpartien im *Romanischen* und gelegentlichen Treffs an der Avus bei Rennveranstaltungen. Aber er kannte ihn doch gut genug, um der Selbstmordtheorie zu misstrauen. Also begann er die gesamte Meldung zu lesen.

In den späten Abendstunden des vergangenen Tages stürzte sich der durch seine gemeinsame Arbeit mit Robert Koldewey bei der Ausgrabung Babylons bekannt gewordene Archäologe Dr. Julius Weymann aus seinem Zimmer im obersten Stock des Hotels Victoria. Weymann, der nach dem Tod seiner Frau und seiner Tochter vor einigen Jahren unter schweren Depressionen litt und sehr zurückgezogen lebte, hat nun den Freitod gewählt. Er starb noch vor Eintreffen der Ambulanz auf dem Gehsteig der Friederichstraße.

Das war alles. Und das war genug. Hatte Adalbert schon vorher starkes Misstrauen gegenüber der Selbstmordtheorie empfunden, so war er sich nun vollkommen sicher, dass hier irgendetwas nicht stimmte.

Es klang zwar alles durchaus logisch, und auch der Hinweis auf die Depression und die Zurückgezogenheit war korrekt. Aber wer ihn gerade in der letzten Zeit erlebt hatte, der wusste, dass ein Selbstmord einfach undenkbar war. Er war mit irgendeiner Restaurierungsarbeit beschäftigt gewesen, die ihn ungemein fasziniert hatte und die ihn seine Depression vergessen ließ. Julius Weymann war nie lebendiger gewesen als in der letzten Zeit.

Und was sollte der Unsinn von einem Hotelzimmer? Das war schon mehr als unglaubwürdig. Schließlich wohnte Weymann in Berlin. Oh nein, da würde er …, ja, was zum Teufel konnte er schon tun?

Erst jetzt wurde ihm die Konsequenz seiner Zweifel vollauf bewusst. Wenn es kein Selbstmord war, was war es dann? Mord?

Aber wer in Gottes Namen sollte irgendein Interesse daran haben, einen harmlosen Archäologen zu ermorden? Und wohin sollte er mit seinem Verdacht gehen? Etwa zur Polizei? Was sollte er denen erzählen?

Dass Weymann aufgrund seiner Arbeit frei war von Depressionen? Nun gut, dann würden sie ihn fragen, was für eine Art von Arbeit das war. Und genau hier würde er schon ins Stottern geraten. So genau wusste er das nämlich nicht.

Julius hatte ihm nur erzählt, dass er von einem Freund uralte Papyrusrollen erhalten hatte, die er restaurieren und übersetzen wollte. Dieser Freund hatte die Rollen in irgendeinem italienischen Kloster gefunden. Oder nein, der Bruder des Freundes war Mönch in diesem Kloster und hatte ihm die Rollen übergeben. Oder so ähnlich.

Nun, wie auch immer. Jedenfalls war Julius Weymann begeistert gewesen vom guten Zustand dieser Schriftrollen und hoffte schon bald mit der Übersetzungsarbeit beginnen zu können. Aber hatte er bereits angefangen? Adalbert wusste es nicht. Er hatte Julius zuletzt vor vier Tagen getroffen und ihn dabei, mehr aus Höflichkeit, darauf angesprochen. Die Antwort, die er darauf erhalten hatte, war jedoch höchst merkwürdig ausgefallen.

„Um Gottes Willen, vergiss das ganz schnell wieder! Vergiss, dass ich dir jemals davon erzählt habe!", hatte Julius darauf erwidert.

Damals hatte Adalbert dies, leicht belustigt, als die Schrulligkeit eines Gelehrten abgetan, aber vor den jüngsten Ereignissen gewann es eine völlig andere Bedeutung.

Adalbert war nun sicher, dass dieser Todesfall eine genauere Untersuchung erforderte. Aber wie sollte er es anstellen, dass diese Untersuchung eingeleitet wurde?

Zunächst einmal musste er sicherlich feststellen, ob der

Zeitungsbericht wirklich für bare Münze genommen werden durfte, oder ob er nur schlecht recherchiert war. Ein erneuter Blick auf die Uhr zeigte ihm, dass immer noch gut vierzig Minuten übrig waren. Zeit genug für eine kurze Visite im Hotel Victoria.

*

Die Rezeption des Hotels Victoria war an diesem Tag alles andere als ein ruhiger Arbeitsplatz. Das bekam auch Robert Güldner zu spüren, als er sich nun schon dem fünften Reporter dieses Tages gegenüber sah, und doch nichts weiter tun konnte als abzuwiegeln.

„Robert, können Sie bitte kurz übernehmen?", kam in diesem Augenblick die erlösende Frage vom anderen Ende der Rezeption. „Die Dame hier hat noch einige Fragen bezüglich der Reservierung."

„Ich komme!", antwortete er sogleich und wandte sich mit einem bedauernden Schulterzucken, das seine Erleichterung jedoch nicht verbergen konnte, von seinem Gesprächspartner ab. Man hatte schon seine liebe Not mit diesen Journalisten, aber die Weisung des Direktors war eindeutig gewesen:

„In Bezug auf den Todesfall Weymann leiten Sie alle Personen, die in offizieller Funktion vorsprechen, unverzüglich an mich weiter. Und, Güldner, alle anderen, also auch die Reporter, wimmeln Sie ab! Halten Sie mir dieses neugierige Gesocks bloß vom Hals, verstanden?"

„Jawohl, Herr Direktor", hatte er pflichtschuldig geantwortet und sich verärgert gefragt, ob sein hochwohlgeborener Herr Direktor schon jemals versucht hatte einen Reporter abzuschütteln, der eine gute Story wittert.

Wenn es nicht gerade um die Belange des Hotels ging, hatte eigentlich niemand etwas dagegen, wenn man sich durch das Zutragen von Informationen an die Presse ein paar Mark dazuverdiente. Diese Praxis war allgemein bekannt und wurde meist stillschweigend geduldet.

Inzwischen hatte er auch die Dame erreicht, die wegen ihrer Reservierung auf ihn wartete, nicht ohne jedoch seinem Kollegen vorher im Vorübergehen ein kurzes *Danke* zuzuraunen. Dieser hatte nur kurz genickt und war dann flugs im

Büro hinter der Rezeption verschwunden, ohne sich weiter um Roberts Reporter zu kümmern.

„Tja. Äh … Herr Robert", wandte sich die besagte ältere Dame nun an ihn, „wie ich schon ihrem Kollegen gesagt habe, handelt es sich eigentlich nur um eine simple Reservierung."

„Gewiss, gnädige Frau."

„Ja, wissen Sie, ich habe nämlich heute erfahren, dass ich schon im Oktober erneut in Berlin sein werde – genau gesagt, vom vierzehnten bis zum siebenundzwanzigsten. Nun, und da wäre es sehr schön, wenn ich mein derzeitiges Zimmer wieder bekommen könnte."

„Ja, natürlich. Ich schaue mal gerade nach, aber ich denke, das müsste sich machen lassen, Frau …?"

„Lemmert."

„Ja, Frau Lemmert, das ist möglich. Dann trage ich Sie also gleich für den fraglichen Zeitraum ein?"

„Ja bitte. Das wäre sehr nett. Wissen Sie, es hat mir hier ja trotz der jüngsten Umstände so gut gefallen, dass ich dieses Haus wirklich ruhigen Gewissens weiterempfehlen kann."

Dabei ließ sie das obligatorische Trinkgeld unauffällig neben das Reservierungsbuch gleiten.

„Danke, Frau Lemmert", erwiderte Robert, während er das Trinkgeld in der Westentasche verschwinden ließ. „Wir sind immer bemüht, unseren Gästen einen angenehmen Aufenthalt zu ermöglichen."

Das war eine Abschiedsfloskel, die eigentlich keiner Antwort bedurfte, und so erhielt er auch keine.

Während Frau Lemmert also glücklich davonrauschte, wandte er sich unauffällig um und bemerkte mit Erleichterung, dass sein Reporter sich inzwischen in die Halle zurückgezogen hatte und dort mit einem seiner Kollegen diskutierte. Er konnte sich also, ohne eine erneute Unterbrechung befürchten zu müssen, in aller Ruhe den anderen Gästen zuwenden.

„Entschuldigen Sie", kam ihm jedoch ein elegant gekleideter junger Mann zuvor. „Mein Name ist von Grolitz. Ich komme wegen eines Freundes von mir, des verstorbenen Dr. Julius Weymann."

Oh nein, nicht schon wieder, dachte Robert, während er sich zu einem freundlichen Lächeln durchrang. Langsam hatte er wahrlich genug von diesen Reportern. Aber wenigstens brauchte er sich keine geheuchelten Worte des Bedauerns abzuringen, denn der Mann sprach sofort weiter.

„Sehen Sie, ich habe gerade erst aus der *Morgenpost* von dem Unfall erfahren. Und die Meldung dort war leider nicht allzu ausführlich, so dass sich mir einige Fragen aufdrängen, die nach einer Antwort verlangen."

Robert sah sich diesen von Grolitz noch mal genauer an. Vielleicht doch kein Reporter, entschied er. Der Mann war eindeutig zu gut gekleidet und, trotz aller Bestimmtheit, auch zu höflich. Also möglicherweise ein echter Freund des Verstorbenen.

„Gewiss, Herr von Grolitz", erwiderte er also etwas verbindlicher. „Ich fürchte jedoch, dass ich Ihnen nicht viel weiterhelfen kann. Mein Dienst begann erst vor einer knappen Stunde."

„Könnte ich dann wohl mit jemandem sprechen, der zum Zeitpunkt des Geschehens Dienst hatte?"

„Tut mir Leid, aber die gesamte Nachtschicht hat das Haus bereits verlassen und ist derzeit auch nicht erreichbar. Übrigens dürfte ich Ihnen auch gar keine Auskunft geben. Sie sollten sich also besser gleich an die Polizei wenden."

„Aber es wird doch zumindest einer im Haus sein, der in der Lage ist, mir den Unfallhergang etwas genauer zu schildern? Mehr verlange ich doch gar nicht."

„Tut mir Leid!", erwiderte er also mit etwas mehr Nachdruck. „Aber das ist im Augenblick völlig ausgeschlossen."

„Im Augenblick? Na schön, und wann wäre es möglich?"

Herr Gott! Langsam reichts, dachte Robert. Was soll die ganze Fragerei, nur weil sich jemand aus dem Fenster gestürzt hat? Das ist bedauerlich, aber solche Dinge passieren nun mal. Und wenn dieser Dr. Weymann keinen anderen Ausweg mehr sah? Na gut, dann soll er doch springen!

Viel hatte er für solche Typen eh nicht übrig. Andere Leute hatten es schließlich auch schwer. Er zum Beispiel. Das Geld viel zu knapp, die Wohnung viel zu klein für vier Personen, Minna unzufrieden mit dem kargen Leben an seiner Seite. Und wenn Otto Recht hatte, dann betrog sie ihn sogar seit kurzem. Ja, zum Teufel, er hatte es auch nicht leicht! Aber stürzte er sich deswegen gleich aus dem Fenster?

„Dann sagen Sie mir wenigstens, wie lange Dr. Weymann bereits bei Ihnen wohnte", forderte von Grolitz nun, ebenfalls verärgert, nachdem er auf seine vorherige Frage keine Antwort erhalten hatte.

„Dr. Weymann wohnte gar nicht bei uns", antwortete er spontan. „Er war nur zu Besuch hier."

„Wie bitte? Sie wollen sagen, dass Julius hier nur jemanden besucht hat und anschließend aus dessen Zimmer in den Tod sprang?"

„Äh, nun ja ..."

„Mit diesem Herrn möchte ich gerne reden."

„Das Zimmer ist bereits geräumt. Die Gäste sind abgereist."

„Wann sind die abgereist?"

„Das kann ich nicht mit Bestimmtheit sagen. Als mein Dienst begann, war das Zimmer bereits geräumt und die Rechnung beglichen."

„Wie bitte? Ich denke, das ist erst in der vorigen Nacht passiert?"

„Ja, gewiss ..."

„Aber wieso konnte der fragliche Gast dann so schnell abreisen? Das ist doch höchst ungewöhnlich! Ich meine, hatte denn die Polizei keine Fragen mehr an ihn?"

„Ich weiß nicht ... vielleicht fragen Sie das besser die Polizei."

„Dann nennen Sie mir bitte den Namen des Gastes."
„Ich weiß nicht, ob ich berechtigt bin ..."
Weiter kam er nicht, denn von Grolitz hatte bereits das Gästebuch ergriffen und zu sich herangezogen.
„Also gut", erwiderte Robert schnell, während er das Gästebuch wieder an sich nahm, „ich werde nachsehen."
„Ich bitte darum! Also, wer ist als Gast eingetragen?"
„Eine ...", er stutzte. „Eine Gesellschaft."
„Eine Gesellschaft?"
„Ja, die Forschungsgesellschaft zur praktischen Anwendung vergleichender Studien."
„Die was?"
„Die Forschungsgesellsch..."
„Schon gut", unterbrach Adalbert ihn. „Ich habs gehört. Was zum Teufel soll das sein?"
„Nun ... das weiß ich auch nicht."
„Aber das Zimmer war bis heute gebucht?"
„Äh nein, ... bis gestern."
„Bis gestern? Aber dann hätte es doch schon gestern Morgen geräumt sein müssen?"
„Eigentlich schon."
„Aber der Unfall ereignete sich doch erst in den Abendstunden?"
„Ja ..."
„Ist das Zimmer denn bereits gestern neu belegt worden?"
Er schaute nach.
„Nein, das Zimmer ist für die nächsten drei Wochen nicht belegt."
„Für volle drei Wochen nicht belegt? Ist das nicht sehr ungewöhnlich für diese Jahreszeit?"
„Äh nun, ... hören Sie, ich habe Ihnen schon mehr gesagt als ich hätte sagen dürfen. Mit weiteren Fragen müssen Sie sich an die Polizei wenden. Ich kann Ihnen wirklich keine Auskunft mehr geben."
„Ja, schon gut. Ich denke, fürs Erste genügt das auch."

*

Karl Speller war zufrieden, als er an diesem Abend seine Zündapp vor dem Haus Waldstraße 14 abstellte. Dort wo jener Mann wohnte, der seinem Leben in den letzten Monaten einen neuen Sinn, eine neue Perspektive gegeben hatte. Nichts wünschte er sich mehr, als vor dem kritischen und siegesgewohnten Auge dieses Mannes zu bestehen. Und bisher, das konnte er ruhigen Gewissens behaupten, war ihm das auch gelungen.

Umso mehr hatte ihn jener Brief beunruhigt, der trotz intensiver Suche bis heute unauffindbar geblieben war. Der letzte und wohl auch vernichtendste jener drei unglückseligen Briefe, die er damals vor Verdun an seine Geliebte und heutige Frau geschickt hatte. Jene Briefe, in denen von der Sinnlosigkeit des Krieges, von dem entsetzlichen Sterben der Kameraden, von Achtung, ja sogar Sympathie für einige der in Kriegsgefangenschaft geratenen französischen Soldaten und von seiner eigenen Angst die Rede war. Vor allen Dingen von der alles beherrschenden Angst, dass auch sein Leben hier in dieser barbarischen Materialschlacht vor Verdun sein Ende finden würde.

Aber das war lange her, und jene Gefühle passten nicht mehr in die Anforderungen der Gegenwart. Schließlich hatte er den Krieg nicht nur überlebt, sondern er war als ehrenhafter Mann aus ihm hervorgegangen. Niemand hatte ihm je Feigheit vorwerfen können, zumindest niemand von denjenigen, die überlebt hatten. Und von seiner Angst und Verzweiflung wusste nur seine Frau, da es ihm seinerzeit gelungen war, jene Briefe mit Hilfe anderer Kameraden an der Zensur vorbeizuschmuggeln.

So hatte er sogar mehr Glück gehabt als unzählige andere, denn er war nach dem Krieg wieder in die Polizei aufgenommen worden und hatte es inzwischen sogar zum Kriminalkommissar gebracht. Auch hatte er seine Luise schon 1919 heiraten können, und seine Stellung erlaubte ihnen ein Leben in bescheidenem Wohlstand. Er hätte also zufrieden sein können, wäre da nicht jenes Schamgefühl, jene peinliche Berührtheit, wenn er an sein Land dachte. An dieses einst so stolze und exakte Deutschland.

Hatte auch das konservative *Zentrum* inzwischen genug Einfluss gewonnen, um den *Roten* so manchen Plan zu vereiteln, so änderte sich doch im Großen und Ganzen so gut wie nichts. Der Vertrag von Versailles blieb für ihn auf immer und ewig ein unannehmbarer Schlag ins Gesicht dieser Nation. Und wenn man sich einmal umsah, wie verkommen selbst die Hauptstadt Berlin war, dann wurde einem deutlich, wie sehr dieses Land nach einer starken, führenden Hand schrie.

Eine Hauptstadt sollte ihre Nation schließlich stolz und würdevoll vor den Augen der Welt vertreten. Aber was geschah in Berlin? Hier schossen die Nachtlokale aus dem Boden, die öffentliche Moral lag danieder, in den so genannten Varietés konnte die politische Führung völlig ungestraft verhöhnt werden, und auf den Theaterbühnen wurde zusammenhangloses, wirres Zeug gespielt, in dem sich mitunter halbnackte Frauen singenderweise vor ihrem Publikum prostituierten. Und überhaupt, die Kunst!

Statt klare, exakt gemalte Bilder zu fördern, die das Gemüt des Betrachters berühren, wurde die konturlose, wüste Farbkleckserei einiger verkrachter Existenzen mit Lobpreisungen überhäuft, als sei es ernst zu nehmende Kunst!

Autsch!

Speller fluchte. Er war bei der Kontrolle des Motorrades mit der Hand an den heißen Auspuffkrümmer gekommen. Eigentlich ohnehin eine unnötige Prozedur, aber diese Maschine war Spellers ganzer Stolz. Eine starke 500er Sportmaschine mit allem erdenklichen Sonderzubehör und zudem noch funkelnagelneu.

Und solange der Motor noch nicht eingefahren war, kontrollierte er die gesamte Mechanik nach jeder längeren Fahrt, suchte nach verräterischen Ölspuren am Motor, prüfte die Kraftstoffleitungen oder überzeugte sich von der einwandfreien Funktion der Beleuchtungsanlage. Schließlich aber gab er sich mit dem Ergebnis seiner Bemühungen zufrieden und kehrte zu seinen Betrachtungen zurück.

Ja, dachte er, dieses Land schreit wirklich nach tiefgreifenden Veränderungen. Aber zum Glück gab es ja noch ein paar aufrichtige Männer, die ebenso dachten wie er.

Männer wie Anton Kreimann zum Beispiel, vor dessen Haus er nun stand. Anton, der bereits kurz nach Kriegsende damit begonnen hatte alle Energie darauf zu verwenden, dieser geschlagenen Nation ihre einstige Stärke zurückzugeben. Und Karl gestand sich ein, dass es vor allen Dingen die unbeirrbare Zielstrebigkeit war, die ihn an Kreimann beeindruckte. Denn die eigentlichen Führungspersönlichkeiten jener nationalsozialistischen Bewegung, der Kreimann seit ihren Anfängen angehörte, waren ihm bis heute suspekt.

Er wusste auch, dass dies nicht vordergründig auf ihre Aktivitäten zurückzuführen war, sondern vielmehr auf ihre Abwesenheit von Berlin. Für ihn hatten Männer, die auf die politische Führung zielten, in der Hauptstadt Berlin zu sein, und nicht im fernen Bayern.

Erst Kreimann hatte ihm die Augen geöffnet, indem er ihm klarmachte, dass alles, was jener ehemalige Gefreite namens Adolf Hitler tat, zu einem eng geflochtenen System gehörte. Und dass es Männern wie ihm, dem Kriminalbeamten Karl Speller, zukam, hier in Berlin den Boden zu bereiten für die großen Aufgaben der Zukunft. Dafür aber musste er nicht nur Stärke und Mut besitzen, dafür musste er auch persönlich absolut unangreifbar sein. Und seit heute war er das auch.

Er dachte also mit Genugtuung an das prasselnde Kaminfeuer, das jenen letzten Brief verzehrte, der den Vorwurf von Feigheit und Angst in Krisensituationen hätte belegen können. Noch während er nun die Stufen zur Haustür hinaufstieg, öffnete sich diese, und Kreimann erschien im Türrahmen. Er begrüßte Speller mit jener Vertrautheit, die den konspirativen Zügen ihres Treffens angemessen war, wurde jedoch spürbar distanzierter, als er Spellers überraschend gute Laune bemerkte.

Es war durchaus typisch für das Wesen Kreimanns, dass er sich nicht etwa über die gute Laune seines Freundes freute, sondern dieser Gefühlsregung mit äußerster Vorsicht begegnete, gerade so als vermute er dahinter ein für ihn gefährliches Komplott.

Speller bemerkte diese durchaus fein nuancierte Veränderung sofort und reagierte entsprechend. Schließlich hatte er sich vorgenommen, Kreimann ein wenig auf den Zahn zu fühlen, in Bezug auf jene „Unglücksfälle", von denen in letzter Zeit einige linke Intellektuelle heimgesucht wurden.

Zunächst aber musste er sich gedulden, denn Kreimann kam sofort zur Sache, kaum dass sie im Wohnzimmer Platz genommen hatten.

„Du hast doch Zugriff auf die beiden Dachgeschosszimmer in der Seiboldstraße, nicht wahr?"

„Im Prinzip ja", erwiderte Karl wahrheitsgemäß. „Kommt darauf an, wann du sie brauchst."

„Im Oktober. Wüllner aus München kommt nach Berlin, um die Oktober-Aktionen persönlich zu koordinieren."

„Wüllner? Alfred Theodor Wüllner?"

„Eben jener. Ist das ein Problem für dich?"

„Äh ... nein."

Eigentlich eine dumme Frage und eine falsche Antwort, dachte Karl. Natürlich war Alfred Theodor Wüllner ein Problem für ihn. Schließlich wurde er in Berlin mit gültigem Haftbefehl wegen Agitation und schwerer Körperverletzung gesucht. Und er, Karl Speller, war der leitende Ermittlungsbeamte.

„Nun, das freut mich", erwiderte Kreimann lakonisch. „Ich hatte von einem treuen und verantwortungsbewussten Kameraden auch keine andere Antwort erwartet."

Kreimann stand auf und ging zum Schrank hinüber, wohl auch, um zu zeigen, dass das Thema für ihn damit erledigt war.

„Du nimmst doch auch einen Wein?", fragte er beiläufig. „Eine wirklich ausgezeichnete vierundzwanziger Bergzabener Spätlese."

„Gerne."

Speller hasste Wein, aber er spürte, dass es ein schwerer Fehler gewesen wäre, jetzt ein Bier zu verlangen. Die erlesenen Weine waren hier eine Art Statussymbol, gewissermaßen ein Kulturzeugnis.

„Hast du eigentlich schon von den Unfällen gehört, denen gerade einige linke Intellektuelle zum Opfer gefallen sind?", fragte Speller, während er sein Glas entgegennahm.

„Sicher … Was ist damit?"

„Nun, ich wurde mit der Leitung der Ermittlungen betraut."

Kreimann begann fast unmerklich zu lächeln.

„Wie praktisch. Aber wo ist das Problem? Packt dich etwa das Mitleid mit diesen linken Agitatoren?"

„Natürlich nicht!", beeilte Speller sich zu versichern. „Ich meine nur … also, ich denke ich sollte wissen, wenn …nun, wenn in bestimmte Richtungen nicht allzu intensiv ermittelt werden sollte."

Man merkte Kreimann an, wie sehr er die Unsicherheit Spellers und die daraus resultierende eigene Macht genoss.

„Nun, sagen wir mal so", begann er, genüsslich seinen Wein betrachtend, „wir wären nicht gerade böse, wenn die Ermittlungen in den Fällen Laschinski und Vogler nicht allzu intensiv betrieben würden."

„Nun, äh … ja. Verständlich."

„Nicht wahr? Und wir würden es sehr begrüßen, wenn sich bei ähnlich gelagerten Fällen eine gewisse Koordination der Interessen realisieren ließe."

*

Adalbert war etwas verunsichert. Seine Umgebung war nicht die, die er erwartet hatte. Er wusste so gut wie nichts über Horst Gelbert, aber da dieser ein guter Freund Weymanns war, hatte er ähnliche Lebensumstände wie bei Julius erwartet.

Aber dennoch, dies war eindeutig die Adresse, die Julius ihm vor gut einem halben Jahr gegeben hatte, als sie sich kurz vor einem Rennen im Fahrerlager der Avus getroffen hatten. Man hatte vereinbart, sich nach dem Rennen noch in Gelberts Wohnung zu treffen, was dann allerdings doch nicht zustande gekommen war. Jenes Rennen damals war für ihn ein völliger Reinfall gewesen, und so hatte er danach wenig Lust auf Geselligkeit verspürt.

Heute bedauerte er es, damals nicht hingegangen zu sein, denn ein etwas besserer Kontakt zu Gelbert würde es ihm heute leichter machen, sein Ziel zu erreichen.

Er hatte den ganzen gestrigen Tag mit sich gerungen, ob er gleich zur Polizei, oder doch lieber erst zu Gelbert gehen sollte. Schließlich hatte er sich für Letzteres entschieden. Denn trotz seiner Zweifel an den Umständen, die zum Tod Weymanns geführt hatten, wollte er zuerst mehr über jene Papyrus-Rollen erfahren, von denen er inzwischen annahm, dass sie sich als Dreh- und Wendepunkt in Weymanns letzten Lebensmonaten herausstellen könnten.

Und so hoffte er, dass Gelbert ihm irgendwelche konkreten Informationen in Bezug auf die Schriftrollen geben konnte, die seine bisherigen Gedankengänge bekräftigen würden. Denn wenn es jemanden gab, der hierüber mehr zu sagen wusste, dann war es Gelbert. Von ihm hatte Weymann die Schriftrollen schließlich erhalten.

Adalbert betrat also den Innenhof des als Karree angelegten Gebäudes, in dessen vorderem Quertrakt sich ein Lederwaren- und ein Schuhgeschäft befanden, während der hintere Quertrakt ausschließlich eine Polsterwerkstatt zu beherbergen schien. Im rechten Seitenflügel waren offenbar Garagen untergebracht, denn eines der großen Tore stand offen und gab den Blick auf einen kleinen Framo Lieferwagen mit der Aufschrift der Polsterwerkstatt frei. Im linken Seitenflügel dagegen befand sich anscheinend der Eingang zu den verschiedenen Wohneinheiten in den oberen Stockwerken.

Die gesamte Anlage wirkte gepflegt, der Außenputz war intakt, und der Anstrich schien sogar noch relativ neu zu sein. Dennoch nahmen ihn die typischen Geräusche und Gerüche derartiger Anlagen gefangen, ohne dabei aber jene Atmosphäre der Armut und Bitterkeit zu verbreiten, wie sie in weniger gepflegten Anlagen dieser Art unvermeidlich schien.

Da er immer noch keinen Hinweis auf die Wohnung Horst Gelberts gefunden hatte, beschloss er in den Büros der Polsterwerkstatt nachzufragen, wo dann ein mürrischer Angestellter mit dem Arm auf den linken Längstrakt wies.

„Da rin, zweeter Stock!"

Adalbert dankte und machte sich auf den Weg. Im zweiten Stock angekommen stellte er leicht erstaunt fest, dass es nur eine Tür gab. Auf dieser prangte ein Messingschild mit der Aufschrift *Gelbert*. Er betätigte die Klingel und wartete.

Irgendwo in der Wohnung schrie ein Kind und wurde von einer energischen Frauenstimme zurechtgewiesen. Es waren schwere Schritte zu hören, die sich der Tür näherten.

„Wer is'n da?"

Es war die gleiche Frauenstimme.

„Hier ist von Grolitz. Ich möchte mit Herrn Horst Gelbert sprechen. Es geht um einen gemeinsamen Freund, der kürzlich ..."

„Is jut. Moment."

Die Schritte entfernten sich wieder.

Eine Weile passierte gar nichts, doch gerade als er erneut die Klingel drücken wollte, wurde die Tür geöffnet, ohne dass er zuvor nochmals Schritte gehört hätte.

Vor ihm stand ein kleiner, korpulenter Mann in gepflegter Hauskleidung und musterte ihn unverhohlen. Adalbert erkannte ihn sofort. Das war der Mann, mit dem Weymann damals im Fahrerlager aufgetaucht war. Das war Horst Gelbert.

„Guten Abend, Herr Gelbert", sagte er. „Mein Name ist von Grolitz. Ich wollte Sie wegen eines gemeinsamen …"

„Ich weiß schon. Kommen Sie rein!"

Adalbert folgte etwas verwundert dieser Aufforderung und bekam bald darauf auch die Frau zu sehen, deren resolute Stimme er bereits vernommen hatte. Auch sie war recht korpulent und etwa in Gelberts Alter – vermutlich seine Frau. Gelbert führte ihn über einen ziemlich verwinkelt erscheinenden Flur in ein Zimmer, das ihm offensichtlich als Arbeitszimmer diente.

Adalbert registrierte nicht ohne Überraschung die unerwartete Größe der Wohnung, deren Anlage jedoch deutlich zeigte, dass hier nachträglich zwei normal große Wohneinheiten zu einer besonders großzügigen umgebaut worden waren. Er war nicht genau über die Tätigkeit Gelberts informiert, aber er musste offensichtlich über ein beträchtliches Einkommen verfügen.

„Es ist eigentlich gut, dass Sie da sind", eröffnete Gelbert, immer noch stehend, das Gespräch. „So hat die Warterei immerhin ein Ende."

„Sie haben mich erwartet?"

„Nicht unbedingt Sie persönlich, aber nachdem ich vom Tode Dr. Weymanns gehört hatte, war mir klar, dass früher oder später jemand kommen würde."

„Warum?"

„Nun, wegen meiner Aussage vor zwei Wochen natürlich."

Adalbert war überrascht. Gelbert hielt ihn offensichtlich für jemand anders, aber er zog es vor, diesen Irrtum zunächst nicht aufzuklären, in der Hoffnung, Gelbert interpretiere sein Schweigen als Aufforderung weiterzureden. Und offensichtlich tat er das auch.

„Also, ich sage Ihnen besser gleich, dass ich mich seinerzeit wohl geirrt habe. Wenn ich vor zwei Wochen bei Ihnen auf dem Revier die Aussage gemacht habe, so nur, weil ich einige Bemerkungen des Dr. Weymann wohl überbewertet habe. Auch wenn meine Aussage nun, angesichts seines plötzlichen Todes, als zutreffend erscheint, so stehen die damaligen Vorgänge doch ganz bestimmt nicht in Zusammenhang mit seinem überraschenden Selbstmord. Jene Vorgänge haben sich bereits als völlig harmlos herausgestellt."

„Welche Aussage, Herr Gelbert?"

„Welche? ... Aber das wissen Sie doch ... deswegen sind Sie doch hier?"

Adalbert wurde klar, dass er nun mit offenen Karten spielen musste.

„Ich bin nicht von der Polizei, wie Sie offensichtlich zu glauben scheinen."

Aus irgendeinem Grund versetzte diese Erklärung Gelbert einen regelrechten Schock.

„Ich bin, wie Sie, ein Freund Julius Weymanns. Und ich bin hier, weil ich offen gestanden gewisse Zweifel an der Selbstmordtheorie hege."

„Ich weiß darüber nichts. Da kann ich Ihnen rein gar nichts sagen!"

Diese Erklärung kam viel zu schnell, um glaubwürdig zu sein.

„Aber vor zwei Wochen muss doch wohl etwas vorgefallen sein, das Sie veranlasst hat, zur Polizei zu gehen?"

„Ich sagte doch schon, das hatte überhaupt keine Bedeutung! Und außerdem: Ich kenne Sie ja nicht einmal. Warum sollte ich also ..."

„Doch."

„Was?"

„Doch, Sie kennen mich, Herr Gelbert. Wir haben uns vor einem guten halben Jahr kennen gelernt. Sie waren damals in Begleitung von Julius."

Gelbert musterte ihn erneut. Er war immer noch verunsichert, aber eine gewisse Erleichterung konnte er nicht verbergen.

„Ich weiß nicht, worauf Sie ..."

„Aber denken Sie doch nach! Es war an der Avus Rennstrecke. Im Fahrerlager."

Endlich schien Gelbert sich zu erinnern.

„Mein Gott, ja ... der Rennfahrer. Von Grolitz. Albert, nicht wahr?"

„Adalbert."

„Ja, natürlich. Entschuldigen Sie, aber in Zivil habe ich Sie jetzt wirklich nicht erkannt. Sie trugen damals einen Monteursanzug und dazu eine Kopfhaube und die Brille ... nun ja, und von Grolitz sagte mir jetzt auch nicht viel. Julius sprach meist als Adalbert von Ihnen."

„Schon gut. Ich bin froh, dass wir das klären konnten."

Adalbert gab sich verbindlich, lächelte Gelbert beruhigend zu, während sie sich endlich setzten, in der Hoffnung, so sein aufkommendes Vertrauen zu stärken.

„Allerdings würde ich schon gerne wissen, was es mit den Ereignissen vor zwei Wochen für eine Bewandtnis hat."

„Nun ja, offen gesagt bin ich mir tatsächlich nicht sicher, ob jener Vorfall die Aufmerksamkeit rechtfertigt, die er wohl hervorrufen wird."

„Was heißt das konkret?"

„Nun, ich muss vielleicht vorausschicken, dass Julius zurzeit mit einigen Dokumenten beschäftigt war, die aus meinem Besitz stammten. Er tat dies gewissermaßen aus Gefälligkeit."

„Ich nehme an, Sie sprechen von den alten Papyrusrollen?"

„Was wissen Sie davon?"

„Nicht viel. Im Grunde nur, dass Julius für Sie diese Schriftrollen restaurieren und übersetzen wollte. Er sprach mit mir einige Male darüber, kurz nachdem er mit den Restaurierungsarbeiten begonnen hatte. Er war seinerzeit wohl sehr angetan von dem guten Zustand der Schriftrollen und hoffte wohl sie, mit Ihrem Einverständnis, nach Abschluss der Restaurierungs- und Übersetzungsarbeiten der staunenden Öffentlichkeit präsentieren zu können."

„Ja, richtig. Das war unser ursprünglicher Plan."

„Inzwischen ist dieser Plan geändert worden?"

„Wenn Sie eine ehrliche Antwort haben wollen, so kann ich nur sagen: Ich weiß es nicht. Ich jedenfalls habe keine Änderung angestrebt, und was Julius anbelangt, so hat auch er nie gegenteilige Pläne geäußert."

„Aber was lässt Sie dann zweifeln?"

„Nun, das Verhalten von Julius. Sehen Sie, zuerst war er ganz begeistert und voller Elan. Die Aufgabe an sich, und die Möglichkeiten, die sich ihm boten, faszinierten ihn offensichtlich, und er machte sich mit fast kindlichem Eifer an die Arbeit. Wie Sie ja wissen, schritten die Restaurierungsarbeiten gut voran, und Julius berichtete fast täglich. Dann, vor etwa drei Wochen – inzwischen musste er zumindest eine grobe Vorstellung vom Inhalt der Schriftrollen haben – berichtete er nur noch tröpfchenweise und fast schon unwillig. Auf Nachfragen erklärte er, der Text sei kompliziert, und er käme nicht recht voran."

„Hat er denn mal erwähnt, worum es in dem Text ging?"

„Ja, schon. Aber auch nur in überaus allgemeiner Form. Er sagte, es ginge offensichtlich um das Leben Jesu. Aber nichts weltbewegendes, sondern höchstens für Theologen von gewissem Interesse. Das waren Julius' eigene Worte."

„Tja ... wann hat er denn das letzte Mal mit Ihnen über den Text gesprochen?"

„Nun ja, vor ziemlich genau zwei Wochen eben. Seit jener ominösen Drohung hat er die Texte mit keinem Wort mehr erwähnt."

„Was für eine Drohung?", fragte Adalbert ebenso überrascht wie betroffen.

„Nun, so hundertprozentig bin ich da auch nicht informiert, denn ich musste Julius die Einzelheiten buchstäblich aus der Nase ziehen. Tatsache ist aber, dass er im Institut einen Anruf erhalten hat, in dem mit seiner Ermordung gedroht wurde, falls er seine Arbeit fortsetzt."

Adalbert war sich der möglichen Bedeutung dieser Information sehr wohl bewusst, seine Betroffenheit jedoch vermochte dies nicht zu verringern. Und so war ein länger anhaltendes Schweigen die fast unvermeidliche Folge von Gelberts Aussage. Dieser seufzte schließlich und unterstrich unfreiwillig die Bedeutung dieser Aussage durch ein ebenso hilfloses wie resignierendes Schulterzucken.

„Mehr kann ich dazu wirklich nicht sagen."

„Ja, schon gut", nahm Adalbert den Dialog wieder auf. „Und auf dieses Ereignis hin sind Sie beide dann zur Polizei gegangen?"

„Ja. Das heißt, nein. Nicht wir beide sind zur Polizei gegangen, sondern ich alleine. Julius wollte davon nichts wissen."

„Hat er gesagt, warum?"

„Er meinte, die Polizei könne da ohnehin nichts tun. Das sei bestimmt nur irgendein Verrückter gewesen. Diese Meinung vertrat übrigens auch die Polizei. Ich glaube, mehr als die Aufnahme eines Protokolls ist in dieser Hinsicht nie unternommen worden."

Adalbert war weniger überrascht von diesem Verhalten als Gelbert. Damals hätte wohl auch er selbst diesem Anruf keine übermäßige Bedeutung beigemessen, dafür gab es einfach zu viele Spinner in Berlin. Aus heutiger Sicht allerdings bestätigte dieser Vorfall Adalberts Vermutungen. Dennoch ermahnte er sich, keine voreiligen Schlüsse zu ziehen.

„Nun, lassen wir die Frage, ob die Drohung ernst zu nehmen war, doch mal beiseite", wandte er also ein. „Mich interessiert im Augenblick viel mehr, was sie beide so sicher gemacht hat, dass sich die Drohung auf seine Arbeit an den Papyrus-Rollen bezog. Es könnte doch auch eine andere Arbeit gemeint sein, mit der Julius zurzeit beschäftigt war."

„Das ist theoretisch möglich, halte ich aber für unwahrscheinlich."

„Warum?"

Gelbert wirkte etwas in die Enge getrieben. Offensichtlich kämpfte er mit sich, ob er weiterreden sollte. Zum Glück tat er es.

„Weil das nicht der erste merkwürdige Zwischenfall in Verbindung mit den Schriftrollen war."

Adalbert konnte seine Verwunderung nicht verbergen. Davon hatte Julius nie auch nur andeutungsweise etwas erzählt.

„Sie meinen, es gab andere *Unglücksfälle*, die unmittelbar mit den Dokumenten zusammenhängen?", fragte er also.

„Ja ... vielleicht."

„Was heißt vielleicht?"

„Nun, Sie haben sich doch sicher bereits gefragt, wie ausgerechnet ich an derartige Dokumente gekommen bin?"

„Ja, gewiss. Das heißt ... eigentlich nein. Julius erwähnte einmal einen Freund von Ihnen, der wohl Priester ist und für den sie diese Schriftrollen in Verwahrung hatten. Ich hatte nie Anlass, mir über diese Erklärung Gedanken zu machen."

„Natürlich nicht. Sie ist ja auch korrekt. Oder zumindest fast. Jener Freund war kein Freund, sondern mein Bruder, und er war auch kein Priester, sondern ein einfacher Mönch."

„Sie sagten, er war. Darf ich daraus schließen, dass Ihr Bruder nicht mehr lebt?"

„Ja, mein Bruder starb kurz nachdem er die Dokumente bei mir deponiert hatte. Das ist der merkwürdige Vorfall, von dem ich sprach."

„Er starb demnach keines natürlichen Todes?"

„Er wurde erschossen. Vermutlich jedenfalls. Sehen Sie, es herrschte Krieg damals, und es starben unzählige Menschen in jener Zeit. Die offizielle Version lautete, das er *im Felde* starb, während eines Gefechts zwischen deutschen und französischen Truppen."

Adalbert wusste, dass er sich entspannen musste. Die aufregenden Enthüllungen der letzten Minuten hatten dazu geführt, dass er vorgebeugt in seinem Sessel saß und mit äußerster Anspannung zuhörte.

„Aber das ist doch völlig unglaubwürdig!", erwiderte er nun, während er sich zurücklehnte.

„Nicht unbedingt", entgegnete Gelbert. „Ich weiß, dass mein Bruder seinerzeit mit einem deutschen Armeelastwagen unterwegs gewesen ist."

„Wie bitte?"

Adalbert war überrascht.

„Wie kommt ein einfacher Mönch zu einem deutschen Armeelastwagen, noch dazu im Frontbereich?"

„Nun, er diente ganz offensichtlich als Beförderungsmittel für die Papyrus-Rollen. Warum es aber ausgerechnet ein Militärfahrzeug war, weiß ich auch nicht. Auch mein Bruder schien diesen Umstand eher als Kuriosität zu empfinden, denn auf Nachfrage lachte er nur und meinte, die Wege des Herrn seien nun mal unergründlich."

„Augenblick. Sie wollen allen Ernstes behaupten, dass Ihr Bruder sich einen großen Lastwagen besorgt hat, nur um ein paar Rollen Papier zu befördern?"

Gelbert gestattete sich auf diese Frage ein Lächeln.

„Haben Sie die Papyrus-Rollen, über die wir hier sprechen, jemals zu Gesicht bekommen?"

„Nein", gab Adalbert zu.

„Das dachte ich mir."

Gelbert schien Adalberts Unwissenheit fast zu genießen. Jedenfalls gefiel er sich wohl in der Rolle des wissenden Dozenten, denn er entspannte sich merklich und holte zu einer längeren Erklärung aus.

„Wir sprechen hier von fast zweitausend Jahre alten Papyrus-Rollen. Es handelt sich hierbei um große Papyri, an denen rechts und links je ein Holzstab als Griffstück befestigt ist. Diese Papyri-Bögen wurden spaltenweise einseitig beschrieben und anschließend auf die bereits erwähnten Holzstäbe aufgerollt. Darum spricht man ja auch von Papyrus-Rollen und nicht von Folianten oder Ähnlichem.

Wenn man diese Rollen lesen wollte, so tat man dies, indem man den beschrifteten Papyrusbogen von einem Holzstab auf den anderen aufrollte. Aber wie gesagt: So geschah das vor fast zweitausend Jahren. Heute sehen derartige Rollen anders aus.

Sie sind in sehr viel schlechterem Zustand, lassen sich oft nicht mehr abrollen, da sie zusammengebacken sind, oder sie brechen bei dem Versuch sie abzurollen auseinander. Sehen Sie, darum musste Julius sie ja erst restaurieren, die einzelnen Fragmente ordnen, katalogisieren und unter Glas versiegeln, bevor er sie übersetzen konnte.

Wie gesagt, als mein Bruder mit diesen Schriftrollen hier ankam, waren sie in ihrem ursprünglichen, unrestaurierten Zustand. Sie befanden sich aber sorgfältig versiegelt in einzelnen Stahlbehältern, die sich gemeinsam in einer großen Stahlkassette befanden. Diese Stahlkassette hatte die Abmessungen einer mittleren Eichentruhe. So etwas kann man nicht einfach unter den Arm klemmen, wie ein paar Hefte oder Bücher."

„Gut", gab Adalbert zu. „Das erklärt die Notwendigkeit eines Lastwagens. Aber ich entnehme Ihren Schilderungen, dass Ihr Bruder allein hier ankam. Die Stahlkassette aber muss doch sehr schwer gewesen sein. Vermutlich konnte sie ein Mann alleine gar nicht tragen. Wieso also war Ihr Bruder alleine und wieso wurden diese Papyrus-Rollen überhaupt weggeschafft?"

Gelbert nickte wie in Gedanken versunken, während Adalbert sprach.

„Wieso mein Bruder alleine war, kann ich Ihnen plausibel

erklären", erwiderte Gelbert schließlich. „Warum die Schriftrollen aber weggeschafft wurden, das kann ich selbst nur mutmaßen. Wahrscheinlich war das Kloster aufgrund der Kriegslage als sicherer Aufbewahrungsort nicht mehr geeignet."

„Ja, das ist möglich, aber letztendlich unwichtig. Mich interessiert im Augenblick viel mehr, warum ihr ..."

„Warum mein Bruder alleine war", unterbrach ihn Gelbert, den Satz selbst vollendend.

„Genau."

„Nun, er war eben nicht alleine unterwegs."

Gelbert hielt inne, offensichtlich in Erwartung eines Einwands von Adalbert. Dieser jedoch bedeutete ihm nur weiterzusprechen.

„Sie waren ursprünglich zu dritt. Mein Bruder und zwei weitere Mönche seines Ordens. Sie hatten den Auftrag, die Schriftrollen in ein anderes Kloster außerhalb Italiens zu überführen."

„In welches Kloster?"

„Das weiß ich nicht. Mein Bruder tat sehr geheimnisvoll, aber er erwähnte mal beiläufig Dänemark als ursprüngliches Ziel. So würde auch der deutsche Armeelastwagen einen Sinn machen, und so wird auch logisch, warum mein Bruder schließlich hier in Berlin stranden konnte."

„Was geschah auf dem Weg nach Berlin?"

„Darüber kann ich beim besten Willen nichts sagen", erklärte Gelbert mit Bedauern. „Mein Bruder hat darüber nicht sprechen wollen. Fest steht jedoch, dass ihr Lastwagen angegriffen wurde. Und zwar zu einem Zeitpunkt, als sie sich schon längst mitten in Deutschland befanden. Es muss ein regelrechtes Feuergefecht gegeben haben, in dessen Verlauf die anderen beiden Mönche getötet wurden, während mein Bruder nur mit knapper Not entkommen konnte."

Adalbert schüttelte ungläubig den Kopf.

„Augenblick mal", wandte er schließlich ein. „Sie sagen, da

wurde mitten in Deutschland ein deutscher Armeelastwagen unter Beschuss genommen, in dem sich nur drei katholische Mönche befanden? Das lässt sich mit dem Hinweis auf das Kriegsgeschehen nur sehr ungenügend erklären."

„Richtig. Ich sagte ja bereits, es gab einige seltsame Vorfälle in Verbindung mit den Schriftrollen."

„Sie haben damals etwas unternommen deswegen?"

„Nein, ehrlich gesagt nicht. Mein Bruder war ganz entschieden dagegen, die Sache weiter zu verfolgen, und ich war damals nur froh, dass er noch lebte. Außerdem sollte die Reise so schnell wie möglich weitergehen, und so hatten wir genug damit zu tun die Stahlkassette in meinen Keller zu bringen und zu verstecken."

„Gut, was geschah weiter?"

„Mein Bruder erklärte, dass sein ursprüngliches Ziel als Aufbewahrungsort für die Schriftrollen nun nicht mehr in Betracht käme. Er müsse sich erst neue Instruktionen holen, wolle die Stahlkassette aber bei mir lassen, damit er beweglicher sei. Sobald er über den neuen Bestimmungsort informiert sei, wollte er die Papyrus-Rollen wieder abholen. Das heißt er selbst oder einer seiner Ordensbrüder, dem er vertrauen könne. Für den Fall, dass er nicht selbst kommen konnte, haben wir noch ein Kennwort ausgemacht, dass der Vertrauensmann nennen musste."

„Aber es ist nie jemand gekommen?"

„Nein. Das heißt, abgesehen von dem Mann natürlich, der mir mitteilte, dass mein Bruder gefallen sei."

„Aber der wusste nichts von den Schriftrollen."

„Ganz recht."

Adalbert reagierte mit einer etwas ratlosen Geste, stand auf und ging zum Fenster hinüber.

„Was, um Himmels Willen, ist an zweitausend Jahre alten Papyrus-Rollen so brisant, dass derartige Mittel eingesetzt werden, um in ihren Besitz zu gelangen?", formulierte Gelbert die Schlüsselfrage, wenn auch mehr zu sich selbst als zu Adalbert.

Dieser stand noch immer am Fenster und drehte Gelbert den Rücken zu.

„Man sollte die Frage präzisieren", erklärte er schließlich. „Was macht diese Schriftrollen heute so wichtig? Denn wenn ich Sie recht verstanden habe, dann befanden sie sich zehn Jahre lang in Ihrem Besitz, ohne dass sie irgendein Interesse hervorgerufen hätten."

„Nein", erwiderte Gelbert nachdenklich.

„Ich glaube, das stimmt so nicht. Ich glaube eher, dass mit dem Tode meines Bruders jede Spur von den Schriftrollen verloren ging. Wer auch immer diese Papyri haben will, er wusste ganz einfach nicht, wo sie in den letzten zehn Jahren abgeblieben waren.

Erst als Julius jetzt mit der Arbeit an den Schriftrollen begann und anfangs auch munter darüber sprach, wurde ihnen bewusst, dass die Papyri noch existierten. Und die Erkenntnis, dass auch bereits mit der Restaurierung und Übersetzung begonnen worden war, muss unsere Gegner geradezu in Panik versetzt haben. Nur so wird jene überstürzte und schlecht organisierte Aktion verständlich, der Julius zum Opfer fiel."

„Dieser Gedankengang ist nur logisch, wenn jene Schriftrollen tatsächlich so brisant sind, wie wir beide glauben. Julius dagegen nannte sie unbedeutend."

„Natürlich tat er das. Was hätte er denn sonst sagen sollen? Julius hatte eindeutig Angst. Und wir sollten uns reiflich überlegen, ob wir wirklich herausfinden wollen, wovor er Angst hatte!"

„Ich denke, wir haben gar keine andere Wahl. Wer auch immer die Rollen jetzt besitzt. Und wir gehen doch wohl beide davon aus, dass die Rollen entwendet wurden, als man Julius ..."

„Das weiß ich sogar mit Bestimmtheit!", unterbrach Gelbert ihn. „Die Schriftrollen befinden sich nicht mehr im Institut. Ich habe mich selbst davon überzeugen können, als ich die persönlichen Sachen von Julius abgeholt habe."

„Wieso haben Sie seine Sachen abgeholt?", fragte Adalbert ein wenig verblüfft.

„Weil Julius keine Angehörigen mehr in Berlin hat. Es gibt nur noch eine in Kanada lebende Schwester."

Adalbert nickte.

„Na gut, aber dann müssen wir erst recht etwas unternehmen", entschied er. „Denn wer auch immer die Schriftrollen jetzt besitzt, er kann es sich nicht leisten, dass die Nachricht von ihrer Existenz an die Öffentlichkeit gelangt. So gesehen stellen wir beide für diese Leute eine ernsthafte Bedrohung dar.

Ich denke, wir tun also gut daran, die Existenz der Papyri so schnell wie möglich bekannt zu machen und dafür zu sorgen, dass der Fall Dr. Weymann neu aufgerollt wird."

Gelbert sagte zunächst gar nichts. Er saß nur da und fixierte mit leerem Blick einen Punkt an der gegenüberliegenden Wand.

„Ich hatte gehofft, dass es eine andere Lösung gibt", sagte er schließlich. „Aber vermutlich haben Sie Recht. Man kann sich wohl nicht bis ans Lebensende verkriechen, in der Hoffnung, dass nichts geschieht. So bleibt eigentlich nur noch die Frage, wie Sie ihre Absichten in die Tat umsetzen wollen."

„Indem ich zur Polizei gehe und dem zuständigen Beamten von den Schriftrollen und ihrer Bedeutung berichte", erklärte Adalbert mit größerem Selbstvertrauen als er tatsächlich empfand. „Und indem ich darauf bestehe, dass im Fall Weymann offiziell wegen Mordes ermittelt wird."

*

Es war spät geworden am gestrigen Abend. Das Gespräch mit Gelbert war viel länger und ausführlicher gewesen als Adalbert erwartet hatte, und seine geschäftlichen Verpflichtungen konnte er auch nicht einfach beiseite schieben. So war es später Nachmittag des folgenden Tages geworden, ehe Adalbert die Zeit fand zur Polizei zu gehen.

Es war kein sonderlich guter Tag gewesen, zumindest was das Geschäftliche betraf. Adalbert war zu unruhig und nervös, um sich voll konzentrieren zu können, und so war es nur gut, dass ihm heute keine wirklich wichtigen Entscheidungen abverlangt worden waren. Der Inhalt des gestrigen Gesprächs mit Gelbert und die sich daraus ergebenden Konsequenzen für sein eigenes Leben hatten sein Denken beherrscht.

Er war hin- und hergerissen zwischen einer nie gekannten Faszination, ausgelöst durch die Jagd nach der Wahrheit, und der Angst davor diese Wahrheit tatsächlich zu finden.

Aber er wusste auch, dass er weitermachen musste, schon um sich selbst zu schützen. Und er war auch überzeugt, dass er sich bei der Polizei Gehör verschaffen konnte. Zum einen kannte er einen Kommissar der Mordkommission persönlich, und zum anderen hatte der Name von Grolitz ein gewisses Gewicht.

Aber trotz aller Privilegien war er erleichtert gewesen, als er heute Morgen die Bestätigung erhalten hatte, dass Walter Zehdel immer noch im aktiven Polizeidienst war. Zehdel war als Freund seines Vaters nicht viel jünger als dieser, und so war die Befürchtung, er könne bereits im Ruhestand sein, durchaus berechtigt. Adalbert wusste auch nicht, ob Zehdel mit dem Fall Weymann vertraut war, aber er war sicher, dass der *Onkel Walter* seiner Kindheit ihm zuhören und seine Ausführungen ernst nehmen würde.

Inzwischen hatte er das Polizeigebäude fast erreicht, und

so ging er zielstrebig auf den Eingang zu. Über einen kurzen Flur erreichte er eine große Halle, an deren rechter Seite sich ein Informationsbüro befand, während die restlichen Türen mit der Aufschrift *Nur für Personal* versehen waren. Er trat also an den Informationsschalter heran und fragte nach Kommissar Zehdel, woraufhin er belehrt wurde, dass es Kriminalhauptkommissar Zehdel heißen müsse und dass dieser im Zimmer zwölf des zweiten Stocks zu finden sei.

Dort angekommen klopfte er an die beschriebene Tür und trat nach Aufforderung ein. Es war eine männliche Stimme, die ihn zum Eintreten aufgefordert hatte, und sie war aus dem hinteren Zimmer gekommen, denn das Vorzimmer war leer. Da die Sekretärin nicht anwesend war, ging er also sofort durch und sah sich im Hinterzimmer mit Zehdel konfrontiert. Dieser schien ihn allerdings nicht zu erkennen.

„Guten Tag, Herr Hauptkommissar", begrüßte er ihn also vorsichtshalber unter Nennung des korrekten Titels.

Dieser erwiderte seinen Gruß und sah ihn dann etwas unsicher abschätzend an, wie jemand, der sich zu erinnern beginnt, aber noch nicht weiß, ob die zurückliegenden Begegnungen positiv oder negativ waren. Schließlich schien er diese Gedanken beiseite zu schieben und fragte mit etwas verbindlicher wirkendem Tonfall: „Was kann ich für Sie tun?"

„Ich möchte eine Aussage machen im Zusammenhang mit dem Fall Weymann."

„Und warum kommen Sie damit zu mir?"

„Weil … nun, ich wusste nicht, an wen ich mich sonst wenden sollte. Da Sie mich nicht zu erkennen scheinen, gestatten Sie, dass ich mich vorstelle: von Grolitz."

„Oh ja, natürlich." Zehdel lächelte entschuldigend. „Adalbert von Grolitz. Sie müssen verzeihen. Ich wusste in dem Augenblick, wo Sie zur Tür hereinkamen, dass wir uns kennen, konnte mich aber beim besten Willen nicht erinnern woher. Wie geht es denn Ihrem verehrten Herrn Vater?"

„Es geht ihm gut. Danke der Nachfrage, aber wenn Sie gestatten, so möchte ich doch gleich auf den Fall Weymann zurückkommen. Meine Zeit ist leider knapp bemessen."

„Gewiss, Herr von Grolitz."

Das klang ein wenig verwundert, fast verärgert. Adalbert spürte, dass er mehr Zeit für familiäre Konversation hätte aufbringen sollen, aber dazu hatte er weder Lust noch Zeit.

„Nun, wie gesagt, es handelt sich um den Tod von Dr. Julius Weymann", begann er also. „Oder genauer gesagt geht es um die Umstände seines Todes."

„Sie sprechen von dem Archäologen Dr. Julius Weymann, der im Hotel Victoria Selbstmord verübt hat?"

„Genau. Was nun aber den Selbstmord betrifft, so glaube ich, Sie sollten ..."

„Augenblick, Adalbert", unterbrach Zehdel ihn. „Ich fürchte, Ihr Vater hat Sie nur ungenügend informiert. Zumindest was meine Person betrifft. Ich befasse mich ausschließlich mit Mordfällen, und im Falle des Dr. Weymann hat es sich um Selbstmord gehandelt. Ich kann Ihnen hier also nicht weiterhelfen, da dieser Fall nie an mich herangetragen wurde."

Adalbert fragte sich, ob das bereits die Revenge war für seinen Versuch jedes private Gespräch über seinen Vater von vornherein zu unterbinden. Zumindest hatte er nicht damit gerechnet, dass Zehdel sich weigern würde seine Aussage auch nur anzuhören. Jetzt blieb eigentlich nur noch die Flucht nach vorn.

„Ich bin zu Ihnen gekommen, eben weil Sie sich ausschließlich mit Mordfällen befassen, Herr Zehdel. Ich bin nämlich der festen Überzeugung, dass Dr. Julius Weymann ermordet wurde."

„Und das können Sie auch beweisen?"

Adalbert schluckte seinen Ärger über diese arrogante Erwiderung hinunter.

„Nun, ich habe Kenntnis von einigen Vorfällen, die zumindest den begründeten Verdacht erlauben. Die Beweisführung dagegen gedenke ich in die kundigen Hände der Polizei zu legen."

Zehdel konnte den Anflug eines triumphierenden Lächelns nicht unterdrücken.

„Das ist gewiss eine weise Entscheidung, Adalbert", entgegnete er mit Bestimmtheit. „Dennoch ist es natürlich Ihr gutes Recht, um nicht zu sagen Ihre Pflicht, uns diese ... *Vorfälle* zur Kenntnis zu bringen. Aber dennoch: Ich bin dafür die falsche Adresse.

Aber wissen Sie was? Ich weiß, wer mit diesem Fall befasst ist, und ich werde dafür sorgen, dass Sie noch jetzt sofort Ihre Aussage bei ihm machen können. Einverstanden?"

Adalbert wusste, dass er hier nicht mehr erreichen würde.

„Einverstanden", gab er sich also widerstrebend geschlagen.

„Gut. Dann werde ich ihm Ihr Kommen sogleich telefonisch ankündigen. Gehen Sie also ruhig schon los. Wenn Sie auf den Flur kommen, dann gleich links runter bis zum kleinen Treppenhaus im Seitentrakt. Dort gehen Sie in den ersten Stock hinunter und dann den langen Flur entlang bis zur fünften Tür auf der rechten Seite. Sein Name steht an der Tür: Kommissar Karl Speller."

*

Jener Mann, der seit einiger Zeit auf der gegenüberliegenden Straßenseite stand, drückte sich noch tiefer in den Schatten des Hauseingangs. Ihm war unbehaglich zumute, und er fühlte sich deprimiert, in der Gewissheit einen schweren Fehler gemacht zu haben. Wie zum Trotz bestätigte er sich aber selbst in der Auffassung, dass man ihm daraus keinen Vorwurf machen konnte. Schließlich war diese ganze Aktion viel zu überstürzt angelaufen, und er war zudem auch noch der völlig falsche Mann für diese Aufgabe gewesen.

Aber wie auch immer, er war nun mal der einzige, der so kurzfristig verfügbar war, und so hatte er versucht sein Bestes zu geben.

Zunächst war ja auch alles problemlos abgelaufen. Er war ohne Zwischenfall von Frankreich nach Deutschland gelangt, und er hatte den Mann, den er hier kontaktieren sollte, auch gleich gefunden. Allein das war schon keine leichte Aufgabe für einen Mann, der noch nie in Deutschland gewesen war, und der die deutsche Sprache nur gerade ausreichend und mit starkem französischem Akzent beherrschte. So war er also mit sich zufrieden gewesen, als er seiner Zielperson, einem gewissen Adalbert von Grolitz, am frühen Nachmittag gefolgt war, um in aller Ruhe die beste Möglichkeit für eine unauffällige Kontaktierung abzuwarten.

Da er illegal eingereist war - es durften sich keine Einreisestempel in seinem Pass befinden, da es evt. einmal notwendig werden könnte zu beweisen, dass er Frankreich nie verlassen hatte - war er seiner Zielperson mit äußerster Vorsicht gefolgt.

Er hatte lediglich die Aufgabe von Grolitz davon zu überzeugen, dass es beiden Seiten zuträglich war, wenn auf die Information offizieller Stellen bezüglich einiger bedeutender Dokumente verzichtet wurde. Um was für Dokumente es dabei ging, wusste er selbst nicht, aber man hatte ihm versichert, dass von Grolitz schon wissen würde, was damit gemeint war.

Nun, sei's drum. Auf dem Weg hierher hatte er keine Gelegenheit gefunden seinen Auftrag zu erfüllen, denn von Grolitz war viel zu schnell und zu zielstrebig gegangen, als dass man eine Kontaktierung unter dem Anschein des Zufalls hätte herbeiführen können. So war er ihm bedenkenlos zu diesem Gebäude gefolgt und wäre wohl auch nach ihm hineingegangen, wenn er nicht im letzten Augenblick bemerkt hätte, dass von Grolitz eine Polizeiwache betreten hatte. Und eine Polizeiwache war der einzige Ort, den er auf keinen Fall betreten durfte.

Also war er kurz entschlossen weiter gegangen ohne seinen Schritt zu verlangsamen, hatte die Straße überquert und war im nächsten erreichbaren Hausdurchgang verschwunden.

Und hier stand er nun schon seit fast dreißig Minuten und beobachtete den Eingang zur Polizeiwache, in der Hoffnung selbst nicht entdeckt zu werden. Er fühlte sich unbehaglich und musste ständig gegen den Impuls ankämpfen, nur schnell von diesem Ort zu verschwinden. Aber sein Pflichtgefühl und seine Wut über die eigene Unachtsamkeit hielten ihn zurück.

Er wusste, dass er jetzt erst recht mit von Grolitz sprechen musste, auch wenn im Augenblick vermutlich genau das geschah, was er hätte verhindern sollen. Aber er konnte, nein, er musste verhindern, dass noch mehr Unheil geschah.

Man hatte ihm von Grolitz als einen umsichtigen und zielstrebigen Mann beschrieben, der guten Argumenten gegenüber vermutlich offen sein würde. Und man hatte ihm einige Argumente genannt, von denen man annahm, dass sie von Grolitz überzeugen würden, auch wenn er selbst die Zusammenhänge nicht erkennen konnte. So war es also seine Pflicht von Grolitz nun dazu zu bewegen seine Aussage zurückzunehmen oder die Angelegenheit zumindest nicht weiter zu verfolgen.

Und diesmal, das schwor er sich, würde er seine Aufgabe auch erfüllen.

*

Adalbert war dem beschriebenen Weg gefolgt und hatte das Büro von Kommissar Speller auch auf Anhieb gefunden. Bevor er jedoch eintrat, zwang er sich seinen aufkommenden Unwillen zu beherrschen, damit er nicht Gefahr lief auch hier wieder unverrichteter Dinge abziehen zu müssen.

Er holte einmal tief Luft, klopfte und wartete.

Es folgte keine Reaktion auf sein Klopfen. Adalbert unterdrückte einen Fluch und vergewisserte sich nochmals, dass er auch vor der richtigen Tür stand. Das tat er, und so klopfte er erneut. Diesmal wesentlich lauter und ungeduldiger. Als wiederum keine Reaktion erfolgte, drehte er sich um und wollte gerade mit all seiner aufgestauten Wut zu Zehdel zurück, als er hinter sich eine Stimme hörte.

„Sie wollen zu mir?"

Er drehte sich um und sah sich einem großen, athletisch wirkenden Mann in mittleren Jahren gegenüber, der ihn eher unfreundlich musterte.

„Falls Sie Kommissar Speller sind, will ich in der Tat zu Ihnen", entgegnete Adalbert aggressiver als beabsichtigt.

Speller nickte lediglich zur Bestätigung und öffnete die Tür zu seinem Büro. Adalbert folgte ihm hinein und nahm vor dem Schreibtisch Platz. Speller dagegen machte sich an einem Schrank rechts neben der Tür zu schaffen, entnahm ihm einige Aktenordner und knallte diese auf den Schreibtisch, während er sich setzte.

Auch jetzt fand er noch kein Wort der Entschuldigung für seine Abwesenheit, sondern schien eher darauf bedacht zu sein Adalbert einzuschüchtern. Überhaupt schien er sich alle Mühe zu geben, jedes Gefühl der Hilfsbereitschaft im Keim zu ersticken. Und wenn Adalbert bedachte, wie unvermittelt Speller vorhin hinter ihm aufgetaucht war, dann drängte sich ihm unwillkürlich der Verdacht auf, dass er in der Nähe gewartet und sein Kommen sehr wohl bemerkt hatte. Da dieser Verdacht jedoch keinen rechten Sinn erkennen ließ, verwarf er ihn wieder.

„Weymann, ja?", knurrte Speller nun, weiterhin in seinen Akten wühlend.

„Bitte?"

„Weymann. Der Fall Dr. Julius Weymann. Deswegen sind Sie doch hier, wenn ich recht informiert bin."

„Allerdings. Ich habe in diesem Zusammenhang eine Aussage zu machen."

„Ich weiß. Sie äußerten gegenüber meinem Kollegen einen Mordverdacht. Aber ich kann Ihnen schon jetzt versichern, dass der Selbstmord des Dr. Weymann ..."

„Es war kein Selbstmord", unterbrach Adalbert ihn mit äußerster Schärfe, jedoch ohne dabei die Stimme zu heben. „Die Umstände seines Todes weisen einige Merkwürdigkeiten auf, die gerade Ihnen nicht entgangen sein dürften."

„Merkwürdigkeiten, ja? Nun, was auch immer man über die Hinweise von Freizeitdetektiven denken mag, eine Tatsache bleibt nun mal bestehen, Herr Grolitz, ein Selbstmord bleibt ..."

„Von Grolitz", wies Adalbert ihn zurecht.

„Wie bitte?"

„Mein Name ist *von* Grolitz. Und ich verbitte es mir als Freizeitdetektiv verspottet zu werden."

„Ich hatte durchaus nicht die Absicht, Sie zu verspotten, Herr von Grolitz", lenkte er ein, wobei er das *von* ganz besonders betonte. „Aber es ist nun mal eine Tatsache, dass ein Selbstmord immer ein Selbstmord bleibt, ganz gleich welche Umstände dazu geführt haben. Und, ohne Ihnen zu nahe treten zu wollen, es ist nun mal so, dass ein Mann sich Feinde schafft, wenn er seine Stellung in der Öffentlichkeit dazu benutzt, um seine linken politischen Ideale unters Volk zu bringen.

Wenn die Nichtakzeptanz seiner Vorstellungen und die

spürbare Opposition der Bevölkerung ihn so sehr verzweifeln lassen, dass er schließlich Selbstmord begeht, dann können Sie nicht einfach die gesamte Öffentlichkeit des Mordes anklagen."

Adalbert glaubte nicht recht zu hören. Er war auf einiges gefasst gewesen, aber eine derartig absurde Erklärung der Todesumstände erschien ihm als geradezu unfassbare Frechheit. Und es schockierte ihn regelrecht, dass man Unstimmigkeiten im Tathergang einfach ignoriert hatte, nur um nicht zuletzt mit Tätern konfrontiert zu werden, mit denen man insgeheim sympathisierte.

„Ich glaube nicht, dass man ihn in den Tod getrieben hat", wandte Adalbert also mühsam beherrscht ein. „Ich glaube vielmehr, dass er auf sehr konkrete und handgreifliche Weise ermordet wurde. Und ich kann Ihnen versichern, dass der Grund dafür garantiert nicht politischer Natur war."

Speller sah ihn nun zum ersten Mal direkt an.

„So, Sie meinen also, die Tat hatte keinen politischen Hintergrund?"

Das sollte abweisend klingen, aber Adalbert war trotzdem nicht entgangen, dass nun auf einmal echtes Interesse bei Speller durchklang.

„Allerdings", entgegnete er. „Mir ist bekannt, dass Dr. Weymann zuletzt mit einer Arbeit beschäftigt war, die man ruhigen Gewissens als brisant bezeichnen kann. So brisant jedenfalls, dass schon vorher alles versucht wurde, um eine Veröffentlichung der Ergebnisse dieser Arbeit zu verhindern. Ich denke also, dass man im Hinblick auf einen möglichen Täterkreis auch in dieser Richtung ..."

„Moment!", unterbrach Speller ihn, leicht verärgert in seiner Akte blätternd. „Hier ist als Beruf des Dr. Weymann Archäologe eingetragen."

„Das ist korrekt", bestätigte Adalbert.

„Aber Sie sagten doch gerade, dass die Ergebnisse seiner Arbeit möglicherweise zu seiner Ermordung führten."

Adalbert registrierte, dass nun sogar Speller wie selbstverständlich von Ermordung sprach.

„Auch das ist korrekt", erwiderte er. „Ich sehe einen unmittelbaren Zusammenhang mit seiner Arbeit."

Speller sah ihn ebenso erstaunt wie verärgert an.

„Sie wollen mir allen Ernstes weismachen, dass archäologische Erkenntnisse aus grauer Vorzeit brisant genug sind, um einen Menschen zu ermorden?"

„Ja, in der Tat. Und wenn Sie gestatten, werde ich erklären …"

„Herzlichen Glückwunsch, Herr von Grolitz!", unterbrach Speller ihn mit vor Spott triefender Stimme. „Eine so abenteuerliche Kombinationsgabe besitzen nicht mal meine allerbesten Mitarbeiter."

Adalbert beherrschte sich mit äußerster Mühe.

„Ich gebe ja zu, dass alles etwas seltsam klingt …"

„Wie nett von Ihnen!"

„Herr Gott noch mal!", explodierte Adalbert nun doch. „Es ist mir völlig egal, was Sie denken, aber Sie werden jetzt die Güte haben mir zuzuhören! Schließlich habe ich eine Aussage zu machen, die zur Aufklärung eines Mordes beitragen kann!"

„Mäßigen Sie sich!", verlangte Speller augenblicklich und mit größtem Nachdruck. „In meinem Büro dulde ich ein solches Verhalten nicht."

Adalbert war kurz davor, diesen arroganten Idioten einfach stehen zu lassen und auf der Stelle zu gehen. Lediglich die Erkenntnis, dass Speller vermutlich genau dies herbeizuführen versuchte, hielt ihn davon ab.

„Schon gut. Aber ich verlange ja nur in korrekter Weise meine Aussage vorbringen zu können", lenkte er also widerstrebend ein.

Einen Moment schien es, als wolle Speller erneut lospoltern, aber dann besann er sich eines Besseren. Er lehnte sich in seinem Stuhl zurück und sah Adalbert abschätzend an.

„Also gut", sagte er schließlich. „Ich bin zwar nicht dazu verpflichtet und ich sehe nicht einmal viel Sinn darin, aber meinetwegen. Erzählen Sie ihre Geschichte."

Adalbert holte tief Luft, rekapitulierte kurz die Ereignisse und begann schließlich zu erzählen. Erzählte von der Stahlkassette aus dem italienischen Kloster, von den Papyrus-Rollen im Inneren, von den verwirrenden Umständen des Transportes, vom Beginn der Restaurierungs- und Übersetzungsarbeiten, von der Morddrohung gegen Julius bis hin zum wahrscheinlichen Inhalt des Textes.

Spellers spöttischer Gesichtsausdruck wich zusehends einer nachdenklichen Miene, während Adalbert sprach. Umso unverständlicher allerdings war seine Reaktion, nachdem alles gesagt war, was es zu sagen gab.

„Das klingt ja alles ganz interessant, aber ich kann Ihnen schon jetzt versichern, dass bloße Vermutungen nicht ausreichen, um Ermittlungen in größerem Ausmaß einzuleiten."

Adalbert spürte, wie sein alter Ärger zurückkehrte. Er hatte eine andere Antwort erwartet, denn Speller hatte zuletzt angefangen sich Notizen zu machen, und auch sonst den Eindruck aufkommenden Interesses erweckt. Seine Weigerung Aspekte anzuerkennen, die er bisher noch nicht einmal erwogen hatte, konnte nur noch mit verletztem Ehrgefühl erklärt werden. Dem aber war praktisch nicht beizukommen, das wusste Adalbert sehr wohl.

„Ich verlange ja auch nicht, dass Sie ausschließlich in diese Richtung ermitteln", erwiderte er also in der Hoffnung so einen Kompromiss zu finden. „Ich rege lediglich an, auch diesen Aspekt der Tatumstände ernsthaft zu berücksichtigen."

„Wir berücksichtigen grundsätzlich jeden Tataspekt mit der nötigen Ernsthaftigkeit, mein lieber Herr von Grolitz."

„Das bezweifle ich auch gar nicht. Wenn ich in dieser Hinsicht Zweifel gehabt hätte, wäre ich gar nicht erst hergekommen. Ich meine jedoch, dass es ratsam wäre ..."

„Ich weiß sehr genau, was Sie meinen!", unterbrach Speller

ihn mit Bestimmtheit. „Und ich werde Ihre ... *Geschichte* im Zuge meiner Ermittlungen berücksichtigen. Aber wie und in welchem Umfang das geschieht, das werden Sie schon mir überlassen müssen."

Adalbert war sich bewusst, dass er in der augenblicklichen Situation nicht mehr erreichen konnte.

„Mehr verlangt ja auch niemand von Ihnen", lenkte er also ein, womit für Speller das Gespräch offensichtlich beendet war. Jedenfalls nickte er nur zur Bestätigung und stand dann sogleich auf, um seine Akten wieder im Schrank einzusortieren.

Adalbert war froh über die Gelegenheit sich zu verabschieden, denn es gab nichts was ihn hier noch länger gehalten hätte. Als er schon fast zur Tür hinaus war, meldete sich Speller noch mal zu Wort.

„Wissen Sie, Herr von Grolitz, es wäre durchaus hilfreich, wenn sie nähere Angaben über den Inhalt der Papyrus-Rollen machen würden."

Adalbert drehte sich um und trat noch einmal halb ins Büro zurück.

„Ich habe Ihnen alles gesagt, was ich darüber weiß."

„Aber Herr von Grolitz! Sie wollen also wirklich keine Ahnung davon haben, was genau in den Schriftrollen steht?"

„Exakt. Ich weiß es wirklich nicht. Ich kann nur vermuten, dass die Schilderungen über die Person Jesu in krassem Widerspruch zum Jesusbild der christlichen Kirche stehen."

„Gut. Aber dieser Widerspruch muss doch schon von ausgesprochen wesentlicher Natur sein, um die Kirche derartig in Panik zu versetzen."

„Da gebe ich Ihnen Recht."

„Aber Sie wissen nicht, worin dieser Widerspruch besteht?"

„Stimmt. Bis jetzt besitze ich nicht einmal Anhaltspunkte, die helfen könnten, diese Frage zu klären."

„Na schön. Dann können Sie jetzt gehen."

Adalbert schaute ihn ungläubig an. Er war es nicht gewohnt, wie ein Lakai entlassen zu werden. Da ihm aber auf die Schnelle keine passende Erwiderung einfiel, drehte er sich lediglich um und verließ das Büro ohne jedes Abschiedswort.

Speller dagegen lauschte den sich entfernenden Schritten mit stetig wachsender Zufriedenheit. Schließlich kehrte er an seinen Schreibtisch zurück, nahm sich den Notizblock vor und ging alle Notizen noch mal sorgfältig durch. Anschließend griff er zum Telefonhörer, wartete, bis sich die Vermittlung gemeldet hatte, und verlangte mit Bestimmtheit: „Machen Sie mir eine Verbindung mit Herrn Kreimann."

*

Adalbert war sauer. Nichts bei diesem Termin war so gelaufen, wie er es sich vorgestellt hatte. Am meisten aber ärgerte ihn, dass er auf einen solchen Verlauf nicht vorbereitet gewesen war. Er hatte angenommen, dass man ihn mit der gewohnten Höflichkeit empfangen und anhören würde, und er war sicher gewesen, dass seine Aussage bei dem zuständigen Beamten Interesse und Wissensdrang auslösen würde.

Die beständige Verteidigungsschlacht jedoch, der er sich unvermittelt ausgesetzt sah, hatte ihn so unvorbereitet getroffen, dass er sich fast hilflos und lächerlich vorkam. Ein Zustand, den er als ausgesprochen unangenehm, fast peinlich empfand.

So war er froh und erleichtert, als er das Polizeigebäude endlich verlassen hatte. Wie er das Erreichte jedoch bewerten sollte, ja ob er denn überhaupt etwas erreicht hatte, das war ihm im Augenblick noch höchst unklar.

Er hatte nur das unbestimmte Gefühl, dass es ein Fehler gewesen war, sich Speller so rückhaltlos anzuvertrauen. Dieser Mann gab ihm umso mehr Rätsel auf je näher er sich mit ihm befasste. Adalbert war sicher, dass Speller seine Ausführungen ernster genommen hatte als er zu erkennen gab. Und er war sicher, dass auch Speller die Selbstmordtheorie als unhaltbar einstufte.

Warum er sie jedoch mit aller Macht aufrechterhalten wollte, blieb unklar. Zumal Adalbert doch keinen Zweifel daran gelassen hatte, dass die Schriftrollen, um die es ging, nur für die Kirche wichtig waren und ein politisches Motiv somit ausgeschlossen werden konnte.

Mochte Speller auch soweit rechts tendieren, nach Adalberts Theorie waren seine rechtsextremen Freunde doch in keiner Weise verdächtig. Es sei denn … Adalbert stockte und verlangsamte seinen wütenden Schritt. Es sei denn, es waren rechtsextreme Gruppierungen, die jene Schriftrollen an sich gebracht hatten, um ein Druckmittel gegen die Kirche zu besitzen.

Unsinn! Er verwarf seinen eigenen Gedankengang sogleich wieder. Diese Rechtsextremen scherten sich einen Teufel um die Kirche – wozu also ein Druckmittel? Und überhaupt: Woher hätten sie von den Schriftrollen wissen sollen?

Andererseits, viele rechtsextreme Sympathisanten und Aktivisten kamen aus den Reihen der alten kaiserlichen Armee – war die Beschaffung des deutschen Armeelastwagens vor über zehn Jahren also schon eine mögliche Verbindung?

Adalbert wusste, dass es nationalistische Bewegungen gab, die sowohl über die nötigen finanziellen Mittel als auch über die nötige Logistik verfügten, um eine solche Aktion durchzuziehen. Andererseits ergab es wirklich keinen Sinn. Speller zumindest hatte noch nie zuvor etwas von diesen Schriftrollen gehört. Da war er sich absolut sicher.

Außerdem waren die existierenden faschistischen Bewegungen wohl kaum der Ansicht, dass sie Material gegen die römisch-katholische Kirche brauchten. Eher im Gegenteil: In Italien schien sich der Vatikan doch ausgezeichnet mit den regierenden Faschisten um Mussolini arrangiert zu haben.

„Herr von Grolitz?"

Adalbert blieb überrascht stehen und schaute sich um. Vor ihm stand ein junger, etwas verhärmt wirkender Mann, der offensichtlich völlig außer Atem war.

„Ja bitte?", erwiderte er ziemlich barsch.

„Wir müssen miteinander reden."

„So, meinen Sie?"

Adalbert war etwas überrascht von dem eindeutig französischen Akzent seines Gegenübers, machte sich aber weiter keine Gedanken darüber.

„Ja. Bitte glauben Sie mir, ich habe Ihnen eine Mitteilung von allergrößter Bedeutung zu machen. Bitte lassen Sie uns weitergehen, ich werde Ihnen dann alles erklären."

Der Mann radebrechte mehr als er sprach. So sehr, dass Adalbert das Gespräch auf Französisch weitergeführt hätte, wenn sein Gegenüber ordnungsgemäß zu ihm ins Büro gekommen wäre. So aber fühlte er sich nur belästigt und sah folglich keine Veranlassung besonders entgegenkommend zu sein.

„Zunächst einmal werden Sie die Güte haben sich vorzustellen", forderte Adalbert, während er ungerührt von der Bitte weiterzugehen ein herannahendes Taxi herbeiwinkte.

„Mein Name ist unwichtig. Bitte kommen Sie doch. Wir fallen sonst noch auf."

„Guter Mann, es ist mir völlig egal, ob wir auffallen oder nicht. Also sagen Sie, was Sie wollen, oder verschwinden Sie! Und eines sage ich Ihnen gleich: Über geschäftliche Belange verhandele ich grundsätzlich nur im Büro und grundsätzlich nur zu den offiziellen Geschäftszeiten."

Adalbert war ziemlich laut geworden. So laut, dass zwei uniformierte Polizisten, die auf der gegenüberliegenden Straßenseite aufgetaucht waren, zu ihnen herüberkamen.

„Es geht nicht um Geschäfte", beteuerte sein Gegenüber, dessen Nervosität sich beim Anblick der näher kommenden Polizisten nur noch steigerte. So drängte er nun noch vor Adalbert zu dem Taxi, das sie nun ebenfalls erreicht hatte, und war in Begriff die Tür zu öffnen.

„Lassen Sie uns fahren. Schnell!"

„Augenblick mal! Bevor Sie nicht sagen, wer Sie sind und was Sie wollen, fahren wir nirgendwo hin."

Der Mann sah ihn mit einem Ausdruck schierer Verzweiflung an.

„Lazarus!", stieß er plötzlich hervor.

„Wie bitte?"

„Gibt es irgendwelche Probleme, mein Herr?", wandte sich der ältere der beiden Polizisten nun an Adalbert.

„Nein, nein. Keine Probleme. Alles schon geklärt", erwiderte der Franzose, noch bevor Adalbert etwas sagen konnte.

Der Polizist sah Adalbert fragend an, der zur Bestätigung nickte, während der Franzose sich eiligst entfernte.

„Kannten Sie den Mann?", wollte der jüngere Beamte von Adalbert wissen.

„Nein."

Der Franzose hatte sich nun, in sicherer Entfernung, noch mal umgedreht.

„Lazarus!", rief er nochmals zu Adalbert hinüber. „Nicht vergessen. Lazarus! Ich melde mich bei Ihnen."

Anschließend drehte er sich sofort wieder um und verschwand hinter der nächsten Hausecke.

Adalbert zuckte mit den Schultern.

„Ein Verrückter", wandte er sich an die Polizisten, die immer noch etwas unschlüssig dastanden.

„Wie Sie meinen", erwiderte der ältere Beamte lapidar, verabschiedete sich höflich und zog mit seinem jüngeren Kollegen von dannen, während Adalbert das Taxi bestieg.

„Bitte fahren Sie", forderte er, kaum dass er die Tür geschlossen hatte.

*

„Ich bin entsetzt! Ich bin absolut entsetzt über den unwürdigen und beschämenden Ablauf dieser Aktion!"

Niemand im Büro der Societas Jesu in Rom wagte es sich zu dieser Feststellung zu äußern. Das wäre allerdings auch ein höchst unsinniges Unterfangen gewesen, nicht nur weil der Ordensgeneral selbst diese Worte gesprochen hatte, sondern ganz einfach, weil alle Anwesenden ebenso empfanden.

„Nun gut", nahm das Oberhaupt der Gesellschaft Jesu das Gespräch wieder auf. „Wir können Geschehenes nicht ungeschehen machen, aber wir können und müssen uns dieser Herausforderung stellen. So wie es seit jeher der Tradition unseres Ordens entspricht."

Er machte eine kurze Pause und musterte seine beiden Besucher, bis diese durch ein kurzes Nicken ihre Übereinstimmung zu erkennen gaben.

„Um die dringendste Frage gleich vorweg zu nehmen: Wo befinden sich die Schriftrollen der Katharer zurzeit?"

Es folgte ein etwas verlegenes Räuspern, bevor sich schließlich der für Deutschland zuständige Regionalassistent zu Wort meldete.

„Sie befinden sich immer noch in Berlin", gab er etwas unwillig zu. „Da die Ordensvertretung in Berlin über diese Aktion nicht informiert war, blieb nur wenig Zeit, um einen geeigneten Aufbewahrungsort zu finden. Und ich möchte nachdrücklich betonen, dass auch die nun gefundene Lösung nur ein Notbehelf sein kann. Auch an diesem Ort sind die Schriftrollen keinesfalls sicher, und ich rate daher dringend dazu, einen neuen Aufbewahrungsort zu finden, der ..."

„Ich teile Ihre Auffassung", unterbrach der General seinen Assistenten. „Die nötigen Vorbereitungen für eine neue Unterbringung sind bereits angelaufen. Sie werden nachher von mir einen Umschlag mit genauen diesbezüglichen Instruktionen erhalten. Und Sie werden für die genaue und unverzügliche Umsetzung dieser Instruktionen Sorge tragen."

„Gewiss. Sie können sich auf mich verlassen."

Der Ordensgeneral ließ ein feines Lächeln erkennen.

„Ich weiß", erwiderte er durchaus wohlwollend, um sich gleich darauf dem zweiten Mann zuzuwenden, der bis jetzt nur schweigsam zugehört hatte.

„Es wird Ihre Aufgabe sein, den heiligen Vater davon in Kenntnis zu setzen, dass sich die Schriften der Katharer jetzt in unserem Besitz befinden."

„Seien Sie gewiss, dass diese Aufgabe im nötigen Umfang erfüllt wird", erwiderte dieser ernst und mit fast trauriger Miene. Francesco Patri wusste sehr wohl, dass die Nachricht vom Wiedererlangen dieser so brisanten Schriften nicht nur eine einfache Nachricht an den Papst war, sondern ein Stück Machtpolitik in der bestehenden Ordnung der römisch-katholischen Kirche.

Bedeutete sie doch, dass alle Bemühungen päpstlicher Legaten, die Schriftrollen selbst ausfindig zu machen, gescheitert waren, und somit auch die Hoffnung durch die Erlangung der Schriften vor jeder Einflussnahme geschützt zu sein. Denn wer auch immer die Schriften der Katharer besaß, der besaß auch die Macht, Einfluss auf päpstliche Entscheidungen zu nehmen, allein durch die Drohung die Schriften zu veröffentlichen!

General Wlodomir Ledochowski schien in Gedanken versunken zu sein, nachdem er den Auftrag zur Benachrichtigung von Papst Pius XI erteilt hatte. Nun aber räusperte er sich und wandte sich erneut seinem für Deutschland zuständigen Regionalassistenten zu.

„Sie berichteten von Nachforschungen Außenstehender in Bezug auf den Verbleib der Schriftrollen."

„Ja", bestätigte dieser. „Das heißt, genau genommen: Nein. Denn die Nachforschungen beziehen sich auf die Todesumstände des Dr. Weymann. Jenes Mannes also, der bereits mit der Übersetzung der Schriften begonnen hatte. Der Verbleib der Schriftrollen selbst scheint für die betreffenden Personen von untergeordneter Bedeutung zu sein."

„Sie können also versichern, dass trotz der begonnenen Übersetzung noch nichts vom Inhalt der Schriften bekannt geworden ist?"

„Nach dem augenblicklichen Kenntnisstand kann ich das hundertprozentig versichern."

„Gut. Sie müssen aber dennoch jegliche Nachforschung genauestens überwachen, die auch nur entfernt im Zusammenhang mit den Schriftrollen selbst zu sehen ist. Und ich will unverzüglich persönlich Bericht erstattet bekommen, wenn sich neue Erkenntnisse abzeichnen. Das gilt vor allen Dingen für die Aktivitäten der Herren von Grolitz und Gelbert."

„Selbstverständlich", bestätigte sein Assistent ergeben.

„Und es muss unter allen Umständen sichergestellt werden, dass keine Verbindung von den Tätern zur offiziellen Ordensvertretung nachgewiesen werden kann."

Nun gestattete sich Francesco Patri ein feines Lächeln, bevor er antwortete.

„Eine solche Verbindung kann man nicht nachweisen, weil es sie gar nicht gibt", stellte er klar. „Der Kreis der Eingeweihten, die offiziell mit dem Orden in Verbindung gebracht werden können, beschränkt sich auf drei Personen. Die Planung und Durchführung der Aktion selbst dagegen lag hundertprozentig in den Händen der Affilierten. Unsere Ordensvertretung in Berlin erfuhr erst von dieser Aktion, als die Schriftrollen bei ihr abgeliefert wurden."

Ein Blick auf den grimmigen Gesichtsausdruck des Regionalassistenten genügte, um diese Behauptung zu belegen. Dennoch teilte General Ledochowski den sorglosen Gleichmut seines Vertrauten keineswegs. Wenn sich sein Gesichtsausdruck dennoch aufhellte, so lag das ausschließlich daran, dass Francesco das sehr altertümliche Wort *Affilierten* für den Begriff der Beigestellten verwendet hatte.

Gemeint hatte er jene inoffiziellen Mitarbeiter, die als solche nicht zu erkennen waren, da sie weder Ordenskleidung trugen, noch irgendwelche geistlichen Gelübde ablegen mussten. Diese Männer und Frauen waren also, obwohl vom Orden ausgebildet und eingesetzt, streng genommen keine regulären Ordensmitglieder.

Ihre Aufgabe war es, dem Orden Informationen zu verschaffen, geplante Aktionen jeglicher Gegner zu vereiteln, oder auch nur die Moral ihrer Gegner zu untergraben. Kurz gesagt: Ihr Aufgabengebiet ließ sich mit dem Begriff Spionage treffend beschreiben.

Natürlich stellten sie eine Geheimorganisation dar, deren Existenz noch nie offiziell bestätigt wurde, noch jemals offiziell bestätigt werden würde. Dennoch lag genau hier das Problem. So geheim wie es wünschenswert wäre, war diese Organisation eben nicht mehr. Zu oft war sie bereits in Erscheinung getreten, und die Gerüchte in der Öffentlichkeit hatten sich soweit verdichtet, dass hinter vorgehaltener Hand bereits von der *fünften Kolonne des heiligen Stuhls* gemunkelt wurde.

Sollten die Täter bei ihrer Aktion also von irgendjemand identifiziert worden sein, und sollte die Übergabe der Schriftrollen an der Ordensvertretung beobachtet worden sein, so wäre dies nicht nur ein peinlicher faux pas für den Orden, sondern auch eine Story, die sich kein Reporter der Welt entgehen lassen würde.

Und gerade im Medienzentrum Berlin, wo es von Reportern und Zuträgern nur so wimmelte, war diese Gefahr keinesfalls von der Hand zu weisen. Genau das aber galt es um jeden Preis zu verhindern.

„Kennen Sie die Identität der an der Aktion beteiligten Personen?", wandte er sich nun mit der gebotenen Strenge an Francesco Patri.

„Ja, natürlich", bestätigte dieser ungerührt. „Durchgeführt wurde die Aktion von drei Personen."

„Gut."

Diese Nachricht schien den Ordensgeneral tatsächlich zu beruhigen.

„Sorgen Sie dafür, dass die drei aus Berlin verschwinden."

Francesco Patri nickte lediglich. Das war ein Befehl gewesen, der keines Kommentars bedurfte.

Das Oberhaupt der Gesellschaft Jesu hatte inzwischen zwei Umschläge aus dem Schreibtisch geholt und überreichte sie seinen Besuchern.

„Der neue Aufbewahrungsort für die Katharer Schriftrollen", erklärte er dazu. „Lesen Sie es und vernichten Sie den Brief danach."

*

„Haben Sie ihn beschatten lassen, nachdem er gegangen war?"

„Nein. Aus was für einem Grund hätte ich das veranlassen sollen?"

Anton Kreimann antwortete nicht. Er begnügte sich damit ihn finster und durchdringend anzuschauen, was Spellers Unbehagen nur noch mehr steigerte.

„Ich hielt es nicht für wichtig", begann er sich also instinktiv zu verteidigen. „Eine Kuriosität, gewiss. Aber letztendlich nicht wirklich wichtig."

„Aber Sie hielten es immerhin für wichtig genug, um mich zu benachrichtigen."

„Ja, gewiss. Also ... ich dachte, man sollte vielleicht vorsichtshalber mal prüfen, ob seine Informationen zutreffen. Immerhin könnten sie ja auch für unsere Bewegung von Interesse sein. Dieser Adalbert von Grolitz ist ja kein heruntergekommener Phantast, sondern ein Mann, der mit beiden Beinen im Leben steht."

„Ja, natürlich", wehrte Kreimann ab, um dann besänftigend hinzuzufügen: „Sie haben ja auch völlig richtig gehandelt."

Kreimann war zufrieden mit dem Verlauf dieses Gesprächs. Er kannte Speller gut genug, um zu wissen, dass er ihn jetzt genau da hatte, wo er ihn haben wollte. Nun war er weit genug eingeschüchtert, um sicherzustellen, dass er alle kommenden Ereignisse, die im Zusammenhang mit jenen geheimnisvollen Schriftrollen standen, mit größter Aufmerksamkeit behandeln und unverzüglich an ihn weiterleiten würde, ohne seinerseits unbequeme Fragen zu stellen.

Andererseits wusste Kreimann, dass er es nicht übertreiben durfte, denn gerade ein Mann wie Speller durfte nicht das Gefühl bekommen, zum bloßen Lakaien degradiert zu sein. Denn trotz seiner standesbedingten Bereitschaft, einer von ihm anerkannten Obrigkeit nach bestem Wissen zu dienen, war er keineswegs dumm. Im Gegenteil.

Als Kriminalist war Speller ein alter Fuchs, der eine Menge Schaden anrichten konnte, wenn man ihn sich zum Feind machte.

„Was weißt du eigentlich über die Familie von Grolitz?", wandte Kreimann sich nun also scheinbar Rat suchend an Speller, indem er gleichzeitig zum vertrauten *du* zurückkehrte. „Du hast diesen Adalbert von Grolitz als einen Mann beschrieben, der mit beiden Beinen im Leben steht."

Speller war die Erleichterung über die Entspannung der Lage deutlich anzusehen. Kreimanns anfängliche Reaktion hatte ihn total überrumpelt, da er nicht im Traum damit gerechnet hatte, dass dieser Geschichte eine derartige Bedeutung beigemessen wurde.

„Also ehrlich gesagt, über Adalbert von Grolitz weiß ich so gut wie nichts", berichtete er also mit genau jener Dienstbeflissenheit, die Kreimann durch sein Verhalten hatte provozieren wollen. „Über seinen Vater, Johann von Grolitz, kann ich da schon etwas mehr sagen. Dieser Johann von Grolitz, den man übrigens bis zum heutigen Tag als den eigentlichen Chef des von Grolitz Konzerns betrachten muss, war nämlich ein Freund meines direkten Vorgesetzten. Und Walter, also Walter Zehdel, so heißt mein Vorgesetzter, erzählte mitunter einiges von seinem Freund Johann. In jungen Jahren müssen sich die beiden wohl mal recht nahe gestanden haben, aber ich glaube diese Verbindung war schon vor dem Krieg weitgehend zum Erliegen gekommen."

„Kennst du den Grund dafür?"

„Kennen wäre übertrieben. Aber soweit ich gehört habe, ging es dabei wohl um eine Frau."

„Du meinst, von Grolitz könnte etwas mit einer anderen Frau gehabt haben, während er bereits verheiratet war?"

„Nein. Soweit ich mitbekommen habe, war es wohl genau andersrum. Ich glaube, Walter hat versucht, sich an Johanns

Frau ranzumachen, kurz bevor die beiden geheiratet haben. Aber Walter ist in diesem Punkt natürlich nicht sehr gesprächig."

„Schade."

Warum er dies schade fand, ließ Kreimann allerdings im Dunklen, und Speller hielt es für besser keine diesbezüglichen Fragen zu stellen.

„Können wir diesen Adalbert bei seiner Ehre packen, um ihn zur Zusammenarbeit mit uns zu bewegen?"

„Du meinst, ob er für die Ideale unserer Bewegung ansprechbar ist?"

„Genau."

„Nun, Adalbert selbst wohl kaum. Er ist trotz seiner gesellschaftlichen Stellung eher links einzuordnen. Pflegt Umgang mit so genannten Künstlern, gefällt sich darin in einschlägigen Kreisen als Lebemann aufzutreten, kurz gesagt: ein typisches Beispiel für unsere verkommene Gesellschaft.Nein, Begriffe wie Ehrgefühl und Vaterlandsliebe dürften ihm völlig fremd sein. Allerdings ..."

„Ja?"

„Nun, sein Vater, also Johann von Grolitz, scheint noch ein Ehrenmann alter Schule zu sein. Jedenfalls ist er, laut Walter, mit dem Lebenswandel seines Sohnes ganz und gar nicht einverstanden. Das soll angeblich auch der Grund sein, warum der alte Herr die Geschäftsführung noch nicht an den jungen von Grolitz übergeben hat.

Doch, Johann von Grolitz ist mit hundertprozentiger Sicherheit ein stockkonservativer Mann. Ob er deswegen allerdings mit unserer Bewegung sympathisiert, vermag ich nicht zu sagen."

„Nun, das lässt sich ja feststellen."

„Gewiss. Soll ich in dieser Richtung aktiv werden?"

Kreimann sah ihn einige Sekunden nachdenklich an. Dann jedoch schüttelte er den Kopf.

„Nein, das lass nur meine Sorge sein", entgegnete er

schließlich, wobei sich seine Mimik zu einem hinterhältigen Lächeln verzog. „Ich setze da lieber auf meine eigenen Überredungskünste."

*

Das Orchester tobte buchstäblich. Die Musik war zu laut und schlecht gespielt, und die Revue-Girls hatten einige Mühe ihrem Tanz dazu den Anschein der Synchronisation zu geben. Trotzdem störte das niemanden hier. Die Musiknummern waren ohnehin nur eine Art Einlage zwischen den Auftritten der einzelnen Kabarettisten, deren scharfzüngige und hinterhältige Satire den eigentlichen Reiz des *Chat Rouge* ausmachte.

Dieses umgebaute ehemalige Lagerhaus hatte sich in der letzten Zeit einen gewissen Ruf als Szenelokal erworben, da es trotz, oder gerade wegen seiner Verruchtheit, von den unterschiedlichsten Gesellschaftsschichten frequentiert wurde. Hier fanden sich Bankangestellte wie Künstler, Professoren wie Schauspieler und von etwa zweiundzwanzig Uhr an gab es hier die ganze Nacht durch keine ruhige Minute.

Adalbert hatte das *Chat Rouge* mit Bedacht gewählt für sein zweites Treffen mit Horst Gelbert. Hier an den Tischen dieses lärmenden und schlecht ausgeleuchteten Lokals hoffte er mit Gelbert alles Anliegende besprechen zu können, ohne bei irgendjemand Neugier zu erwecken. Und er hatte einiges mit ihm zu besprechen. Seine Erlebnisse seit ihrem letzten Treffen hatten mehr Fragen aufgeworfen als beantwortet.

Erst jetzt bemerkte er, dass Gelbert bereits im Lokal war und sich suchend umsah. Adalbert hob wiederholt winkend die Hand und registrierte dabei mit Genugtuung, dass es sogar dann schwierig war, die Aufmerksamkeit auf sich zu ziehen, wenn jemand bewusst nach einem Ausschau hielt.

Schließlich bemerkte Gelbert ihn aber doch, kam heran und setzte sich nach einer kurzen Begrüßung.

Adalbert bedeutete der gerade in der Nähe befindlichen Kellnerin, dass sie auch für seinen Gast ein Bier bringen sollte und wandte sich Gelbert zu.

„Ist Ihnen noch irgendwas Wichtiges eingefallen, oder gab es irgendwelche Ereignisse im Zusammenhang mit den Schriftrollen?"

Gelbert schien die drängende Zielstrebigkeit zu amüsieren.

„Langsam, guter Freund", erwiderte er lächelnd. „Ich bin ja noch kaum richtig hier. Aber ich kann Sie beruhigen. Es hat sich absolut nichts ereignet. Es ist fast so, als hätten diese Schriftrollen nur in unserer Phantasie existiert."

„Das haben sie aber nicht. Sie sind wirklich und wahrhaftig verschwunden, und Julius ist wirklich und wahrhaftig tot."

„Dessen bin ich mir ebenso bewusst wie Sie", entgegnete Gelbert eisig.

„Natürlich. Bitte entschuldigen Sie", lenkte Adalbert ein, der seine unpassende Reaktion fast sofort bedauerte. „Aber Sie sehen mich einigermaßen verwirrt. Nichts an dieser Sache läuft so, wie ich es erwartet habe."

„Sie waren bei der Polizei?"

„Ja. Aber einen sehr kooperativen Eindruck machten die nicht gerade."

„Auch auf die Gefahr hin altklug zu erscheinen, aber genau das hatte ich Ihnen prophezeit."

„Ich weiß. Aber das ist nicht alles."

„Was gab es noch?"

„Nun, sagen wir so: Es tauchten einige Ungereimtheiten auf."

„Na, das ist doch immerhin etwas. Vielleicht bringt uns das neue Anhaltspunkte."

„So konkret ist das leider nicht. Es handelt sich eher um einzelne Begebenheiten, die das Gefühl auslösten, dass da manches zusammenhängt. Allerdings ohne dass ich deshalb die Verbindungen genau …"

Er unterbrach sich, denn die Kellnerin brachte Gelberts Bier. Dieser bedankte sich, wartete bis sie wieder gegangen war und wandte sich erneut Adalbert zu.

„Gut. Dann erzählen Sie doch einfach alles, was Ihnen merkwürdig erschien. Vielleicht bekommen wir gemeinsam ein klares Bild der Ereignisse."

Adalbert wollte gerade Gelberts Aufforderung Folge leisten, als er eine vertraute Stimme hörte.

„Alli! ... Mensch Alli, du bists wirklich!"

Er schaute auf und sah Eleonore Ahlers mitsamt ihrem Gefolge auf ihn zustürmen.

„Hallo, Nora", begrüßte er sie also mit einer Mischung aus Freude und Verwunderung.

Er kannte Eleonore noch aus seiner Zeit mit Clara. Sie war ebenso wie Clara Schauspielerin und hatte in letzter Zeit mit einigen Filmen als Femme fatale Erfolg gehabt. Eine Rolle, die ihr offensichtlich lag, denn sie hatte schon damals einen gewissen Ruf als Enfant terrible der Babelsberger Filmszene gehabt.

„He, Kinder! Kommt mal alle her!", wandte sie sich nun prompt an ihr unvermeidliches Gefolge aus Verehrern und Kollegen. „Hier sitzt ein richtig toller Mann, den ihr unbedingt kennen lernen müsst!"

„Nora, bitte lass den Blödsinn."

„Alli, du bist unmöglich! Da drückt man seine Verehrung aus, und was sagst du: Blödsinn! Ehrlich, Alli, wenn du nicht so'n verdammt süßer Typ wärst, würde ich dir das nie verzeihen."

Bevor Adalbert darauf etwas erwidern konnte, war ihr Gefolge lärmend am Tisch angelangt, was eigentlich ganz gut war, denn Adalbert fiel keine passende Erwiderung ein. Nora dagegen hatte sich inzwischen zu Gelbert vorgearbeitet.

„Und Sie, hochverehrter Mann? Wann habe ich die Ehre Ihren Namen zu erfahren?"

„Gelbert", erwiderte dieser leicht irritiert.

„Gelbert!", echote Nora, während sie ihre Finger durch sein verbleibendes Haar streichen ließ. „Klingt irgendwie ehrenvoll, oder was meint ihr, Kinder?"

Grölende Bestätigung seitens ihres Gefolges.

„Wenn du schön lieb zu mir bist, darfst du mich Nora nennen", hauchte sie ihm ins Ohr, während sie sich gekonnt auf seinen Schoß gleiten ließ. Der arme Gelbert wusste nun erst recht nicht mehr, was er tun sollte.

„Nora, das reicht", schaltete Adalbert sich also sanft, aber nachdrücklich ein.

„Oh Alli! Bist du eifersüchtig?", kam ihre prompte Retourkutsche, obwohl sie sehr genau begriffen hatte, was gemeint war. „Darauf warte ich ja schon seit drei Jahren mit tiefster Sehnsucht."

Immerhin hatte Adalbert bewirkt, dass sie nun von Gelbert abließ. Allerdings nur, um sich wieder ihm zuzuwenden.

„Die gute Clara hat dich ja wirklich für alle anderen Frauen verdorben."

„Lass Clara aus dem Spiel", entgegnete er eine Spur aggressiver.

„He, Alli! Mach hier doch keinen auf große Liebe. Ich weiß doch längst, dass es mit euch beiden aus ist."

„Das ist kein Grund über Clara herzuziehen."

Sie sah ihn etwas überrascht an, und für den Bruchteil einer Sekunde schien er den Panzer ihrer Rolle durchbrochen zu haben. Gleich darauf jedoch fiel sie in ihr einstudiertes Verhaltensmuster zurück.

„Ist das nicht süß, Kinder?", wandte sie sich Aufmerksamkeit heischend an ihr Gefolge. „Achtung noch über die Trennung hinaus. Das zeichnet eben einen wahren Gentleman aus."

Ihr Gefolge wollte ihr gerade eilfertig zustimmen, als sie ihnen mit einer unwilligen Geste das Wort abschnitt.

„Dabei hat die gute Clara das gar nicht verdient", fügte sie nun ein wenig ernsthafter und leiser an Adalbert gewandt hinzu. Und zu seiner Überraschung klang das eher traurig als bösartig.

„Das interessiert mich nicht mehr", entgegnete er dennoch

ziemlich abweisend, wohl wissend, dass dies eine Lüge war.

„Auch gut", erklärte Nora leichthin. „Es war jedenfalls schön dich mal wieder zu sehen."

„Gleichfalls", entgegnete er etwas spröde. „Ist nur ein etwas unpassender Augenblick."

„Schade", kommentierte sie seine Bemerkung, während ihr Gefolge langsam ruhiger wurde und sich zu zerstreuen begann.

„Falls es später besser passt, findest du mich an der Bar!", fügte sie also abschließend hinzu, trommelte ihre Begleitung wieder zusammen, setzte sich an die Spitze und rauschte in Richtung Bar davon.

„Wer um Himmels Willen war das denn?", fragte Gelbert, kaum dass sie wieder alleine waren.

„Eine ziemlich verrückte Nudel."

„Soviel habe ich auch schon mitbekommen."

„Sie heißt Eleonore Ahlers, ist Filmschauspielerin und zurzeit, glaube ich, in Babelsberg mit Aufnahmen für eine neue Produktion beschäftigt."

„Ach so. Na ja, irgendetwas Derartiges hatte ich mir schon gedacht. Tja ... und diese Clara, wer ist das?"

„Niemand."

„Oh ..."

Adalbert bedauerte seine abweisende und aggressive Antwort fast sofort, aber er hatte keine Lust jetzt über Clara zu reden.

Gelbert schien dies aber durchaus zu verstehen, denn er wirkte keineswegs beleidigt. Auch wechselte er taktvollerweise das Thema und kam auf den eigentlichen Grund ihres Treffens zurück.

„Sie sagten, Ihnen seien bei der Polizei Ungereimtheiten aufgefallen. Was genau passte denn Ihrer Meinung nach nicht ins Bild? Ich meine, außer der ablehnenden Haltung der Polizei im Allgemeinen."

„Nun, zum einen scheint Ihre Anzeige, die Sie vor einigen Wochen im Zusammenhang mit Dr. Weymann und den Schriftrollen gemacht haben, spurlos verschwunden zu sein. Denn obwohl die Schriftrollen mehrmals Erwähnung fanden, schien es sich für die Sachbearbeiter um eine völlig neue Spur zu handeln. Alle Beamten, mit denen ich sprach, gaben vor noch nie etwas von den Papyrus-Rollen gehört zu haben."

„Das ist in der Tat merkwürdig", gab Gelbert zu. „Dabei bin ich sicher, dass meine Anzeige den zuständigen Beamten bekannt sein muss. Meine Argumente wurden zwar als unglaubwürdig abgewiesen, aber der Vorgang als solcher hat einige Aufmerksamkeit erregt. Doch, ich bin sicher, dass man sich dort an meine Anzeige erinnert."

„Oh, das bin ich auch. Allerdings glaube ich, dass man ihr eine falsche Bedeutung beimisst. Und damit kommen wir zur zweiten Ungereimtheit, für die ich keine logische Erklärung finde."

„Und das wäre?"

„Bei der Polizei scheint man, aus welchem Grund auch immer, der festen Überzeugung zu sein, dass die Täter im faschistischen Umfeld zu suchen sind. Und das, obwohl ich keinerlei Anzeichen dafür erkennen kann."

„Das ist weniger unglaubwürdig, als Sie zu denken scheinen", wandte Gelbert ein. „Julius Weymanns linksintellektuelle Ansichten waren weitgehend öffentlich bekannt. Der Gedanke, er könnte das Ziel von faschistischen Anschlägen sein, ist also durchaus berechtigt."

„Schön und gut. Aber zum einen gibt es keine Anzeichen für eine Beteiligung faschistischer Gruppen an der Ermordung Weymanns, und zum anderen habe ich mit dem Hinweis auf die Schriftrollen ja einen völlig anderen Täterkreis ins Spiel gebracht und damit faktisch die faschistischen Gruppierungen entlastet. Wenn man dort also mit diesem Gesindel sympathisiert, so müsste man sich doch mit wahrer Begeisterung auf einen möglichen anderen Täterkreis stürzen. Aber nichts dergleichen geschah. Man hielt nach wie vor stur an der Selbstmordtheorie fest, obwohl ich den Eindruck hatte, dass die zuständigen Beamten ebenfalls von Mord überzeugt waren."

„Nun, das ist in der Tat äußerst merkwürdig, wenngleich auch ich Ihnen dafür keine Erklärung liefern kann. So bleibt eigentlich nur festzustellen, dass von Seiten der Polizei mit keinerlei Hilfe zu rechnen ist."

„In diesem Punkt muss ich Ihnen leider Recht geben", bestätigte Adalbert. „Was natürlich die Frage aufwirft, wie es weitergehen soll."

„Eine berechtigte Frage", erwiderte Gelbert. „Aber ich fürchte, Sie haben Recht. Wir stecken tatsächlich in einer Sackgasse."

Für einige Minuten herrschte ein eher betretenes Schweigen, und jeder hing seinen eigenen Gedanken nach.

„Ach ja, da gab es übrigens noch eine merkwürdige Begebenheit", erinnerte Adalbert sich schließlich.

„Ja?"

„Nun, nachdem ich das Polizeigebäude verlassen hatte, wurde ich von einem Mann angesprochen, der behauptete mit mir reden zu müssen. Ich bezog diesen Wunsch auf geschäftliche Belange, und da ich verärgert war, wies ich ihn ab. Allerdings ohne Erfolg.

Er blieb buchstäblich an mir kleben und beteuerte immer wieder, ich möchte fast sagen mit einem Anflug von Panik, dass er mich sofort und allein sprechen müsse."

„Nun gut. Was sagte er also?"

„Nichts. Bevor es dazu kommen konnte, kamen zwei Polizeibeamte hinzu und fragten, ob ich belästigt würde. Das war für den Franzosen Anlass genug, schnellstens von der Bildfläche zu verschwinden."

„Wie kommen Sie darauf, dass es ein Franzose war?", fragte Gelbert mit plötzlich wiedererwachtem Interesse.

„Ganz einfach. Er sprach mit deutlich französischem Akzent."

„Und er sagte wirklich gar nichts? Nicht einmal, warum er Sie sprechen wollte?"

„Nein. Das heißt: Irgendwie doch. Bevor er wegging, nannte er mehrfach äußerst eindringlich das Wort *Lazarus*. Er drehte sich im Weggehen sogar noch einmal um und rief mir erneut *Lazarus* zu."

„Dann wissen wir jetzt, wie es weitergeht", meinte Gelbert schlicht.

„Ah, und wie?"

„Wir müssen diesen Mann finden."

„Gut. Verraten Sie mir auch, warum wir das müssen?"

„Erinnern Sie sich daran, dass ich mit meinem Bruder ein Kennwort ausgemacht hatte, auf dessen Nennung hin die Schriftrollen hätten ausgehändigt werden müssen?"

„Ja."

„Dieses Kennwort war *Lazarus*."

*

Sie war unschlüssig, ob sie den merkwürdigen Besucher an diesem Morgen überhaupt vorlassen sollte. Der Sonntag hatte im Hause von Grolitz schon immer einen besonderen Platz eingenommen, und gerade Johann von Grolitz legte einen besonderen Wert auf einen klar geregelten Tagesablauf. Auch waren noch nie zuvor an einem Sonntag unangemeldet Gäste empfangen worden, schon gar nicht am Vormittag.

Und dieser Mann, der da unverschämt grinsend in der Tür stand, weigerte sich nicht nur sein Anliegen vorzubringen, sondern hatte es nicht einmal für nötig befunden auch nur seinen Namen zu nennen. Stattdessen verlangte er mehrfach in einer ziemlich arroganten Form von Höflichkeit, den Hausherrn in einer ziemlich wichtigen Angelegenheit sprechen zu müssen.

„Was geht da unten vor, Anna?", hörte sie nun Johann von Grolitz' Stimme aus dem ersten Stock.

„Hier ist ein Herr, der Sie dringend zu sprechen wünscht."

Johann von Grolitz erschien auf der Galerie und schaute zur Eingangstür hinunter, ohne den Besucher jedoch erkennen zu können.

„Um wen handelt es sich?", fragte er also, inzwischen schon ziemlich verärgert.

„Wir kennen uns noch nicht", erwiderte sein Besucher in die Halle tretend, noch bevor das Hausmädchen Gelegenheit hatte auf die Frage zu antworten. „Aber mein Name tut auch nichts zur Sache. Es ist wichtig, dass wir miteinander reden. Wichtig für Sie."

Die beiden starrten sich einige Sekunden abschätzend an, bis Johann von Grolitz schließlich erklärte: „Führen Sie den Herrn in den Salon, Anna. Ich komme herunter."

Anna folgte der Aufforderung und zog sich dann schnellstens in die Küche zurück, da sie wenig Lust verspürte, länger in der Gesellschaft dieses Herrn zu verbleiben.

Johann von Grolitz dagegen legte seine Hausjacke ab und kleidete sich vollständig an, so als stünde ihm ein elementar wichtiger Geschäftstermin bevor.

Seine Familie war, wie jeden Sonntag um diese Zeit, aus dem Haus, und er hatte den Eindruck, dass sein Besucher gerade deshalb diesen Zeitpunkt für seinen Besuch gewählt hatte. Das allerdings schien nichts Gutes zu verheißen.

So vertraute er darauf, dass die noble Atmosphäre seines Hauses und die überkorrekte Erscheinung seiner Selbst ihm ein wenig von dem Habitus der Unangreifbarkeit verleihen würden. Nicht wenige seiner Geschäftspartner hatte er allein dadurch soweit verunsichert, wenn nicht sogar eingeschüchtert, dass die anschließenden Gespräche für ihn ausgesprochen positiv verlaufen waren. Dass seine Rechnung auch diesmal aufzugehen schien, wurde ihm bereits beim Betreten des Salons bewusst, als er mit Genugtuung registrierte, dass sein Besucher es für nötig hielt, sich bei seinem Anblick zu erheben.

„Sie haben sich einen ebenso unpassenden wie ungehörigen Zeitpunkt für Ihren Besuch ausgesucht", begrüßte er ihn also, um so seine Position gleich von Anfang an zu festigen. „Ich hoffe, Sie haben gute Gründe für dieses Verhalten."

Sein Besucher zeigte ein Lächeln, das wohl verbindlich wirken sollte, in dem von Grolitz jedoch auch eine gewisse Verachtung zu erkennen glaubte. Jedenfalls gemahnte er sich zur Vorsicht.

„Ich habe sogar sehr gute Gründe für mein Verhalten, und ich bin absolut sicher, dass Sie sich sehr bald dieser Ansicht anschließen werden."

„Und was veranlasst Sie zu dieser Sicherheit, Herr …"

„Da Sie meinem Namen eine so große Bedeutung beizumessen scheinen, sei er also genannt", entgegnete sein Besucher äußerst arrogant. „Mein Name ist Kreimann."

„Nun gut, Herr ... Kreimann. Dann sollten Sie jetzt Ihr Anliegen vorbringen."

„Es geht um Ihren Sohn, Herr von Grolitz."

„Um Adalbert?", erwiderte er überrascht.

„Meines Wissens haben Sie ja nur den einen."

Schon wieder diese verachtende Arroganz, dachte Johann von Grolitz mit zunehmender Besorgnis.

„Sehr richtig, Herr Kreimann", konterte er also einen Ton aggressiver als beabsichtigt. „Allerdings wüsste ich nicht, dass Adalbert jemals Ihren Namen erwähnt hat."

„Nun, das konnte er auch nicht. Er kennt mich ja gar nicht."

Kreimann ließ diese Feststellung im Raum stehen, ohne sie näher zu erläutern, und wartete offensichtlich auf eine Reaktion von Seiten des sichtbar verwunderten Johann von Grolitz.

Dieser hingegen setzte sich erstmal und bedeutete seinem Gast durch eine Handbewegung es ihm gleichzutun.

„Wenn es denn stimmt, dass Sie sich nicht kennen, welches Interesse haben Sie dann an meinem Sohn?", fragte von Grolitz schließlich fast ultimativ fordernd.

„Wir machen uns Sorgen um ihn."

„Wer ist *wir*, und wieso machen Sie sich Sorgen?"

„Das sind gleich zwei, wenn auch berechtigte Fragen", stellte Kreimann fast amüsiert fest. Sein Wohlbehagen steigerte sich offensichtlich durch die Unsicherheit seines Gegenübers.

„Zu Ihrer ersten Frage: Wir sind eine Gruppe von Menschen, denen das Ansehen und das Wohlergehen unseres Volkes am Herzen liegt. Und zu Ihrer zweiten Frage: Wir machen uns Sorgen, da vieles darauf hindeutet, dass Ihr Sohn durch seinen Lebenswandel mit Kreisen in Berührung gekommen ist, denen dieses Land völlig gleichgültig geworden ist. Ja, es steht sogar zu vermuten, dass er durch seine Kontakte zu diesen Kreisen dazu verleitet wurde, sein Wissen über Dokumente von nationaler Bedeutung zurückzuhalten, anstatt sie verantwortungsbewussten Kreisen zugänglich zu machen."

„Das ist eine ungeheuerliche Anschuldigung, und ich hoffe in Ihrem Interesse, dass sie ihre Behauptung durch eindeutige Fakten belegen können."

„Natürlich können wir das", log Kreimann. „Aber wir wissen doch beide, dass Derartiges früher oder später eintreten musste. Und wir haben durchaus Verständnis für Ihre Lage. Schließlich wissen wir ja, dass Sie den Umgang ihres Sohnes keineswegs billigen, und wohl auch selbst schon Unüberlegtheiten dieser Art befürchteten."

„Sie brauchen mir wahrlich nicht zu erklären, wie ich zu meinem Sohn stehe", konterte Johann von Grolitz mühsam beherrscht. „Und bevor Sie sich weitere Unverschämtheiten anmaßen, lassen Sie mich eines klarstellen: Wenn ihr nationales Verantwortungsbewusstsein aus jener Ecke kommt, aus der ich vermute, dann sympathisiere ich allemal eher mit den Kreisen meines Sohnes. Auch wenn meine politische Einstellung um einiges konservativer ist als seine."

Nun war es an Kreimann überrascht zu sein. Er hatte mit Einwänden gerechnet, aber eine klare Absage an nationale Ansichten hatte er von Johann von Grolitz nicht erwartet.

„Bevor wir uns über politische Ansichten streiten, sollten Sie mich erklären lassen, was für Dokumente Ihr Sohn zurückhält."

„Ich bitte darum."

„Also gut."

Kreimann rekapitulierte kurz und hoffte, dass seine Informationen der Realität möglichst nahe kamen, da er sonst Gefahr lief sich der Lächerlichkeit preiszugeben. Folglich beschloss er genaue Angaben zu den Dokumenten möglichst zu umgehen und alle Beschreibungen so nebulös wie möglich zu halten.

„Es handelt sich um Dokumente, die sich bis vor kurzem im Besitz der Kirche befanden. Diese Dokumente, genauer gesagt handelt es sich um Schriftrollen, sind über tausend Jahre alt, und ihr Inhalt bezieht sich auf die Entstehung der christlichen Kirche."

Johann von Grolitz sah seinen Gast abschätzend an.

„Das klingt ein wenig ... abenteuerlich. Aber selbst wenn dem so ist, sehe ich höchstens eine kirchliche, aber keine nationale Bedeutung. Und abgesehen davon ist mir völlig schleierhaft, wie mein Sohn in den Besitz derartiger Dokumente gelangt sein soll."

„Er hat sie ja auch gar nicht."

„Wenn er sie gar nicht hat, kann er sie auch nicht unterschlagen haben", konterte von Grolitz gefährlich ruhig.

„Ich habe auch nie behauptet, dass er die Dokumente unterschlagen hat oder dies zu tun beabsichtigt."

„Oh doch. Genau das haben Sie."

Johann von Grolitz war jetzt ernsthaft wütend und machte auch keinerlei Hehl daraus.

„Sie haben gesagt ..."

„Ich habe gesagt", unterbrach Kreimann ihn scharf, „dass Ihr Sohn sein Wissen über diese Dokumente zurückhält, ohne sie verantwortungsbewussten Kreisen zugänglich zu machen. Und das ist für mich sehr wohl eine Form von Unterschlagung."

„Nun, wenn mein Sohn tatsächlich etwas über diese Dokumente weiß, dann wird er schon seine Gründe dafür haben, wenn er sein Wissen zurückhält. Und außerdem scheinen wir völlig unterschiedliche Auffassungen davon zu haben, welche Kreise in diesem Fall als verantwortungsbewusst zu bezeichnen wären. Ich kann Ihnen jedenfalls schon jetzt versichern, dass Ihre Kreise für mein Empfinden nicht dazu gehören.

Und ich versichere Ihnen außerdem, dass ich meinen Sohn nicht dazu veranlassen werde, Ihnen dieses spezielle Wissen, wenn er es denn besitzt, zugänglich zu machen."

Kreimann wurde unruhig, auch wenn man es ihm nicht ansah. Er musste sich eingestehen, dass er sich in Bezug auf

Johann von Grolitz völlig verschätzt hatte. Aber anstatt einen gesicherten Rückzug vorzubereiten, verlor er jedes Maß für die Realität und beschloss nun erst recht anzugreifen.

„Ich bin sicher, dass Sie ihre voreilige Meinung schon bald revidieren werden", erwiderte er also drohend. „Ja, ich bin sogar sicher, dass Sie noch viel mehr für uns tun werden. Sie werden uns nämlich nicht nur alles bekannt geben, was ihr Sohn über diese Dokumente und ihren Inhalt weiß, sondern Sie werden uns auch regelmäßig von den Fortschritten berichten, die Ihr Sohn bei der Suche nach diesen Dokumenten erzielt."

„Da bin ich aber äußerst gespannt, wie Sie das bewerkstelligen wollen."

„Sehen Sie, diese Sonntage sind wirklich eine ausgezeichnete Hilfe dabei."

„Worauf zum Teufel wollen Sie hinaus?"

„Darauf, dass Sie jeden Sonntag Morgen für drei Stunden ganz allein in diesem Haus sind. Oder besser gesagt, fast ganz allein. Denn da gibt es ja noch dieses entzückende, überaus reizvolle junge Hausmädchen namens Anna. So etwas beschäftigt die Phantasie der Leute.

Und wenn dann auch noch Liebesbriefe auftauchen, die Sie von ihren Dienstreisen postlagernd an eben diese Anna geschrieben haben ..."

„Derartige Briefe existieren nicht", presste Johann von Grolitz mühsam beherrscht hervor.

„Aber seien Sie doch nicht so naiv, mein lieber Herr von Grolitz. Sie ahnen ja gar nicht, was für täuschend echte Fälschungen von Handschriften ein qualifizierter Fachmann herzustellen vermag."

„Raus!", explodierte von Grolitz. „Verlassen Sie auf der Stelle dieses Haus!"

Kreimann stand daraufhin zwar auf, aber nur um auf von Grolitz zuzugehen.

„Sie verkennen Ihre Situation, werter Herr. Wenn es die

Umstände erfordern, können wir unserer kleinen Aktion sogar noch mehr Glaubwürdigkeit verleihen, indem wir dafür sorgen, dass ihre süße Anna schwanger wird."

Johann von Grolitz packte Kreimann voller Wut am Kragen und zog ihn dicht zu sich heran.

„Jetzt will ich Ihnen mal was sagen, Sie elender kleiner Wicht", presste er mit vor Zorn bebender Stimme, fast im Flüsterton hervor. „Und hören Sie gut zu, denn ich sage es nur einmal: Wenn ich jemals wieder etwas von Ihnen hören sollte, oder wenn unserer Anna auch nur das allergeringste zustößt, dann werde ich dafür sorgen, dass Sie sich in dieser Stadt nicht mehr auf die Straße trauen können. Dann werden Sie hier keine Existenzgrundlage mehr finden."

Kreimann, der von dieser Reaktion vollkommen überrumpelt worden war, taumelte erschrocken ein paar Schritte zurück, kaum dass von Grolitz ihn losgelassen hatte.

„Sie drohen mir?", stieß er dabei ungläubig hervor.

„Ganz recht!", bestätigte von Grolitz. „Und ich meine es ernst. Je früher Sie das begreifen, umso besser für Sie. Und jetzt raus mit Ihnen. Verlassen Sie auf der Stelle mein Haus."

*

Es war ein unerwarteter Anruf gewesen, und er kam zudem noch zu einer ausgesprochen unpassenden Zeit. Aber dennoch. Dieser Anruf gab Adalbert ein wenig von seiner Zuversicht zurück.

Zum ersten Mal seit er sich in dieser ominösen Geschichte engagiert hatte, spürte er, dass ihm ein entscheidender Schritt nach vorn bevorstand. Und dieses Gefühl hatte er im Augenblick dringend nötig, denn er bekam nun immer stärker zu spüren, dass die Bereitschaft zur Auffindung der Wahrheit bei den maßgeblichen Stellen nicht übermäßig weit entwickelt war.

Gelberts Anruf dagegen zeigte, dass es endlich gelungen war in diesen Gürtel der Ablehnung und Gleichgültigkeit eine Bresche zu schlagen.

Gelbert hatte nämlich Kontakt zu dem geheimnisvollen Franzosen bekommen und entsprechend schnell reagiert. Da er durch Adalberts Erlebnis auf eine erneute Kontaktierung vorbereitet gewesen war, hatte er noch für den heutigen Abend ein Treffen in seiner Wohnung arrangiert und dies soeben per Telefon mitgeteilt.

Gelberts Aufregung dabei hatte sich auch auf Adalbert übertragen, ohne jedoch dessen Sinn für Realismus zu beeinträchtigen. So hatte er Gelberts Forderung, sofort zu ihm zu kommen, zurückgewiesen und stattdessen kategorisch erklärt, erst nach 22 Uhr erscheinen zu können, da wichtige geschäftliche Entscheidungen anstanden, die keinen Aufschub duldeten.

Adalbert wusste, dass er eine Vernachlässigung seiner geschäftlichen Belange im Augenblick nicht zulassen durfte. Das Vertrauen, das sein Vater in letzter Zeit in ihn setzte, ließ ihn mehr als je zuvor auf eine kurz bevorstehende Übernahme der Geschäftsführung hoffen. Dazu jedoch war es nötig, dass er seine Führungsqualitäten überzeugend unter Beweis stellte und nicht erneut durch andere abenteuerliche Beschäftigungen in Zweifel geraten ließ.

Gerade aus diesem Grund gefiel ihm die Verabredung mit Gelbert am heutigen Montagabend nicht so recht. Bedeutete es doch, dass er ein kurzfristig anberaumtes Treffen mit seinem Vater absagen musste. Und diese Entscheidung war ihm, trotz des Triumphes, den Gelberts Anruf bedeutete, ganz und gar nicht leicht gefallen.

Er hatte gespürt, dass sein Vater ihn sprechen wollte, weil irgendetwas nicht stimmte. Irgendetwas, das nicht mit geschäftlichen Belangen in Zusammenhang stand, aber dennoch eine außergewöhnliche Dringlichkeit besaß. Sein Vater hatte aufgebracht, regelrecht empört gewirkt, als er am gestrigen Sonntagnachmittag um dieses Treffen gebeten hatte.

Gebeten? – Nein. Eigentlich hatte er dieses Treffen befohlen, gestand Adalbert sich ein. Aber sei´s drum. Da sein Vater auch nicht gesagt hatte, worum es ging, hatte er schließlich dem Franzosen den Vorzug gegeben.

Er schaute auf die Uhr und stellte leicht verärgert fest, dass es bereits 22 Uhr 15 war, als er den nun bereits etwas vertrauteren Hauseingang betrat, der zu Gelberts Wohnung führte. Das Treffen mit seinen Geschäftspartnern im Hotel Adlon hatte länger gedauert als beabsichtigt, ohne dabei einen durchschlagenden Erfolg zu bringen. Aber auch derartige Erfahrungen gehörten nun mal zum alltäglichen Geschäftsleben.

Als er die Wohnungstür erreicht hatte, musste er feststellen, dass er bereits ungeduldig erwartet wurde. Gelbert jedenfalls musste sein Kommen schon von der Wohnung aus bemerkt haben, denn er stand in der geöffneten Wohnungstür und begrüßte ihn etwas frostig mit den Worten: „Na endlich!"

„Ich habe Ihnen doch gesagt, dass es spät werden könnte."

„Schon gut", lenkte Gelbert ein, der Adalberts schlechte Laune mit Überraschung registrierte. „Es sollte kein Vorwurf sein."

Adalbert reagierte mit einer Geste, die wohl soviel wie *schon vergessen* bedeuten sollte, mühte sich ein Lächeln ab und folgte Gelbert über den bereits bekannten Weg zum Arbeitszimmer.

Als er eintrat, erkannte er den Franzosen sofort wieder, der in einem der beiden Sessel links vom Schreibtisch Platz genommen hatte. Gewissermaßen als Entschuldigung für sein schroffes Verhalten bei ihrer letzten Begegnung beschloss er den ungewöhnlichen Gast in seiner Heimatsprache zu begrüßen.

„Bonsoir Monsieur. Comment allez vous?"

Dieser schaute ihn ein wenig überrascht an.

„Bonsoir", erwiderte er schließlich etwas mürrisch. „Je vais bien, merci."

Danach sah er allerdings nicht aus. Eher im Gegenteil. Er machte einen ausgesprochen unglücklichen und deprimierten Eindruck.

Gelbert hingegen wirkte umso aufgekratzter.

„Mein lieber Adalbert. Da Sie ja nun hier sind, können wir endlich auch ins Detail gehen", zog er die Aufmerksamkeit wieder auf sich, während er in gebieterischer Pose hinter dem Schreibtisch Platz nahm. „Man hat mir schon vorhin kurz einige Zusammenhänge aufgezeigt, die endlich etwas Licht in die Angelegenheit bringen. Aber ich bin sicher, dass Herr Kessler nun noch einmal alles genau durchgehen möchte."

Er schloss mit einem ziemlich nervös wirkenden Lachen, während Adalbert sich überrascht umdrehte. Und tatsächlich: In der kleinen Sitzgruppe neben der Tür saß ein Mann, der bis jetzt noch gar nichts gesagt hatte. Dennoch war er der einzige, der ruhig und gelassen wirkte, während das Verhalten der beiden anderen erkennen ließ, dass vor seinem Eintreffen eine recht unangenehme Spannung geherrscht haben musste.

Adalbert ging auf den Mann zu, der ihn nun ebenfalls begrüßte, und nahm ihm gegenüber in der Sitzgruppe Platz. Es war ihm schnell klar geworden, dass dieser Herr Kessler als einziger über jene Informationen verfügte, die den Grund für dieses Treffen darstellten.

„Zunächst einmal muss ich mich wohl für die unprofessionelle Form entschuldigen, in der man zunächst an Sie herangetreten ist", wandte Kessler sich nun, durchaus freundlich, direkt an Adalbert.

Dieser beschloss daraufhin, sich versöhnlich zu geben.

„Ich nehme an, es war nicht ganz so geplant."

Kessler lächelte.

„Nun, sagen wir mal so: Der Zeitfaktor hat unseren ursprünglichen Plan zunichte gemacht. In dem Augenblick, als unser Monsieur Moreau an Sie herantrat, hatten die Ereignisse bereits eine völlig andere Vorgehensweise erforderlich gemacht. Aber ich denke, Sie werden unsere Handlungsweise verstehen, nachdem ich Ihnen den Sachverhalt geschildert habe."

„Bitte, tun Sie das", erwiderte Adalbert, nicht ohne leisen Sarkasmus.

Horst Gelbert und Francois Moreau hatten sich nun ebenfalls zu ihnen gesetzt, nachdem Gelbert die Gläser seiner Gäste neu gefüllt hatte.

„Ich denke, ich sollte zunächst noch einmal schildern, wer ich bin und was ich repräsentiere", begann Kessler zu erklären. „Um es kurz zu machen, beschränke ich mich auf die Zusammenhänge mit den Katharer Schriften."

„Herr Kessler glaubt nämlich, dass unsere Schriftrollen ursprünglich von den Katharern stammen", warf Gelbert erklärend ein. „Das war eine abtrünnige Glaubensgemeinschaft, die etwa um das Jahr 1100 in …"

„Ich habe schon von den Katharern gehört", unterbrach Adalbert ungeduldig. „Bitte fahren Sie fort."

„Danke. Aber dazu muss ich Herrn Gelbert erst einmal berichtigen", erklärte Kessler nicht ohne Genugtuung, da ihm die Einmischung Horst Gelberts offensichtlich nicht behagte.

„Ich habe nicht gesagt, dass die Schriftrollen ursprünglich von den Katharern stammten. Sie sind wesentlich älter als jene Glaubensgemeinschaft. Es steht lediglich fest, dass sich die Schriftrollen zur Blütezeit der Katharer in deren Besitz befanden und auch einen wesentlichen Einfluss auf deren Glaubensbild hatten. Und nur aus diesem Grund sind die Schriftrollen heute in der christlichen Welt als *Katharer Schriften* bekannt."

„Nun gut. Damit wissen wir, dass die Schriftrollen bekannt sind und dass zumindest einige wenige auch ihren Inhalt kennen. Aber wir wissen noch nicht, was Sie damit zu tun haben, und wir wissen vor allen Dingen noch nicht, warum sie ein so großes Geheimnis darstellen, dass sie versteckt gehalten wurden und dass Menschen sterben mussten, um sie wiederzuerlangen."

„Ganz recht, Herr von Grolitz", bestätigte Kessler. „Zunächst einmal zu Ihrer zweiten Frage: Diese Schriftrollen sind so brisant, weil sie für die offizielle christliche Welt, speziell für die katholische Kirche, gar nicht existieren. Oder besser gesagt, gar nicht existieren dürfen, weil sie deren Religionsbild widerlegen. Und damit sind wir bei Ihrer ersten Frage: Ich repräsentiere hier eine Gruppe von Menschen, die es sich zur Aufgabe gemacht hat, die schriftlichen Beweise für das, was sich in den ersten vierzig Jahren unserer Zeitrechnung tatsächlich abgespielt hat, für die Nachwelt zu sichern."

Adalbert schaute ihn etwas ungläubig an. Da er jedoch nichts Rechtes zu erwidern wusste, rettete er sich schließlich in die Ironie.

„Und natürlich ist Ihre Gruppierung absolut harmlos und verfolgt nur die edelsten Ziele?", bemerkte er etwas aggressiver als beabsichtigt.

„Sind Sie ein streng gläubiger Christ, Herr von Grolitz?", entgegnete Kessler vorsichtig, offenbar überrascht von Adalberts Reaktion.

„Offen gestanden, nein", entgegnete dieser. „Ich bin nicht

einmal Katholik. Und es gibt einiges in den Glaubensdogmen, was ich nicht akzeptieren kann, weil es bei genauerer Betrachtung nicht nur unlogisch, sondern schlicht lächerlich erscheint. Aber dennoch: Dass Sie behaupten eine Organisation zu repräsentieren, die in der Lage ist, das offizielle Religionsbild zu widerlegen, ist schon ein starkes Stück. Dass Sie diese Beweise zurückhalten, ist zumindest merkwürdig, aber dass Sie es völlig selbstlos tun, ohne ihre eigenen Interessen zu verfolgen, ist schlicht unglaubwürdig."

„Ich denke, Sie haben soeben Ihre eigene Argumentation widerlegt", entgegnete Kessler völlig gelassen. „Sehen Sie, auch auf die Gefahr hin Ihre Empörung hervorzurufen, habe ich Ihre Einstellung zu den katholischen Glaubensdogmen natürlich zuvor überprüfen lassen. Und wäre Ihre Einstellung eine andere als die eben geschilderte, so hätte ich diesem Treffen nicht zugestimmt."

Adalbert wollte bezüglich der Überprüfung seiner Person schon aufbegehren, aber Kessler schnitt ihm mit einer ungeduldigen Geste das Wort ab.

„Also zurück zu Ihrem Einwand: Sie fragten nach unseren eigenen Interessen? Nun, ich will sie Ihnen nennen. Unser Interesse ist die Erhaltung eben jener gesellschaftlichen Ordnung, die allein Kultur und Friede in unserer Zeit zu garantieren vermag. Und die christliche Kirche, ob sie nun falsche Dogmen vertritt oder nicht, ist ein wesentlicher Bestandteil unserer kulturellen Ordnung. Wenn wir zulassen, dass dieser Eckpfeiler unserer Gesellschaft zerstört wird, und sei es auch nur durch die Veröffentlichung der Wahrheit, so bedeutet dies einen Rückfall ins finsterste Mittelalter. Und das zu verhindern ist durchaus nicht so selbstlos, wie Sie zu glauben scheinen."

Adalbert nickte nur zum Zeichen seiner Einsicht, ohne jedoch Kesslers Redefluss zu unterbrechen.

„Dennoch kann ich die Politik der katholischen Kirche, einfach alle Beweise für die tatsächlichen Ereignisse in jener

Zeit zu vernichten, nicht teilen. Ich bin davon überzeugt, dass die Welt eines Tages aufgeklärt genug sein wird, um mit der Wahrheit umzugehen, ohne in Anarchie zu verfallen. Aber bis dieser Tag gekommen ist, müssen alle Beweise, zu denen eben auch die Katharer Schriften zählen, sorgfältig vor dem Zugriff der Öffentlichkeit verborgen werden."

„Ich akzeptiere Ihre Einstellung", entgegnete Adalbert nach einigen Sekunden des Schweigens. „Wenngleich dies eine andere Frage aufwirft. Genauer gesagt, sogar eine ganze Reihe anderer Fragen."

„Bitte fragen Sie!"

„Nun, nach ihrem eigenen Bekunden sind diese Dokumente weit über tausend Jahre alt. Stammen womöglich sogar aus der Zeit Jesu?"

„Korrekt."

„Aber wenn sie das, wohlgemerkt gleichaltrige, Religionsbild der katholischen Kirche widerlegen, wie konnte dieses dann überhaupt erst entstehen? Ich meine, es wäre doch viel wahrscheinlicher, dass diese … Katharer Schriften als Glaubensgrundlage gedient hätten. Immer vorausgesetzt, ihr Inhalt besagt die Wahrheit und schildert die tatsächlichen Ereignisse. Aber offensichtlich wurden sie als Glaubensgrundlage verworfen. Warum?"

„Politik."

„Wie bitte?"

„Das war eine politische Entscheidung. Zur damaligen Zeit erschien es wichtig, einen starken politischen Gegenpol zur Vorherrschaft des römischen Reiches zu bilden. Um aber aus den unterschiedlichen Gruppierungen der Bevölkerung mit ihren eigenen Interessenkonflikten eine gemeinsame Gruppierung zu formen, die stark genug werden konnte, um den römischen Legionen Paroli zu bieten, bedurfte es als Bindeglied nicht nur einer neuen Philosophie, sondern einer neuen, gemeinsamen Religion.

Diese neue, gemeinsame Religion musste aber auch erst

einmal geschaffen werden. Und dazu musste sie sich in ihrem grundsätzlichen Erscheinungsbild an die damals gängigen Religionen anlehnen, um als glaubhaft akzeptiert zu werden.

Nun stellen Sie sich bitte vor, der, tatsächlich wahre, Inhalt der Katharer Schriften entlarvt die Ereignisse um Jesus als profane politische Schachzüge der eigenen Leute. Zeigt Jesus, die Integrationsfigur der neuen Religion, zwar als energischen Verfechter einer guten und fortschrittlichen Ideologie. Aber eben auch kein bisschen mehr.

Nun, das hätte ausgereicht, um Sympathisanten zu finden, nicht aber um eine neue Religion zu stiften, die stark genug ist, um ein Heer von Gläubigen gegen die herrschende politische Ordnung anrennen zu lassen. Nein, diese Schriften schildern zwar die Wahrheit, waren aber als Bestandteil einer Schriftensammlung, die als Beweis für die neue Religion herhalten sollte, der Bibel eben, völlig unbrauchbar. Die damals Verantwortlichen mussten sie einfach verwerfen.

So wie übrigens viele andere Texte auch. Ebenso wie im Laufe der Jahre immer wieder neue, passende Texte hinzugedichtet wurden, um die begonnene Beweisführung der neuen Religion hinreichend abzudichten."

Auf diese Erklärung folgte ein längeres, nachdenkliches Schweigen. Wobei aber gerade Gelbert eher den Eindruck des ungläubig Staunenden machte, ohne sich der vollen Tragweite des Gesagten bewusst zu sein. Monsieur Moreau dagegen wirkte eher unbeteiligt. Vermutlich war sein Deutsch nicht gut genug, um der Unterhaltung folgen zu können. Einzig Adalbert schien die Aussage Kesslers in vollem Umfang erfasst zu haben, wenngleich auch er tief in Gedanken versunken war.

Kessler schien den gleichen Eindruck zu haben, denn er wandte sich nun direkt an Adalbert.

„Nun, Herr von Grolitz, können Sie sich zumindest hypothetisch vorstellen, dass ich Recht habe?"

„Offen gestanden, ja. Wenn auch mit einigem … nun, Unbehagen. Ich sagte ja bereits, dass ich kein tief religiöser Mensch bin, aber wenn Ihre Behauptungen zutreffen, so wären die Konsequenzen vermutlich nicht nur theologischer Art. Bitte sehen Sie mir also nach, wenn ich Ihren Gedanken wirklich nur hypothetisch zu folgen bereit bin."

„Selbstverständlich. Mehr kann und werde ich nicht verlangen."

„Gut, aber dann erklären Sie mir bitte noch einige Dinge."

„Dazu bin ich hier."

„Nun, gehen wir davon aus, dass Ihre Schilderung den wahren Ereignissen entspricht und die Katharer Schriften seinerzeit verworfen wurden. Alles schön und gut. Aber irgendwann müssen sie ja dann wieder aufgetaucht sein. Schließlich weiß man, dass sie sich zur Zeit der Katharer in deren Besitz befanden und für eben jene wohl auch nicht ganz unbedeutend waren. Folglich kannten zumindest die Katharer ihren genauen Inhalt. Warum bedeutete ihr Auftauchen dann aber nicht gleichzeitig das Ende der katholischen Kirche in der uns heute noch bekannten Form? Und wann kommen Sie, respektive ihre Organisation eigentlich ins Spiel?"

„Das ist eine überaus umfangreiche Frage", kommentierte Kessler. „Aber ich werde dennoch versuchen sie zufriedenstellend zu beantworten."

„Ja, denn diese Antwort interessiert uns wirklich sehr", meldete sich Gelbert unvermittelt zu Wort.

Man schaute verwundert zu ihm hinüber. Er hatte sich bis jetzt so ruhig verhalten, dass Adalbert seine Anwesenheit schon fast vergessen hatte. Kessler schien es ähnlich zu ergehen, denn auch er hatte sich überrascht Gelbert zugewandt und eher mechanisch „Ja, gewiss" erwidert, wobei seine herablassende Nachsicht keinen Zweifel daran ließ, dass er Gelbert nicht sonderlich wichtig nahm. So war es denn auch nicht verwunderlich, dass er seine Antwort wiederum direkt an Adalbert richtete.

„Lassen Sie mich zunächst auf das Wiederauftauchen der Schriftrollen zu sprechen kommen. Die Bedeutung und Handlungsweise der Organisation, die ich vertrete, wird dann ganz von selbst klar. Zunächst einmal müssen Sie sich die Zeit vor Augen führen, in der die Katharer Schriften erstmals von sich reden machten.

Erste öffentlich zugängliche Hinweise auf ihre Existenz gehen auf die Zeit der Jahrtausendwende zurück. Zu dieser Zeit war die katholische Kirche bereits ein wesentlicher Machtfaktor in der Weltpolitik, die man auch auf theologischer Ebene nicht leichtfertig herausfordern durfte.

Einige versuchten es. Sie erhielten Kenntnis von Schriften, die nicht nur die Dogmen der vorherrschenden Kirche widerlegten, sondern die auch ihrem eigenen, in tiefer Überzeugung verwurzelten Glaubensbild entsprachen. Diese Schriften, zu denen auch die unseren gehören, führten nun schließlich zu jener Gruppierung, deren Namen die Schriftrollen noch heute tragen: den Katharern.

Sie schafften es im Südwesten des heutigen Frankreich eine Kultur zu errichten, die, gemäß ihren Überzeugungen, auch zu anderen Kulturen hin offen war, die gesellschaftspolitische Errungenschaften auf sich verbuchen konnte und die religiöse Dogmen der katholischen Kirche durch eigene, fortschrittlichere Rituale ersetzte. Die Katharer gewannen erheblichen Einfluss auf politischer und zunehmend auch auf religiöser Ebene. Sie fanden immer mehr Anhänger, auch in katholischen Kreisen, und ihre Kultur war bald eine der höchstentwickelten in der damaligen Zeit. Aber genau das konnte sich die katholische Kirche natürlich nicht bieten lassen.

Sie musste das Religionsbild der Katharer als falsch und ketzerisch anprangern, um ihre eigenen politischen und gesellschaftlichen Interessen nicht zu gefährden. Das war aber besonders heikel, da das Religionsbild der Katharer nicht nur tatsächlich der Wahrheit entsprechen konnte, sondern in sich auch viel schlüssiger war als das katholische. Also entschloss man sich zur Radikallösung.

Man versicherte sich der Unterstützung der mächtigsten Politiker jener Zeit und zog in die Schlacht, um diese Leute und ihr Glaubensbild auszurotten.

Wenn Sie sich heute einmal ansehen, mit welch unnachsichtiger Härte die Katharer Kriege, die übrigens auch als Albigenser Kriege bezeichnet werden, geführt wurden, dann wird klar, dass es um mehr als politische Gebietsansprüche gegangen sein muss.

Seit der Ausrottung der Katharer hat sich die Kirche die allergrößte Mühe gegeben, über alles, was im Zusammenhang mit dem katharischen Glaubensbild steht, die Saat des Zweifels zu streuen. Da ist von Unglaubwürdigkeit, Hexerei und gefährlichem Teufelswerk die Rede, und die Bevölkerung hat es in sich aufgenommen und als Wahrheit an folgende Generationen weitergegeben.

Mochten die Glaubensgrundlagen der Katharer auch noch so sehr der Wahrheit entsprechen, die katholische Kirche war seinerzeit politisch schon viel zu mächtig und gesellschaftlich viel zu beherrschend, um eine Gefährdung ihrer Vormachtstellung in Kauf nehmen zu können. Damals war jede Diskussionsfähigkeit für immer abhanden gekommen.

Aber dennoch: Nicht erst seit jener Zeit, Herr von Grolitz, gibt es Menschen, die über die wahren Ereignisse in den ersten vierzig Jahren unserer Zeitrechnung informiert sind. Menschen, die es sich zur Aufgabe gemacht haben, die Wahrheit zu bewahren, bis die Nachwelt reif genug ist, um sie zu verarbeiten. Denn täuschen Sie sich nicht: Wenn diese Wahrheit heute der Öffentlichkeit zugänglich gemacht würde, dann könnten selbst die Hochkulturen unserer Zeit in blutige Glaubenskonflikte gestürzt werden, die den Albigenser Kriegen in Brutalität und Fanatismus in nichts nachstehen.

Um das zu verhindern, gibt es unsere Organisation."

Adalbert hatte aufmerksam und ernsthaft zugehört.

Als einziger übrigens, wie es schien. Denn die anderen beiden hatten während Kesslers Monolog schlicht abgeschaltet, auch wenn Gelbert sich zumindest Mühe gab, dies zu verbergen.

„Ich verstehe ja, dass eine Organisation mit der von Ihnen beschriebenen Aufgabenstellung nicht in der Öffentlichkeit operieren kann", wandte Adalbert sich nun an Kessler. „Aber dennoch wundert es mich, dass ich noch nie etwas von ihrer Existenz gehört habe, wo es sie doch schon immer gab, wie Sie sagten. Es würde sehr zu ihrer Glaubwürdigkeit beitragen, wenn Sie den Namen Ihrer Organisation preisgeben."

Kessler wirkte inzwischen deutlich entspannter, und nun lächelte er sogar. Es war offensichtlich, dass er inzwischen Vertrauen zu Adalbert gefasst hatte.

„Ich könnte Ihnen jetzt natürlich einen Namen nennen, Herr von Grolitz. Aber das würde Ihnen auch nicht weiterhelfen."

„Versuchen Sie es."

„Nun, da gibt es alles in allem wohl ein gutes Dutzend von Bezeichnungen. Welche ist Ihnen am liebsten?"

„Was wollen Sie damit sagen?"

„Dass unsere Organisation so alt ist wie die Schriftrollen selbst. Natürlich waren wir immer eine Geheimorganisation, aber im Laufe von über neunzehnhundert Jahren bleibt selbst die geheimste Organisation nicht immer geheim.

Also war es von Zeit zu Zeit notwendig, Struktur und Namen unserer Gesellschaft zu verändern, ohne dabei das Ziel aus den Augen zu verlieren. Daher kann ..."

„Jetzt haben Sie sich selbst widersprochen", unterbrach Adalbert ihn.

Kessler war ehrlich überrascht.

„Inwiefern?"

„Sie sagten, Ihre Organisation sei so alt wie die Dokumente."

„Ja – und?"

„Wenn die Dokumente zur Zeit Jesu entstanden sind, dann

sind sie folglich mindestens neunzehnhundert Jahre alt. Sie sagten aber vorhin, dass es erst um die Jahrtausendwende herum erste öffentliche Hinweise auf die Schriften gab. Und dass sie da bereits zu brisant gewesen wären, um sie der Öffentlichkeit zugänglich zu machen.

Nun gut. Aber wenn sie doch schon vor so vielen Jahren im Besitz dieser Schriften waren, wieso wurde dann nicht schon damals versucht, diese Dokumente der Öffentlichkeit zugänglich zu machen? Dann wäre die katholische Kirche in ihrer heutigen Form doch nie entstanden, und Ihre Organisation wäre im Grunde genommen überflüssig."

„Vielleicht haben wir es versucht und sind seinerzeit gescheitert."

„Dann wäre Ihr Scheitern geschichtlich belegt."

„Das ist es auch", konterte Kessler ungerührt. „Aber die Belege dafür sind ebenso wenig der Öffentlichkeit zugänglich wie jene Dokumente, die unseren theologischen Anspruch auf Wahrheit belegen. Der damalige Sieger, die katholische Kirche, hält bis heute die Hand darauf.

Abgesehen davon scheinen Sie sich eine falsche Vorstellung von unserer Organisation zu machen. Sie scheinen uns als eine Art staatlichen Geheimdienst zu sehen, aber das sind wir nicht. Unser Wissen bezüglich der Ereignisse um Jesus stammt aus dem engsten vorstellbaren Kreis. Und die führenden Köpfe unserer Gemeinschaft verbindet über die Jahrhunderte hinweg eine Blutsverwandtschaft, die sich bis auf diese Ursprünge zurückverfolgen lässt.

Über all die Zeit hat sich aber, wie bereits gesagt, Struktur und Einfluss unserer Organisation verschiedentlich gewandelt. Von einer kleinen religiösen Lebensgemeinschaft über eine große kulturelle Bewegung bis hin zur winzigen, geheimen Gruppe von Eingeweihten hat es jede nur erdenkliche Erscheinungsform gegeben, ganz wie es die jeweiligen Zeiten erforderten. Aber nie, Herr von Grolitz, nie ist das Bindeglied der Blutsverwandtschaft unterbrochen worden."

Adalbert brauchte einige Sekunden, um das Gehörte aufzunehmen, wobei ihm seine Skepsis deutlich anzusehen war.

„Wenn ich Sie recht verstanden habe, dann muss es aber doch Zeiten gegeben haben, in denen sie ihre Geheimstruktur aufgaben", stellte er fest. „Nehmen wir zum Beispiel die Zeit der Katharer. Da gab es doch eine Kultur, deren religiöse Vorstellungen sich mit den Ihren deckten. Wozu also Geheimhaltung? Aus der damaligen Sicht, wohlgemerkt. Da hätten Sie doch an die Öffentlichkeit gehen können."

„Sehen Sie, unsere Organisation hat die Katharer nicht gemacht, wie Sie zu glauben scheinen. Sie sind aus ihren eigenen religiösen Überzeugungen heraus entstanden, die sich allerdings mit den unseren weitgehend deckten. Die Katharer besaßen damals natürlich unsere Unterstützung und unser Wohlwollen, aber unser Wissen und unsere Identität vollkommen preisgeben? Nein, dazu waren die theologischen Wurzeln der Katharer nicht klar genug definiert und ihre Kultur in der Weltordnung nicht ausreichend manifestiert.

Und die Geschichte zeigt ja, dass wir gut daran taten, die geheime Struktur unserer Organisation aufrechtzuerhalten und einige der Dokumente im Verborgenen zu belassen. Sonst wären alle Beweise in den Albigenser Kriegen zerstört worden, und es wären nicht mehr als Legenden und Sagen übrig geblieben. In den grausigen Katharer Kriegen ist ohnehin schon genug Material für immer zerstört worden, das heute nur noch als ewig unbeweisbare Legende existiert."

Adalbert schien, sehr zur Freude Kesslers, die Zusammenhänge langsam nachvollziehen zu können.

„Ich ahne, worauf Sie hinauswollen", erwiderte er also nach einem kurzen Schweigen. „Aber wenn Sie mich überzeugen wollen, dann müssen Sie schon bereit sein noch weiter ins Detail zu gehen, denn hier beginnt jener Bereich, für den die Geschichtsforschung Beweise bereithält."

„Dazu bin ich durchaus bereit, Herr von Grolitz. Aber nicht mehr heute Abend. Dazu fehlt uns ganz einfach die Zeit."

Adalbert stellte überrascht fest, dass es tatsächlich schon weit nach Mitternacht war und dass die Geduld ihres Gastgebers nun wohl nicht weiter strapaziert werden sollte. Gelbert machte heute Abend ohnehin nicht gerade den Eindruck übermäßiger Aufmerksamkeit und Monsieur Moreau war bestenfalls noch halb wach.

„Sie haben Recht", bestätigte Adalbert folglich Kesslers Einwand. „Aber wir müssen so bald wie möglich wieder zusammenkommen. Schon allein, weil wir unser Hauptanliegen, nämlich die Frage was wir in Sachen Katharer Schriften zu unternehmen gedenken, noch nicht einmal angesprochen haben."

„Richtig, Herr von Grolitz", erwiderte Kessler. „Ich hatte ohnehin die Absicht, Sie in den nächsten Tagen in Ihrem Büro aufzusuchen."

*

Sie saßen am großen Esstisch, und die Lage war alles andere als entspannt.

„Meinst du nicht, dass du mir langsam erklären solltest, warum du mich herzitiert hast?", grollte Adalbert schließlich. „Und was ist hier überhaupt los? Warum ist Mutter nicht da, und wo zum Teufel ist Anna?"

„Alles zu seiner Zeit. Und eines lass dir gesagt sein: In diesem Haus werden gesellschaftliche Regeln noch hochgehalten. Ich habe dir schon hundertmal gesagt, dass man nicht einfach mit der Tür ins Haus fällt. Man wartet zumindest den Hauptgang ab, bevor man Klartext redet. Und im Übrigen wird hier auch immer noch vor dem Essen gebetet. Egal, was man nun von der Kirche halten mag. Das ist einfach ein Stück Kultur, und nichts und niemand wird jemals die Kultur dieses Hauses zerstören."

Adalbert machte eine hilflose Geste und harrte der Dinge, die noch folgen würden. Er war zutiefst beunruhigt, und auch die anfängliche Beherrschtheit seines Vaters vermochte ihn nicht zu täuschen. Er kannte die Gefühlsskala seines alten Herrn nur zu gut, und er hatte ihn lange nicht mehr derartig aufgebracht erlebt.

Auch die Tatsache, dass das Essen von der Köchin selbst serviert wurde, war mehr als ungewöhnlich. Zumal sein Vater jeden Satz unterbrach, sobald sie hineinkam, und sich in Schweigen hüllte, bis sie den Raum wieder verlassen hatte.

Also beherrschte auch Adalbert sich und wartete in der sichtbar gespannten Atmosphäre den Hauptgang ab, in der Hoffnung, dass sein Vater dann von selbst zur Sache kommen würde. Lange brauchte er darauf allerdings nicht mehr zu warten, denn kaum hatte die Köchin den Hauptgang serviert, da fixierte Johann von Grolitz ihn mit unheilschwangerem Blick.

„Du kennst einen Herrn Kreimann?", verlangte er zu wissen.

Adalbert unterdrückte seine Verwunderung und dachte ernsthaft über die Frage nach.

„Nein", erwiderte er mit Bestimmtheit. „In welchem Zusammenhang sollte ich ihn kennen?"

„Es hängt wohl mit diesen kirchlichen Dokumenten zusammen, denen du in letzter Zeit nachzujagen scheinst."

Adalbert erschrak. Er hatte nicht damit gerechnet, dass sein Vater davon wusste, und er war sich absolut sicher, dass seine Handlungsweise nicht toleriert werden würde.

„Die Dokumente sind mehr als ein verrückter Spleen", ergriff er also die Verteidigung. „Sie sind tatsächlich von immenser Bedeutung. Und das nicht nur für die Kirche."

„Warum so aggressiv? Ich bin ja durchaus deiner Meinung", erwiderte Johann von Grolitz überraschenderweise. „Jedenfalls nachdem ich Besuch von diesem Herrn Kreimann erhalten hatte."

„Auch auf die Gefahr hin, dass du mir nicht glaubst: Dieser Name sagt mir absolut gar nichts. Was wollte er denn von dir?"

„Er wollte mich erpressen."

„Wie bitte?"

„Hörst du schlecht? Ich sagte, er wollte ..."

„Ich hab's gehört", unterbrach er die Parade seines Vaters. „Aber womit, um Himmels Willen, glaubt er dich erpressen zu können?"

„Mit einer Lüge", entgegnete Johann von Grolitz voller Empörung. „Aus diesem Grund ist Mutter auch mit Anna zu Tante Liesbeth gefahren."

„Entschuldige, aber da kann ich nicht folgen. Am besten du erzählst alles von Anfang an."

„Also gut. Letzten Sonntagvormittag erhielt ich also Besuch von diesem Herrn Kreimann ...", begann er zu erzählen, und endete erst, nachdem alles gesagt war.

Adalbert hatte aufmerksam, aber mit wachsender Bestürzung zugehört. Hier ergab sich eine unmittelbare Bedrohung aus einer Ecke, aus der er niemals damit gerechnet hätte. Ja, er konnte sich nicht einmal erklären, wie Kreimann überhaupt davon erfahren haben konnte.

„Bist du sicher, dass dieser Kreimann im Auftrag einer rechtsextremistischen Organisation handelt?", fragte er also etwas ratlos.

„Absolut. Ich habe natürlich sofort Erkundigungen über ihn eingezogen, und für mich steht daher fest, dass keine andere Gruppierung in Frage kommt."

Adalbert schwieg etwas betreten. Er hatte das Problem zwar voll erfasst, wusste jedoch auch nicht, wie es zu lösen war.

„Was können wir jetzt tun?", wandte er sich schließlich an seinen Vater. „Ich meine, außer Anna zu Tante Liesbeth zu bringen. Das belastet dich auf Dauer doch mehr, als wenn sie weiter hier im Hause wäre."

„Du hast Recht. Ich habe da etwas unbedacht gehandelt", gab sein Vater überraschenderweise zu. „Aber ich denke, dass ich Kreimann neutralisieren kann. Ich habe immer noch ganz gute Verbindungen, auch zu ausgesprochen konservativen Kreisen, und ich habe denen schon gestern Abend gehörig Angst eingejagt.

Auch wenn keiner von denen Mitglied einer rechtsextremistischen Bewegung sein will, so haben sie doch einigen Einfluss dort. Und mir wurde gestern zu verstehen gegeben, dass Kreimann eigenmächtig und ohne Billigung von oben gehandelt hat. Doch ich glaube, dass ich diese Gefahr erstmal abwenden kann."

„Gut ...", erwiderte Adalbert etwas hilflos. Er fühlte sich in der Schuld seines Vaters, und das war ihm unangenehm.

„Täusch dich nicht, Adalbert", entgegnete dieser. „Auch wenn der Vorstoß von Kreimann abgewendet werden kann, so bedeutet das keineswegs, dass jene Kreise auch das Interesse an diesen Dokumenten verloren haben. Sie werden es wieder versuchen. An einer anderen Stelle und auf eine andere Art – und darauf sollten wir vorbereitet sein."

Adalbert nickte. Ihm war klar, dass sein Vater Recht hatte. Andererseits konnten weitere derartige Attacken nur dadurch verhindert werden, dass die Schriftrollen gefunden wurden. Und sie durften sich dann nicht im Besitz der Familie von Grolitz befinden.

„Alles richtig", bestätigte Adalbert folglich. „Aber wie stellst du dir eine Absicherung unserer Familie und unseres Konzerns vor?"

„Nun, um das herauszufinden, habe ich dich heute Abend hergebeten", erwiderte Johann von Grolitz. „Und um eine Art Konzept erstellen zu können, wirst du mich erst einmal über diese ominösen Schriftrollen aufklären müssen. Mein Wissen darüber ist leider sehr bruchstückhaft. Welche Bedeutung haben diese Dokumente nun wirklich, und in welchem Umfang bist du selbst in die Ereignisse verwickelt?"

Adalbert atmete einmal tief durch und begann zu erzählen.

Er machte sich gar nicht erst die Mühe herauszufinden, wie viel sein Vater schon wusste, sondern schilderte sämtliche Zusammenhänge vom Tode Dr. Weymanns bis zu seinem Gespräch mit Herrn Kessler. Sein Vater hörte ihm mit grimmiger Miene zu, ohne ihn, entgegen seiner Gewohnheit, durch Zwischenfragen oder Bemerkungen zu unterbrechen.

„Wenn du Recht hast, befinden wir uns in einer äußerst prekären Lage, das ist dir hoffentlich klar", entgegnete Johann von Grolitz nicht gerade freundlich.

„Dessen bin ich mir sehr wohl bewusst", konterte Adalbert. „Aber diese Entwicklung lässt sich nun nicht mehr rückgängig machen. Statt Fehlerzuweisung zu betreiben, sollten wir uns lieber überlegen, was als Nächstes zu tun ist."

„Auch wenn es dich überrascht, aber ich empfinde deine Vorgehensweise nicht als Fehler", erklärte sein Vater mit

Bestimmtheit. „Ich sehe darin sogar ein verantwortungsbewusstes Handeln. Das Ausmaß dieser Geschichte konntest du ja unmöglich erahnen, als du vom Tode deines Freundes, dieses Dr. Weymann, hörtest."

Adalbert war nun ehrlich überrascht. Er hatte sich auf eine Moralpredigt apokalyptischen Ausmaßes gefasst gemacht, aber stattdessen bewies sein Vater einen erstaunlichen Pragmatismus.

„Es freut mich, dass du dich zu dieser Betrachtensweise durchringen konntest", erklärte er aufrichtig. „Aber das löst unser eigentliches Problem nicht. Ich persönlich bin der Ansicht, dass es nur eine Möglichkeit gibt, um weitere Gefährdungen auszuschließen."

„Und das wäre?"

„Wir müssen eine Situation herbeiführen, die jede weitere Spekulation über die Anwendbarkeit der Schriftrollen, sei es nun im politischen oder im theologischen Sinn, zunichte macht. Das heißt, wir sollten alles in unserer Macht stehende tun, damit diese Schriftrollen gefunden und an ihren ursprünglichen Besitzer zurückgegeben werden. Nur so kann sichergestellt werden, dass alle anderen Interessengruppen diese Dokumente als verloren behandeln und folglich jede weitere Aktivität, um sie in ihren Besitz zu bringen, unterlassen."

„Das ist zwar richtig, aber dann stellt sich zwangsläufig eine andere Frage."

„Und welche wäre das?"

„Ganz einfach: Wer ist der ursprüngliche Besitzer und, noch wichtiger, welche Absichten verfolgt er? Wenn die Schriftrollen so brisant sind, wie wir annehmen, dann sollte sichergestellt werden, dass sie nicht missbraucht werden."

„Richtig", bestätigte Adalbert. „Gerade das ist ja das Anliegen jener Gruppe, die durch Herrn Kessler vertreten wird. Nach seiner Aussage tut diese Gruppe seit Jahren oder gar Jahrhunderten nichts anderes, als einen Dokumentenfundus, zu dem auch unsere Schriftrollen gehören, verantwortungsbewusst zu verwalten. Er hat mehrmals darauf hingewiesen, dass die Verhinderung von Missbrauch in jeder denkbaren Form für ihn höchstes Gebot ist."

„Du vertraust Kessler also?"

„Nun, im Augenblick haben wir keine andere Wahl."

*

„Sind Sie wahnsinnig?!"
Alfred Theodor Wüllner war außer sich vor Wut. Er stand breitbeinig und mit in die Hüfte gestemmten Händen vor Kreimann und starrte ihn an wie ein Geier, der im Begriff steht sich auf ein Stück Aas zu stürzen.
Kreimann dagegen hatte seine übliche arrogante Überheblichkeit völlig verloren und schien zu einem bloßen Befehlsempfänger degradiert zu sein.
„Ist Ihnen eigentlich klar, was Sie da angerichtet haben? Ihr Dilettantismus grenzt an Verrat!"
„Ich hatte nur die Absicht meinen Auftrag zu erfüllen", wagte Kreimann einen zaghaften Einwand. „Schließlich sollte ich für klare Verhältnisse ..."
„Ihren Auftrag zu erfüllen?", stürzte Wüllner sich mit unverminderter Aggressivität auf den Einwand. „Wer, bitte schön, hat Ihnen den Auftrag erteilt Johann von Grolitz zu erpressen? So ein Schwachsinn, Mann! Sie hatten die Aufgabe die Fronten zu klären, aber niemand hat von Ihnen verlangt, dass Sie einen gottverdammten Krieg anfangen!"
„Nein, gewiss", lenkte Kreimann ein, ohne sich jedoch völlig geschlagen zu geben. „Ich war nur der Ansicht, dass schnelles und entschlossenes Handeln zu den überzeugendsten Ergebnissen führt. Schließlich war klar und deutlich befohlen worden, die Bedeutung dieser Schriftrollen zu klären und möglichst auch ihren Aufenthaltsort festzustellen. Und Johann von Grolitz war nun mal unser einziger Anhaltspunkt."
„Nun hören Sie sich diesen Knallkopf an!", wandte Wüllner sich daraufhin an den ebenfalls anwesenden Karl Speller. „Haben Sie ihm diese Wahnsinnstat denn nicht ausreden können? Gerade Sie hätten doch wissen müssen, dass man Leute wie Johann von Grolitz nicht behandeln kann wie ei-

nen simplen Kartenabreißer im Kino!"

„Ja, schon", entgegnete Speller vorsichtig. „Aber ich hatte ja keine Ahnung davon, was genau Herr Kreimann vorhatte."

Wüllner bedachte auch ihn mit einem wütenden Blick.

„Das sollten Sie aber. Schließlich bilden Sie beide ein Team", grollte er, ließ aber zu Spellers Erleichterung sofort wieder von ihm ab.

„Ich muss Ihnen wohl noch mal verdeutlichen, wie immens wichtig der Einfluss der Industrie für unsere Bewegung ist", stürzte er sich stattdessen wieder auf Kreimann. „Wir brauchen die Sympathie der einflussreichen Leute, um unsere Ziele verwirklichen zu können. Und kein Ereignis rechtfertigt eine Gefährdung unserer guten Beziehungen zu Industrie und Bankwesen in dieser Katastrophenrepublik. Das ist eine Ansicht, die auch von oben vertreten wird. Von ganz oben. Kapiert?"

„Jawohl", hauchte Kreimann zerknirscht, und auch Speller hielt es für richtig ein „Natürlich" zum Besten zu geben.

Überhaupt fühlte Karl Speller sich immer unbehaglicher. Der Drang einfach aufzustehen und diesem alptraumhaften Szenario zu entfliehen wurde immer übermächtiger. Dennoch wagte er es nicht auch nur einen Muskel zu bewegen. Er musste sich sogar eingestehen, dass eine seltsame Faszination von Alfred Theodor Wüllner ausging. Und das, obwohl er ihn, gemäß seines beruflichen Auftrags, eigentlich auf der Stelle verhaften müsste.

Aber die Macht, die dieser Mann innerhalb der Organisation hatte, beeindruckte ihn ungemein. Wüllner war zweifellos ein Mann, mit dem man rechnen musste, denn immerhin schien er Verbindungen bis ganz nach oben zu haben. Verbindungen, auf die er sich verlassen konnte, denn sonst würde er es nicht riskieren einen Mann wie Kreimann derartig herunterzumachen.

Karl Speller ahnte, dass Kreimann wohl in Zukunft keine

große Rolle mehr spielen würde. Aber das musste für ihn persönlich ja nicht unbedingt von Nachteil sein. Wenn er es jetzt klug anstellte, dann konnte er möglicherweise sogar erreichen, dass er seine Befehle schon bald direkt von Wüllner bekam. Und das würde seine Position und sein Ansehen ganz erheblich stärken. Trotz allen Unbehagens spürte er einen Hauch jener Macht auf sich zukommen, die er sich schon immer erträumt hatte.

„... muss man taktvoll vorgehen!", weckte Wüllners keifende Stimme ihn aus seiner kurzen Träumerei. „Leuten wie Johann von Grolitz muss man mit Respekt begegnen. Denen muss man Honig ums Maul schmieren, bis sie einem von ganz alleine erzählen, was man hören will. Aber nie, hören Sie, nie darf man denen das Gefühl geben bedrängt zu werden!"

„Ja, gewiss", bestätigte Kreimann pflichtschuldigst.

„Ja, gewiss", äffte Wüllner ihn nach. „Was heißt hier ‚Ja, gewiss'? Sie sind da reingepoltert wie der sprichwörtliche Elefant in den Porzellanladen. Und wissen Sie, was Sie damit ausgelöst haben?"

Kreimann zog es vor sich einer Antwort zu enthalten.

„Sie haben erreicht, dass uns einige sehr einflussreiche Leute gewaltig die Hölle heiß machen! Seit Sie dieses verdammte Haus verlassen haben, führen wir ein reines Rückzugsgefecht. Und wissen Sie wenigstens, was das bedeutet?"

„Äh ... ja. Ich werde von Grolitz natürlich in Ruhe lassen."

Alfred Theodor Wüllner schüttelte finster den Kopf.

„Nicht nur das, Kreimann. Nicht nur das", stellte er kurz darauf fest. „Sie werden schnellstens aus Berlin verschwinden. Sie sind hier keine Sekunde länger tragbar."

*

„Bringen Sie mir die Unterlagen über alle Fehrenbach-Abschlüsse der letzten drei Jahre", bat Adalbert seine Sekretärin und ließ nachdenklich die Eindrücke der vorangegangenen Begegnung Revue passieren.

Fehrenbach war immer ein guter und verlässlicher Kunde gewesen, mit dem ein ausgesprochen gutes Einvernehmen bestand. Ja, für Fehrenbach Junior empfand er sogar Sympathie, da dieser in Sachen Geschäftsführung ähnliche Ansichten vertrat wie er selbst und wohl auch mit ähnlichen Problemen im väterlichen Betrieb zu kämpfen hatte. Gerade darum aber war er äußerst überrascht, als zum anberaumten Geschäftstermin nicht etwa Fehrenbach Junior sein Büro betrat, sondern Lorenzo Bargottini, der italienische Bevollmächtigte von Fehrenbach Senior.

Und die Art der Gesprächsführung, die dieser Herr an den Tag legte, gab reichlich Grund zur Verwunderung. Er trat mit überheblicher Arroganz auf und legte offensichtlich großen Wert auf den Eindruck von eigenständiger Entscheidungsgewalt.

Jedenfalls schien er keinerlei Rücksicht auf die üblichen Geschäftspraktiken Fehrenbachs zu nehmen, und die Vermutung, er versuche Fehrenbach aus dem Geschäft zu drängen, war durchaus nicht von der Hand zu weisen.

Adalbert erinnerte sich schwach daran, dass irgendjemand mal erwähnt hatte, Fehrenbach sei Jude, ob darin aber eine Erklärung für Bargottinis Verhalten lag, wusste er beim besten Willen nicht. Aber wie auch immer. Irgendwas war bei Fehrenbach ganz und gar nicht in Ordnung.

Seine Sekretärin trat ein und riss ihn so aus seinen Gedanken.

„Die Fehrenbach-Unterlagen, Herr von Grolitz."

Adalbert nickte, nahm den Ordner entgegen und wartete,

bis sie wieder gegangen war. Gleich darauf schlug er zielbewusst die letzten Seiten des Aktenordners auf, dort wo sein Vater alle persönlichen Daten, Vorlieben und Mutmaßungen über seine Kunden notierte. Und so sehr er auch selbst dieses Auskundschaften der Privatsphäre ihrer Kunden verabscheute, heute war er doch froh darüber, auf ein solches Archiv zurückgreifen zu können. Seine Hoffnung, hier einen Hinweis auf den Grund für Bargottinis Verhalten zu finden, erfüllte sich jedoch nicht. Schon ein kurzes Überfliegen der Notizen zeigte ihm, dass keine ungewöhnlichen Eintragungen vorhanden waren. Die Unterlagen ließen das Bild eines durch und durch soliden Familienunternehmens entstehen, ohne den kleinsten Hinweis auf Unregelmäßigkeiten zu enthalten. Einzig seine Vermutung, dass Fehrenbach Jude sei, fand sich bestätigt.

„Herr von Grolitz?", tönte mit einem Mal die Stimme seiner Sekretärin aus der neuen Gegensprechanlage.

„Ja?"

„Hier ist ein Herr, der Sie sprechen möchte."

„Ist er angemeldet?"

„Nein ..."

„Dann geben Sie ihm einen Termin", erwiderte Adalbert leicht gereizt.

„Der Herr möchte Sie aber jetzt sprechen. Er sagt, sein Name sei Kessler. Sie wüssten dann schon Bescheid."

Adalbert sah auf die Uhr und beschloss, dass er noch eine gute halbe Stunde erübrigen konnte.

„Ist gut", gab er nach. „Schicken Sie ihn rein – und sorgen Sie dafür, dass wir nicht gestört werden."

Das kam zwar etwas ungelegen, aber er freute sich dennoch über das Auftauchen Kesslers. Schade nur, dass er noch keine Gelegenheit gehabt hatte, nähere Erkundigungen über ihn einzuziehen. Er war aber auch so von Kesslers Seriosität überzeugt.

„Ich fürchte, ich muss mich für mein überraschendes Eindringen entschuldigen", begrüßte dieser ihn gleich darauf. „Aber es ist eine Situation eingetreten, die ein unverzügliches Handeln unsererseits erfordert."

„Aber ich bitte Sie, kein Grund sich zu entschuldigen. Ich bin erfreut Sie zu sehen", erwiderte Adalbert etwas überrascht von der offensichtlichen Nervosität Kesslers. „Allerdings gebe ich zu, dass Ihr Auftritt mich neugierig macht."

Hinter dieser Feststellung lag eine gewisse Kritik, aber Kessler schien das nicht zu bemerken. Er setzte sich ihm gegenüber und kam ohne weitere Vorreden direkt zur Sache.

„Wir haben die Schriftrollen der Katharer gefunden."

„Was? … Wann?"

„Gute Frage", kommentierte Kessler zerknirscht. „Und eine, die mich sogleich in Verlegenheit bringt, denn wir erfuhren vom Aufenthaltsort der Schriftrollen bereits vor drei Tagen."

„Das war vor unserem letzten Gespräch."

„Nun ja … eigentlich schon …"

Adalbert verbarg seinen Ärger nun keineswegs.

„Sie wussten also schon vor unserem letzten Gespräch, wo sich die Schriftrollen befinden?"

„Ja."

„Tut mir Leid, aber dann verstehe ich Sie nicht. Wenn die Schriftrollen doch schon in Ihrem Besitz waren, wieso haben Sie mich dann überhaupt kontaktiert? Ging es Ihnen nur darum zu erfahren, wie weit wir bereits über die Dinge informiert waren?"

„Nein, Herr von Grolitz. Ganz und gar nicht. Ich habe den Kontakt zu Ihnen gesucht, weil ich überzeugt war, dass wir möglicherweise eines Tages Ihre Hilfe brauchen. Abgesehen davon habe ich mich offensichtlich missverständlich ausgedrückt. Ich sagte nicht, dass die Schriftrollen wieder in unserem Besitz sind, ich sagte lediglich, dass wir wissen, wo sie sich befinden."

„Macht das einen Unterschied?"

„Oh ja. Sogar einen sehr wesentlichen. Man könnte sagen, die Schriftrollen befinden sich zurzeit in Feindeshand."

„Bezieht sich Ihre Überzeugung meine Hilfe zu brauchen auf diese Tatsache?"

„Nun ... ja. Wie ich bereits sagte, ist eine Situation eingetreten, die unverzügliches Handeln erfordert. Und im Moment sieht es so aus, als seien Sie der Einzige, der mit Aussicht auf Erfolg zu handeln vermag."

„Verstehe ich Sie richtig, wenn ich annehme, dass Sie von der Wiederbeschaffung der Schriftrollen reden?"

„Ja, durchaus", erwiderte Kessler vorsichtig, der Adalberts aggressiven Tonfall sehr wohl bemerkt hatte. „Sie sind im Augenblick der einzige, in den ich das nötige Vertrauen für eine solche Aktion setzen würde."

„Das ehrt mich. Aber es zwingt mich auch dazu eines von vornherein klarzustellen: Ich werde nicht einen Finger rühren, bevor Sie mich nicht umfassend über die Bedeutung der Schriftrollen informiert haben."

„Das ist verständlich."

„Gut. Dann habe ich zunächst zwei Fragen. Erstens: Was genau steht in den Schriftrollen der Katharer? Und zweitens: Wo befinden sie sich, oder anders ausgedrückt, wen bezeichnen Sie als Feind?"

Kessler schien inzwischen ruhiger geworden zu sein. Ja, er erweckte sogar den Eindruck, mit dem Verlauf des Gespräches recht zufrieden zu sein.

„Das sind in der Tat die beiden Kernfragen, um die sich alles dreht", gab er zu. „Aber lassen Sie mich zunächst auf die erste Frage eingehen. Der Inhalt der Katharer Schriften ist heute selbst den wenigen Eingeweihten nur von der Aussage her bekannt. Das Wissen um ihren Inhalt geht auf Überlieferungen aus der Zeit der Katharer zurück. Ergänzt durch lückenhafte Übersetzungen, die gerade mal ausreichen, um die Authentizität der Überlieferungen zu bestätigen. Eine wörtliche Übersetzung in vollem Umfang liegt aber meines

Wissens heute nicht mehr vor."

Adalbert musterte Kessler mit nachdenklicher Miene.

„Nun gut", entgegnete er schließlich. „Wenn Überlieferungen und Teilübersetzungen den Wahrheitsgehalt der Schriften bestätigen: Was also besagen sie denn nun?"

„Im Wesentlichen eines: dass Jesus die Kreuzigung überlebt hat. Dass er leibliche Kinder hatte und dass er mit seiner Familie, nachdem sein Heilungsprozess dies zuließ, nach Südfrankreich geflüchtet ist. Und dass er dort, praktisch inkognito, noch weitergelebt hat. Es gibt Hinweise darauf, dass die Katharer den Zeitpunkt seines Todes auf das Jahr 79 beziffern. "

Adalbert schaute ihn ungläubig an. Er war außerstande, etwas zu erwidern, und fragte sich zum wiederholten Male, ob hier nicht ganz einfach ein Verrückter vor ihm saß. Aber verrückt wirkte Kessler keinesfalls.

„Sie begreifen den Umfang und die Konsequenz dieser Tatsache?", erkundigte Kessler sich vorsichtig.

Adalbert nickte.

„Das würde bedeuten, dass die katholische Kirche, und damit der gesamte Vatikan, keinen legitimen Anspruch auf Macht besitzt", stellte er fest. „Weder auf die weltliche noch auf die geistliche Macht, da der Nachfolger Jesu auf Erden nicht der Papst, sondern seine leiblichen Nachfahren wären."

Kessler nickte mit dem gebührenden Ernst.

„Richtig. Und genau das belegen die Katharer Schriften."

Adalbert schüttelte fassungslos den Kopf.

„Das … das kann ich nicht glauben", stellte er klar.

„Es gibt nicht nur die Schriftrollen der Katharer, Herr von Grolitz", setzte Kessler etwas zögernd nach. „Wir haben Kenntnis von einer Unzahl weiterer Schriften und Indizien, die genau das bestätigen."

„Aber … mein Gott!"

Kessler zog es vor zu schweigen. Er wusste sehr wohl, wie

Adalbert nun zumute war. Und er wusste auch, dass jedes Drängen nun absolut falsch wäre.

„Ich habe Ihnen einmal gesagt, ich sei kein gläubiger Mensch, erinnern Sie sich?", ergriff Adalbert nach einiger Zeit erneut das Wort.

„Sicher erinnere ich mich", bestätigte Kessler abwartend.

„Nun, das gilt nach wie vor. Aber dennoch kann ich eine so umfassende Neuordnung der Glaubensfrage auch beim besten Willen nicht in zehn Minuten vollziehen. Es bleiben Fragen offen, die Sie werden beantworten müssen, um mich zu überzeugen.

Wie, zum Beispiel, war es überhaupt möglich, dass Jesus die Kreuzigung überlebt hat? Ich meine, das ist doch unmöglich. Und außerdem: Wenn so viele Leute davon gewusst haben, dass sogar schriftliche Belege darüber entstehen konnten, wieso hat man dann nie etwas davon erfahren?"

Kessler nickte, während Adalbert sprach.

Schließlich holte er tief Luft und erwiderte: „Wie es möglich war, dass Jesus die Kreuzigung überlebt hat, kann und werde ich Ihnen noch genau erklären, wenngleich uns jetzt auch die Zeit dafür fehlt.

Und was die Frage des Bekanntwerdens betrifft, so haben wir das bereits letztes Mal erörtert. Erinnern Sie sich? Ich sagte Ihnen, dass es damals auch von vornherein um politische Macht ging. Um die Erschaffung eines Gegenpols zur Römischen Vorherrschaft. Also wurde alles Material, das Aufnahme ins Buch der Bücher finden sollte, von den Führungspersönlichkeiten der neuen Religion akribisch aussortiert.

Alles, was nicht ins vorbestimmte Bild passte, wurde damals schon ausgesondert, versteckt, verbrannt oder sonstwie vernichtet. Oder zumindest das meiste davon. Das, was übrig blieb, teils auch weil es dem Zugriff der Verantwortlichen entzogen war, wurde gesammelt und ebenfalls versteckt, um es für die Nachwelt zu sichern. Hier liegen die Anfänge jener Organisation, die ich repräsentiere. Unsere Aufgabe war und ist es alle noch verfügbaren Fragmente zusammenzutragen, die sich außerhalb der offiziellen Geschichtsschreibung der Kirche befinden, und sie vor dem missbräuchlichen Zugriff der Öffentlichkeit zu bewahren. Und ich darf wohl behaupten, dass uns das bis heute auch recht überzeugend gelungen ist."

„Nicht ganz", warf Adalbert ein. „Wie sie ja selbst sagten, hatten zumindest die Katharer von den Dokumenten Kenntnis, und …"

„Sie haben Recht", unterbrach Kessler. „Aber sie kannten nicht das gesamte Material. Die Katharer brachten gerade genug in Erfahrung, um den Machtanspruch des Papstes zu bezweifeln. Nein, Herr von Grolitz, außer unserer eigenen Organisation gibt es wohl nur eine einzige weitere, die über den Inhalt der Katharer Schriften vollständig informiert ist."

„Jene Organisation, die Sie als Ihren Feind bezeichnen?"

„Genau", bestätigte Kessler. „Und diese Rivalität besteht schon seit 1525!"

„Aha …Und welche Organisation ist das?"

Kessler zögerte einige Sekunden und musterte Adalbert mit einem unangenehm prüfenden Blick. Schließlich jedoch rang er sich zu einer Antwort durch.

„Das sind die Jesuiten", entgegnete er mit fester Stimme. „Oder genauer gesagt, ein kleiner elitärer Kreis in der Führungsriege des Jesuitenordens."

Adalbert schaute ihn völlig fassungslos an.

„Schade", entgegnete er schließlich.

„Wie bitte?"

„Sie haben schon richtig gehört", entgegnete Adalbert mit spürbarer Verärgerung. „Ich war schon fast geneigt, Ihnen zu glauben, aber diese Behauptung ist nicht nur abwegig, sie ist schlichtweg dumm."

Adalberts Antwort hatte Kessler aus dem Konzept gebracht. Enttäuschung und Überraschung zeigten sich in seiner Mimik, aber er widerstand der Versuchung seinen Gefühlen spontan Luft zu machen.

Stattdessen folgte ein angespanntes Schweigen, das erst gebrochen wurde, als Adalbert begann einige Dokumente auf seinem Schreibtisch zu ordnen, um so das Ende des Gespräches anzuzeigen.

„Ich verstehe Ihre Reaktion voll und ganz", versuchte Kessler zu beschwichtigen, obwohl sein Ausdruck das Gegenteil verriet. „Sie haben ja vollkommen Recht. Wenn man den Jesuitenorden als Ganzes betrachtet, so wie er sich heute in der Öffentlichkeit darstellt, dann ist meine Behauptung tatsächlich unglaubwürdig und dumm."

Adalbert ließ von seinen Dokumenten ab und sah Kessler direkt an.

„Es freut mich, dass Sie meine Auffassung teilen", entgegnete er sarkastisch. „Ich weiß zwar nicht viel über die einzelnen Orden und ihre Standpunkte, aber ich weiß, dass gerade die Jesuiten zu den fanatischsten und vatikantreuesten Orden zählen. Und das gerade die von den eben erwähnten *Tatsachen* Kenntnis haben, ist in Anbetracht ihrer Handlungsweise völlig undenkbar."

„Natürlich", bekräftigte Kessler überraschenderweise. „Aber dennoch ist es gerade ihr Fanatismus in Glaubensfragen, der wie eine Art Schutzwall wirkt für jene, die tatsächlich eingeweiht sind. Bei dieser Gruppe haben wir es sozusagen mit einem Orden im Orden zu tun. Aber sie handeln im Schutz des Jesuitenordens und können praktisch jedes Ordensmitglied für ihre operativen Aufgaben mit heranziehen."

„Sie meinen also, es hat sich so eine Art Geheimbund innerhalb des Jesuitenordens gebildet?"

Kessler nickte.

„Ganz recht. Auch wenn es eher andersherum ist."

„Wie meinen Sie das?"

„Nun, es ist eher so, dass sich um den Geheimbund herum der Jesuitenorden gebildet hat. Als ein notwendiger und sehr effektiver Schutzwall aus Glaubensfanatikern, was zugleich den angenehmen Nebeneffekt hat, dass man stets sehr nah am Vatikan ist und so Entscheidungen unmittelbar beeinflussen kann."

„Aber das würde ja bedeuten, dass praktisch der gesamte Führungsstab des Ordens in die Geheimnisse der Katharer Schriften eingeweiht ist."

„Ganz recht, Herr von Grolitz", bestätigte Kessler mit deutlich erkennbarer Erleichterung. „Genau das bedeutet es. Dieser Orden im Orden besteht aus dem Ordensgeneral und seinen engsten Vertrauten. Und das hat, wie bereits gesagt, eine jahrhundertealte Tradition. Schon der Ordensgründer, Inigo López de Onaz y de Loyola, gehörte zum Kreis der Eingeweihten."

Adalbert war immer noch skeptisch, aber inzwischen überwog die Neugierde.

„Das werden Sie mir beweisen müssen", entgegnete er, wenn auch eher auffordernd als ablehnend.

„Ich hatte gehofft, dass Sie mir Gelegenheit geben würden, genau das zu tun", gestand Kessler, um gleich darauf hinzuzufügen: „Was genau wissen Sie denn bereits über den Menschen Inigo de Loyola, und was wissen Sie über die Umstände der Ordensgründung?"

Adalbert zuckte etwas hilflos mit den Schultern.

„Nicht viel, wie ich zugeben muss. Aber er war wohl ein sehr frommer und vorbildlicher Mann. Unnachgiebig gegen sich selbst, aber offen für die Fehler seiner Mitmenschen."

„Weit gefehlt, Herr von Grolitz", entgegnete Kessler mit einem leicht triumphierenden Lächeln. „Aber wie in jeder guten Fehlinformation steckt auch in dieser Deutung ein Fünkchen Wahrheit, wie Sie gleich sehen werden. Beginnen wir also ganz von vorn."

Adalbert mache eine auffordernde Geste, und Kessler begann zu reden.

„Die Familie Loyola gehörte zum baskischen Landadel.

Das heißt, sie waren arm, kinderreich und ungeheuer stolz. Inigo war der jüngste Spross der Familie, wodurch auch sein Werdegang im Großen und Ganzen vorbestimmt war. Viel Auswahl an Berufen hatten die Söhne des Landadels damals nicht: Entweder sie gingen zur See, oder sie erlernten bei Hofe das Waffenhandwerk.

Inigo tat Letzteres, und er tat es bereits sehr früh. Von nun an tat sich der Junker Inigo durch allerlei Aktivitäten hervor. Kurz gesagt entwickelte er sich zum Raufbold und stellte allen Frauen nach, die in seine Nähe kamen. Das ging so weit, dass er schließlich mehrfach vor Gericht erscheinen musste, was aber keinerlei bekehrende Wirkung hatte.

In den Akten des bischöflichen Gerichts von Pamplona fand er sich jedenfalls folgendermaßen charakterisiert: hinterlistig, gewalttätig und rachsüchtig. Sie sehen also, der heilige Ignatius war alles andere als ein Vorbild."

Adalbert zuckte hilflos mit den Schultern.

„Sicher. Nicht jeder Heilige war schon vor seiner Hinwendung zu Gott ein vorbildlicher Mensch", entgegnete er bestätigend, wenn auch mit neu erwachtem Interesse. „Dieser Lebenslauf allein besagt nicht viel."

„Völlig richtig, Herr von Grolitz", bestätigte Kessler. „Aber im Allgemeinen sollte die Hinwendung zu Gott zu einer umfassenden Veränderung der Persönlichkeit führen, um eine Heiligsprechung zu rechtfertigen. Kurz gesagt, die bisher jähzornige und geltungsbedürftige Person sollte sich zu einem verständnisvollen und gütigen Menschen wandeln."

„Ja, natürlich", entgegnete Adalbert. „Genau das geschah dann ja auch."

„Nein", stellte Kessler triumphierend klar. „Genau das geschah eben nicht!"

„Wie meinen Sie das?"

„Genau so, wie ich es sage", bekräftigte Kessler. „Haben Sie sich schon einmal mit den Umständen seiner Hinwendung zu Gott befasst?"

„Nein", gab Adalbert etwas unwillig zu. „Ich weiß so gut wie nichts darüber."

„Nun, dann werde ich versuchen, Ihnen eine kurze Zusammenfassung zu geben."

Adalbert reagierte mit einer kurzen, auffordernden Geste, da Kessler nicht sogleich weitergesprochen hatte.

„Am besten beginne ich mit der Belagerung der Zitadelle von Pamplona durch die Franzosen im Jahre 1521", nahm Kessler seinen Vortrag wieder auf. „Inzwischen hat unser Inigo de Loyola nämlich Karriere am Hof gemacht. Er ist der jüngste Offizier in der Leibgarde des Herzogs Don Antonio Manrique von Najera. Es lief gut für ihn. Er besaß Macht und Einfluss, und als die Franzosen in das Königreich Navarra einfielen, konnte er endlich auch seinen Mut und seine Ritterlichkeit beweisen.

Und er tat dies auf äußerst spektakuläre Art. Denn trotz der erdrückenden Überlegenheit der Franzosen und nachdem die Stadt Pamplona sich bereits ergeben hatte, sorgte er dafür, dass die Zitadelle nicht kapitulierte. Ihm allein ist es zuzuschreiben, dass der bereits gefasste Kapitulationsbeschluss von allen Offizieren einstimmig zurückgenommen wurde.

Diese Entscheidung war natürlich Schwachsinn. Am Ende fiel die Zitadelle ja doch, nachdem die Franzosen sie mit einer mehrstündigen Kanonade belegt hatten. Der Einzige, dem dieses sinnlose Blutbad etwas genutzt hätte, wäre Inigo selbst gewesen, denn seine Standhaftigkeit hätte seinen Einfluss in den höchsten spanischen Kreisen weiter gestärkt.

Aber Inigo hatte sich verrechnet. Die Kanonade der Franzosen änderte auch sein Leben auf dramatische Weise, denn eine Kanonenkugel zerschmetterte seinen rechten Unterschenkel und die linke Wade. Das war natürlich das Ende seiner aktiven Karriere. Aus der Traum von seinem persönlichen Ritterideal. Macht und Glaube in einer Person vereint. Dazu wäre die äußerliche Wohlgestalt unverzichtbar gewesen.

Zwar wurde der schwer verletzte Inigo noch von einer Ehreneskorte der siegreichen Franzosen auf das Schloss seiner Väter gebracht, aber das war im Grunde nur eine weitere Schmach, denn so kehrte er im wahrsten Sinne des Wortes an seinen Ausgangspunkt zurück. Sein Leben und seine Karriere wurden von Heute auf Morgen auf den Nullpunkt zurückgefahren.

Was nun folgte, war eine unendlich lange Heilperiode, während der er vollkommen ans Bett gefesselt war. Eine Zeit, in der er mehr als einmal mit dem Tode rang."

„Dann war dies die Zeit seiner Hinwendung zu Gott? Der Moment, in dem seine Persönlichkeit sich wandelte?"

„Ja und nein", entgegnete Kessler bewusst widersprüchlich. „Ja, es war der Moment seiner Hinwendung zu Gott, oder besser gesagt zur katholischen Kirche. Und nein, eine Wandlung seiner Persönlichkeit kann ich beim besten Willen nicht erkennen, auch wenn dies von Seiten der Kirche gerne behauptet wird."

„Nun gut. Was also geschah dann?"

Kessler gönnte sich ein feines Lächeln.

„Nichts Mystisches jedenfalls", entgegnete er. „Inigo tat das, was alle Kranken tun. Er begann zu lesen. Und da die einzigen im Hause vorhandenen Bücher zwei religiöse Traktate waren, las er eben die. Das führte natürlich nicht nur zu einer ernsthaften Beschäftigung mit Glaubensfragen, sondern fast zwangsläufig auch zur Auseinandersetzung mit den Strukturen der katholischen Kirche. Und hierbei muss er erkannt haben, dass sich ihm in der Kirche eine Möglichkeit bot, seine Ideale von Macht und Einfluss trotz seiner körperlichen Missgestalt zu verwirklichen. In diesem Umfeld mussten seine Verletzungen nur soweit heilen, dass er in seinen täglichen Verrichtungen nicht auf fremde Hilfe angewiesen war.

Dummerweise waren die Knochen seines gebrochenen Beines aber nicht nur schief zusammengewachsen, sondern es trat auch ein Knochenhöcker hervor, und es wucherte wildes

Fleisch. Das verursachte zwar keine permanenten Schmerzen, aber es schränkte seine selbstständige Bewegungsfähigkeit doch spürbar ein. Also tat er etwas absolut Radikales, was dennoch typisch für seine Person war. Er ließ sich bei vollem Bewusstsein den Knochen nochmals brechen und das wilde Fleisch absägen.

Es folgte erneut eine langwierige Heilungsphase, nach deren Abschluss er immerhin selbstständig gehen konnte. In dieser Zeit muss er den Entschluss gefasst haben die schon verloren geglaubte Macht und Achtung in der straffen Organisation der römisch-katholischen Kirche zu erlangen. Jedenfalls verließ Inigo de Loyola im Frühjahr 1522 das Familienschloss, um zum berühmten Benediktinerkloster *Nuestra Señora de Montserrat* auf dem Mont Serrat zu ziehen.

Auf seinem Weg dorthin legt er das Keuschheitsgelübde ab, und es folgen drei Tage im Kloster auf dem Mont Serrat, bis er schließlich sein Leben der Kirche weiht."

„Na schön, aber was hat das mit uns zu tun?", unterbrach Adalbert ihn. „Er hoffte also auf Macht und Einfluss in der Kirche. Gut, aber das taten Hunderte anderer auch. Was ist so besonders daran?"

„Nichts", gab Kessler bereitwillig zu. „Aber da oben muss etwas geschehen sein, was ihn völlig aus der Bahn geworfen hat. Jedenfalls ist er nach drei Tagen ein völlig anderer."

„Natürlich ist er das. Schließlich hat er zu Gott gefunden."

„Blödsinn!", entgegnete Kessler. „Das hatte er schon vorher. Inigo war ohne Zweifel schon ein tief gläubiger Mann, als er das Kloster betrat. Und er war ein Mann mit festen Vorstellungen. Er war bereit seine Kraft und sein Können in den Dienst der Kirche zu stellen, und er tat dies nicht nur aus reinem Geltungsbedürfnis, sondern auch aus tiefer religiöser Überzeugung.

Aber als er drei Tage später das Kloster verließ, war er ein zutiefst verwirrter Mann. Er ging mit Kutte und Pilgerstock nach Manresa, einer kleinen Stadt gut zwanzig Kilometer vom Mont Serrat entfernt, und lebte dort über Monate wie ein Einsiedler. Er betete ganze Nächte durch und peitschte sich mit eisernen Dornenketten. So reagiert niemand, der seine religiösen Überzeugungen bestätigt gefunden hat."

Langsam begriff Adalbert, worauf Kessler hinaus wollte.

„Sie meinen, Inigo hatte auf dem Mont Serrat Kenntnis vom Inhalt der Katharer Schriften erhalten?"

Kessler nickte.

„Ja, Herr von Grolitz. Davon bin ich absolut überzeugt. Und das erklärt auch sein weiteres Handeln. Seine Lösung dieses Konfliktes bestand darin, einen Orden zu gründen, der sozusagen päpstlicher war als der Papst. Und das Wissen um die Existenz der Katharer Schriften verlieh ihm die nötige Macht, um Einfluss auf die Handlungsweise des Papstes zu nehmen. Das ist übrigens eine Aufgabe, die der Jesuitenorden bis auf den heutigen Tag erfüllt, auch wenn nur die absolute Führungsebene in die Existenz der Schriftrollen eingeweiht ist."

„Aber wie kann jene Führungsebene des Jesuitenordens diese Schriftrollen als Druckmittel einsetzen, wenn er sie gar nicht hat?", wagte Adalbert einzuwenden.

„Nun, zum einen reicht das Wissen um ihre Existenz als Druckmittel aus", entgegnete Kessler. „Und zum anderen sind die Schriftrollen der Katharer nicht der einzige Beleg, der existiert. Die Jesuiten besitzen sehr wohl Dokumente, die sie als Druckmittel verwenden können, auch wenn ihnen die definitiven Beweise nicht zur Verfügung stehen."

„Weil einzig Ihre Organisation diese definitiven Beweise, wie Sie es nennen, behütet und kontrolliert?"

„Ganz recht, Herr von Grolitz. Und wir taten dies seit Jahrhunderten mit Erfolg, bis zu jenem Tag, an dem uns die Schriftrollen der Katharer entwendet wurden."

Adalbert empfand ein gewisses Schuldgefühl bei dieser Aussage Kesslers, und so reagierte er mit einer aggressiven Gegenfrage.

„Wenn Ihre Organisation die Beweise über Jahrhunderte behütet und kontrolliert hat, wieso konnten die Jesuiten dann überhaupt Belege für ihre Existenz finden?"

„Weil unser Inigo de Loyola ein überaus konsequenter Mann war", entgegnete Kessler mit einem feinen Lächeln. „Nachdem er auf dem Mont Serrat begriffen hatte, was dem katharischen Glaubensbild zu Grunde lag, machte er sich auf die Suche nach weiteren Beweisen. Und da die Katharer die letzten waren, die belegbar über die genannten Erkenntnisse verfügten, machte er sich dort auf die Suche, wo auch die Katharer ihre Erkenntnisse gewonnen hatten: in Jerusalem. Übrigens sehr zum Leidwesen seiner heutigen Biographen."

„Wieso das?"

Kessler lachte.

„Weil seine Pilgerreise nicht ins Bild passt", erklärte er „Sehen Sie, in Inigos Zeit war eine Pilgerreise nach Jerusalem längst kein Thema mehr. Missionsbereite Geistliche heuerten auf den Schiffen zu den neuen Kolonien an und versuchten dort ihr Glück. Das Heilige Land aber war passé. Das heißt, ohne die Suche nach unseren Dokumenten als Tatsache zu akzeptieren, kann diese Pilgerreise nicht erklärt werden. Einige Biographen lösen dieses Problem, indem sie die Pilgerreise gar nicht erwähnen."

Adalbert zog ein wenig irritiert die Augenbrauen hoch.

„Nun gut, dann ist also auch Inigo in Jerusalem fündig geworden?", vergewisserte er sich.

„Nein, ist er nicht", stellte Kessler klar. „Oder irgendwie schon. Er fand Belege für die Authentizität der Katharer Schriften, aber er fand nicht die Schriften selbst."

„Aber wenn er doch Belege für die Authentizität der Schriften gefunden hat, wieso wurden diese Schriften nach der Zerschlagung der Katharer dann nie wieder erwähnt?"

„Aber das wurden sie doch", antwortete Kessler.

„Tut mir Leid, aber das verstehe ich nicht."

„Nun gut, dann lassen Sie mich etwas weiter ausholen", bat

Kessler. „Denn um es zu verstehen, müssen sie die Situation im Heiligen Land zur Zeit des letzten Kreuzzuges kennen."

Adalbert reagierte mit einer auffordernden Geste.

„Sehen Sie, man wusste natürlich von der Existenz weiterer Schriften und Artefakte, die sich mit dem Leben von Jesus beschäftigen", begann Kessler. „Und etwa um das Jahr 1100 herum galt es als gesichert, dass sich dieser, nennen wir es einmal Schatz, in Jerusalem befinden musste. So tauchten unter anderem um 1118/19 neun arme Ritter unangemeldet im Palast des Königs von Jerusalem auf. König Balduin der Erste begrüßte diese Männer überaus herzlich und wies ihnen als Unterkunft einen ganzen Flügel seines Palastes zu.

Ist dies alleine schon verwunderlich genug, so verwundert es noch mehr, dass diese Ritter das Angebot trotz ihres Armutsgelübdes annahmen und dort Quartier bezogen. Die fraglichen Ritter gaben vor, nur zum Schutz der Pilgerreisenden nach Jerusalem gekommen zu sein, aber es gibt keinerlei Hinweis darauf, dass es jemals zu einem Einsatz zum Schutz der Pilger gekommen ist. Und es darf wohl auch mit Recht bezweifelt werden, dass neun Ritter auf sich allein gestellt diese Aufgabe hätten bewältigen können.

Damit stellt sich die Frage: Was wollten sie wirklich in Jerusalem? Nun, eine mögliche Erklärung zeigt sich auf, wenn wir uns ihren Wohnort näher ansehen. Der ihnen zugewiesene Flügel des Palastes war auf den Grundmauern des alten salomonischen Tempels erbaut worden, woraus diese Ritter auch ihren Namen ableiteten: Tempelritter."

„Sie meinen, diese neun Ritter waren die Begründer des sagenumwobenen Templerordens?"

„Ganz recht, Herr von Grolitz."

„Nun gut, aber was hat das mit uns zu tun?"

„Nun, ich erwähne diesen Umstand lediglich, um aufzuzeigen, dass sich von diesem Moment an alles ins Reich der Legenden verlagert. Fortan ist nicht nur von den Schriftrollen der Katharer, die ja schon zur Zeit des ersten Kreuzzuges in Jerusalem waren, die Rede, sondern auch vom Schatz der Templer, oder sogar vom heiligen Gral."

„Sie meinen, auch die Gralslegende bezieht sich auf die Schriftrollen der Katharer?"

„Genau", bestätigte Kessler unumwunden. „Alle Gralslegenden beschreiben den Gral als ein Gefäß, das die Kraft Gottes in sich trägt und seinem Besitzer ungeheure Macht verleiht. Wenn man das Gefäß als Sinnbild für den Schoß der Frau sieht und die Kraft in ihm als das Blut Jesu, dann ist der heilige Gral der Beleg für die direkte Erbfolge Jesu."

*

„Herr von Grolitz? Bitte entschuldigen Sie, aber die Herren von der Degefa werden langsam unruhig."

Adalbert sah überrascht auf. Es war ungewöhnlich, dass seine Sekretärin einfach unangemeldet sein Büro betrat. Und dieses Verhalten machte deutlich, wie sehr die Abgesandten der Degefa sie inzwischen bedrängen mussten. Verwunderlich war das allerdings nicht, denn ein Blick auf die Uhr zeigte ihm, dass die ursprünglich einkalkulierte halbe Stunde längst überschritten war.

„Ja, danke. Wir brauchen hier nicht mehr lange", entgegnete er also mit einem entschuldigenden Lächeln. „Bitten Sie die Herren noch um ein wenig Geduld und sagen ... oder nein. Geleiten Sie die Herren doch schon in das kleine Besprechungszimmer und bieten Sie Ihnen etwas zu trinken an. Sagen Sie, ich käme dann gleich zu ihnen herüber."

Seine Sekretärin nickte.

„Ist gut, Herr von Grolitz", erwiderte sie durchaus zufrieden und verschwand ebenso lautlos wie sie eingetreten war.

„Bitte entschuldigen Sie nochmals mein unangemeldetes Erscheinen", nahm Kessler das Gespräch wieder auf, kaum dass die Sekretärin aus dem Zimmer war. „Aber wie ich bereits eingangs erwähnte, benötigen wir Ihre Hilfe wirklich dringend. Und da Sie nun wissen, worum es geht, hoffe ich doch sehr auf Ihre Kooperationsbereitschaft."

Adalbert starrte einige Sekunden unschlüssig ins Nichts. So ganz wusste er immer noch nicht, was er von Kessler und dessen Überzeugungen halten sollte.

„Na schön", entgegnete er schließlich. „Sie brauchen also meine Hilfe. Und wie, bitte, habe ich das zu verstehen?"

„Ich gebe es nicht gerne zu, aber unsere Versuche die Dokumente zurückzuholen sind fehlgeschlagen", gestand Kessler ziemlich unwillig ein. „Wir wissen, wo sie von Berlin aus hingebracht und deponiert wurden, aber wie gesagt – der Versuch, sie wieder in unseren Besitz zu bringen, ist leider fehlgeschlagen. Und das nicht etwa zufällig. Es steht eindeutig fest, dass der Gegner über unsere Aktion informiert war. Das bedeutet, wir haben einen Verräter in unseren Reihen."

Adalbert schwieg einige Sekunden.

„Was genau bedeutet *fehlgeschlagen*?", erkundigte er sich schließlich.

„Das, Herr von Grolitz, bedeutet, dass unser Mann getötet wurde", gab Kessler zähneknirschend zu.

Adalbert sah ebenso ungläubig wie schockiert zu ihm hinüber.

„Und nun wollen Sie, dass ich seine Stelle einnehme. Habe ich Recht?"

„Nun ... ja."

Wiederum entstand ein betretenes Schweigen. Kessler spürte, dass jetzt jedes weitere Wort falsch wäre. Er hatte die Karten auf den Tisch gelegt und konnte jetzt nur noch abwarten, ob seine Rechnung aufging. Allerdings nahm er dabei mit wachsender Sorge zur Kenntnis, dass Adalbert begann nachdenklich den Kopf zu schütteln.

„Nein", entgegnete dieser dann auch. „Bei allem Respekt, Herr Kessler, aber schlagen Sie sich das aus dem Kopf."

„Warum...?", erwiderte Kessler sichtlich enttäuscht, um nicht zu sagen geschockt. „Konnte ich Sie nicht überzeugen?"

„Kommt darauf an, wovon Sie mich überzeugen wollten", stellte Adalbert klar. „Ich kann mir vorstellen, dass Ihre Schilderungen bezüglich der Dokumente der Wahrheit entsprechen. Vielleicht ist es ja wirklich so, dass selbst die Gralslegenden nur ein verschlüsselter Verweis auf unsere Schriften sind. Aber Sie konnten mich nicht davon überzeugen, dass Sie diese Dokumente so dringend zurück brauchen, dass sie auf fremde Hilfe zurückgreifen müssen. Ich denke, Sie haben Zeit genug, um Ihren Verräter ausfindig zu machen und einen neuen Versuch zu starten. Kurz gesagt: Die Gefahr, die von den Jesuiten ausgehen soll, ist mir einfach zu nebulös, um dafür mein Leben aufs Spiel zu setzen!"

Kessler nickte mit grimmigem Gesichtsausdruck, vermied aber zunächst jeden Kommentar.

„Ich verstehe Ihren Standpunkt durchaus", entgegnete er nach einigen Sekunden des Schweigens. „Aber dieser Standpunkt zwingt mich dazu etwas zur Sprache zu bringen, was ich auf keinen Fall erwähnen wollte."

Adalbert sah ihn fragend an.

„Nun denn ...", begann Kessler schließlich mit einer gewissen Resignation. „Die Gefahr, die von den Jesuiten ausgeht, ist konkret, sie kann sogar terminlich begrenzt werden."

„Wie meinen Sie das?"

„Es gibt bestimmte Annäherungsbestrebungen zwischen dem Vatikan und der faschistischen Regierung Benito Mussolinis, wie Sie vermutlich wissen werden."

„Das ist nun wahrlich kein Geheimnis", warf Adalbert bestätigend ein.

„Aber es ist sehr wohl geheim, wie weit diese Bestrebungen gediehen sind. Und man muss derzeit davon ausgehen, dass Mussolini eine ganz beträchtliche Summe an den Vatikan zahlen wird, um sich damit ein gewisses Stillschweigen in Bezug auf seine politischen Aktivitäten zu erkaufen."

„Das ist eine abenteuerliche Mutmaßung. Aber ich sehe nicht, wie unsere Schriftrollen eine solche Vereinbarung verhindern könnten."

„Das können sie auch nicht", versicherte Kessler grimmig. „Papst Pius ist entschlossen diesen Schritt zu tun, denn er möchte dieses Geld nutzen, um eine eigene Vatikanbank an den Finanzmärkten zu etablieren. Dieses faschistische Geld wird dem Vatikan zu mehr staatlicher Autorität verhelfen.

Nein, mit dieser Tatsache wird man sich abfinden müssen. Es gilt vielmehr noch Schlimmeres zu verhindern."

„Noch schlimmer?"

„In der Tat. Wir wissen, dass es in der Führungsspitze der Jesuiten Bestrebungen gibt, die Beziehungen zu den Faschisten noch weiter auszubauen. Dort gehen die Sympathien für Mussolinis Regime so weit, dass sie den Faschisten freien Zugriff auf die Daten der römisch-katholischen Kirche verschaffen wollen. Im Gegenzug hoffen sie, so den Katholizismus als einig zulässige Staatsreligion zu etablieren und so wieder direkt weltliche Macht auszuüben.

Können Sie sich vorstellen, was es für politisch oder gesellschaftlich verfolgte Personen in Italien bedeutet, wenn zum Beispiel das Beichtgeheimnis der Vergangenheit angehört?"

Adalbert schwieg einige Sekunden in wirklicher Betroffenheit.

„Mein Gott …", brachte er schließlich hervor. „Ja, ich kann es mir vorstellen."

Kessler sah ihn aufmerksam an.

„Gut", stellte er fest. „Denn bisher weigert sich Papst Pius strikt einen solchen Schritt zu tun. Und er wird so etwas auch garantiert nie befürworten, es sei denn …, ja, es sei denn man setzt ihn mit den Schriftrollen unter Druck."

Erst langsam begriff Adalbert die Tragweite des soeben Gesagten. Nach einigen Sekunden wandte er sich mit fester Stimme an Kessler.

„Also gut. Sie haben mich überzeugt", gab er schließlich zu. „Zumindest was die Bedrohung angeht, die ganz aktuell von unseren Schriftrollen ausgeht. Ich werde versuchen Ihnen zu helfen."

Kessler war eindeutig erleichtert und machte auch keinen Hehl daraus.

„Ich hatte wirklich sehr gehofft, dass Sie zu dieser Entscheidung kommen würden", entgegnete er gleich darauf. „Allerdings müssen wir uns darüber im Klaren sein, dass wir in der Schweiz völlig auf uns allein gestellt sein werden. Auf Hilfestellung seitens meiner Organisation möchte ich weitgehend verzichten, solange der Verräter nicht identifiziert ist."

Adalbert nickte.

„Verständlich", kommentierte er. „Demnach befinden sich die Schriftrollen in der Schweiz?"

„Ja, das ist richtig", bestätigte Kessler. „Ich habe sogar eine ziemlich genaue Vorstellung davon, wo genau in der Schweiz sie sich befinden. Aber es wird dennoch nicht leicht sein, sie zu finden."

„Nun gut. Was können wir also tun?"

Zu seiner Überraschung zog Kessler einen hellblauen Umschlag aus der Tasche und reichte ihn zu Adalbert hinüber.

„Ich habe mir bereits vorab erlaubt, alles was Sie für eine Reise in die Schweiz wissen müssen, zusammenzustellen. Also Ortsbeschreibungen, Gegnerprofile, Kontaktpersonen und dergleichen. Studieren Sie diese Aufzeichnungen sorgfältig. Es könnte sein, dass eines Tages Ihr Leben davon abhängt."

*

Der Jesuitenpater Gregor Soljakow war durchaus zufrieden, jetzt da er seine Aufgabe fast erledigt hatte. Gewiss, in den letzten Wochen hatte es einige Male so ausgesehen als ob seine Mission zu scheitern drohte, aber schließlich hatte er doch alle Schwierigkeiten gemeistert.

Eine Tatsache, die für ihn persönlich von großer Bedeutung war, denn Erfolg oder Misserfolg dieser Mission war für ihn zur Glaubensfrage geworden. Zu sehr hatten ihm die immer wiederkehrenden Zweifel an der Richtigkeit seiner Handlungen zu schaffen gemacht. Und so stand für ihn eines schnell außer Frage: Wenn diese Mission trotz aller Widrigkeiten gelang, dann gelang sie nur durch die Kraft Gottes. Und das wiederum gab ihm trotz aller Zweifel die Gewissheit das Richtige getan zu haben.

Er spürte, wie der Zug anruckte und sich langsam in Bewegung setzte. Jener Zug, der ihn nach Interlaken bringen würde, wo der letzte Teil seiner Mission auf seine Erfüllung wartete. Er sah das Bahnhofsgebäude von Grindelwald zurückbleiben und lehnte sich in seinen Sitz zurück.

Erst jetzt erlaubte er sich ein gewisses Maß an Entspannung, denn dies war der langersehnte Moment, in dem er alle Probleme überwunden glaubte. Aber trotz, oder gerade wegen all der gerade überwundenen Schwierigkeiten war Pater SJ Gregor Soljakow stolz auf seine vollbrachten Leistungen. Und er war ebenfalls stolz darauf, dass man ausgerechnet ihm diese Aufgabe übertragen hatte. Nun also konnte er sich darauf freuen wieder in die Geborgenheit seines Klosters zurückzukehren und die ungewohnten Zivilkleider gegen seine Kutte einzutauschen. Endlich wieder die Sicherheit eines geregelten Tagesablaufs, anstatt hier vorgeben zu müssen ein anderer zu sein. Ja, er gestattete sich sogar in Gedanken seine Ankunft im Kloster zu durchleben, wo man ihm von nun an mit größerer Achtung begegnen würde.

An seine unmittelbar bevorstehende Aufgabe in Interlaken dachte er im Augenblick nicht. Schon deshalb nicht, weil er auf das Organisationstalent seiner Ordensbrüder vertraute. Diese letzte Prüfung vor seiner glorreichen Rückkehr bereitete ihm wahrlich keine Kopfschmerzen mehr. Eine simple, wenn auch geheime Übergabe war nach den Wirrungen der letzten Wochen eine vergleichsweise leichte Übung.

„Ihre Fahrkarte, bitte."

Überrascht blickte er auf. Er hatte den Schaffner nicht bemerkt, der jetzt desinteressiert, aber freundlich grinsend im Türrahmen stand.

„Augenblick bitte", erwiderte er, während er in die Innentasche seines Sakkos griff.

Trotz seiner Überraschung bemühte er sich instinktiv so normal wie möglich zu reagieren. Zu gut war ihm der unangenehme Zwischenfall auf dem Grindelwalder Bahnhof noch in Erinnerung, wo er zum ersten und einzigen Mal in den vergangenen Wochen nahe daran gewesen war die Beherrschung zu verlieren.

Er reichte dem Schaffner also betont gleichgültig die Fahrkarte, welche dieser kurz überprüfte, abknipste und an ihn zurückreichte. Für den Schaffner zweifellos eine ganz normale Situation, denn er war bereits verschwunden, noch bevor Pater Soljakow seine Fahrkarte wieder eingesteckt hatte.

Nun gut, dieser Schaffner würde später keine allzu genaue Beschreibung von ihm geben können. Ganz im Gegensatz zu seinem Kollegen in Grindelwald.

Aber da er davon überzeugt war, dass die Ereignisse in Grindelwald nicht auf eine bewusste Provokation zurückzuführen waren, hatte er beschlossen von diesem Zwischenfall bei seiner Ankunft nichts zu erwähnen. Seine Ordensbrüder mussten ja nicht alles wissen.

Die vergleichsweise kurze Fahrt nach Interlaken verlief völlig normal, und so war es nicht verwunderlich, dass Pater

Soljakow noch einmal den Anblick der grandiosen Schweizer Bergwelt genoss. Sein in Selbstzufriedenheit wurzelndes Hochgefühl wurde noch dadurch verstärkt, dass er seit einiger Zeit wusste, wer ihn am Bahnhof von Interlaken erwarten würde.

Jene graue Eminenz mit dem Decknamen Victor nämlich, dessen wahre Identität angeblich nur der Ordensgeneral persönlich kannte. Ein Mann, mit dem sonst nur jene Ordensmitglieder Kontakt bekamen, die als wirklich bedeutend gelten konnten.

Er stieg also mit großen Erwartungen und erkennbarer Nervosität aus dem Zug, kaum dass dieser am Bahnsteig zu halten kam. Da er nur leichtes Gepäck bei sich hatte, löste er sich schnell aus dem Gedränge der anderen Reisenden und sah sich unauffällig in der Bahnhofshalle um.

„Mein lieber und treuer Bruder Gregor! Welch eine Freude Sie zu sehen!"

Überrascht von der unpassend überschwänglichen Begrüßung drehte er sich um und erblickte Victor und einen weiteren Mann, die forschen Schrittes auf ihn zukamen. Obwohl er bislang nur einige Bilder von seiner Kontaktperson gesehen hatte, bereitete ihm die Identifizierung keine Mühe. Victors Gesichtszüge waren viel zu markant und seine große, hagere Gestalt viel zu auffällig, um Zweifel auch nur aufkommen zu lassen.

Victor und sein Begleiter trugen Zivil, und beide waren offensichtlich bemüht, sich nicht allzu lange auf dem Bahnsteig aufzuhalten. Ein durchaus verständliches Bestreben, wenn man bedachte, dass der Jesuitenorden seit 1848 in der Schweiz verboten war.

„Sie ahnen ja gar nicht, wie sehr mich der Gedanke an Ihre Mission in den letzten Tagen beschäftigt hat", wandte Victor sich nun direkt an ihn. „Aber ich sehe, dass meine Gebete erhört worden sind. Immerhin konnten Sie ihre Aufgabe erfolgreich abschließen."

Pater Soljakow hörte dies mit Zufriedenheit und genoss die unerwartet herzliche Begrüßung.

„Ihre Worte ehren mich", entgegnete er etwas unbeholfen. „Aber ich verbeuge mich in tiefer Demut vor der Größe des Allmächtigen, ohne dessen gütigen ..."

Sein Ordensbruder unterbrach ihn mit einer unwirschen Handbewegung.

„Ihre Taten mehren ohne Zweifel den Ruhm unseres Ordens", entgegnete er mit vertraulich gesenkter Stimme. „Und gerade darum habe ich mich entschlossen, Ihre Dienste nun erneut in Anspruch zu nehmen."

Pater Soljakow sah ihn erstaunt an, aber der erneute Vertrauensbeweis von diesem so bedeutenden Mann ließ seine aufkeimenden Zweifel verschwinden. Folglich ließ er es auch widerspruchslos zu, dass Victor ihn gleich darauf zu der Bahnhofsgaststätte führte, wo sie sich an einen Tisch im hinteren Drittel des Lokals setzten.

„Ich muss mich dafür entschuldigen, dass wir die weitere Einweisung in Ihre neue Aufgabe bereits hier vornehmen müssen", begann sein Ordensbruder gleich, nachdem sie sich gesetzt hatten. „Aber der Zeitfaktor macht eine solche Vorgehensweise leider unumgänglich."

Pater Soljakow sah ihn verständnislos an.

„Nun, uns bleibt leider nur eine halbe Stunde, bis Sie Interlaken bereits wieder verlassen müssen."

„Ich verstehe nicht ganz ..."

„Deshalb lassen Sie mich bitte erklären", forderte Victor. „Es geht um eine nicht gerade unbedeutende Summe, die in Ihrem Heimatkloster bis auf weiteres deponiert werden soll. Bitte verstehen Sie mich recht: Es geht in erster Linie darum, das Geld unverzüglich aus der Schweiz verschwinden zu lassen. Und da Ihre Heimreise seit Wochen geplant und entsprechend sorgfältig vorbereitet ist, erscheint es als das Einfachste, dieses Geld Ihrer Obhut anzuvertrauen."

„Nun ... Ihr Vertrauen ehrt mich", entgegnete Pater Soljakow durchaus aufrichtig. „Sie erwähnten allerdings, dass ich bereits in einer halben Stunde ..."

„Ganz recht, mein Lieber", unterbrach Victor ihn erneut, wobei er kurz entschlossen einen kleinen Koffer auf den Tisch wuchtete. „In diesem Koffer befindet sich das fragliche Geld, und ich erlaube mir es hiermit Ihrer Obhut zu übergeben."

„Haben die Herren einen Wunsch?"

Sein Ordensbruder gab sich überrascht vom Auftauchen des Kellners, aber Pater Soljakow war sich ziemlich sicher, dass alle am Tisch das Herannahen des Kellners bemerkt hatten. Umso unverständlicher erschien es, dass Victor weiter gesprochen hatte. Immerhin war er sich absolut sicher, dass der Kellner die letzten Worte verstanden hatte und folglich registriert haben musste, dass sich viel Geld in dem Koffer befand.

Aber wie auch immer. Er machte sich weiter keine Gedanken darüber, zumal er absolut sicher war, dass niemand diese Geldübergabe mit seinem gerade erledigten Auftrag in Verbindung bringen würde.

„Ich habe die notwendigen Begleitpapiere bereits vorbereitet", stellte Victor klar, nachdem er den Kellner ziemlich unwirsch davongejagt hatte. „Natürlich weisen die Papiere eine ordnungsgemäße Übergabe in einer hiesigen Bank aus. Aber das können Sie ohne weiteres unterschreiben. So wird lediglich sichergestellt, dass trotz aller Eile die Form gewahrt bleibt."

„Natürlich", erwiderte Pater Soljakow beflissen, schon weil er spürte, dass Widerspruch ohnehin nicht geduldet wurde. Folglich unterschrieb er die Papiere, die sein Ordensbruder inzwischen vor ihm ausgebreitet hatte. Anschließend nahm er den Geldkoffer entgegen, was Victor mit deutlicher Erleichterung zur Kenntnis nahm.

„Sie bekommen noch einen zweiten Koffer mit privaten Dingen", erklärte er gleich darauf geradezu überschwänglich. „Ihren Grindelwalder Koffer können Sie mir überlassen."

„Sie wissen, wie damit verfahren werden soll?", erkundigte sich Pater Soljakow besorgt.

„Aber natürlich. Machen Sie sich keine Sorgen."

Das war leichter gesagt als getan, denn inzwischen war ihm der ganze Ablauf dieser Aktion höchst suspekt.

„Darf ich mir erlauben auf die Uhrzeit hinzuweisen?"

Es war der zweite, bislang schweigsame Ordensbruder, der diese Unterbrechung gewagt hatte.

„Natürlich. Danke", griff Victor die Bemerkung geradezu begierig auf. „Wir haben wirklich keine Zeit zu verlieren. Bitte kommen Sie. Ihr Zug wartet bereits."

Da ihm kaum etwas anderes übrig blieb, erhob Pater Soljakow sich ebenfalls und folgte den beiden Ordensbrüdern hinaus in die Bahnhofshalle.

Während sie auf den richtigen Zug zueilten, ließ sich Victors Begleiter scheinbar unbeabsichtigt zurückfallen, bis er unmittelbar neben Pater Soljakow ging. Er kam so nah wie möglich heran und richtete unvermittelt das Wort an ihn.

„Pater, trauen Sie Victor nicht", erklärte er leise, aber eindringlich. „Sobald Sie beim Zug sind, entschuldigen Sie sich für einen Moment und gehen auf die Herrentoilette. Keine Angst. Bis zur Abfahrt des Zuges bleibt noch genug Zeit. Ich erwarte Sie dort, denn ich muss Ihnen dringend etwas mitteilen."

Pater Soljakow sah ihn überrascht an.

„Ich verstehe nicht recht ... wieso ...?"

„Pater – bitte! Hier ist nicht der Ort für Erklärungen! Also denken Sie daran: die Herrentoilette. Und nehmen Sie um Himmels Willen den Geldkoffer mit."

Er sah seinen merkwürdigen Begleiter scharf an, konnte aber nur aufrichtige Besorgnis in seinen Zügen entdecken.

„Ja, ist gut", erwiderte er, und es war ihm ernst damit. Zu merkwürdig war Victors Verhalten in den letzten Minuten gewesen.

„Sehen Sie, nun haben wir trotz der knappen Zeit doch

noch alles erledigen können", erklärte Victor im Plauderton, kaum dass sie den Bahnsteig erreicht hatten. „Aber gute Vorarbeit zahlt sich eben immer aus."

Pater Soljakow beschloss seine Chance zu nutzen.

„Da haben Sie völlig Recht", erwiderte er also. „Und zu einer guten Vorbereitung gehört nun mal das rechtzeitige Entleeren der Blase. Bitte entschuldigen Sie mich also einen Augenblick."

Victor sah ihn völlig entgeistert an.

„Aber dafür können Sie doch im Zug sorgen", bemerkte er ärgerlich und machte Anstalten ihn an der Schulter festzuhalten.

Pater Soljakow jedoch hatte schneller reagiert. Noch bevor Victor fest zugreifen konnte, hatte er sich ihm entzogen, und war bereits auf dem Weg zur Toilette.

Victor war für einen Moment scheinbar versucht ihm nachzusetzen, blieb dann aber stehen, nachdem er sich vergewissert hatte, dass die Herrentoilette tatsächlich sein Ziel war.

Dort angekommen wurde Pater Soljakow bereits von dem zweiten Ordensbruder erwartet, der ihn eiligst zur Seite drängte.

„Na endlich! Nun kommen Sie schon."

„Wer sind Sie?", fragte Pater Soljakow aufgebracht. „Und was zum Teufel wird hier gespielt?"

Sein Gegenüber machte eine beschwichtigende Geste.

„Ihnen ist also auch schon einiges merkwürdig vorgekommen, nicht wahr?", vergewisserte er sich, wobei er die Zugangstür zur Herrentoilette mit einem Spezialschlüssel von innen verriegelte.

„Allerdings", bestätigte Pater Soljakow sichtlich beunruhigt. „Aber was soll das alles? Was machen Sie da?"

Die Antwort fiel anders aus als er erwartet hatte. Noch bevor er sich auf die neue Situation einstellen konnte, hatte sein Ordensbruder einen langen, schweren Gegenstand in der Hand und holte zu einem Schlag in Richtung Schädel aus.

Pater Soljakow versuchte noch instinktiv dem Schlag auszuweichen, aber es gelang ihm nicht. Er hörte das dumpfe Krachen, als der Gegenstand seine Schädeldecke traf, spürte für den Bruchteil einer Sekunde einen scharfen Schmerz und sackte gleich darauf benommen zusammen.

Er spürte, wie ihm das Blut über die Wange lief und konnte wie durch einen Schleier gerade noch wahrnehmen, wie sein Gegner ihm den Geldkoffer entriss und anschließend zum letzten, vernichtenden Schlag ausholte.

In diesen letzten Sekunden seines Lebens begriff er endlich den Fehler, den er begangen hatte. Er war der letzte Zeuge dessen, was in Grindelwald vor sich gegangen war – und Zeugen durfte es nicht geben.

Mit einem Mal wurde ihm alles klar: Die überhastete Abwicklung am Bahnhof, die Notwendigkeit Zivilkleider zu tragen, der Kellner, der sich später daran erinnern würde, dass er einen Geldkoffer bei sich gehabt hatte, die Papiere der Schweizer Bank in seiner Tasche, all das würde dazu führen, dass man seinen Tod als die bedauerliche Folge eines brutalen Raubüberfalls sah. Bedauerlich und peinlich für die Schweizer, aber mehr auch nicht.

Den letzten, tödlichen Schlag spürte er nicht mehr. Sein Bewusstsein hatte ihn schon ein paar gnädige Sekunden zuvor verlassen.

*

Die unerwartete Reise tat ihm gut. Auch wenn dies aller Logik widersprach, begann Adalbert sich langsam zu entspannen. Der Zug hatte vor wenigen Minuten die Grenze der Schweiz passiert, und somit näherte sich die Reise ihrem Ende.

Adalbert packte das dicke Bündel an Papieren, das Kesslers Instruktionen enthielt, wieder in den Koffer zurück und schwor sich, dass die Papiere diesmal auch dort bleiben würden. Im Verlauf der Fahrt hatte er dreimal die Unterlagen durchgesehen und war, bei aller Bewunderung für Kesslers Gründlichkeit, zu dem Entschluss gelangt, dass die geschilderten Gefahren wohl doch etwas übertrieben waren. Adalbert war im Grunde eher verwirrt als informiert, auch wenn Kesslers Angst, dass der Gegner sie bereits erwarten könnte, sicher nicht ganz unberechtigt war. Jedenfalls war Adalbert nun sicher, dass er eine vorzeitige Kontaktaufnahme durch den Gegner auch als solche erkennen würde.

Nun war das Ziel fast erreicht, und nichts dergleichen war geschehen. Adalbert stand auf, streckte sich und beschloss auf den Gang hinauszugehen, um sich etwas Bewegung zu verschaffen. Also schlenderte er ein paar Mal auf und ab, um schließlich vor einem Fenster stehen zu bleiben und die immer gebirgiger werdende Landschaft zu betrachten.

„Endlich einmal ein bekanntes Gesicht! Ich kann Ihnen gar nicht sagen, wie sehr ich mich freue, Sie in diesem Zug zu treffen."

Adalbert schreckte aus seinen Gedanken auf. Er vermochte nicht zu sagen, wie lange er schon so am Fenster gestanden hatte, und schaute ziemlich irritiert zu der jungen Frau hinüber, die ihn soeben angesprochen hatte.

Was er sah, war eine eher schlicht und unauffällig gekleidete Frau, was ihre offensichtliche Schönheit jedoch nicht verbergen konnte. Auf ihrem Gesicht glaubte er einen Ausdruck von Freude oder sogar Erleichterung zu erkennen.

„Oh, ja ... guten Tag", erwiderte er ziemlich hilflos, denn diese Frau war ihm gänzlich unbekannt.

„Also, wenn ich gewusst hätte dass Sie ebenfalls in diesem Zug reisen, dann hätte ich Sie ja schon viel eher aufgesucht", plauderte sie fast übereifrig weiter, auch wenn ihr Gesichtsausdruck nach seiner distanzierten Begrüßung von Erleichterung zu Verwunderung wechselte. „Sie müssen wissen, es war bislang eine ziemlich einsame Reise, und Einsamkeit konnte ich noch nie ertragen."

Bei Adalbert schrillten sämtliche Alarmglocken. Kessler hatte die Möglichkeit einer Kontaktaufnahme durch den Gegner bereits im Zug ausdrücklich für möglich gehalten. Und für den Fall, dass die eigenen Leute eine Nachricht zu überbringen hatten, war extra ein Kennwort vereinbart worden. Dieses Kennwort lautete *Der blaue Reiter*.

Als Adalbert dies zum ersten Mal gelesen hatte, war ihm der Gedanke, den Namen einer Künstlervereinigung als Kennwort zu benutzen, äußerst amüsant erschienen. Inzwischen jedoch musste er zugeben, dass es recht gut möglich war diesen Begriff unauffällig in einen Satz einzubauen, sofern das Thema Kunst greifbar war.

„Einsamkeit ist in dieser Umgebung auch besonders schwer zu ertragen", versuchte er also ihr eine Brücke zu bauen. „Diese Bergwelt hat etwas Künstlerisches, das die Seele berührt."

Sie sah ihn leicht irritiert an, wusste offensichtlich nicht recht, was sie von seiner Bemerkung halten sollte.

„Gewiss", entgegnete sie schließlich fast ein wenig enttäuscht. „Auch wenn ich angesichts dieser grandiosen Natur nicht unbedingt an Kunst denke."

Adalbert war ratlos. Irgendwie wirkte sie eher schutzbedürftig als berechnend, aber das Kennwort war eindeutig noch nicht gefallen.

„Nun, haben Sie nicht vergessen mir etwas zu sagen?", versuchte er es also ganz direkt.

Sie sah ihn völlig verständnislos an.

„Das mag schon sein. Schließlich haben wir uns bestimmt eine Menge zu sagen", bemerkte sie mit einem scheuen Lächeln, um gleich darauf mit einer gewissen Koketterie hinzuzufügen: „Aber das muss ja nicht unbedingt hier auf dem Flur sein. Lassen Sie uns doch in Ihr Abteil gehen."

Nein, das Kennwort würde nicht fallen, da war Adalbert sich inzwischen sicher.

„Tut mir Leid, aber dazu sehe ich keine Veranlassung", entgegnete er also bewusst grob, in der Hoffnung dass die Sache damit erledigt sei. „Wir kennen uns ja nicht mal."

Trotz seiner Unhöflichkeit schien sie fast grimmig entschlossen nicht aufzugeben.

„Aber natürlich kennen wir uns!", stellte sie nun eindeutig verärgert fest. „Sie sind Herr von Grolitz, nicht wahr? Grolitz Junior?"

Er wandte sich erneut seiner Gesprächspartnerin zu. Die Tatsache, dass sie seinen Namen kannte, beunruhigte ihn ernsthaft.

„Wie bitte?", entgegnete er abweisend.

Das jedoch erwies sich als folgenschwerer Fehler, denn das Gesicht seiner schönen Reisegefährtin versteinerte sich nun endgültig.

„Ich freue mich ja wirklich, Ihre Bekanntschaft zu machen", versuchte er also schnell die Situation zumindest höflich zu bereinigen. „Ich fürchte jedoch, dass wir uns …"

„Oh, schon gut. Sparen Sie sich ihre Heuchlerei!", unterbrach sie ihn voll mühsam unterdrückter Wut. „Ich hatte Sie für einen Freund unserer Familie gehalten, aber offensichtlich habe ich mich da geirrt."

Adalbert war nun vollends verwirrt. Möglicherweise kannten sie sich doch, wenngleich er sie auch nicht unterbringen konnte. Abgesehen davon empfand er ihren unerwarteten

Angriff als ungerechtfertigt.

„Ob Sie es glauben oder nicht: Ich kenne Sie wirklich nicht", entgegnete er also schärfer als beabsichtigt. „Aber vielleicht wollen Sie sich ja vorstellen, damit diese unerfreuliche Situation geklärt werden kann."

Sie sah ihn herausfordernd an, schüttelte aber schließlich resigniert den Kopf.

„Warum sollte ich mich vorstellen, da Sie ja ohnehin fest entschlossen sind mich nicht zu kennen", sagte sie, um sogleich mit neu entfachter Wut hinzuzufügen: „Aber eines werden Sie sich noch anhören müssen: Von all den Belästigungen und Schmähungen, denen ich als Jüdin schon ausgesetzt war, empfinde ich gerade Ihre Haltung als wirklich verletzend. Gewiss, der rechte Pöbel in der Heimat ruft mir Beleidigungen nach oder versucht mich zu begrapschen. Aber Sie zeigen durch Ihre arrogante Ignoranz überdeutlich, dass Sie mir nicht einmal zugestehen ein lebendes Wesen zu sein. Für Sie bin ich bereits geworden, was die Nazis nur propagandieren: ein absolutes Nichts!"

Adalbert war betroffen. Er empfand die ganze Situation als ausgesprochen absurd und bemerkte mit einiger Bestürzung, dass ihre Augen bei den letzten Worten feucht geworden waren. Fast schien es, als wolle sie jeden Augenblick in Tränen ausbrechen, und das gerade jetzt, wo ihm langsam dämmerte, wen er da vor sich hatte.

„Sie sind Greta Fehrenbach, nicht wahr?", entgegnete er also ziemlich hilflos auf ihren Ausbruch.

„Oh, der Herr beliebt sich zu erinnern? Aber keine Angst. Sie müssen nun keine Konversation machen. Ich werde Sie von dem Makel einer jüdischen Begleiterin befreien."

Sie wartete gar nicht erst auf eine Antwort, sondern drehte sich um und ging ohne zu zögern den Gang hinunter.

„Warten Sie!", rief Adalbert ziemlich perplex hinter ihr her. „Aber Greta, so warten Sie doch. Sie missverstehen mich völlig!"

Es half nichts. Sie verlangsamte nicht einmal ihren Schritt, sondern verschwand durch die Verbindungstür des Waggons.

Adalbert blieb völlig verstört auf dem Gang zurück und wusste nicht recht, was er tun sollte. Für einen Moment war er versucht ihr nachzulaufen, aber er brachte es nicht fertig auch nur einen Schritt zu tun. Kaum hatte er versucht in Gedanken eine Entschuldigung zu formulieren, da wurde ihm klar, dass er eine solche nicht geben konnte, ohne den Grund seiner Reise aufzudecken. Und genau das durfte er nicht tun.

Mit einem Mal kam ihm wieder zu Bewusstsein, dass sich die ganze Szene auf dem Gang abgespielt hatte und er bereits von einigen Mitreisenden verstohlen beobachtet wurde. Folglich nahm er sich zusammen und kehrte schleunigst in sein Abteil zurück.

Hier nun begann er sich erneut zu fragen, was um Himmels Willen bei Fehrenbach geschehen sein mochte. Gretas Gemütsverfassung nach mussten sich schwerwiegende Dinge ereignet haben, die irgendwie mit der immer stärker werdenden Nazibewegung zusammenhingen. Aber alles in allem blieb die ganze Angelegenheit ziemlich nebulös.

Wie hatte Greta überhaupt voraussetzen können, dass er sie erkennen würde? Immerhin war es drei, oder sogar vier Jahre her, seit er sie zuletzt gesehen hatte. Und damals war sie gerade mal siebzehn gewesen!

Aber so sehr er auch versuchte, sich selbst zu entschuldigen, so genau wusste er doch, das es zwecklos war. Unter anderen Umständen hätte er Greta trotz ihrer veränderten Erscheinung viel früher erkannt, das wusste er genau. Zu gut erinnerte er sich noch daran, wie beeindruckt er schon bei der ersten Begegnung von ihr gewesen war. Und auch die leichte Peinlichkeit darüber, dass eine gerade erst siebzehnjährige eine solche Begehrlichkeit in ihm zu wecken vermochte, kehrte nun wieder in seine Erinnerung zurück.

Aber sei's drum. Was geschehen war, ließ sich nun nicht mehr ändern. Allerdings nahm er sich vor, nach seiner Rückkehr bei Fehrenbach vorzusprechen und falls erforderlich auch seine Hilfe anzubieten.

Fürs erste aber blieb ihm nichts weiter übrig, als sich in sein Abteil zu verkriechen und die Ankunft in Grindelwald abzuwarten. Also holte er noch einmal das Dossier über Max Strickler hervor, der in Grindelwald seine Kontaktperson sein sollte. Er las alle Angaben nochmals sorgfältig durch und prägte sich Gesicht und Statur des Mannes ein, um seinen *alten Freund* am Bahnhof auch zweifelsfrei zu erkennen.

*

Es war nass, kalt und nebelig. Ganz sicher nicht die richtigen Voraussetzungen, um die Vorzüge von Grindelwald gebührend zu würdigen. Das wusste Max Strickler sehr wohl. Aber so früh im Jahr musste man mit derartigen Wetterumstürzen nun mal rechnen. Er stand unter dem hölzernen Vordach am Bahnhof und stampfte kurz mit den Füßen auf, um so die Kälte zu vertreiben, als er mit Erleichterung den Zug herankommen hörte.

Es hatte wegen der geheimnisvollen Schriftrollen in letzter Zeit viel Aufregung gegeben, und es schien auch in Zukunft nicht besser zu werden. Jedenfalls war Robert Kesslers anfängliche Begeisterung, nachdem er von den merkwürdigen Vorgängen in Grindelwald erfahren hatte, längst verflogen. Stattdessen herrschte ein Zustand, der von Panik nicht allzu weit entfernt war. Vor einigen Tagen hatte Kessler sich sogar dazu hinreißen lassen, alle Vorsichtsmaßnahmen über Bord zu werfen und persönlich nach Grindelwald zu kommen. Bei dieser Gelegenheit hatte er ihn eindringlich auf die Begegnung mit jenem Mann vorbereitet, der nun im Zug sitzen würde, einem gewissen Adalbert von Grolitz.

Max Strickler spürte einen gewissen Widerwillen beim Gedanken an das *von* im Namen seines Gastes. Er mochte diese Typen nicht, die glaubten, dass allein die Gnade der höheren Geburt ausreiche, um sie zu absolut allem zu befähigen. Aber sei's drum: Das wäre nicht der erste Spinner, der vor den harten Anforderungen der Berge an den Mängeln seiner eigenen Courage zerbricht. Mochte Kessler auch noch so sehr von den Qualitäten dieses Mannes überzeugt sein, er würde ihn hart rannehmen, denn schließlich musste er wissen, wie verlässlich der Mann war. Erst wenn er selbst hundertprozentig von der Verlässlichkeit seines Gastes überzeugt war, würde er es wagen mit ihm in eine Wand einzusteigen.

Nun endlich kam auch der Zug in Sicht. Durch die von heftigen Stürmen stets aufs Neue zerrissene Wand aus Nebel und leichtem Schneefall schob sich die trutzige Front des ersten Waggons der Station entgegen. Die eisigen Verkrustungen und Schneeverwehungen zeugten ebenso von einer eher unangenehmen Fahrt wie die Tatsache, dass lediglich ein Waggon vor den Triebwagen gekuppelt war. Eine Vorsichtsmaßnahme bei schlechtem Wetter, um die Schubkraft der Lokomotive in den steilen Passagen nicht zu sehr zu reduzieren.

Stricklers Mitgefühl hielt sich jedoch in Grenzen. Für ihn war es ein Auftakt nach Maß, gerade recht, um die alpinen Ambitionen der Neuankömmlinge auf ein realistisches Maß zu reduzieren.

Der Zug hatte inzwischen gehalten, und die ersten Passagiere stiegen aus. Wie zu erwarten, waren es kaum mehr als ein Dutzend Fahrgäste, die sich bei dem Wetter heraufgewagt hatten, und so war es auch nicht schwer Adalbert von Grolitz zu erkennen, als er den Bahnsteig betrat. Strickler verzichtete jedoch auf jede überschwängliche Geste, als er nun auf den angeblichen Freund zuging, und hoffte, dass auch Adalbert keinen Hang zu übertriebenem Schauspiel besaß.

Dies war nicht der Fall, und so begrüßten sie sich lediglich mit einem festen Händedruck. Als einziges Zugeständnis an ihre angebliche Freundschaft nannten sie sich beim Vornamen und blieben sonst bei einer Haltung respektvollen Vertrauens. Angesichts ihrer beiden Naturen wirkte das jedoch sehr viel mehr nach einem Widersehen unter Freuden, als jede übertriebene Gestik.

Max Strickler nahm Adalbert den zweiten Koffer ab und ging voraus zu dem kleinen Opel, den er nicht ohne Stolz sein Eigen nannte. Während er nun den Koffer auf die hintere Gepäckbrücke schnallte, musste er sich eingestehen, dass sein erster Eindruck von Adalbert positiver war als er erwartet hatte.

Sein neuer *Freund* zeigte keineswegs die, nach dieser Zugfahrt halb erwartete, angstvolle Blässe, die er bei anderen Adeligen in ähnlichen Situationen schon oft beobachten konnte. Und von seinem Wesen her schien er ein ruhiger und bedacht handelnder Zeitgenosse zu sein. Kesslers Menschenkenntnis schien sich also wieder einmal zu bestätigen.

Adalbert war eingestiegen, nachdem das Gepäck verstaut war, und auch Strickler hatte sich inzwischen hinter das Steuer gesetzt. So rumpelte der Wagen schließlich über den vereisten Bahnhofsvorplatz und bog dann auf die Hauptstraße ein. Strickler fuhr gekonnt und sicher, wenn auch in Anbetracht der Straßenverhältnisse recht schnell.

„Sie sind darüber informiert, was hier vorgefallen ist?", fragte Strickler schließlich.

„Ja, in etwa", erwiderte Adalbert etwas vage. „Herr Kessler hat mich darüber informiert, dass gewisse Vorkommnisse darauf hinweisen, dass sich die Schriftrollen der Katharer zurzeit in Grindelwald befinden."

„Falsch."

Adalbert sah ihn fragend an, aber Strickler schien nicht geneigt seinen Kommentar zu erläutern.

„Nun, zumindest sollen sie sich in der näheren Umgebung von Grindelwald befinden", beharrte Adalbert.

„Das stimmt schon eher."

Zum ersten Mal wandte Strickler den Blick kurz von der Straße ab und sah Adalbert direkt an. Er lächelte andeutungsweise, während er mit einer vagen Geste auf die Landschaft deutete.

„Ich weiß nicht, was genau Herr Kessler Ihnen gesagt hat, aber bis jetzt wissen wir nicht mehr, als dass hier in den letzten Wochen eine Gruppe von Bergsteigern für wilde Gerüchte gesorgt hat. Sie haben sich einfach völlig anders verhalten als allgemein üblich.

Fest steht jedenfalls, dass diese merkwürdige Gruppe aus Männern besteht, die über beträchtliche alpine Erfahrungen verfügen. Und keiner von ihnen ist in Grindelwald bekannt. Ist das an sich schon bemerkenswert genug, so wird es endgültig verwunderlich, wenn man bedenkt, dass sie ihre Bergtouren ohne ortsansässigen Führer unternommen haben. Und zu guter Letzt fielen sie noch dadurch auf, dass sie eine ungewöhnliche, ich möchte fast sagen geheimnisvolle Ausrüstung mit sich herumschleppten.

Aber wie ich bereits zu Herrn Kessler sagte: Nicht nur in Grindelwald gibt es ungeschriebene Gesetze unter den Bergsteigern. Und da jeder in einer Seilschaft sicher sein muss, dass er sich jederzeit voll auf den anderen verlassen kann, ist der Kontakt zwischen Bergsteigern, die sich in der gleichen Region aufhalten, normalerweise sehr eng. Wenn nun jemand dieses Gesetz der Normalität durchbricht, dann löst er natürlich die wildesten Vermutungen aus. Ob an diesen Vermutungen etwas dran ist, das lässt sich allerdings nicht mit Bestimmtheit sagen."

Adalbert nickte. Auch wenn er einen derartig wortreichen Monolog nicht erwartet hatte, so musste er doch zugeben, dass die Bemühung um Präzision sehr wohl Stricklers Wesen entsprach.

„Nun, wir sind ja hier, um herauszufinden, was es mit dieser Gruppe auf sich hatte", entgegnete Adalbert nach einigen Sekunden des Schweigens.

Max Strickler nickte.

„Um genau zu sein: Sie sind hier, um das herauszufinden", konkretisierte er. „Ich gebe Ihnen nur die nötige Hilfestellung. Ich bin hier zu bekannt, um eingehende Fragen zu stellen, ohne mich verdächtig zu machen."

„Ich weiß", bestätigte Adalbert. „Aber bevor ich irgend etwas unternehmen kann, müssen Sie mir genau erklären, was Sie über diese Gruppe von Männern wissen. Wirkliche Erkenntnisse werden wir erst haben, wenn es gelungen ist die Tatsachen von den Gerüchten zu trennen."

„Natürlich", entgegnete Strickler ruhig. „Wir werden noch

heute alles Punkt für Punkt durchgehen, sobald Sie sich im Hotel eingerichtet haben."

Gleich darauf bog er von der Straße ab und fuhr auf einen kleinen befestigten Platz vor einem zweistöckigen, gepflegt wirkenden Hotel.

„Hier werde ich also wohnen?", vergewisserte Adalbert sich, nachdem er das Gebäude mit einem kurzen, prüfenden Blick bedacht hatte.

„Ganz recht", bestätigte Strickler. „Ich habe Ihr Eintreffen bereits angekündigt. Und nicht vergessen: Wir sind gute Freunde aus vielen gemeinsamen Bergtouren. Von jetzt an also nur noch per du und Vornamen."

„Keine Angst Max, ich werde dich schon nicht blamieren", konterte Adalbert mit einem leichten Lächeln.

„Gut. Ich werde dich *Aderl* nennen. Das klingt hier normaler als Adalbert", stellte Max gleich darauf klar, nicht ohne mit einer gewissen Befriedigung hinzuzufügen: „Und das *von* verkneif dir so weit wie möglich. Solche Unterschiede gibt es in einer Seilschaft nicht."

„Kein Problem", bemerkte Adalbert lapidar, während sie mit den Koffern bereits die Treppe zum Eingang emporstiegen. Noch bevor sie diesen jedoch erreicht hatten, kam der Portier vor die Tür und begrüßte Max mit jener Herzlichkeit, die nur bei wahrer Sympathie möglich ist.

„Schön dich zu sehen, Fritz!", erwiderte Max ebenso aufrichtig. „Ich wusste gar nicht, dass du jetzt Dienst hast."

Adalbert bezweifelte Letzteres stark, denn es passte nicht zu Stricklers Art derartige Kleinigkeiten zu übersehen.

„Ja, ich habe diese Woche mit Walter getauscht", klärte Fritz ihn arglos auf. „Der musste wegen dem Kleinen ein paar Mal nach Interlaken. Du weißt schon, wegen der Lunge."

„Ja, ich habe davon gehört. Traurige Sache ... Übrigens, darf ich dir meinen Freund Aderl vorstellen? Er ist für zwei Wochen auf Urlaub hier, und wir wollten mal wieder etwas in die Berge."

Fritz wandte seine Aufmerksamkeit Adalbert zu.

„Ja, guten Tag ... Grolitz, nicht wahr?", verlangte er freundlich, aber professionell distanziert zu wissen.

„Ganz recht", bestätigte Adalbert bereitwillig.

„Ich habe schon im Anmeldebuch gesehen, dass du einen deiner Bekannten bei uns einquartieren möchtest", entgegnete er erneut an Max gerichtet. „Mein Kollege hatte eine entsprechende Notiz ans Buch geheftet."

„Ich weiß eben, dass ich mich auf euren Service verlassen kann."

Fritz murmelte so etwas wie „Der Gast ist König", schnappte sich die Koffer und ging in Richtung Hauptportal davon.

Max und Adalbert wechselten einen kurzen Blick und folgten ihm in die Empfangshalle. Hier füllte Adalbert das Anmeldeformular aus und gab dem Pagen einige Anweisungen bezüglich des Gepäcks. Max dagegen blieb noch auf ein Schwätzchen bei Fritz zurück und bedeutete ihm, dass er aufs Zimmer kommen würde, sobald Adalbert sich etwas frisch gemacht hatte.

Es erwies sich, dass Max ihm dafür reichlich Zeit zugestand, denn es dauerte volle fünfzig Minuten, bis er an Adalberts Tür klopfte.

„Das war ein sehr aufschlussreiches Gespräch", bemerkte er einleitend. „Fritz ist ein alter Grindelwalder, und zudem ein sehr aufmerksamer Beobachter."

„Heißt das, dass es Neuigkeiten gibt – diese geheimnisvolle Seilschaft betreffend?"

„Ja und nein", entgegnete Max wenig aufschlussreich. „Fritz sagt, dass er sie auf seinen eigenen Bergtouren ein paar Mal beobachtet hat. Allerdings nur auf große Entfernung und nur für kurze Zeit. Was er jedoch über ihr Verhalten berichten konnte, ist eher unlogisch. Das macht einfach keinen Sinn."

„Inwiefern?"

„Das verstehst du nicht."

„Was soll das hei ..."

„Entschuldigung", unterbrach Max ihn. „Ich wollte dich nicht beleidigen. Es ist nur einfach so, dass meine Einschätzung mit den Routen zusammenhängt, die diese Seilschaft gegangen sein muss.

Glaub mir, ich kenne so ziemlich jede Tour, die man von Grindelwald aus gehen kann, und die von Fritz geschilderte Streckenführung macht einfach keinen Sinn.

Ich neige fast zu der Ansicht, dass Fritz verschiedene Seilschaften beobachtet hat und, aus welchem Grund auch immer, dem Irrtum erlegen ist, es sei immer dieselbe gewesen."

„Ja, ich verstehe, was du meinst."

Max musterte ihn ein wenig skeptisch, aber schließlich nickte er.

„Gut. Dennoch steht zumindest einmal einwandfrei fest, dass er jene drei Männer beobachtet hat, denen unser Interesse gilt. Und das Merkwürdige daran ist, dass sie zu diesem Zeitpunkt wesentlich mehr Ausrüstung bei sich trugen als bei ihrem Aufbruch in Grindelwald. Sie müssen also irgendwo unterwegs aus einem Depot ihre Ausrüstung ergänzt haben."

Adalbert schwieg einen Moment.

„Kennst du den Zeitpunkt, an dem sie in Grindelwald aufgebrochen sind?", fragte er schließlich.

Max sah ihn ziemlich verständnislos an. Dann jedoch erhellten sich seine Züge, so als sei ihm plötzlich klar geworden, worauf Adalbert hinauswollte.

„Ja, den kennen wir", bestätigte er gleich darauf. „Ihr Aufbruch wurde von mehreren Personen beobachtet."

„Hat Fritz sie während des Aufstiegs oder während des Abstiegs gesichtet?"

„Während des Aufstiegs. Kurz nach ihrem Aufbruch."

„Und du kannst in etwa abschätzen, wie umfangreich ihre Ausrüstung beim Aufbruch war?"

„Auch das, worauf willst du hinaus?", fragte er in der Hoffnung, seine eigenen Vermutungen bestätigt zu bekommen.

„Nun, wenn wir den Zeitpunkt ihres Aufbruchs kennen, und wenn wir wissen, wie lange man normalerweise bis zu dem Punkt braucht, an dem Fritz sie gesehen hat, dann können wir damit schon einiges anfangen. Wir brauchen dann nur die Differenz zwischen dem Zeitpunkt ihres Aufbruchs und ihrer tatsächlichen Sichtung durch Fritz auszurechnen und anschließend die normale Marschzeit von dieser Differenz abziehen. Dann wissen wir, wie viel Zeit ihnen zum Erreichen ihres Depots und zur Aufnahme der zusätzlichen Ausrüstung zur Verfügung stand. Und mit diesem Wissen müsste es möglich sein, die denkbaren Lageplätze ihres Depots relativ genau einzugrenzen."

„Stimmt", bestätigte Max zufrieden. „Ich werde sobald wie möglich entsprechende Berechnungen anstellen. Mit etwas Glück können wir dann schon morgen mit der gezielten Suche beginnen."

„Ja, das wäre phantastisch", gestand Adalbert mit kaum geringerem Tatendrang. „Aber zuerst solltest du mir alles mitteilen, was du über diese geheimnisvolle Seilschaft und deren Mitglieder weißt. Herr Kessler sagte, dass sich verschiedene Merkwürdigkeiten zugetragen hätten."

Max nickte nachdenklich.

„Schon richtig", bemerkte er. „Genau gesagt, gab es mehrere Gründe, die mich veranlasst haben Alarm zu schlagen."

„Und welche waren das?"

„Nun, im Grunde war schon ihre Ankunft in Grindelwald merkwürdig. Sieh mal, Grindelwald ist zu neunzig Prozent evangelisch. Ja, es gibt hier nicht mal eine katholische Kirche im Ort. Alle Katholiken aus Grindelwald müssen über die Gletscher ins Wallis zur Messe. Und du kannst dir sicher vorstellen, dass eine Gruppe von Männern, die diesen mühseligen Weg jeden Tag auf sich nimmt, hier für einiges Interesse sorgt."

Adalbert nickte.

„Gut. Machen wir es kurz. Ich habe also versucht, den unweigerlich aufgekommenen Gerüchten auf den Grund zu gehen, und habe kurz darauf etwas sehr Beunruhigendes erfahren. Der Anführer der drei Männer war nämlich ein Jesuit."

Adalbert war dank Kesslers Vorbereitung längst nicht so überrascht, wie Max es gewesen sein musste.

„Stammt das aus einer verlässlichen Quelle?", vergewisserte er sich dennoch.

„Absolut! Ich habe einen Freund drüben im Wallis. Ebenfalls ein begeisterter Bergsteiger, und der kannte den Mann von einer Bergtour in Italien. Das ist zwar schon zwei Jahre her, aber mein Freund war sich absolut sicher. Damals nannte der Mann sich Pater SJ Gregor Soljakow."

„Das ist in der Tat höchst alarmierend", gab Adalbert bereitwillig zu. „Damit können wir wohl davon ausgehen, dass diese Seilschaft tatsächlich wegen der Katharer Schriften hier aktiv geworden ist."

„Ohne Frage", bekräftigte Max. „Darauf weist auch die Befähigung dieser Männer hin. Jeder von ihnen war ohne Zweifel in der Lage schwierige Passagen auch mit umfangreicher Ausrüstung zu gehen. Mein Freund sagte mir, dass dieser Pater Soljakow in dem Ruf stand einer der besten Bergsteiger seiner italienischen Heimat zu sein. Aber ebenso wie die anderen beiden Mitglieder der Seilschaft war er in Grindelwald nicht bekannt. Man könnte fast meinen, das sei eine Voraussetzung für ihren Einsatz gewesen. Dass sie die Jungfrau-Mönch-Eiger-Region nicht kennen, aber trotzdem gut genug sind, um alleine klar zu kommen, meine ich."

„Ja, der Eindruck entsteht in der Tat", bemerkte Adalbert nachdenklich.

„Und das ist noch nicht alles", setzte Max nach. „Sie taten von Anfang an etwas, was unter Bergsteigern völlig unüblich und sogar höchst gefährlich ist. Sie versuchten nämlich konsequent ihre Touren zu verschleiern."

„Wie meinst du das?"

„So, wie ich es sage", versicherte Max. „Sie haben Routen

angegeben, die sie nie gegangen sind, und sie wurden an Stellen gesehen, an denen sie angeblich nie waren. Glaub mir, sie haben ganz bewusst falsche Spuren gelegt.

Wenn sie in Bergnot geraten wären, dann hätten die Rettungsmannschaften an den völlig falschen Stellen nach ihnen gesucht. Ich versichere dir: So verhält sich nur jemand, der wirklich etwas zu verbergen hat."

Adalbert nickte. Er konnte dieser Mutmaßung nur zustimmen.

„Hast du eine Ahnung, wo sich die Mitglieder dieser Seilschaft jetzt aufhalten?"

„Leider nein", gestand Max. „Ich gehe davon aus, dass sie ihre Aufgabe erfüllt haben. Jedenfalls sind sie seit zwei Tagen aus Grindelwald verschwunden."

*

„Also, was mich betrifft, so bin ich froh, dass diese drei Gesellen endlich verschwunden sind", stellte Robert Züssli bei dem routinemäßigen Treffen der ortsansässigen Bergführer fest. Diese Bemerkung war zudem abschließend gemeint, denn es war deutlich zu spüren, dass er der Diskussion überdrüssig war, die seit fast einer halben Stunde wieder nur ein Thema kannte: die merkwürdige italienische Seilschaft.

„Für mich waren das ohnehin keine richtigen Bergsteiger", fügte er noch provozierend hinzu, nachdem niemand so recht auf seine Bemerkung eingegangen war.

„Aber erlaube mal", kam prompt der scheinbar doch unumgängliche Einwand. „Dass die drei Italiener über beträchtliche alpine Erfahrungen verfügten, kannst nicht einmal du ernsthaft bezweifeln."

„Ich rede auch nicht von ihren Qualitäten als Bergsteiger, sondern von ihren menschlichen Qualitäten", stellte Züssli klar. „Für mich ist das beides ohnehin nicht zu trennen."

Diese Feststellung erntete allgemeine Zustimmung, auch wenn in letzter Zeit einige Risse im schönen Bild der Einigkeit aufgetreten waren. Gerade bei den allabendlichen Zusammenkünften in den bekannten Lokalen, wo die Bergführer für neue Kunden ansprechbar waren, trat dieser Bruch am deutlichsten zu Tage. Jene drei Italiener, die in den letzten Wochen gegen jede Regel unter den Bergsteigern verstoßen hatten, waren unversehens zum Prüfstein des eigenen Zusammenhalts geworden.

Unter den Grindelwalder Bergführern kristallisierten sich immer stärker zwei Gruppierungen heraus. Zum einen jene, die das Verhalten der italienischen Seilschaft rundheraus ablehnten und ihren Widerstand gegen jede Heimlichtuerei klar formulierten. Und zum anderen jene deutlich kleinere Gruppe, die der Faszination des Mystischen erlegen war und die immer wieder neue Theorien in die Diskussion brachte.

„Robert hat Recht!", lenkte nun Alfred Engeler überraschend ein. Ein junger, besonnener Mann, der jedoch eindeutig der zweiten Gruppe zuzuordnen war. „Letztendlich ist es doch ein Gefühl der Erhabenheit und der Besinnung auf sich selbst, das uns immer wieder in die Berge zieht. Und das ist nun mal ein sehr persönliches Erlebnis, das jeden Drang zur Effekthascherei ausschließt. Wer das nicht nachvollziehen kann, der wird auch nie ein richtiger Bergsteiger sein. Egal, wie bewundernswert seine alpinen Qualitäten auch sein mögen!"

„Stimmt", kam die nachdrückliche Bestätigung eines Kollegen aus dem gleichen Lager. „Aber genau das haben die drei Italiener doch getan. Sie haben jeden Kontakt vermieden und sich völlig und ausschließlich aufs Bergsteigen konzentriert. Wieso also redest du jetzt auf einmal von Effekthascherei?"

„Weil das der sicherste Weg war, um ein Maximum an Aufmerksamkeit auf sich zu ziehen", entgegnete Züssli an Engelers Stelle. „Wären sie ganz normal zu uns gekommen, und hätten sie ihre Routen mit uns besprochen, so wäre ihnen nie dieses Maß an Aufmerksamkeit zuteil geworden, das sie jetzt haben. Überlegt doch mal, wie lange unsere Gespräche jetzt schon um diese Herrschaften kreisen."

Für einige Sekunden breitete sich Schweigen aus.

„Ja, das stimmt schon", gab ein anderer Kollege etwas widerstrebend zu. „Aber ich glaube nicht, dass es ihnen darum gegangen ist Aufmerksamkeit zu erregen. Das macht einfach keinen Sinn. Außerdem wäre das auf diese Art gefährlich und unverantwortlich. Da niemand von uns wusste, wo genau sie sich zu welchem Zeitpunkt befanden, wäre es fast unmöglich gewesen ihnen zu Hilfe zu kommen, wenn sie welche benötigt hätten. Es sei denn, irgendjemand von uns war doch über ihre Touren informiert und will …"

„Was soll das?", unterbrach Robert Züssli ihn aufgebracht. „Fangen wir jetzt schon an uns gegenseitig zu misstrauen?"

„Nein, natürlich nicht!", beeilte sein Kollege sich zu versichern. „So war das doch gar nicht gemeint. Ich denke nur, dass sich jeder Bergsteiger absichert, indem er jemanden wissen lässt, welche Route er geht. Das ist uns doch allen in Fleisch und Blut übergegangen. Wenn sie es aber nicht taten, dann muss das einen Grund gehabt haben. Und ich kann nichts Schreckliches daran erkennen, wenn man versucht diesen Grund herauszufinden."

Züssli verdrehte die Augen und schaute zur Decke empor, so als wolle er sagen: Und damit sind wir wieder beim Anfang! Aber er tat dies mit einem leicht gequält wirkenden Lächeln, so dass die Situation hierdurch keine zusätzliche Spannung erfuhr.

„Guten Abend. Ich hoffe, ich störe nicht."

Alle Gesichter wandten sich überrascht dem Mann zu, der gerade gesprochen hatte. Er war so leise an ihren Tisch gekommen, dass niemand ihn bemerkt hatte.

„Herr Wegener!", begrüßte Robert Züssli ihn schließlich ebenso verwundert wie erfreut. „Seien Sie willkommen. Aber ich muss zugeben, dass ich überrascht bin. Ich hatte erst nächstes Jahr wieder mit Ihnen gerechnet."

„Ja, so war das ursprünglich auch geplant", gab Wegener lachend zu. „Aber ich konnte mich kurzfristig noch für ein paar Tage freimachen, und so habe ich mich kurz entschlossen auf den Weg gemacht. Ich hoffe sehr darauf, dass wir noch ein paar schöne Touren gehen können."

Züssli wies mit einer bedauernden Geste nach draußen.

„Ich fürchte, Sie haben eine schlechte Zeit erwischt", bemerkte er. „Aber setzen Sie sich doch erst einmal."

Er zog einen weiteren Stuhl an ihren Tisch heran und stellte kurz seine Kollegen vor, während Wegener sich setzte.

„Was möchten Sie trinken, Herr Wegener?", wandte Engeler sich an ihn, während er der Kellnerin bereits ein Zeichen gab.

„Danke. Ich hatte bereits bestellt, als ich hereinkam", gab

Wegener mit einem freundlichen Nicken zurück. Er kannte Engeler und war auch mit ihm schon einige Touren gegangen. „Ich denke, sie wird meine Bestellung gleich bringen."

„Ah so ... gut. Wie lange können Sie denn in Grindelwald bleiben?"

„Zehn Tage", antwortete Wegener, wobei er bewusst zu Robert Züssli sprach. „Mehr ist leider nicht möglich."

Züssli nickte ein wenig nachdenklich.

„Nun, ich denke, dann haben Sie noch ganz gute Aussichten auf ein paar schöne Touren", beruhigte er ihn. „Dieses Sauwetter hält sich ja schon volle drei Tage. Es müsste also bald besser werden."

„Ja, darauf baue ich auch", gestand Wegener freimütig ein. „Immerhin ist diese Region ja bekannt für ihre oft abrupten Wetterumschwünge."

„Was allerdings auch Gefahren birgt", warnte Züssli ihn. „Haben Sie denn schon bestimmte Touren im Sinn?"

Wegener zögerte ein wenig.

„Nun, wenn das Wetter es zulässt, würde ich gern den Eiger machen", gab er zu. „Die Tour, die Sie letztes Mal vorgeschlagen hatten."

Züssli lächelte, aber seine Nachdenklichkeit blieb.

„Der Eiger also ... Aufstieg über den Südwestgrad und Abstieg über den Mittelgrad?"

„Genau."

Robert Züssli versuchte die Risiken einzuschätzen. Er kannte Wegener jetzt seit einigen Jahren und konnte seine bergsteigerischen Fähigkeiten recht verlässlich beurteilen. Außerdem war Wegener ein ruhiger und bedacht handelnder Mann, der sich noch nie zuviel zugemutet hatte.

„Ja, ich denke wir können diesen Weg gehen", entschied er folglich. „Natürlich nur, wenn das Wetter mitspielt."

Wegener war die Freude über diese Entscheidung deutlich anzusehen. Er entspannte sich und zeigte Interesse an den allgemeinen Gesprächen am Tisch. Man frischte Erinnerungen auf und gab Grindelwalder Anekdoten zum Besten. Mit einem Mal jedoch geriet ihr Gespräch ins Stocken und verstummte für einige Sekunden sogar völlig, als sich alle Augenpaare dem Eingangsbereich zuwandten.

Hier war ein kräftig gebauter Mann in mittleren Jahren erschienen, der nach seinem Eintreten für einen kurzen Moment die Aufmerksamkeit aller auf sich zog. Er bewegte sich mit entschlossenem Schritt und nickte nur kurz mit ausgesprochen grimmigem Gesichtsausdruck zum Tisch der anderen Bergführer hinüber. Er ging zielstrebig zu einem kleinen Zweiertisch hinüber, der rechts von der Theke stand.

Noch bevor er den Tisch erreicht hatte, waren die Gespräche wieder in vollem Gang, aber Züssli bemerkte Wegeners fragenden Blick trotzdem.

„Georg Rahmatt", erklärte er also leise an Wegener gewandt.

„Der Eiger-Georg?", fragte dieser leicht verwundert.

Züssli war anzumerken, dass er diese Bemerkung nicht gerne hörte.

„Was auch immer Sie über ihn gehört haben: Vergessen Sie es!", erwiderte er nicht ohne eine gewisse Schärfe. „Georg ist einer der besten Bergsteiger, die ich kenne. Und das beschränkt sich nicht nur auf Grindelwald."

„Aber er ist doch auch Bergführer, oder?", erkundigte Wegener sich leicht verwundert. „Man erzählt sich, er habe auf einer neuen Route im Eiger einen Gast verlo…"

„Ja, das stimmt", unterbrach Züssli ihn sehr bestimmend. „Aber er macht sich selbst die größten Vorwürfe deswegen. Und er hat seit jenem Unfall keinen einzigen Gast mehr geführt. Meiner Meinung nach hat man ihn damals ungerecht behandelt. Ihn trifft sicher nicht die alleinige Schuld, auch wenn er seinen Gast ausgerechnet auf einer neuen Route verlor, die alle Kollegen für unbegehbar hielten. Böse Gerüchte kommen nun mal schnell auf, wenn ein Führer lebend zurück kommt, während sein Gast tot ist."

Wegener nickte bestätigend und bemühte sich um ein versöhnliches Lächeln.

„Ja, das ist sicher richtig", lenkte er ein. „Die Sensationsgier der Öffentlichkeit verzerrt die Tatsachen wohl schon bevor sie wirklich feststehen."

Er ließ es bei diesem Kommentar bewenden, obwohl Züssli ihm anmerkte, dass er gerne Genaueres erfahren hätte. Da Wegener aber offensichtlich nicht allzu hartnäckig nachfragen wollte, nutzte Züssli die Gelegenheit, um das Thema mit einer abschließenden Bemerkung vom Tisch zu kriegen.

„Sie haben schon völlig Recht", bestätigte er also bereitwillig. „Es gibt eine Menge Menschen hier in Grindelwald, die Georg eine Menge zu verdanken haben. Aber wenn ein spektakuläres Unglück geschieht, dann ist das natürlich schnell vergessen."

Entgegen seiner eigenen Erwartung herrschte ein etwas betretenes Schweigen nach dieser kategorischen Feststellung. Und da dieser Effekt keineswegs beabsichtigt gewesen war, fühlte er sich schließlich verpflichtet doch noch eine Erklärung anzufügen.

„Ich denke, man muss das differenzierter sehen", setzte er also nach. „Ganz so verantwortungslos, wie oftmals dargestellt, hat sich der Georg nun wirklich nicht verhalten. Sie müssen wissen: Auch ich halte seine Vorstellung von einer Begehbarkeit der Nordwand für völlig unrealistisch. Aber man muss immerhin eingestehen, dass er der Einzige ist, der über Erfahrungen im unteren Teil der Wand verfügt."

„Der Nordwand?", vergewisserte sich Wegener ziemlich perplex. „Sie meinen, er ist mit einem Gast in die Eiger Nordwand eingestiegen?"

„Genau."

„Aber das ist doch heller Wahnsinn! Ich hatte gedacht, es sei auf einer normalen Route passiert. Aber in der Nordwand war die Katastrophe doch abzusehen!"

Züssli holte einmal tief Luft.

„Erstens war sein Gast ein erfahrener Mann, der das Risiko kannte", erwiderte er spürbar verärgert. „Und zweitens hat er Georg eine volle Woche bearbeiten müssen, bevor er bereit war mit dem Gast in den unteren Teil der Wand einzusteigen. Wohlgemerkt, in den unteren Teil!

Egal, was Sie gehört haben: Ein Durchsteigen der Wand war nie geplant. Und Georg ist nur in jenen Teil der Wand eingestiegen, den er vorher schon begangen hatte.

Aber die Nordwand des Eiger hat ihre eigenen Gesetze. Sie ändert ihr Erscheinungsbild fast permanent. Man kann in ihr an der gleichen Stelle innerhalb von wenigen Minuten völlig veränderte Bedingungen vorfinden. Und genau diese Eigenart wurde den beiden zum Verhängnis."

*

Adalbert war erschöpft. Er ließ sich mit erkennbarer Erleichterung in den Sessel seines Hotelzimmers fallen und registrierte mit einiger Überraschung, dass er sich durchaus zufrieden fühlte. Dabei gab es keinen Anlass für diese Zufriedenheit, denn die erste Erkundung, die er gerade mit Max Strickler unternommen hatte, war ein klarer Fehlschlag gewesen. Sie hatte deutlich mehr Fragen aufgeworfen als beantwortet.

Sie hatten versucht jenes Depot zu finden, das die italienische Seilschaft nach ihren Überzeugungen gehabt haben musste. Ausgehend von der Überlegung, dass diese Seilschaft die Aufgabe hatte die Katharer-Schriften in einer unzugänglichen Bergregion zu deponieren, war ihnen schnell klar geworden, dass sie die Schriftrollen nur einzeln zu ihrem neuen Bestimmungsort gebracht haben konnten. Es war unmöglich für eine Seilschaft den schweren metallenen Transportbehälter mit sämtlichen Schriften auf einmal bei einer Bergtour mitzuführen. Folglich mussten sie ein Depot geschaffen haben, das zwar unzugänglich gelegen, aber noch mit technischen Hilfsmitteln zu erreichen war. Ein Depot, das am Beginn ihrer beabsichtigten Route lag, in dem sie aber dennoch hantieren konnten ohne von anderen Bergsteigern gesehen zu werden. Eigentlich gab es nicht sehr viele Orte, die diesen Anforderungen entsprachen, aber dennoch hatten sie kein Glück gehabt. Nicht eine einzige Spur, ja nicht einmal einen winzigen Hinweis auf ein solches Depot hatten sie gefunden.

Aber Adalberts etwas unsinnige Zufriedenheit hatte ohnehin nichts mit ihrer eigentlichen Aufgabe zu tun. Die körperliche Anstrengung des Gehens in schwierigem Gelände und die grandiose Bergkulisse um sie herum hatten ihre Wirkung gezeigt. Er fühlte sich aktiv und trotz seiner körperlichen Erschöpfung unternehmungslustig. Daran hatten auch die klirrende Kälte und der permanente Schneefall nichts zu ändern vermocht.

„Das verdammte Wetter macht alles nur noch schwerer", meldete Max sich nun zu Wort, der inzwischen ebenfalls Platz genommen hatte. „Das hat eine Menge Spuren verwischt."

Adalbert nickte nur, denn Max hatte ohnehin mehr zu sich selbst gesprochen.

Strickler war eindeutig enttäuscht und machte auch keinen Hehl daraus. Es war ihm durchaus bewusst, dass sie sich in einer Sackgasse befanden, und er wusste auch, dass sie ohne neue Erkenntnisse kaum eine Chance hatten die Katharer Schriften aufzuspüren. Adalberts Anwesenheit war allerdings durchaus eine echte Hilfe für Max, denn so konnte er sich als Bergführer mit Gast auf den Spuren der italienischen Seilschaft bewegen ohne Aufmerksamkeit zu erregen. Aber solange die besagte Seilschaft ihr einziger Anhaltspunkt blieb, hatten sie keine ernsthafte Aussicht auf wesentliche Fortschritte. Hinzu kam noch, dass sich das schlechte Wetter tatsächlich sehr zu ihrem Nachteil auswirkte.

„Diese verdammte Ruhe gefällt mir nicht", bemerkte Max nach einiger Zeit mit neuer Energie. „Ich habe das Gefühl, dass sich da irgendwas zusammenbraut. Ich weiß nur noch nicht was."

„Wie kommst du darauf?", erkundigte sich Adalbert eher aus Höflichkeit.

„Na, überleg doch mal", forderte Max ihn fast angriffslustig auf. „Wir wissen doch, dass diese Herren jede Menge Aufmerksamkeit auf sich gezogen haben. Und dass ihre Anwesenheit hier einige Diskussionen ausgelöst hat, dürfte den Herrschaften auch nicht entgangen sein. Aber sie haben sich offensichtlich nicht daran gestört. Wieso?"

Adalbert zuckte etwas hilflos mit den Schultern, woraufhin Max seine Frage gleich selbst beantwortete.

„Weil es sich nicht vermeiden ließ", stellte er klar. „Aber ihr Kalkül wäre vermutlich sogar aufgegangen. In wenigen

Jahren wären sie nur noch ein paar komische Vögel gewesen, wie sie hier immer mal auftauchen. Hätte also erst in ein paar Jahren jemand nach den Schriftrollen geforscht, so wäre die Verbindung zu dieser Seilschaft garantiert nicht hergestellt worden."

„Ja, das klingt durchaus logisch", gab Adalbert zu.

„Eben. Aber unsere Nachforschungen haben nun mal nicht ein paar Jahre auf sich warten lassen. Wir sind jetzt aktiv, und das kann auch unseren Gegnern nicht entgangen sein. Aber sie reagieren nicht darauf. Es geschieht absolut nichts!"

„Vielleicht geschieht ganz einfach noch nichts, weil wir noch nichts gefunden haben", warf Adalbert ein.

Max nickte.

„Schon möglich. Allerdings setzt das voraus, dass unsere Gegner einen Kontaktmann hier in Grindelwald haben, der sie darüber unterrichtet, ob wir Erfolg haben oder nicht."

Adalbert beugte sich etwas vor, denn sein Interesse an dem Thema kehrte langsam zurück.

„Denkst du an jemand Bestimmtes?"

„Nein", gestand Max, um sogleich grimmig hinzuzufügen: „Und ich bin auch nicht überzeugt davon, dass dieser Jemand hier in Grindelwald sitzt."

Das klang ziemlich trotzig, gerade so, als wolle er damit andeuten, dass so jemand unmöglich in seinem Verantwortungsbereich sitzen könne.

„Niemand macht dir einen Vorwurf daraus, dass du von der Existenz eines solchen Mannes nichts weißt", entgegnete Adalbert vorsichtig. „Wahrscheinlich ist er ja auch noch nie vorher in Erscheinung getreten."

Max rang sich ein etwas missglücktes Lächeln ab.

„Schon gut, Aderl", bemerkte er. „Aber ich bin trotzdem überzeugt davon, dass ein Informant des Jesuitenordens nicht hier in Grindelwald sitzen kann. Ein Jesuit in Grindelwald wäre auf die Dauer so auffallend wie ein Eisbär in der Wüste. Nein, es ist sehr viel wahrscheinlicher, dass er sein Quartier drüben im stärker katholischen Wallis hat. Außerdem ist das immer noch nah genug, um seiner Aufsichtspflicht auch hier nachzukommen."

„Aber auch im katholischen Wallis müsste er sich versteckt halten", gab Adalbert zu bedenken. „Soweit ich weiß, ist der Jesuitenorden schon seit mehreren Jahrzehnten in der Schweiz verboten. So gesehen ist das katholische Umfeld nur ein geringer Vorteil. Außerdem hast du selbst gesagt, dass nur eine kleine Gruppe in der Führungsspitze des Ordens eingeweiht ist. Und dass jene, die im Auftrag dieser Gruppe handeln, sich ohnehin nicht als Angehörige des Jesuitenordens zu erkennen geben."

„Ja, das ist alles richtig", bestätigte Max etwas unwillig. „Trotzdem bin ich überzeugt davon, dass dieser Mann im Wallis sitzt. Jedenfalls werde ich sobald wie möglich zu einem mir bekannten Mitglied der Prieuré im Wallis Kontakt aufnehmen."

Adalbert schaute ihn etwas ratlos an.

„Der Prieuré? Was ist das?"

„Das sind wir, Aderl", entgegnete Max ernsthaft überrascht. „So nennen wir uns. Prieuré de Sion. Hat Robert Kessler dir das nicht gesagt?"

Adalbert spürte, wie Max plötzlich auf Distanz ging. Das gerade erst geschaffene Vertrauen schien durch Vorsicht verdrängt zu werden.

„Nein, das hat er nicht", erwiderte Adalbert daher spürbar verärgert. „Aber das ist wahrlich nicht meine Schuld. Ich habe Kessler oft genug nach dem Namen der Organisation gefragt."

„Und was hat er geantwortet?"

„Nichts Konkretes. Er hat es vermieden direkt zu antworten. Er meinte, da gäbe es viele Namen und Erscheinungsformen, die mir alle nichts sagen würden. Wichtig wäre nur, dass ich mit den Zielen und Aufgaben der Organisation vertraut sei. Und abgesehen davon sollte ich mich bei auftretenden Fragen an dich wenden."

Max hatte zu grinsen begonnen, noch während Adalbert sprach.

„Ja, das ist typisch Robert Kessler", bemerkte er eindeutig amüsiert. „Und hast du noch Fragen an mich?"

„Was die Prieuré und den Inhalt der Schriftrollen angeht? Ja, da habe ich allerdings noch ein paar Fragen."

*

Max Strickler war so klug gewesen, Adalberts Wissensdurst zu bremsen und zunächst einmal ein leichtes Abendessen aufs Zimmer zu bestellen.

„Ich fürchte, es wird etwas länger dauern", hatte er dazu erklärt. „Schließlich kenne ich Robert Kesslers Verliebtheit ins Mystische nur zu gut. Seine Art Fragen zu beantworten wirft in der Regel eine Menge Fragen auf."

Adalbert lachte, froh darüber, dass die alte Vertrautheit wieder hergestellt war.

„Da hast du allerdings Recht", gab er zu. „Aber wenn ich Kessler richtig verstanden habe, dann ist die Prieuré eine Organisation, die Beweise über das wahre Leben von Jesus hütet. Und zwar über sein ganzes Leben, nicht nur über jenen Abschnitt seines Lebens, den wir aus dem Neuen Testament kennen."

„Ja, das ist im Großen und Ganzen richtig. Und die Notwendigkeit zur Geheimhaltung dieser historischen Wahrheit ergibt sich aus dem Machtanspruch der offiziellen Kirche. Ein Machtanspruch, der angesichts der historischen Wahrheit nicht gehalten werden kann, das belegen unsere Dokumente ganz eindeutig."

Adalbert nickte, konnte seine Skepsis aber nicht völlig verbergen.

„Kessler hat angedeutet, die Prieuré könne beweisen, dass Jesus leibliche Kinder hatte", stellte er fest. „Außerdem soll er die Kreuzigung überlebt haben und anschließend in das Gebiet des heutigen Südfrankreich gezogen sein."

„Ja, durchaus richtig", bestätigte Max. „Oder zumindest teilweise. Lass es mich mal so sagen: Wir haben Beweise dafür, dass Jesus der legitime König von Israel war, dass er verheiratet war und leibliche Kinder hatte. Ferner können wir beweisen, dass er die Kreuzigung überlebt hat und dass er mitsamt seiner Familie nach Frankreich floh, sobald seine Genesung dies zuließ. Dort haben seine leiblichen Kinder das Geschlecht Jesu fortgesetzt, so dass es dreieinhalb Jahrhunderte später mit dem französischen Königsgeschlecht der Merowinger verschmelzen konnte.

Und die so genannten Katharer Schriften sind tatsächlich wichtige Beweisstücke für diese Behauptungen, denn sie beginnen mit der Hochzeit von Jesus, und sie schildern auch die genauen Umstände der Kreuzigung und den Beginn der Flucht nach Frankreich."

„Heißt das, du kennst den Inhalt der Katharer Schriften?", fragte Adalbert völlig perplex. Er war davon ausgegangen, dass es noch keine vollständige Übersetzung gab.

„Ja und nein", erwiderte Max wenig hilfreich. „Wir wissen aus Überlieferungen und Teilübersetzungen, welchen Inhalt die einzelnen Papyri haben, aber eine wörtliche Übersetzung des Gesamttextes liegt noch nicht vor."

Auf diese Erklärung folgte ein sekundenlanges Schweigen, in dem Adalberts Skepsis immer deutlicher wurde.

„Du bist also fest davon überzeugt?", vergewisserte er sich schließlich. „Ich meine, all das, was du gerade gesagt hast. Dass Jesus verheiratet war und Kinder hatte, dass er die Kreuzigung überlebt hat und so weiter?"

„Ja natürlich. Du etwa nicht?"

Die Gegenfrage war aggressiv gestellt, aber dennoch konnte Adalbert nur mit einem hilflosen Schulterzucken antworten. Nicht zum ersten Mal hatte er das Gefühl, in einer unwirklichen Situation gefangen zu sein. Da saßen sie nun in einem dämmerigen, sturmumtosten Hotelzimmer und versuchten aus Ereignissen, die zweitausend Jahre zurücklagen, die Wahrheit herauszufiltern.

„Ja, schon gut", lenkte Max jedoch ein, kaum dass er Adalberts Gemütsverfassung bemerkt hatte. „Ich kenne das. Wenn man sich diesen Erkenntnissen stellt, dann wirft das so ziemlich jede bestehende Ordnung über den Haufen. Das ist es ja, was unser Wissen so brisant macht.

Aber nur weil die offizielle Kirche über die Jahrhunderte ein Konglomerat aus Übersetzungsfehlern, Fehlinterpretationen, bewussten Verzerrungen und wohldosierten Lügen zur allgemeinen Gültigkeit verholfen hat, wird deren Darstellung nicht auch automatisch zur Wahrheit."

Adalbert nickte langsam.

„Ja, das ist natürlich richtig", bestätigte er. „Aber diese Darstellung ist uns so in Fleisch und Blut übergegangen, dass ein Umdenken schwierig wird. Auch wenn ich durchaus davon überzeugt bin, dass an der offiziellen Darstellung einiges nicht stimmen kann."

Dieses Eingeständnis fand offenbar Max Stricklers Gefallen.

„Na schön. Dann gehen wir doch mal alles durch", schlug er mit neuem Tatendrang vor. „Was weißt du denn über Jesus?"

„Nun, dass er Gottes Sohn war, dass er Wunder vollbringen konnte, dass er …"

„Halt!", unterbrach Max ihn durchaus wohlwollend. „Entschuldige, aber ich meine zunächst mal die Person Jesus. Zu den anderen Dingen, die man ihm nachsagt, kommen wir dann noch ganz von selbst."

„Nun gut. Du meinst also, ich soll so eine Art Lebenslauf mit historisch verbürgten Daten erstellen?"

„Genau."

„Nun ja … also, er war ein armer Zimmermann aus Nazareth, geboren am 25. Dezember des Jahres Null nach unserer Zeitrechnung, und er hat …"

Adalbert stockte, als er merkte, dass Max Stricklers Grinsen immer breiter wurde.

„Habe ich etwas Falsches gesagt?"

„Nicht wenn ich der Papst wäre", entgegnete Max zweideutig. „So aber gibt es eigentlich zu jedem Punkt etwas zu sagen."

„Das wenige, was ich bis jetzt gesagt habe, wirst du kaum leugnen können!", stellte Adalbert etwas trotzig fest.

„Ich habe auch nicht behauptet, dass ich das vorhabe", beschwichtigte Max ihn. „Aber lass uns zunächst einmal auf den armen Zimmermann eingehen. Die Berufsbezeichnung *Zimmermann* ist genau genommen ein Übersetzungsfehler aus dem ursprünglich griechischen Originaltext. Die korrekte Übersetzung des griechischen Begriffes wäre *Meister*. Mit Meister bezeichnete man seinerzeit aber Personen, die eine Kunst, ein Handwerk oder irgendein sonstiges Fach beherrschten. Im Klartext: Der Begriff war zum Beispiel ebenso auf einen Lehrer anwendbar, wie auf einen Menschen mit handwerklichen Fähigkeiten."

Adalbert setzte zu einem Einwand an, aber Max bedeutete ihm mit einer Handbewegung, er möge noch warten.

„Und das ist längst nicht der einzige Hinweis auf seine privilegierte Herkunft", fuhr Max also ungehindert fort. „Wenn wir einmal einen Blick in die Evangelien werfen, so zeigen sie Jesus als einen offensichtlich des Lesens und Schreibens kundigen Mann, der mit Älteren über das göttliche Gesetz diskutieren konnte und durfte. Außerdem war er mit den prophetischen Büchern des alten Testaments vollkommen vertraut, die er offenkundig mit der Fachkenntnis eines Schriftgelehrten zu handhaben wusste. All das setzte in einer Zeit, in der Analphabetismus vorherrschte, schon die Zugehörigkeit zu einer gehobenen Klasse voraus. Denn Bildung war seinerzeit ein Klassenmerkmal."

Adalbert nickte.

„Also gut", gestand er Max zu.

„Das war er gewiss", erwiderte Max mit unerschütterlicher Überzeugung. „Ebenso sicher wie die Tatsache, dass Jesus garantiert nicht aus Nazareth stammte."

„Wie bitte?"

„Du hast schon richtig gehört", versicherte Max geradezu vergnügt. „Das kann schon ganz einfach deshalb nicht sein, weil aus einer Unmenge von Material hervorgeht, dass das kleine Städtchen Nazareth erst im dritten Jahrhundert nach Christus entstanden ist."

„Aber in der Bibel steht doch ganz eindeutig …"

„Ein weiterer Übersetzungsfehler!", unterbrach Max ihn bestimmt. „Vielleicht aber auch eine bewusste Täuschung - wer weiß das schon. Aber *Jesus aus Nazareth* bedeutet korrekt übersetzt *Jesus der Nazoräer*. Und das ist kein Hinweis auf eine Stadt, sondern auf eine politische Bewegung. Es gab damals in Palästina eine ganze Reihe von politisch aktiven jüdischen Gruppierungen. Die bedeutendsten waren die Pharisäer, die Essener, die Sadduzäer, die Zeloten und eben die Nazoräer. Und während vor allem die Sadduzäer das jüdische Establishment bildeten und sich mit den Römern arrangiert hatten, galten die Zeloten und eben die Nazoräer als die militärischen Widersacher Roms. Es steht also zweifelsfrei fest, dass die Nazoräer seinerzeit in Jerusalem als subversiv galten und schnell mit den Behörden in Konflikt gerieten.

Und das, mein lieber Aderl, macht aus einem scheinbaren Glaubenskonflikt ein Politikum. Hier ging es von Anfang an um höchst weltliche Machtansprüche in Palästina. Und aus diesem Blickwinkel wird dann auch verständlich, warum in der offiziellen kirchlichen Darstellung die Verbindung zwischen Jesus und den Nazoräern ebenso absichtlich im Hintergrund gehalten wird, wie die Tatsache, dass sich unter seinen Jüngern höchst militante Zeloten befanden."

Adalbert war inzwischen durchaus fasziniert von Max Stricklers Ausführungen.

„Ja, langsam beginne ich zu verstehen", entgegnete er. „Herr Kessler sagte schon, der Verrat an Jesus und seine Exekution durch die Römer sei eine politische Entscheidung gewesen. Man hätte Angst davor gehabt, dass Jesus seinen eigenen politischen Überzeugungen untreu wurde. Ich nehme daher fast an, dass auch Judas Ischariot entweder zu den Nazoräern oder zu den Zeloten gehörte?"

„Stimmt", bestätigte Max mit Nachdruck. „Judas Ischariot war ein Zelot. Ein politischer Hardliner, wenn man so will."
Adalbert nickte.
„Es ist nicht unbedingt leicht zu verdauen, aber was du sagst, klingt schlüssig. Und es macht manches von dem, was damals geschah, verständlicher."
„Nicht wahr?", erwiderte Max, der sich in seinen Auffassungen bestätigt sah. „Und so bleibt von deiner ursprünglichen Einleitung zur Person von Jesus nur noch sein Geburtsdatum übrig."
„Und ich nehme an, das stimmt dann auch nicht?"
„Leider richtig", entgegnete Max, ohne jedoch das geringste Bedauern zu zeigen. „Es gibt eine ganze Reihe von Geburtsdaten, aber der 25. Dezember des Jahres Null war es bestimmt nicht."
„Aber warum ist dieses Datum dann festgelegt worden?"
„Nun, weil er seine Aufgabe, die Einigung der jüdischen Gruppierungen gegen Rom, nur erfüllen konnte, wenn er von seinen Mitbürgern als der neue Messias akzeptiert wurde. Und das bedeutete, dass er die alttestamentarischen Messias-Forderungen bis ins kleinste Detail erfüllen musste, und dazu gehörten eben auch bestimmte Anforderungen an seine Geburt."
„Und die Wunderheilungen und all das?", erkundigte Adalbert sich fast ängstlich. „Auch alles nur Erfindungen, um die alttestamentarischen Messias-Anforderungen zu erfüllen?"
Max zuckte mit den Schultern.
„Wer weiß das schon? Es gibt kaum unabhängige Berichte über diese Ereignisse."
„Na schön", entgegnete Adalbert mit einer Spur von Ungeduld. „Aber wann wurde er denn nun geboren?"
„Du bist ganz schön beharrlich", stellte Max lächelnd fest. „Aber gut. Widmen wir uns zunächst mal dem Geburtsjahr."

Er stand auf und holte die Hotelbibel aus dem Regal.

„Zunächst einmal musst du wissen, dass die christliche Zeitrechnung erst im 6. Jahrhundert eingeführt wurde", bemerkte er. „Und man muss nun wirklich kein Theologe sein, um zu erkennen, dass damit einige Probleme verbunden sind."

Adalbert sah überrascht auf.

„Das wusste ich nicht", gab er zu.

„Und nicht zuletzt deshalb gibt es zwei Theorien", erläuterte Max, während er die Bibel aufschlug. „Die erste basiert auf dem Lukasevangelium. Hier steht's: Lukas 2,1: *In jenen Tagen erließ Kaiser Augustus den Befehl, alle Bewohner des Reiches in Steuerlisten einzutragen.* Nun, diese Volkszählung fand im römischen Reich alle vierzehn Jahre statt, und Lukas ist so freundlich noch einen weiteren Hinweis zu geben. Bei ihm steht: *Dies geschah zum ersten Mal.* Und er nennt auch den Namen des damaligen Stadthalters von Syrien, der für Palästina zuständig war: Quirinus.

Wenn man nun logisch vorgeht und in den römischen Schriftdokumenten nachschaut, wann Quirinus nach Syrien versetzt wurde, so stellt man erfreut fest, dass für dieses Jahr auch bei Flavius Josefus die erste Volkszählung erwähnt wird – aber dummerweise geschah dies nicht im Jahre Null, sondern im Jahre 6 nach Christus!

Tja ... und dann gibt es da noch ein Problem. Bei Lukas steht nämlich weiter, wie übrigens auch bei Matthäus, das Jesus zur Regierungszeit des Herodes geboren wurde. Der aber starb bereits im Jahre 4 nach Christus."

„Klingt verwirrend", kommentierte Adalbert etwas hilflos.

„Ist es auch", bestätigte Max. „Daher gibt es auch eine zweite Theorie, die sich auf das Matthäus-Evangelium stützt, und die einiges für sich hat."

„Und wie lautet die?"

„Nun, bei Matthäus ist eine weitere Orientierungshilfe erwähnt: der Stern von Bethlehem."

Er machte eine kleine dramaturgische Pause, mit der Adalbert jedoch nichts anzufangen wusste. Also bedeutete er ihm lediglich, er möge fortfahren.

„Im Jahre 1606 fand ein Astrologe, Johannes Keppler, um genau zu sein, heraus, dass in den fraglichen Jahren eine große Sternenkonfiguration auf dem 32. Breitengrad zu sehen gewesen sein muss. Und Bethlehem liegt auf dem 32. Breitengrad.

Das klingt zwar schon gut, aber es kommt noch besser. Diese Konfiguration war das Zusammenrücken von Jupiter und Saturn im Zeichen der Fische, so dass beide Sterne als ein einziger erschienen. Dazu kommt, dass der Saturn als der Stern Syriens und Judäas galt, während der Jupiter als der Stern des Weltenherrschers betrachtet wurde. Und schließlich galt das Sternbild der Fische als jenes Bild, in dem die Endzeit beginnt und der Messias kommt."

„Wunderbar", bemerkte Adalbert etwas lakonisch.

„Nicht wahr?", bekräftigte Max ungerührt. „Und man weiß sogar, wann diese Sternenkonfiguration zu sehen war: nämlich am 29. Mai, am 3. Oktober und am 4. Dezember, aber eben nicht im Jahre Null, sondern im Jahre 7 vor Christus."

„Woraus wir eigentlich nur schließen können, dass sein richtiges Geburtsdatum auch weiterhin unklar bleibt", stellte Adalbert leicht frustriert fest.

„Völlig richtig. Obwohl die Sternentheorie mein persönlicher Favorit ist. Und abgesehen davon kann man auch noch mit dem Tag der Geburt, also dem 25. Dezember, ebenso viel Verwirrung stiften."

Adalbert wehrte ab.

„Lass gut sein, Max", verlangte er. „Das ist zwar hochinteressant, aber das löst unser aktuelles Problem leider nicht! Die Frage ist doch nach wie vor: Was machen wir jetzt?"

Max Stricklers Gesichtsausdruck verfinsterte sich fast augenblicklich.

„Ich wünschte, ich könnte dir eine Antwort darauf geben", stellte er fest. „Im Grunde sehe ich nur zwei Möglichkeiten: Erstens, ich werde versuchen durch meinen Bekannten im Wallis Hinweise auf den Drahtzieher der Jesuiten hier vor Ort zu finden. Und zweitens: Wir müssen auch die unwahrscheinlichste Spur dieser italienischen Seilschaft verfolgen."

„Also doch die Nordwand?", fragte Adalbert überrascht.

Die einzigen unerklärlichen Spuren, die sie bei ihrer heutigen Erkundung gefunden hatten, führten zum Fuße der Nordwand. Aber Max hatte das sogleich als unbedeutend abgetan.

Auch jetzt winkte er eher unmutig ab.

„Du weißt, was ich von dieser Theorie halte", bemerkte er. „Ich denke, es ist aus vielen Gründen unmöglich die Eiger Nordwand als Versteck für die Schriftrollen zu benutzen. Aber da die einzigen Spuren nun mal dorthin führen, sollten wir versuchen herauszufinden, was es damit auf sich hat."

*

Er war im Grunde kein Mann, der schnell aus der Fassung zu bringen war. Im Gegenteil: Pater Varesi brauchte einen gewissen Druck, um in Höchstform zu gelangen. Umso mehr ärgerte ihn die soeben erhaltene Anweisung sofort nach Rom zurückzukehren.

Eine solche Anordnung bedeutete zu diesem Zeitpunkt gewiss nichts Gutes. Es mussten schon sehr schwerwiegende Gründe vorliegen, wenn das Oberhaupt des *inneren Zirkels* ihn gerade in diesem Stadium der Verhandlungen mit Mussolini zurückbeorderte. Und er kannte Oberst Franco Escrivá gut genug, um zu wissen, dass die augenblicklichen Gespräche auch für ihn höchste Priorität besaßen. Er hatte so manchen Gegner niederkämpfen müssen, um zu erreichen, dass die Verhandlungen mit den Faschisten entsprechend ausgeweitet wurden.

Je weiter Pater Varesi über die Situation der letzten Wochen nachdachte, umso mehr glaubte er jedoch zu wissen, wo die Probleme lagen. Auch er gehörte zum *inneren Zirkel* und kannte daher die vorherrschenden Machtverhältnisse sehr genau. So wusste er, dass Papst Pius XI die Zusammenarbeit mit den Faschisten gerne auf das bisher Erreichte begrenzen würde und dass General Ledóchowski, der Ordensgeneral der Jesuiten, in seiner Unterstützungsbereitschaft wankte. Oberst Escrivá hatte sich daher entschlossen die Katharer-Schriftrollen als Druckmittel zu benutzen, um sich die weitere Kooperation dieser beiden Männer zu sichern. Sollte es hier also Probleme geben, oder sollten die Schriftrollen sogar ihrem Zugriff entzogen sein, so würde das mit Sicherheit den baldigen Abbruch der Verhandlungen zur Folge haben. Und angesichts der augenblicklichen Fortschritte durfte das auf keinen Fall geschehen.

Er betrat das Ordensgebäude durch das Westportal und

machte sich direkt auf den Weg zum Büro von Oberst Escrivá. Und er brauchte, nachdem er das Büro betreten hatte, auch nur Sekunden, um zu begreifen, dass die Situation ernst war.

Oberst Franco Escrivá war alleine im Büro, und er machte schnell deutlich, dass er keinen Zeugen für das kommende Gespräch wünschte.

„Es gibt Probleme", begrüßte er ihn ohne jede Vorrede. „Probleme, die ein schnelles und entschlossenes Handeln erfordern. Ansonsten wird alles bisher Erreichte in Frage gestellt."

Varesi wusste, dass Oberst Escrivá nicht übertrieb. Und er wusste auch, dass dieses *bisher Erreichte* dem Oberst keineswegs genügte. Ganz im Gegenteil zu General Ledóchowski, dem Oberhaupt der Jesuiten.

Pater Varesi gehörte zusammen mit Franco Escrivá zu den engsten Vertrauten Wlodomir Ledóchowskis, seit dieser 1915 zum Ordensgeneral aufgestiegen war, auch wenn die Gründung des *inneren Zirkel* im Jahre 1919 zu einer gewissen Distanz geführt hatte. Aber dennoch: Der Kampf gegen den Bolschewismus und gegen die Ausbreitung des protestantischen Glaubens war auch das erklärte Lebensziel General Ledóchowskis. Ein Ziel, das zumindest in Italien inzwischen erreichbar schien.

„Ich stehe Ihnen zur Verfügung", beteuerte Pater Varesi absolut aufrichtig. „Wir haben schon zu viel erreicht, um noch aufgeben zu können."

Franco Escrivá rang sich zu einem Lächeln durch.

„Ja, es war ein langer Weg", bemerkte er. „Aber noch haben wir sein Ende nicht erreicht."

Varesi wusste nur zu gut, wie Recht sein Vorgesetzter hatte. Für einen kurzen Moment zogen alle Bemühungen der letzten dreizehn Jahre an ihm vorüber. Als General Ledóchowski den Orden im Jahre 1915 übernahm, musste er das noch im Schweizer Exil tun. In einem Land also, in dem der Jesuitenorden offiziell seit 1848 verboten war!

Aber keine auch noch so schlechte Ausgangsposition konnte den Tatendrang des neuen Generals bremsen. Noch im Jahre 1917 kam es in ihrem Schweizer Asyl auf Schloss Zizers bei Chur zu einem Treffen mit dem deutschen Zentrumsabgeordneten Mathias Erzberger. Dieser sollte dazu bewegt werden, durch politische Aktionen die Kampfkraft Deutschlands zu schwächen, um so den Zusammenbruch dieses protestantischen Landes zu beschleunigen.

Und 1918, nach Beendigung des Weltkrieges, war man sogar noch ein Stück weitergegangen und hatte durch ein Arbeitspapier in diplomatischen Kreisen angeregt, dass sich alle katholischen Länder in Mittel- und Osteuropa zu einem Staatenbund zusammenschließen. Das wahre Ziel dieser katholischen Föderation war eindeutig: Dieser Sperrgürtel sollte das Eindringen des Bolschewismus verhindern und die protestantischen Staaten auf Distanz halten.

Waren all das aber noch weitgehend unbeachtete Denkanstöße gewesen, so änderte sich im Jahre 1922 einiges wirklich grundlegend. Durch Mussolinis *Marsch auf Rom* waren politische Voraussetzungen geschaffen, welche die Macht der Kirche wesentlich verändern konnten. Hier begannen die Kontakte des Vatikan zu Mussolini, die zunächst nur ein Ziel hatten: staatliche Autorität für die Vatikanstadt und Castello Gandolfo sowie Schaffung der finanziellen Voraussetzungen zur Gründung einer staatseigenen Vatikanbank.

Diese Situation auszunutzen und sich als Vermittler zwischen Vatikan und faschistischem Regime anzubieten, war einer der geschicktesten Züge des Ordensgenerals der Jesuiten gewesen. Diese Position ermöglichte es auch dem *inneren Zirkel* unmittelbar Einfluss zu nehmen auf alle anstehenden Entscheidungen.

Pater Varesi zwang sich seine Aufmerksamkeit wieder auf den Grund seiner Anwesenheit zu richten.

„Es geht um die Katharer Schriften, nicht wahr?", erkundigte er sich also ganz direkt.

Oberst Escrivá nickte mit düsterem Gesichtsausdruck.

„Sie befinden sich nicht mehr in unserer Hand?", formulierte Varesi eher ungläubig seine schlimmsten Befürchtungen.

„Gott bewahre!", entfuhr es dem Oberst. „Natürlich befinden sich die Schriften nach wie vor in unserer Hand."

Varesi atmete auf.

„Allerdings kann ich nicht mehr dafür garantieren, dass es auch so bleibt. Die jüngsten Berichte aus Grindelwald sind äußerst beunruhigend. Es hat den Anschein, als wenn sich hinter dem scheinbar so harmlosen Herrn von Grolitz die Prieuré verbirgt. Und unter diesem Gesichtspunkt sind die augenblicklichen Aktivitäten in Grindelwald höchst alarmierend."

Diese Feststellung war zugleich ein dezenter Vorwurf. Immerhin hatte Varesi die Grindelwalder Aktion geplant und koordiniert.

„Es ist mir unbegreiflich, wie ...", setzte er folglich zu einer Erklärung an, brach jedoch mitten im Satz ab, als Escrivá mit einer unwirschen Geste reagierte.

„Pech", brachte der Oberst das Thema zum Abschluss. „Einfach nur Pech."

Varesi sah das Oberhaupt des *inneren Zirkels* leicht erstaunt an, zog es jedoch vor zu schweigen.

„Wir konnten nicht ahnen, dass die Prieuré so schnell reagieren würde", erklärte Escrivá schließlich etwas unwillig. „Wir waren alle davon überzeugt, dass es ihnen unmöglich gelingen konnte, die Schriftrollen kurzfristig wieder zu lokalisieren. Aber offenbar haben wir uns getäuscht."

„Demnach ist unser Versteck aufgeflogen?", wagte Varesi die alles entscheidende Frage.

Franco Escrivá schüttelte energisch den Kopf.

„Nein, das ist es nicht!", versicherte er. „Die Schriftrollen sind gut aufgehoben, da wo sie sind. Die Prieuré ist zwar vor Ort, aber sie tappt im Dunklen."

„Von wem wissen wir das?"
„Von Victor."
Varesi nickte durchaus erleichtert.
Victor war der Deckname eines seit langem in der Schweiz etablierten Mannes, von dessen Existenz nur der innere Zirkel wusste. Seine wahre Identität kannte nur der Oberst selbst, und auch ein Kontakt war nur über Oberst Escrivá persönlich möglich. Victors Informationen jedoch galten als absolut zuverlässig.

„Operiert dieser Herr von Grolitz alleine?", hakte Varesi schließlich nach.

„Nein", kam die prompte Antwort. „Er hat einen Mann der Prieuré zur Seite. Aber nach unseren augenblicklichen Informationen stochern sie noch ziemlich hilflos herum. Wir sollten also schnellstens dafür sorgen, dass es auch dabei bleibt."

„Zweifellos", bestätigte Varesi. „Wer soll mit dieser Aufgabe betraut werden?"

„Niemand."

Varesi schaute ihn verdutzt an, merkte aber schnell, dass es dem Oberst mit dieser Erwiderung absolut ernst war.

„Es gibt nicht viele, denen ich in dieser Angelegenheit voll vertrauen kann", erklärte Oberst Escrivá. „Und wir können es uns nicht leisten noch mehr Leute in diese Angelegenheit herein zu ziehen. Wir haben es gerade erst geschafft den Kreis der Informierten auf das geplante Maß zu reduzieren – und dabei muss es bleiben!"

„Dann soll also Victor allein ..."

„Das kann er nicht", unterbrach Escrivá ihn. „So Leid es mir tut, aber Sie selbst müssen in die Schweiz, um diese Angelegenheit zu klären."

Damit hatte er nicht gerechnet. Auch wenn er jetzt zugeben musste, dass diese Entscheidung in letzter Konsequenz logisch war. Folglich schwieg er zunächst und überdachte die Situation.

„Also gut", entgegnete er schließlich mit erkennbarem Unwillen. „Aber ich brauche Zeit. Die Verhandlungen mit den Vertretern Mussolinis sind in einer entscheidenden Phase. Und die nächste Sitzung wird …"

Oberst Franco Escrivá schnitt ihm mit einer herrischen Geste das Wort ab.

„Nein! In diesem Fall muss Pater Tacchi-Venturi allein zurechtkommen", entschied er. „Und ich bin überzeugt, dass er dieser Aufgabe auch gewachsen ist. Diese Sache in Grindelwald duldet keinen Aufschub!"

Pater Varesi brauchte nicht lange zu überlegen, um zu wissen, dass der Oberst Recht hatte. Aber der Gedanke, auf Schweizer Boden operieren zu müssen, behagte ihm überhaupt nicht. Wenn es den Schweizer Behörden gelingen sollte, eine Beziehung zwischen der ermordeten Seilschaft und dem Jesuitenorden herzustellen, dann war er in einer höchst gefährdeten Position. Als offizieller Verhandlungsführer der Kirche in Italien konnte er seine Zugehörigkeit zum Jesuitenorden schließlich nicht leugnen.

„Wir haben nach wie vor viele einflussreiche Kontakte in der Schweiz", bemerkte Escrivá nun, der Varesis Befürchtungen mühelos erahnen konnte. „Und ich werde dafür sorgen, dass Ihnen ein Fluchtweg offen steht, ganz gleich wie sehr die Situation sich auch zuspitzen mag."

Varesi nickte, auch wenn ihm nicht danach zumute war.

„Also gut. Und wie halten wir Kontakt?"

„Über Victor", kam die prompte Antwort. „Er kennt sich vor Ort aus, und er ist bereits in vollem Umfang informiert."

Na schön. Er würde also Victor kennen lernen. Varesi war sich jedoch nicht sicher, ob er glücklich darüber sein konnte. Die Tatsache, dass er dann außer Oberst Escrivá der einzige war, der Victor identifizieren konnte, beruhigte ihn keineswegs. Dennoch versuchte er das aufkommende Misstrauen sogleich wieder zu unterdrücken, denn derartige Gefühle konnte er sich in der augenblicklichen Situation nicht erlauben.

„Wenn ich Sie recht verstanden habe, dann drängt die Zeit", bemerkte Pater Varesi also bewusst geschäftsmäßig. „Ich sollte mich also umgehend daran machen, die nötigen Reisevorkehrungen zu treffen."

„Nicht nötig", entgegnete Franco Escrivá überraschend, während er ihm einen dicken Umschlag herüberreichte. „Hier finden Sie alle nötigen Informationen sowie die Fahrkarten. Abfahrt heute um 18 Uhr 30."

Varesi nahm den Umschlag ein wenig zögerlich entgegen.

„Sie scheinen sich meiner Zustimmung ja ziemlich sicher gewesen zu sein", wagte er dabei zu bemerken.

„Ich weiß eben, auf wen ich mich verlassen kann", konterte Oberst Escrivá ungerührt. „Also sorgen Sie dafür, dass in der Schweiz wieder Ruhe einkehrt, und zwar endgültig."

*

Sie hatten sich viel Mühe gegeben, ohne wirklich etwas zu erreichen. Adalberts Bemühungen, in Grindelwald Hinweise auf Aktivitäten in der Eiger-Nordwand zu finden, waren fehlgeschlagen. Und auch Stricklers Bekannter aus dem Wallis hatte keine konkreten Anhaltspunkte liefern können.

So hatten sie in den letzten Tagen das Gefühl, sich permanent im Kreis zu drehen, ohne wirklich weiterzukommen.

Gestern Abend jedoch hatte sich mit einem Mal alles geändert. Max Stricklers Prieuré-Mann aus dem Wallis hatte sich in höchster Aufregung mit ihnen in Verbindung gesetzt und ein sofortiges Treffen verlangt. Er habe eine *sensationelle Entdeckung* gemacht, was auch immer er darunter verstehen mochte.

Im Augenblick war jedes noch so kleine Fünkchen Hoffnung willkommen, und so hatten sie sich schnell mit einem Treffen für den heutigen Tag einverstanden erklärt. Um den Schein der harmlosen Touristen wahren zu können, hatte man als Treffpunkt das Berghaus Jungfraujoch gewählt. Eine Lokalität, auf die Adalbert in höchstem Maße gespannt war, denn das machte eine Fahrt mit der in Europa einzigartigen Jungfraubahn notwendig. Und die wiederum war eine Attraktion, die sich ein Grindelwalder Urlauber auf keinen Fall entgehen lassen durfte.

Und was immer Adalbert auch bis jetzt über diese höchstgelegene Eisenbahnlinie Europas zu hören bekommen hatte, war durch den bisherigen Verlauf der Fahrt bestätigt worden. Jene Anlage, die von der kleinen Scheidegg durch das Felsmassiv von Eiger und Mönch führte, um dann mitten im Gebirgsmassiv der Jungfrau ihre Endstation zu erreichen, stellte eine absolut einmalige Pionierleistung dar. So einmalig, dass man fast zwangsläufig tief bewegt war von den Eindrücken einer solchen Fahrt.

Inzwischen hatten sie die Station Eigergletscher hinter sich gelassen und waren bereits in den über sieben Kilometer langen großen Tunnel eingefahren. Jenen Tunnel, den sie nun bis zum Erreichen der Gipfelstation nicht mehr verlassen würden.

„Gleich wirst du übrigens einen prächtigen Eindruck von der Eiger-Nordwand bekommen", nahm Max das Gespräch wieder auf, das mit der Einfahrt in den Tunnel verstummt war.

Adalbert sah ihn fragend an, erhielt seine Antwort jedoch nicht von Max, sondern von den Lautsprechern des Zuges. Diese kündigten mit freundlicher Stimme mehrsprachig an, dass der Zug in Kürze die Station Eigerwand erreichen würde, wo ein fünfminütiger Aufenthalt vorgesehen war.

Hier würde sich den verehrten Fahrgästen die Möglichkeit bieten, die Fernsicht direkt aus der Eiger-Nordwand zu genießen.

Adalbert konnte ein Grinsen nicht unterdrücken.

„Das werde ich mir nicht entgehen lassen", bemerkte er an Max gewandt.

Dieser zuckte nur scheinbar unbeteiligt mit den Schultern. Er hatte Adalbert in den letzten Tagen schon des Öfteren wegen seines offensichtlichen Interesses an der Eiger-Nordwand aufgezogen.

Zum Glück waren diese Frotzeleien jedoch stets freundlich lächelnd vorgebracht worden und auch niemals beleidigend gemeint gewesen.

Der Zug war inzwischen zum Stillstand gekommen, und so begaben sie sich gemeinsam mit einigen anderen Gästen durch einen Stollen zur Aussichtsplattform in der Nordwand.

Adalbert lief beim Aussteigen unwillkürlich ein Schauer über den Rücken. Die gesamte Szenerie dieser Bergstation mutete ausgesprochen gespenstisch an. Dieser Eindruck war in erster Linie auf die Tatsache zurückzuführen, dass man die

Röhre des Tunnels naturbelassen hatte. Das Gestein in dieser Höhle war derartig hart und widerstandsfähig, dass ein zusätzliches Ausmauern der Tunnelröhre nicht erforderlich war.

So ergab sich ein mal höheres, mal flacheres Gewölbe, in dem alle Bohr- und Sprengspuren noch deutlich zu erkennen waren. Diese Szenerie wurde nur von einigen Glühbirnen eher spärlich beleuchtet, was gemeinsam mit dem vielfach verstärkten Widerhall der Zuggeräusche zu einer höchst merkwürdigen Atmosphäre führte.

Inzwischen hatten sie jedoch die Aussichtsplattform erreicht, und Adalbert musste zugeben, dass die gebotene Aussicht höchst beeindruckend war. Dabei war das Wetter aufgrund der starken Bewölkung alles andere als ideal.

Max bemerkte seine Gefühlslage und folgte ihm schweigend bis zum schmiedeeisernen Begrenzungsgitter.

„Wenn du schwindelfrei bist, dann schau einfach mal am Gitter herunter", riet er ihm schließlich. „Und stell dir bei der Gelegenheit vor, du müsstest mit voller Bergsteigerausrüstung und dem zusätzlichen Gewicht der sicher verpackten Schriftrollen diese Wand hinaufsteigen."

Adalbert folgte seinem Rat und schaute anschließend auch nach rechts und links. Der Blick nach oben dagegen war schwieriger, da er die Wand von seinem Standpunkt aus nicht einsehen konnte. Schließlich wandte er sich wieder zu Max um, der mit deutlich triumphierendem Gesichtsausdruck auf seine Reaktion wartete.

„Ich gebe es nicht gerne zu, aber du hast wohl Recht", gestand er etwas unwillig ein. „Aus dieser Perspektive scheint es völlig unmöglich zu sein die Wand zu durchsteigen."

„Eben", bestätigte Max geradezu vergnügt. „Und nach deiner Theorie müsste diese ganze Aktion sogar noch bei wesentlich schlechteren Wetterbedingungen stattgefunden haben. Denn bei der jetzigen Wetterlage ist die gesamte Nordwand von Grindelwald aus noch relativ problemlos einzusehen. Um von Grindelwalder Bewohnern nicht in der Wand bemerkt zu werden, hätte es einer wesentlich dichteren Wolkendecke bedurft. Dichtere Wolken bedeuten aber auch schlechteres Wetter."

„Ja, schon gut", lenkte Adalbert ein. „Ich glaube dir ja – notgedrungen!"

Max lachte, begleitet von einer ausholenden Geste Richtung Grindelwald.

„Ich bin jederzeit wieder zu derartig eindrucksvollen Erklärungen bereit."

„Na, zu erklären hast du noch einiges", konterte Adalbert. „Zum Beispiel wie Jesus die Kreuzigung überleben konnte. Davor drückst du dich jetzt schon seit zwei Tagen."

Max ging unwillkürlich wieder ein wenig auf Distanz. Sein Gesichtsausdruck blieb freundlich, aber die Unbekümmertheit war verflogen.

„Ich drücke mich keineswegs davor", entgegnete er nachdrücklich. „Allerdings ist das nicht mit drei Worten zu erklären."

„Das habe ich auch nie verlangt."

Max nickte.

„Ja, ich weiß. Aber vielleicht sollten wir uns erstmal auf den Weg zurück zum Zug machen. Ich werde dir alles erklären, wenn wir wieder in unserem Abteil sind."

*

Der Zug war zum Glück nur spärlich besetzt, und so war es nicht schwierig einen Platz zu finden, wo sie von anderen Fahrgästen unbehelligt blieben. Sie warteten dennoch schweigend, bis alle Passagiere wieder auf ihren Plätzen waren und der Zug sich mühsam in Bewegung setzte. Dann jedoch kam Max umgehend zur Sache.

„Du möchtest also wissen, wieso wir davon überzeugt sind, dass Jesus die Kreuzigung überlebt hat?"

Adalbert bemühte sich um ein versöhnliches Lächeln.

„Ja, das möchte ich", beharrte er dennoch. „Ich möchte schon wissen, welche geheimnisvollen Dokumente ihr für so authentisch haltet, dass ihr ihnen ebenso viel Glauben schenkt wie den Evangelien."

Max ließ ein feines Lächeln erkennen.

„Nun, das sind die Evangelien", erklärte er.

Adalbert sah ihn irritiert an. Er wusste nicht so recht, wie diese Antwort gemeint war.

„Du hast schon richtig gehört", klärte Max ihn also auf. „Ich sagte *die Evangelien*. Wir leiten unsere Überzeugung, dass Jesus die Kreuzigung überlebt hat aus exakt den gleichen Dokumenten ab, aus denen die römisch-katholische Kirche das Gegenteil herauszulesen glaubt."

„Das wirst du mir schon etwas genauer erklären müssen."

„Aber gerne", erwiderte Max. „Hast du dich schon jemals gefragt, warum er überhaupt gekreuzigt wurde?"

„Äh ja ... weil das Gericht ihn zum Tode verurteilt hat, nachdem man im Prozess ..."

„Ja, schon klar", unterbrach Max etwas ungeduldig. „Ich meine, ob du dir jemals überlegt hast, warum er gekreuzigt und nicht gesteinigt wurde?"

Adalbert konnte den Sinn dieser Frage zwar nicht erkennen, aber er war höflich genug, um dennoch zu antworten.

„Ehrlich gesagt, nein", entgegnete er also wahrheitsgemäß. „Ist das denn so wichtig?"

„Und ob!", beteuerte Max. „Es ist ein wichtiges Glied in der Kette der Beweisführung. Die Evangelien schildern Jesus immerhin als eher unpolitischen Mann, der mit den einflussreichen jüdischen Kreisen in Jerusalem verfeindet war. Es wird der Eindruck erweckt, als läge allein hier der Grund dafür, dass die Situation schließlich bis zum Todesurteil eskalierte. Die Vertreter jener Kreise aber hatten damals das Recht, zum Tode Verurteilte jederzeit, also ohne Rücksprache mit Rom, steinigen zu lassen. Die Kreuzigung dagegen war eine Hinrichtungsart, die ausschließlich bei jenen angewendet wurde, die sich eines Verbrechens gegen Rom schuldig gemacht hatten.

Die Tatsache, dass auch Jesus gekreuzigt wurde, ist also ein sicherer Hinweis darauf, dass er so unpolitisch nicht gewesen sein kann."

„Von mir aus", lenkte Adalbert schulterzuckend ein. „Aber das erklärt immer noch nicht, wie er die Kreuzigung überleben konnte."

„Völlig richtig", bestätigte Max, indem er Adalberts leichten Unwillen einfach ignorierte. „Wenden wir uns also der Kreuzigung selbst zu. Weißt du denn, wie der Tod bei Gekreuzigten eintritt?"

Adalbert wollte schon bejahen, hielt dann jedoch inne und überlegte einige Sekunden.

„Nein ... eigentlich nicht", gab er schließlich zu.

„Nun, gemeinhin trat der Tod durch Ersticken ein."

Adalbert sah ihn ungläubig an.

„Wie das?", verlangte er zu wissen.

„Nun, lass mich da etwas weiter ausholen", setzte Max zu einer Erklärung an. „Die Kreuzigungspraxis schrieb vor, dass der Delinquent mit ausgestreckten Armen an einem schweren Holzbalken befestigt wurde, der ihm über Nacken und Schulter lag. Dies geschah im Allgemeinen mit Stricken oder

Nägeln. Mit diesem Balken wurde er dann zur Hinrichtungsstätte geführt, wo dieser Querbalken schließlich an den senkrechten Pfosten genagelt wurde

Wurde das so entstandene Kreuz nun hochgehoben, so wurde durch das Gewicht des eigenen Körpers ein so großer Druck auf den Brustraum des Delinquenten ausgeübt, dass es diesem unmöglich wurde zu atmen.

Die einzige Möglichkeit diese Todesart zu verhindern bestand darin, dass auch die Füße am Kreuz befestigt wurden, so dass der Gekreuzigte Halt fand und sich der Druck auf seine Brust verringerte. Bei einer derartigen Form der Kreuzigung konnte es mitunter Tage, manchmal sogar eine volle Woche dauern, bis das Opfer an Erschöpfung, Durst oder, falls Nägel verwendet wurden, an Blutvergiftung starb."

Adalbert spürte ein gewisses Unbehagen bei dem Gedanken an das soeben Geschilderte. Aber zumindest verstand er nun die Zusammenhänge.

„Ja, soweit ist mir das klar", bemerkte er folglich.

„Gut", kommentierte Max trocken. „Nun wissen wir aber aus den Evangelien und aus unzähligen Kreuzungsdarstellungen, dass auch die Füße von Jesus am Kreuz befestigt waren. Aber trotzdem trat sein Tod bereits nach wenigen Stunden ein. Dies ist, gemessen an der Kreuzigungsart, ein derartig kurzer Zeitraum, dass sich selbst Pontius Pilatus arg über die Schnelligkeit des Todes gewundert hat. Diese Information können wir dem Markus-Evangelium entnehmen."

Adalbert nickte nachdenklich.

„Ja, das ist merkwürdig", gab er zu. „Aber gab es nicht noch andere Möglichkeiten, um den Tod bei einer derartigen Kreuzigungsart zu beschleunigen?"

„Doch. Natürlich gab es die", bemerkte Max. „Es war damals eine durchaus übliche Praxis, dass dem Delinquenten nach einer gewissen Zeit die Beine oder die Knie gebrochen wurden, so dass der Körper wieder herabsackte. Dadurch wurde der Druck auf die Brust wieder soweit verstärkt, dass nach kurzer Zeit der Erstickungstod eintrat."

„Nun, vielleicht war das auch bei Jesus der Fall", warf Adalbert ein. „Dann wäre doch klar, warum er so schnell starb."

„Nein, das war nicht der Fall", erwiderte Max mit Bestimmtheit. „Sogar im Johannes-Evangelium heißt es ganz eindeutig, dass seine Beine nicht gebrochen worden sind. Und heutige Wissenschaftler sind einhellig der Meinung, dass dieses Evangelium als einziges auf einem Augenzeugenbericht der Kreuzigung beruht.

Ja, diese Tatsache erschien den Evangelisten sogar als ganz besonders wichtig, denn damit wurde eine weitere Prophezeiung des Alten Testaments verwirklicht. Und das ist sogar in mehrfacher Hinsicht sehr bedeutungsvoll, da man heute ohne weiteres sagen kann, dass Jesus seine gesamte Lebensführung recht unverfroren auf jene Weissagungen abgestimmt hatte, die das Kommen des Messias ankündigten."

Adalbert blieb skeptisch.

„Nun gut. Es gibt also einige Ungereimtheiten in der offiziellen Darstellung", gestand er ein. „Aber was ist eurer Meinung nach damals tatsächlich geschehen?"

„Nun, ich denke Folgendes: Jesus war nicht so unpolitisch, wie er dargestellt wurde, und seine politischen Aktivitäten bereiteten den Römern zunehmend Sorgen. Also hatte Pontius Pilatus sich, gegen die Zahlung einer beträchtlichen Summe sowie die Zusicherung, dass Jesus sich in Zukunft jeder politischen Aktivität enthalten würde, dazu bereit erklärt, dessen Tod gemäß den Messias-Prophezeiungen des Alten Testaments zu inszenieren."

Adalbert schwieg eine Weile.

„Das ist eine ziemlich ungeheuerliche Behauptung", erwiderte er schließlich. „Ich hoffe, ihr könnt das auch beweisen."

„Natürlich können wir das", erwiderte Max zuversichtlich. „Und das sogar auf mehrfache Weise. Aber im Grunde brauchen wir auch dafür nichts anderes als die Evangelien."

„Na, dann bin ich ja gespannt."

Max sah ihn irritiert an, da er den Anflug von Sarkasmus in Adalberts Stimme bemerkt hatte.

„Nun gut", begann er gleich darauf ungerührt. „Wenn Jesus die Kreuzigung überleben sollte, musste natürlich sichergestellt werden, dass er starb, bevor ihm die Beine gebrochen wurden. Wir wissen aus den Evangelien, dass zu dem Zeitpunkt, als ihm die Beine gebrochen werden sollten, der Tod bereits eingetreten war. Und das Johannes-Evangelium sagt uns auch, wie es dazu gekommen sein soll.

Nach Johannes sagt Jesus am Kreuz *„Mich dürstet"*, woraufhin ihm ein in Essig getauchter Schwamm gereicht wird. Kaum hat er nun den Essig geschmeckt oder eingeatmet, da spricht er seine letzten Worte und scheidet dahin.

Genau das aber ist wohl die merkwürdigste Begebenheit der gesamten Kreuzigungsüberlieferung. Denn Essig wirkt, ähnlich wie Riechsalz, stimulierend und wurde in jener Zeit sogar häufig zur Belebung erschöpfter Galeerensklaven verwandt. Auch Verwundeten spendete der Geschmack oder Geruch von Essig neue Energie. Nur bei Jesus zeigte er genau die gegenteilige Wirkung."

„Ja, merkwürdig", musste Adalbert zugeben.

„Sogar höchst merkwürdig, mein Lieber", bekräftigte Max. „Allerdings nur, wenn es sich tatsächlich um Essig gehandelt hat. Sollte man ihm statt Essig ein Betäubungsmittel verabreicht haben, zum Beispiel Opium oder Belladonna, die beide damals im nahen Osten sehr gebräuchlich waren , dann war sein Dahinscheiden kurze Zeit später allerdings ausgesprochen logisch. So konnte relativ einfach ein totenähnlicher Zustand herbeigeführt werden, während das Opfer in Wirklichkeit am Leben blieb.

Dieser Trick rettete nicht nur Jesus das Leben, sondern sorgte auch dafür, dass eine weitere Prophezeiung des Alten Testaments erfüllt wurde. Danach nämlich musste der Leichnam des Messias von Knochenbrüchen und Verstümmelungen verschont bleiben."

„Nun gut, das klingt plausibel", erklärte Adalbert. „Aber du hast etwas Wesentliches vergessen."

Max sah ihn ernsthaft überrascht an.

„Was meinst du?"

„Den Lanzenstich", erwiderte Adalbert lapidar. „Jene Verletzung, die ihm als Beweis des Todes zugefügt wurde."

„Du denkst immer noch unter den falschen Voraussetzungen", tadelte Max. „Wir wissen aus unzähligen Kriegen und Schlachten, dass selbst stark blutende Verletzungen in der Seite nicht zwangsläufig tödlich sein müssen.

Und wenn die gesamte Kreuzigung inszeniert war, dann kann man ohne weiteres davon ausgehen, dass auch der Lanzenstich so ausgeführt wurde, dass er die maximale optische Wirkung erbrachte, ohne wirklich lebensbedrohlich zu sein."

Adalbert nickte widerstrebend.

„Ja, du hast Recht."

Für einen kurzen Moment sagte niemand etwas, und Adalbert wandte den Kopf in Richtung Fenster. Zu sehen war jedoch so gut wie nichts, denn sie befanden sich immer noch im Tunnel, auf der Fahrt in Richtung Gipfelstation.

„Das alleine ist aber noch nicht alles", nahm Max das Gespräch nun wieder auf. „Es gibt noch andere Hinweise darauf, dass die gesamte Kreuzigung Teil eines klug ersonnenen Plans war."

Adalbert war sich nicht sicher, ob er all das wirklich hören wollte, aber schließlich bedeutete er Max mit einer Geste, er möge fortfahren.

„Nun, da wäre zum Beispiel der Ort des Geschehens", erklärte Max mit ungebrochenem Eifer. „Den heute bekannten Darstellungen zufolge soll der Ort der Kreuzigung, Golgatha, ein öder, schädelförmiger Hügel im Nordosten Jerusalems gewesen sein.

Im Johannes-Evangelium, dem einzigen also, das als Augenzeugenbericht anerkannt ist, steht aber etwas völlig anderes. Dort können wir lesen: *An dem Ort, wo man ihn gekreuzigt hatte, war ein Garten, und in dem Garten war ein neues Grab, in dem noch niemand bestattet worden war.* Und es wird sogar noch interessanter. Nach dem Matthäus-Evangelium war jener Garten mitsamt Gruft persönliches Eigentum des Joseph von Arimathia. Und das ist, neben Pontius Pilatus und Jesus selbst, die wohl wichtigste Figur in diesem komplexen Täuschungsmanöver.

Wir wissen wenig über Joseph von Arimathia, außer der Tatsache, dass er ein heimlicher Jünger Jesu war. Darüber hinaus wissen wir aber sehr wohl, dass er sehr reich war und dem hohen Rat angehörte. Man kann also mit Fug und Recht behaupten, dass er ein einflussreicher Mann war.

Und das wiederum bringt uns auf das damals gültige römische Recht. Dieses besagte nämlich absolut eindeutig, dass es verboten war Gekreuzigte zu bestatten. Ja, mehr noch: Es war damals durchaus üblich Wachposten aufzustellen, die verhindern sollten, dass der Tote vom Kreuz genommen wurde. Üblicherweise blieb er einfach am Kreuz hängen, den Aasgeiern zum Fraß. Was aber geschah nach dem Tode von Jesus?

Hier nun kommt Joseph von Arimathia ins Spiel. Dieser geht nach dem Tode von Jesus zu Pontius Pilatus und bittet ihn um die Herausgabe der Leiche. Dieser äußert daraufhin lediglich, man darf annehmen mit einigem Sarkasmus, seine Verwunderung über den raschen Tod des Delinquenten, willigt aber in die Herausgabe der Leiche ein. Das heißt, Pontius Pilatus beging hier einen eindeutigen und schwerwiegenden Rechtsbruch."

Max machte eine kurze Pause, aber Adalbert nickte nur nachdenklich, ohne seine wahren Gefühle erkennen zu lassen.

„Und das ist nicht die einzige Merkwürdigkeit im Zusammenhang mit Pilatus", fuhr Max daraufhin fast ein wenig trotzig fort. „Es gibt noch eine weitere, wenn auch indirekte Bestätigung dafür, dass Pontius Pilatus in die Pläne eingeweiht war. Und zwar geht es um die Art und Weise, mit der die Herausgabe der Leiche gefordert wurde.

In den offiziellen Übersetzungen sieht die Sache recht einfach aus: Joseph bittet Pilatus um den Leichnam, und dieser gibt ihn heraus. Im griechischen Original des Markus-Evangeliums liest sich das allerdings etwas anders. Joseph benutzt bei seiner Bitte um die Herausgabe des Leichnams das Wort *Soma*. Dieses wurde aber für lebende menschliche oder tierische Körper verwendet. Das korrekte Wort für Leichnam wäre *Ptoma* gewesen."

*

Die Bergstation Jungfraujoch war eine der merkwürdigsten und gleichzeitig faszinierendsten Anlagen, die Adalbert je zu Gesicht bekommen hatte. Die vollkommen im Bergmassiv verborgene Bahnhofsanlage erschien durch den nackten, rohen Fels in einigen Teilen fast primitiv und bot so einen überaus seltsamen Kontrast zu der Weltgewandtheit, die sich den Fahrgästen in dieser Umgebung bot.

So bemerkte man kurz nach dem Aussteigen, dass hier oben fast sämtliche Sprachen der Welt gesprochen wurden. Und selbst die mitunter wie Notbehelfe aussehenden Zeitungsstände beeindruckten mit einer kompletten Auswahl der gesamten Weltpresse.

Die eigentliche Sensation dieses Ortes drang jedoch erst ins Bewusstsein, nachdem man das über dreitausend Meter hoch gelegene Berghaus betreten hatte. Dieses seit gut dreieinhalb Jahren der Öffentlichkeit zugängliche Hotel-Restaurant war in der Welt einmalig. Es schien in der ausgesprochen abweisenden Umgebung aus Schnee, Eis und rauen, schroff abfallenden Felswänden regelrecht aus dem Berg herauszuwachsen. Ein technisches Monument, das in dieser unwirklichen Umgebung wie eine Oase der Behaglichkeit wirkte.

Max und Adalbert hatten inzwischen das Restaurant erreicht, dessen Räumlichkeiten durch die großen Panoramafenster in gleißendes Sonnenlicht getaucht waren. Nach den eher trüben, elektrisch beleuchteten Gängen der Bahnhofsanlage war dieser Eindruck absolut überwältigend, fast hatte man das Gefühl, in eine andere Welt einzutreten.

Während Adalbert noch die neuen Eindrücke auf sich wirken ließ, war Max bereits zu einem der weiter entfernt stehenden Tische vorausgegangen. Dort sprach er kurz mit einem jungen, etwas nervös erscheinenden Mann und winkte zu ihm herüber. Adalbert riss sich also von dem grandiosen Ausblick los, ging zu dem Tisch hinüber und konzentrierte sich dabei auf den ihm unbekannten Mann.

Dieser war jedoch genauso unbeeindruckt von ihrer Umgebung wie Max, was darauf schießen ließ, dass auch er nicht zum ersten Mal im Berghaus Jungfraujoch war. Adalbert konnte nur hoffen, dass dieser Ort nicht schon als Treffpunkt der Prieuré bekannt war, denn in dem Fall würden ihre Gegner bereits auf der Lauer liegen. Glücklicherweise war das Restaurant zu dieser Stunde jedoch nur spärlich besucht, und niemand der anderen Gäste befand sich auch nur in der Nähe des Tisches.

Inzwischen hatte Max ihm den Mann als Anton Kämmerer vorgestellt, woraufhin dieser ihn mit vollendeter Höflichkeit begrüßte, nur um gleich darauf in beharrliches Schweigen zu verfallen.

Was folgte, war ein minutenlanger, äußerst beschwerlicher Small Talk, der immer wieder durch verschiedene Kellner unterbrochen wurde, die nach ihren Wünschen fragten. Anton Kämmerer gefiel diese Verzögerung offensichtlich überhaupt nicht, aber er behielt sein Mitteilungsbedürfnis eisern unter Kontrolle. Als wieder mal ein Kellner mit einigen Getränken an ihren Tisch kam, nutzte Adalbert die Gelegenheit, diesen nach dem Weg zu den Toiletten zu fragen. Er bekam die gewünschte Auskunft, aber allein die Frage brachte ihm einen absolut vernichtenden Blick von Kämmerer ein.

Adalbert ignorierte dies jedoch ebenso wie den leicht genervten Gesichtsausdruck von Max und stand kurz entschlossen auf.

„Bis die ganzen Bestellungen da sind, bin ich wieder zurück", erklärte er und machte sich auf den Weg.

Obwohl er wusste, dass es ratsam war sich zu beeilen, ging er ausgesprochen langsam durch den Gang, der zu den Toiletten führte. Auch hier gab es die bis zur Decke reichenden Panoramafenster, und er verspürte das Bedürfnis für einen Moment die überwältigende Aussicht zu genießen. Es sollte jedoch nur einige Sekunden dauern, bis er seine Entscheidung stehenzubleiben auch schon bitter bereute. So sah er, wie sich in einiger Entfernung die Tür zur Damentoilette öffnete und eine junge Frau auf den Gang hinaustrat, die, ebenso wie er, überwältigt von der gebotenen Aussicht vor einem etwas weiter entfernten Fenster stehen blieb.

Während die Frau seine Anwesenheit offensichtlich noch nicht bemerkt hatte, fühlte Adalbert sich instinktiv versucht sofort die Flucht zu ergreifen. Er hatte schon in der ersten Sekunde erkannt, wen er da vor sich hatte. Gewiss, die Haare waren nun etwas anders und die Kleidung mit mehr Sorgfalt gewählt, aber es stand dennoch völlig außer Frage: Vor ihm stand Greta Fehrenbach.

Mit einem Gefühl der Scham erinnerte er sich an ihr unerfreuliches Zusammentreffen im Zug, bei seiner Einreise in die Schweiz. Er wusste, dass er sich sofort umdrehen und weggehen sollte, aber er war unfähig auch nur einen Schritt zu tun. Stattdessen stand er nur da und starrte sie wortlos an, was sie wiederum instinktiv zu spüren schien. Sie drehte sich zu ihm um, und in dem Augenblick, in dem sich ihre Blicke trafen, wusste Adalbert, dass es zu spät war für jeden Fluchtversuch.

Ihre Mimik verriet ziemlich eindeutig, dass sie ihn ebenfalls erkannt hatte. Abneigung und sogar eine Spur von Ekel waren für den Bruchteil einer Sekunde zu erkennen, bevor sie sich demonstrativ abwandte und zum Fenster hinaussah. Adalbert war sich völlig sicher, dass ihm nur wenige Sekunden bleiben würden, um seinen dummen Fehler aus dem Zug wieder gutzumachen, sonst würde Greta auch dieses Mal wieder mit einem falschen Eindruck aus seinem Leben verschwinden.

Wie Recht er mit dieser Vermutung hatte, zeigte sich auch sogleich, denn Greta wandte sich mit einem kleinen Ruck vom Fenster ab und machte sich daran, den Gang in die entgegengesetzte Richtung zu verlassen.

„Greta, bitte warten Sie!", rief Adalbert spontan zu ihr hinüber, ohne sich vorher große Gedanken über die Folgen seines Handelns zu machen.

Er sah, dass sie ihren Schritt verlangsamte. Jedoch blieb sie nicht stehen, und sie drehte sich auch nicht um. Adalbert fasste sich also ein Herz und ging mit schnellen Schritten zu ihr hinüber.

„Greta, bitte lassen Sie uns miteinander reden!", stieß er, noch etwas außer Atem, hervor, kaum dass er sie erreicht hatte. „Sie müssen mir glauben, dass mir der Zwischenfall im Zug entsetzlich Leid tut. Aber ich hatte Sie tatsächlich nicht erkannt."

Erst jetzt drehte Greta sich zu ihm um, sagte jedoch kein Wort. Sie starrte ihn nur stumm an, und Abneigung und Erleichterung kämpften um die Vorherrschaft in ihren Gesichtszügen. Adalbert schaute sich kurz um und stellte erleichtert fest, dass sie diesmal allein auf dem Gang waren.

„Ich versichere Ihnen, dass ich Ihren Ärger voll und ganz verstehe", begann er also hoffnungsvoll. „Und ich bin Ihnen ganz gewiss nicht böse wegen Ihrer Haltung in ..."

„Sie sind mir nicht böse?", unterbrach sie ihn mit mühsam unterdrückter Wut.

Adalbert wusste sofort, dass er schon wieder einen Fehler gemacht hatte und verfluchte insgeheim seine ungeschickte Wortwahl.

„Greta, ich bitte Sie nur meine aufrichtige Entschuldigung anzunehmen und mir die Chance zu einer Erklärung einzuräumen", erwiderte Adalbert nun ruhig, aber so eindringlich wie möglich.

Diese Bitte endlich schien bis zu ihr vorgedrungen zu sein, denn sie bemühte sich nun erkennbar um eine etwas freundlichere Haltung.

„Na schön, wenn Ihnen so viel daran liegt, dann werde ich auch zuhören", erwiderte sie schließlich und rang sich sogar ein etwas missglücktes Lächeln ab.

Adalbert überlegte nicht lange, denn er wusste, dass ihn jetzt nur noch die Wahrheit retten konnte.

„Seit der letzten geschäftlichen Besprechung wusste ich, dass bei Ihnen irgend etwas nicht in Ordnung war", begann er also. „Als statt ihres Bruders Lorenzo Bargottini in meinem Büro erschien, war mir klar, dass es in der Firma Fehrenbach tief greifende Veränderungen gegeben haben musste. Ich hätte mich auch sofort um eine Klärung der genauen Umstände bemüht, wenn ich mich im Augenblick nicht selbst in einer äußerst prekären Lage befinden würde.

Leider muss ich sagen, dass auch unsere Familie in ernsten Schwierigkeiten steckt, und meine Reise hier in die Schweiz ist alles andere als ein Urlaub."

Greta sah ihn nur zweifelnd an, ohne sich in irgendeiner Weise zu seiner Erklärung zu äußern. Da sie aber auch keine Einwände erhob, fasste er sich ein Herz und redete weiter.

„Ich hatte auf der Herfahrt den Kopf so voller Sorgen, dass ich an nichts anderes als die unmittelbar bevorstehenden Schwierigkeiten zu denken vermochte. Diesem Umstand allein ist es zu verdanken, dass ich Sie sträflicherweise nicht sofort erkannt hatte. Glauben Sie mir, ich hatte wirklich nicht die Absicht, Sie durch mein Verhalten zu erniedrigen."

Greta wandte den Blick von ihm ab und schaute mit einem eher traurigen Gesichtsausdruck zum Fenster hinaus. Für eine unendlich erscheinende Zeitspanne herrschte ein angespanntes Schweigen.

„Sind Sie bereit, mir zu glauben, dass ich diesen Vorfall wirklich bereue?", fragte Adalbert schließlich ganz direkt, da er Gretas Reaktion nicht recht zu deuten wusste.

„Ja", kam schließlich ihre leise Antwort, und sie wandte ihm den Blick wieder zu. „Ich glaube Ihnen, weil ich es glauben möchte."

Adalbert spürte eine fast irrationale Erleichterung und war gleichzeitig etwas überrascht von der Intensität seiner Gefühle für Greta Fehrenbach.

„Wollen Sie mir nicht erzählen, was geschehen ist?", wagte er schließlich vorzuschlagen. „Denn auch wenn Ihr erster Eindruck ein anderer war: Ich versichere Ihnen, dass mir das Schicksal ihrer Familie wirklich sehr am Herzen liegt."

Greta sah ihn mit großen, traurigen Augen an. Von Abneigung war nun nichts mehr zu spüren, aber der Entschluss ihm zu vertrauen fiel ihr offensichtlich dennoch schwer.

„Ach, Adalbert, für uns hat sich alles geändert", brach es schließlich aus ihr hervor. „Wie Sie sich denken können, bin ich mit den geschäftlichen Dingen nicht allzu vertraut. Aber selbst ich habe mitbekommen, dass mein Vater und mein Bruder in den letzten Monaten immer mehr unter Druck gerieten. Es hat ganz offene Repressalien gegen uns gegeben, und Lorenzo Bargottinis Verhalten stellt nur die Spitze jenes Eisberges dar, der unsere Firma zu zermalmen droht.

Mein Bruder ahnte wohl die Gefahr und konnte sich früh genug in Sicherheit bringen. Er befindet sich zurzeit noch in Amerika und versucht von dort aus zu retten, was noch zu retten ist. Für meinen Vater jedoch kam jeder Rettungsversuch zu spät."

„Wie meinen Sie das?", erkundigte Adalbert sich mit einem unguten Gefühl.

„Nun, um es kurz zu machen: Mein Vater wurde unter einem lächerlichen Vorwand verhaftet, und unser Betrieb wurde unter Zwangsverwaltung gestellt. Im Falle des italienischen Zweigwerkes droht sogar die Enteignung durch den Staat. So blieb meiner Mutter, meiner Tante und mir am Ende nichts weiter übrig, als in einer Nacht-und-Nebel-Aktion in die Schweiz zu verschwinden."

Adalbert hatte mit stetig wachsender Betroffenheit zugehört. Er hätte gerne irgendetwas Tröstliches gesagt, aber ihm fiel nichts ein.

„Mein Gott. Aber ... warum?", brachte er schließlich fassungslos hervor. „Mit welcher Begründung geschah all das?"

„Die Begründung ist lächerlich und interessiert doch ohnehin niemanden!", entgegnete Greta erbost. „Tatsache ist, dass es geschah, weil wir Juden sind!"

Adalbert sah sie prüfend an. Es fiel ihm schwer, das zu glauben, aber dann erinnerte er sich wieder an Bargottinis Geschwafel von der *Gefahr der Verjudung der deutschen Industrie*, und langsam begriff er, was sich bei Fehrenbach ereignet hatte.

„Außerdem hatte Vater sich mit einigen äußerst konservativen Kreisen angelegt", war Greta inzwischen fortgefahren. „Deshalb wurde er in letzter Zeit auch von den Behörden immer mehr schikaniert. Nun, wie gesagt: Schließlich gab es für uns keine andere Möglichkeit mehr, als sich dem Druck zu beugen und das Land zu verlassen."

Adalbert sah sie mitfühlend an.

„Ich habe das alles wirklich nicht gewusst", gab er mit schlechtem Gewissen zu. „Ja, ich habe es nicht einmal geahnt. Aber glauben Sie mir, Greta, wenn ich irgendetwas für Sie tun kann, auch hier in der Schweiz, dann sagen Sie es bitte. Ich wäre wirklich sehr froh über jede Möglichkeit Ihnen zu helfen."

Greta sah ihn abschätzend an. Es war ihr anzumerken, dass sie versuchte zu einem Entschluss zu kommen.

„Vielleicht können Sie wirklich etwas für mich tun", bemerkte sie schließlich zögerlich. „Wo sind Sie hier in der Schweiz untergekommen?"

„In Grindelwald."

„Ich auch", bemerkte sie erstmals mit einem unzweifelhaften Lächeln. „Kennen Sie das Hotel Siedler Hof?"

„Ja natürlich. Dort bin ich abgestiegen."

„Oh … ja, ich auch", erklärte sie, und Adalbert glaubte einen Anflug von Unbehagen in ihrer Stimme zu entdecken. Aber vielleicht bildete er sich das auch nur ein. „Jedenfalls ist es schön zu wissen, wo Sie zu finden sind."

Adalbert versuchte ihren Blick einzufangen, aber sie schaute wie gebannt auf einen imaginären Punkt in der Landschaft und wendete nicht einmal den Kopf. Dennoch fasste er sich ein Herz.

„Greta, was halten Sie davon, wenn wir unseren neu entdeckten Frieden morgen Abend mit einem vorzüglichen Abendessen feiern? Dann können wir auch in Ruhe über alles reden."

Endlich sah sie zu ihm hinüber und gönnte ihm sogar ein bezauberndes Lächeln.

„Ja, warum eigentlich nicht?", stimmte sie zu Adalberts Überraschung zu. „Aber vor 20 Uhr wird es nicht gehen."

„Na, dann treffen wir uns doch um halb Neun? Unten im Hotel-Restaurant?"

Sie zögerte ein wenig, aber schließlich nickte sie.

„Gut, also um halb Neun im Hotel-Restaurant."

Adalbert war erleichtert und überglücklich. Im Grunde fühlte er sich, als sei ihm soeben die Vereinbarung eines Rendezvous gelungen. Diese Erkenntnis allerdings begann ihn auch sogleich zu ärgern, denn das war nicht nur unzutreffend, sondern angesichts des Altersunterschiedes auch eine ziemlich aussichtslose Hoffnung.

Victor war die Höflichkeit in Person. Er gab sich verbindlich und behandelte ihn wie einen Gleichgestellten. Aber trotz allem verspürte Pater Varesi ein wachsendes Unbehagen, das ihn vorsichtig werden ließ. Er spürte instinktiv, dass Victor nur eine Rolle spielte, ohne sein wahres Ich dabei bloßzulegen.

Als er vor gut zwei Stunden in Grindelwald angekommen war, hatte ihn das ruhige und distanzierte Verhalten Victors noch eher angenehm überrascht. Nun jedoch hatte er keinen Zweifel mehr daran, dass sich hinter der glatten Fassade ein eiskalter, berechnender Mensch verbarg, der seine Handlungsweise mühelos der jeweiligen Situation anpassen konnte.

Wir rücksichtslos Victor zu handeln vermochte, wurde Pater Varesi klar, als das Gespräch erstmals auf die Katharer Schriften kam. Hierbei zeigte sein ganzes Verhalten, dass Victor weder Kritik noch Verbesserungsvorschläge zulassen würde. Bedingungslose Zustimmung zu seinen Entscheidungen war das einzige, was er akzeptieren konnte.

Und diese Art der Rücksichtslosigkeit zeigte sich immer dann am stärksten, wenn ihm etwas am Herzen lag. Bedachte man allerdings die Bedingungen, unter denen Victor leben und arbeiten musste, so wurde sein Verhalten etwas verständlicher. Die permanente Notwendigkeit, einsame Entscheidungen zu treffen, ließ keinen Spielraum für endlose Diskussionen. Jedes Zögern konnte in seiner Situation genauso fatale Folgen haben wie eine überstürzte Handlung. Um unter derartigen Bedingungen noch ein Gefühl der Zufriedenheit zu entwickeln, bedurfte es wahrscheinlich schon einer Persönlichkeit vom Schlage Victors.

Pater Varesi jedenfalls, obwohl selbst nicht gerade ein Mann, der zu übertriebener Angst neigte, wäre außerstande gewesen, über einen Zeitraum von mehreren Jahren in einer feindlichen Umgebung zu leben und zu arbeiten.

Und für Jesuiten musste die Schweiz auf jeden Fall als feindliche Umgebung betrachtet werden, auch wenn es hin und wieder Kontakte zur Bevölkerung gegeben hatte. Die überwiegende Mehrheit der Schweizer jedoch stand den Jesuiten eindeutig feindlich gegenüber.

Und auch wenn Pater Varesi sich schon unter normalen Umständen nur selten als Jesuit zu erkennen gab, so machte ihm die zwingende Notwendigkeit, seine Ordenszugehörigkeit zu verheimlichen, doch schon jetzt ganz erheblich zu schaffen. Eine Tatsache, auf die er nicht recht vorbereitet war, von der er aber hoffte, dass sie sich bald legte. Victor schien derartige Gedanken nicht zu kennen. Und seine Erfolge zeigten ja auch, dass er mit der Situation offensichtlich gut umgehen konnte.

„Die Situation ist ernst, Bruder Silvio", betonte Victor gerade ein weiteres Mal, und Varesi hoffte inständig, dass er die Anrede mit *Bruder* endlich aufgeben würde, da ihm diese Titulierung nur allzu verräterisch erschien. „Es ist zwingend notwendig, etwas zu unternehmen. Aber es besteht andererseits auch kein Grund für wirklich tief greifende Veränderungen. Die Schriftrollen sind sehr gut aufgehoben, dort wo sie sind. Und ich trete ganz entschieden dafür ein, dass sie auch dort bleiben."

Nun war es an Pater Varesi erstaunt zu sein. Er war davon ausgegangen, dass Victor die erneute Verlegung der Schriftrollen bereits vorbereitet hatte oder zumindest fordern würde.

„Aber Sie sagten doch, dass von Grolitz und Strickler der Lösung schon bedrohlich nahe wären?", vergewisserte er sich. „Das bedeutet dann aber doch, dass unser Versteck nicht mehr sicher ist."

„Nein, das bedeutet es nicht", konterte Victor. „Jeder, der intensive Nachforschungen anstellt, kommt einer Lösung irgendwann näher. Aber dafür haben wir schließlich Vorsichtsmaßnahmen ergriffen. Nach dem augenblicklichen Stand der Erkenntnisse haben von Grolitz und Strickler keine Chance die Schriftrollen zu finden."

Pater Varesi nickte eifrig.

„In dem Punkt bin ich völlig Ihrer Meinung", versicherte er. „Allerdings halte ich die Schweiz selbst nach wie vor ..."

„Genug!", schnitt Victor ihm ärgerlich das Wort ab. „Diese unsinnige Diskussion über die Gefahren der Schweiz werde ich nicht noch einmal führen! Diese Entscheidung ist längst gefallen, und ich denke nicht daran, irgendetwas in dieser Hinsicht zu ändern.

Was uns hier Probleme bereitet, ist nicht die Schweiz an sich, sondern die außergewöhnlich schnelle Reaktion der Prieuré! Und die hätte uns an jedem anderen Ort der Welt mindestens genauso schwer getroffen."

Pater Varesi machte eine beschwichtigende Geste und schaute sich verstohlen um. Victor hatte für seinen Geschmack erheblich zu laut gesprochen, aber die anderen Passanten zeigten zum Glück nicht das geringste Interesse an ihnen.

„Nun gut, dann kommt eine Verlegung eben nicht in Betracht", gab Varesi notgedrungen nach. „Aber was sollen wir Ihrer Meinung nach tun?"

„Nichts", kam die prompte Antwort.

Pater Varesi sah ihn überrascht an. Er begann sich langsam aber sicher zu fragen, ob die Bedeutung Victors im Orden nicht erheblich überschätzt wurde.

Auch Victor schien seine aufkeimende Opposition zu bemerken, denn er setzte erklärend hinzu:

„Ich meine, wir werden nichts am Aufbewahrungsort der Schriftrollen ändern, da jede weitere Aktivität nur Aufmerksamkeit wecken würde. Folglich werden wir besser einen großen Bogen um die Schriftrollen machen und stattdessen das eigentliche Übel beim Schopf packen."

„Und das bedeutet?", fragte Pater Varesi mit unheilvoller Vorahnung.

„Das bedeutet, dass wir die Aktivitäten der Prieuré stoppen müssen", erklärte Victor mit Nachdruck. „Oder anders ausgedrückt: Die Herren von Grolitz und Strickler müssen verschwinden. Und zwar endgültig."

*

Als Adalbert an den Tisch zurückkam, sah er sofort, dass sich die Situation verändert hatte. Die Speisen und Getränke waren bereits serviert, aber weder Max noch Anton schienen daran interessiert zu sein. Vielmehr waren beide in eine angeregte Diskussion vertieft, die zwar mit Nachdruck, aber im Flüsterton geführt wurde. Als sie sein Herankommen bemerkten, zeigte sich eine deutliche Spur von Erleichterung bei Max, während Anton eher verärgert schien.

„Entschuldigt die späte Rückkehr", begrüßte er sie also vorsorglich. „Aber ich konnte es leider nicht ändern."

„Schon gut", winkte Max ab. „Jetzt bist du ja hier. Ist dir die Höhenluft auf den Magen geschlagen?"

„Nein, nichts dergleichen", versicherte Adalbert und fügte etwas unvorsichtig hinzu: „Ich hatte lediglich einen alten Geschäftsfreund aus Berlin getroffen."

„Hier?", erkundigte sich Anton verwundert. „Seltsamer Zufall."

„Durchaus nicht!", herrschte Adalbert ihn verärgert an. „Das hat garantiert nichts mit Ihrer Sache zu tun. Und etwas Konversation musste ich schon machen. Schließlich gebe ich hier den harmlosen Touristen. Da konnte ich sie ja nicht einfach stehen lassen!"

„Sie?", erkundigte Max sich lächelnd.

Adalbert ärgerte sich im Stillen über seine Unachtsamkeit und gemahnte sich zur Vorsicht.

„Ja, es war eine Frau. Na und?", verlangte er zu wissen. „Unsere Familien sind seit Generationen bekannt, und ihr Auftauchen hier steht garantiert in keinem Zusammenhang mit …"

„Schon gut!", fiel Max ihm beschwichtigend ins Wort. „Ich bin sicher, dass du das Richtige getan hast."

„Genau", bekräftigte jetzt auch Anton. „Nehmen Sie sich

meine Bemerkung nicht so zu Herzen. Es war nicht böse gemeint. Außerdem sollten wir jetzt allmählich auf den eigentlichen Grund dieses Treffens zurückkommen. Immerhin geht es ..."

„Er weiß, wo sich die Katharer Schriften befinden", fiel Max ihm ins Wort.

Adalbert sah überrascht von Einem zum Anderen. Für einen kurzen Augenblick war er sich nicht sicher, ob Max es ernst gemeint hatte.

„Es stimmt, was Max sagt", erwiderte Anton, seine Ratlosigkeit richtig deutend. „Es ist mir tatsächlich gelungen, den Aufbewahrungsort der Schriftrollen ausfindig zu machen."

Adalbert verstand mit einem Mal die aufgeregte Anspannung, mit der die beiden sich unterhalten hatten. Diese Tatsache veränderte alles!

„Und wo befinden sich die Schriften?", fragte er also aufgeregt und bemühte sich dabei nicht durch übertriebene Euphorie unangenehm aufzufallen.

„Ihr seid an den Schriftrollen vorbeigefahren", entgegnete Anton geheimnisvoll.

Adalbert sah ihn verständnislos an, und auch Max erging es offensichtlich nicht besser. Letzteres erleichterte Adalbert sogar ein wenig, zeigte es doch, dass er in seiner Abwesenheit nicht viel verpasst haben konnte.

„Wann sind wir daran vorbeigefahren?", verlangte Max schließlich zu wissen.

„Na, gerade eben. Auf der Fahrt hierher", erklärte Anton leicht amüsiert. „Die Schriftrollen befinden sich im Felsmassiv des Eiger!"

Max und Adalbert wechselten einen kurzen Blick, und es wurde deutlich, dass keiner von ihnen viel damit anfangen konnte. Adalbert war gerade im Begriff eine genauere Erklärung zu fordern, als Max eine sehr viel wesentlichere Frage stellte.

„Von wem stammt diese Information?"

Anton war anzumerken, dass ihm diese Frage nicht recht behagte.

„Von einem kleinen Informanten mit guten Kontakten zu den Jesuiten", gab er schließlich zu.

„Wie gute Kontakte?"

„Es handelt sich um eine junge Frau."

Adalbert wollte gerade bemerken, dass er danach nicht gefragt hatte, als ihm klar wurde, dass diese Bemerkung sehr wohl eine diskrete Antwort auf seine Frage darstellte.

„Ist sie verlässlich?", verlangte Max zu wissen.

„Absolut", erklärte Anton in einem Ton, der keinen Widerspruch duldete. „Sie wurde kürzlich von zwei Ordensbrüdern besucht, die sich in ihrer Gegenwart unter anderem recht unverblümt über den Fortgang der Arbeiten im Eigermassiv unterhielten. Sie fanden die verbale Verbindung zur Jungfraubahn, die erst tief im Berg ihr Ziel findet, wohl recht anregend."

Adalbert und Max konnten ein Grinsen nicht unterdrücken.

„Gab es denn Bauarbeiten im Bereich des Eigermassivs?", warf Adalbert ein.

„Nein, eben nicht", erwiderte Anton. „Das genau machte mich ja stutzig. Also habe ich meine Informantin noch mal genauer befragt und anschließend auch ihre Angaben überprüft. Zumindest soweit es mir möglich war."

Anton machte eine kurze dramaturgische Pause.

„Und?", drängte Max schließlich. „Was hast du herausgefunden?"

„Nun, offizielle Bauarbeiten im angegebenen Streckenabschnitt gibt es jedenfalls nicht. Zumindest nicht von den Schweizer Bahnbetrieben. Und die würden wohl auch kaum Jesuiten beschäftigen.

Aber wie auch immer: Meiner Informantin zufolge mussten die Bauarbeiten sehr umfangreich sein und unter strenger Geheimhaltung stattfinden. Außerdem beteuerte sie mehrmals, dass nur Brüder Zugang zur Baustelle hätten. Ja, sie war sich sogar sicher, dass die Schweizer Behörden gar nichts von diesen Arbeiten wüssten."

„Das kann doch gar nicht sein!", bemerkte Adalbert.

Anton nickte.

„Das war auch meine erste Reaktion", gab er zu. „Aber wenn man es genau bedenkt, dann ist es gar nicht mehr so unmöglich. Also habe ich begonnen, genauer nachzuforschen. Auch direkt vor Ort. Und dort, in der Tunnelröhre des Eiger, merkt man sehr schnell, dass irgendetwas vorgeht."

„Soll das heißen, du bist unbemerkt in das Tunnelsystem eingestiegen?", vergewisserte Max sich ungläubig.

„Ganz recht! Und das ist gar nicht so schwer, wie es sich anhört."

„Und du bist dir wegen der Stelle ganz sicher? Den Eiger-Abschnitt meine ich."

„Absolut! Du wirst die Stelle sogar kennen."

„Wieso?", erwiderte Max mit einer gewissen Vorsicht.

„Nun, diese Stelle besitzt einige Berühmtheit. Allerdings wirst du einige Jahre zurückdenken müssen. Als diese Bahnstrecke gebaut wurde, gab es ein spektakuläres Unglück nahe der Station Eigerwand. Dieser Unfall damals hat ein geradezu ideales Versteck geschaffen."

Max nickte.

„Ich nehme an, du meinst das zersprengte Lager?"

„Genau."

„Was für ein zersprengtes Lager?", verlangte Adalbert zu wissen, der den Dialog mit Spannung verfolgt hatte.

Max wandte sich ihm zu.

„Das wirst du nicht wissen", begann er zu erklären. „Aber im Jahre 1908, vor ziemlich genau zwanzig Jahren also, ereignete sich beim Bau dieser Bahnstrecke ein recht merkwürdiges Unglück.

Du wirst dir vorstellen können, dass beim Bau dieser Bahnstrecke eine Unmenge von Sprengstoff verbraucht worden war. So große Mengen, dass sie nicht jedes Mal aus dem Tal zum Einsatzort gebracht werden konnten. Also wurden damals im gesamten Streckenbereich Sprengstofflager angelegt. Eines dieser Lager befand sich in der Nähe der Station Eigerwand.

Vor gut zwanzig Jahren also ist aus nach wie vor ungeklärter Ursache der gesamte in diesem Lager befindliche Sprengstoff in die Luft geflogen. Um genau zu sein: Es waren so um die hundertfünfzig Kisten mit dreißig Tonnen Dynamit. Du kannst dir sicher vorstellen, was für eine Detonation das war! Unten in Grindelwald gingen sämtliche Scheiben zu Bruch, und die Detonation soll sogar bis über die Grenzen der Schweiz hinaus zu hören gewesen sein.

Das gesamte Lager wurde dabei natürlich vollkommen zerstört, und es entstanden Sprengkanäle, die bis ins Freie hinausreichten. Da es aber nur Sachschaden gegeben hatte, verschloss man sämtliche Zugänge zu diesem ehemaligen Lager und setzte den Bau wie geplant fort."

Er legte eine kurze Pause ein, aber Adalbert drängte ihn weiterzumachen.

„Nun ja …", fuhr Anton fort. „Wenn es unseren Widersachern also gelungen sein sollte, unbemerkt in dieses ausgesprengte Höhlensystem einzudringen, so hätten sie dort in der Tat ein ideales Versteck vorgefunden."

„Ja, natürlich!", bekräftigte Adalbert mit kaum unterdrückter Begeisterung. „Das erklärt auch das Interesse unserer geheimnisvollen Seilschaft am Eiger!"

„Leider nur zum Teil", wandte Anton ein. „Denn wie auch immer sie die Kisten mit den Schriftrollen hinaufgebracht haben; diese Seilschaft hatte garantiert nichts damit zu tun."

„Und wieso nicht?", fragte Adalbert etwas pikiert.

„Ganz einfach: Die Kisten mit den Schriftrollen sind schwer und unhandlich. Zudem ist die ganze Aktion, also das Öffnen, Einrichten und Sichern des Verstecks, eine langwierige und zeitraubende Angelegenheit. Wenn all das völlig unbemerkt von Dritten geschehen sollte, dann war es zwingend notwendig, die Kisten mit den Schriftrollen in der Nähe des Zugangs zu haben. Sie erst später von Außen einbringen zu wollen, ist ein völlig absurder Gedanke."

„Ja, das stimmt", bestätigte Max etwas unwillig. „Aber sehr viele Möglichkeiten, die Schriftrollen vorab in der Nähe des ehemaligen Sprengstofflagers zu deponieren, gibt es nun wirklich nicht. Ehrlich gesagt, fällt mir da keine einzige ein."

Anton nickte.

„Das ist in der Tat ein Problem", gestand er. „Genau genommen gibt es nur eine einzige Möglichkeit, die Kisten vorab schon in der Nähe des neuen Zugangs zu lagern. Allerdings ist auch die gefährlich, da eine Entdeckung der Kisten an jenem Ort auf Dauer unvermeidlich wäre. Aber für einen kurzen Zeitraum ..."

Anton verstummte, so als sei er sich seiner Sache nun doch nicht mehr sicher.

„Rotstock?", warf Max schließlich fragend ein, der offenbar in die gleiche Richtung gedacht hatte.

„Genau", bestätigte Anton etwas zögerlich und setzte an Adalbert gewandt hinzu: „Eine alte, aufgegebene Station. Und sie ist nicht weit von dem zerstörten Sprengstofflager entfernt."

„Eben!", bestätigte Max. „Rotstock ist im Grunde die einzige Möglichkeit. Der Tunnel und die Station Rotstock waren eine provisorische Strecke, die man während des Baus der Jungfraubahn errichtet hatte. Das geschah, noch bevor die heutige Station Eigerwand überhaupt erreicht worden war. Da aber auch die Station Rotstock einen Durchbruch ins Freie besaß, ähnlich wie die Station Eigerwand heute, wurde sie eine Zeit lang für den Verkehr genutzt. Aber das war von vornherein nur ein Übergang. Kurz darauf wurde die Station Rotstock völlig aufgegeben. Seitdem liegt diese Strecke brach. Aber das Tunnelsystem und die damalige Station existieren natürlich noch immer."

Adalbert nickte.

„Ja, das klingt vielversprechend", bemerkte er. „Und wie weit ist das Tunnelsystem des zerstörten Lagers von der brachliegenden Station Rotstock entfernt?"

„Nicht weit", stellte Anton klar. „Jedenfalls nah genug, um auch schwere Gegenstände schnell und ohne viel Aufhebens von einem Ort zum anderen zu transportieren."

„Zum Beispiel in jener Zeit, die zwischen den Durchfahrten der einzelnen Züge verbleibt und in denen die gesamte Anlage praktisch menschenleer ist", warf Max ein.

„Ja, ich denke, genau so werden sie es gemacht haben", bestätigte Anton. „Allerdings habe ich ehrlich gesagt keine Ahnung, wie sie es fertig gebracht haben, die Kisten mit den Schriftrollen unbemerkt in die Station Rotstock zu schaffen."

„Das werden wir schon noch herausfinden", entgegnete Max. „Außerdem sollten wir uns Gedanken darüber machen, wie wir in die Sprenghöhlen des ehemaligen Dynamitlagers hineinkommen. Wenn unsere Vermutungen zutreffen, dann werden unsere Gegner das Versteck gesichert haben."

„Völlig richtig", bekräftigte Anton. „Wir müssen selbst irgendwie in die Station Rotstock gelangen. Und genau deshalb habe ich euch auch für diese Zeit herbestellt. Bei der Rückfahrt um 15 Uhr gibt es nämlich eine Möglichkeit den Zug unbemerkt zu verlassen. Und genau das sollten wir auch tun."

*

Pater Varesi betrachtete seine Umgebung mit leichter Irritation. Er hatte ein derart ärmlich anmutendes Stadtviertel in der stets als wohlhabend und gepflegt empfundenen Schweiz nicht erwartet. Und Victor hatte ihm keinerlei Beschreibung dieses Viertels von Interlaken gegeben, als er ihn, im Tonfall eines Befehls, gebeten hatte an seiner Stelle diesen Termin wahrzunehmen. Also ging Pater Varesi weiter und hielt Ausschau nach der Gaststätte *Seeblick*, in der er sich mit einem Angestellten der Schweizer Bahnbetriebe treffen sollte. Dieser hatte ein erneutes Treffen mit Victor gefordert, ohne sich jedoch näher über den Grund seiner Forderung zu äußern.

Varesi wusste lediglich, dass der Beamte für die Versorgungszüge zum Berghaus Jungfraujoch zuständig war. Und er hatte wohl seinerzeit dafür gesorgt, dass sie einen solchen Versorgungszug zum Transport der Schriftrollen benutzen konnten.

Victor hatte ihm allerdings auch klargemacht, dass die erneute Kontaktaufnahme durch diesen Beamten vermutlich nichts Gutes bedeutete. Trotzdem, oder gerade deswegen, war jedoch beiden klar gewesen, dass sie dieses Treffen auf jeden Fall wahrnehmen mussten – und sei es auch nur, um dem drohenden Unheil begegnen zu können.

Varesi bog um eine weitere Straßenecke und fand sich nach wenigen Schritten auf einem kleinen Platz wieder, der von alten, schmalen Häusern umstanden war, die sich baulich in sehr schlechtem Zustand befanden. Dennoch hegte er keinen Zweifel. Dies musste der Platz sein, an dem sich die Gaststätte befinden sollte.

Kurz darauf entdeckte er, ziemlich genau gegenüber, ein kleines, nicht sonderlich einladendes Lokal. Er näherte sich dem schmalen, hohen Gebäude, von dessen Fassade bereits der Putz abbröckelte, und erkannte kurz darauf auch den

Schriftzug *Seeblick* über der Eingangstür. Eine höchst unpassende Bezeichnung für ein Lokal an diesem Ort, ging es ihm durch den Kopf, denn weder vom Brienzsee noch vom Thunersee war von dieser Stelle aus etwas zu sehen.

Varesi überwand seine instinktive Abneigung und betrat durch die abgeschabte, in ihren Angeln quietschende Holztür das Lokal. Die Einrichtung bestand im Wesentlichen aus einfachen Holzbänken, Tischen und Stühlen sowie einer ziemlich robust wirkenden Eichenholztheke mit der üblichen Flaschensammlung dahinter. Der gesamte Raum wirkte niedrig, und die geschwärzten Dachbalken sowie die in einem schmutzigen Gelb gehaltenen Wände trugen auch nicht gerade dazu bei eine Atmosphäre der Behaglichkeit zu schaffen. Auch die Gäste entsprachen ziemlich genau dem, was man in dieser Umgebung erwarten durfte.

Silvio Varesi ärgerte sich ein weiteres Mal über die ungenügenden Informationen von Victor, denn mit seiner teuren, sorgsam gewählten Kleidung wirkte er in dieser Umgebung derart auffällig, dass er ebenso gut in voller Ordenstracht hätte erscheinen können. So bemerkte er auch mit Unbehagen, dass sein Erscheinen im Lokal einige Aufmerksamkeit auf sich zog.

Er schaute in die Runde und unterzog die wenigen zu dieser Stunde anwesenden Gäste einer kurzen Musterung. Hierbei blieb sein Blick fast sofort an einem kleinen untersetzten Mann hängen, der mit deutlichen Anzeichen von Nervosität in einer der hinteren Ecken des Lokals saß und ihn ebenso eindringlich musterte.

Varesi rief sich die Beschreibung Victors von jenem Karl August Wenger in Erinnerung, mit dem er sich hier treffen sollte, und er war sich sofort sicher, den gesuchten Mann gefunden zu haben.

Also ging er, ohne noch lange im Eingangsbereich zu verharren, sicheren Schrittes quer durch das Lokal auf jene hintere Ecke zu, in der dieser Mann mit einem unsicheren Grinsen seiner Ankunft harrte.

„Herr Wenger?", fragte Varesi, kurz nachdem er den Tisch erreicht hatte, und setzte sich bereits hin, kaum dass dieser die Frage bejaht hatte.

„Gut, dass Sie gekommen sind, Herr Zwingli", eröffnete Wenger sogleich das Gespräch, wobei Varesi sich erneut über jenen dümmlichen Decknamen ärgerte, den Victor ihm zugedacht hatte. Er brauchte nur das jetzt fast boshafte Grinsen seines Gegenübers zu betrachten, um zu wissen, dass auch dieser nicht eine Sekunde daran glaubte, einen Herrn Zwingli aus der Schweiz vor sich zu haben.

Überhaupt ließ der Tonfall seines Gegenübers nichts Gutes ahnen, denn trotz seiner offensichtlichen Nervosität lag etwas eindeutig Herausforderndes in seinem Gebaren.

„Wie Sie ja wissen, bin ich ein gläubiger Katholik", war Wenger auch sogleich fortgefahren. „Und da auch Sie ein Mann Gottes sind, bin ich überzeugt, dass Sie meine Lage verstehen werden."

Varesi wappnete sich gegen mögliche Anfeindungen und gemahnte sich zur Ruhe.

„Wie Sie sehen, sind wir Ihrem Wunsch nach einem erneuten Treffen nachgekommen", erwiderte er also mit einiger Reserviertheit. „Aber auch wir haben unsere Zeit auf Erden nicht gestohlen. Ich denke also, wir sollten langsam zum Thema kommen."

Wenger rutschte ein wenig unruhig auf seinem Stuhl hin und her.

„Ja, sehen sie ...", begann er. „Das Leben als Beamter ist selbst in der Schweiz nicht immer leicht. Wir leben in einem teuren Land, und wer eine so große Familie zu ernähren hat wie ich, der hat auch eine Verantwortung gegenüber anderen. Sie müssen wissen: Ich habe drei kleine Kinder und meine arme Frau ..."

„Ich glaube nicht, dass Sie mich hergebeten haben, um über Ihre Familie zu reden!", unterbrach Varesi ihn ein wenig ungeduldig.

„Ganz recht, Herr Zwingli", beeilte Wenger sich zu versichern. „Aber Sie werden sehen, dass alles miteinander zusammenhängt. Denn wie ich schon sagte: Nicht einmal als gläubiger Katholik kann man von dem Segen Gottes allein leben. Wie Sie ja wissen, habe ich der Kirche einen Dienst erwiesen. Einen Dienst, der mehr wert sein sollte als das Seelenheil und die Gewissheit in einem späteren Leben …"

„Sie haben eine durchaus beträchtliche Summe für Ihre Bemühungen erhalten", unterbrach Varesi ihn mit spürbarer Verärgerung, woraufhin sich Karl August Wengers Verhalten erschreckend deutlich änderte.

„Beträchtliche Summe?", höhnte dieser nun verächtlich. „Aber mein lieber Herr Zwingli. Wenn Sie mich vorhin hätten ausreden lassen, dann wüssten Sie jetzt, wie krank meine Frau ist. Und diese Krankheit verursacht Kosten, die in keinem …"

„Wieviel?", unterbrach Varesi ihn erneut mit der gebotenen Schärfe.

„Herr Zwingli, ich finde es wirklich sehr bedauerlich, dass Sie mein Anliegen so negativ auffassen", erwiderte Wenger ungerührt. „Ich habe wirklich kein Interesse daran Ihre Geheimnisse zu lüften, aber da es nun zahlungskräftige Interessenten gibt und ich zudem feststellen musste, dass auch Sie nicht ganz ehrlich zu mir waren …"

Er ließ den Satz absichtlich unvollendet und versuchte einen betrübten Eindruck zu machen. Sehr erfolgreich war dieser Versuch jedoch nicht, denn die Gier stand ihm zu deutlich ins Gesicht geschrieben.

„Was für andere Interessenten?", verlangte Varesi also notgedrungen zu wissen, und seine Stimme klang weit weniger aggressiv als beabsichtigt.

„Das kann ich Ihnen erst sagen, nachdem wir beide uns geeinigt haben", erklärte Wenger ziemlich selbstsicher, da er Varesis Unsicherheit zu spüren schien. „Aber Sie brauchen keine Angst zu haben. Ich bin ohnehin der Ansicht, dass die

Wahrheit über diesen Transport unter uns bleiben sollte. Und wenn Sie nochmal genau jene Summe zahlen, die ich schon damals erhalten habe, dann bleibt die Wahrheit auch unter uns."

Varesi war sich fast sicher, dass Wenger in Bezug auf die anderen Interessenten bluffte. Also versuchte er gelassen zu bleiben und seine Deckung nicht aufzugeben.

„Sie phantasieren, guter Mann!", warf er ihm entgegen. „Wenn Sie glauben, irgendeine ominöse Wahrheit sei uns eine derartige Summe wert, dann steht Ihnen eine bittere Enttäuschung bevor. Und was soll das überhaupt für ein Geheimnis sein, das Sie da preiszugeben drohen?"

Varesi beobachtete Karl August Wenger genau, nachdem er seine Frage gestellt hatte. Die Antwort würde zeigen, wie gefährlich Wenger ihnen werden konnte.

„Ich bin über den wahren Inhalt jener Kisten informiert, für deren Transport ich damals gesorgt habe", entgegnete dieser kurz darauf. „Und ich habe eine Vorstellung von dem immensen Wert, den sie repräsentieren."

Das war ein Schock. Pater Varesi hatte Mühe seinen äußerlichen Gleichmut zu bewahren, aber gleich darauf kamen ihm erste Zweifel. Das konnte, das durfte einfach nicht sein!

Sie hatten zur Tarnung eine Story aufgebaut, die zu nah an der Wahrheit lag, um schnell durchschaut zu werden. Nein, dass ausgerechnet ein Typ wie Karl August Wenger von der Existenz der Katharer Schriften wusste, war mehr als unwahrscheinlich.

„Wir haben Ihnen damals alles über die Gründe für diesen Transport erzählt", stellte Varesi fest und versuchte gleichzeitig sich über seine weitere Vorgehensweise klar zu werden. „Falls Ihnen jedoch irgendetwas nicht klar sein sollte, so bin ich gerne bereit Ihnen die Gründe für diesen Transport erneut darzulegen."

„Aber Herr Zwingli!", konterte Wenger fast schon zu gut gelaunt. „Verschonen Sie mich mit ihren Geschichten. Oder wollen Sie mir diese alberne Klimageschichte wirklich ein zweites Mal erzählen?"

„Wie bitte?", entgegnete Varesi vorsichtig.

„Na, Sie wollen mir diese dumme Geschichte doch wohl kein zweites Mal zumuten", erwiderte Wenger geradezu herausfordernd. „Ich bitte Sie: Uralte religiöse Schriften, die unter normalen Witterungsbedingungen zerfallen würden, und die nur unter den besonderen klimatischen Verhältnissen im Eigermassiv noch über längere Zeit erhalten bleiben? Allein diese Erklärung ist ja schon lächerlich genug. Aber die Behauptung, das müsse heimlich geschehen, weil die Schweizer Behörden einer Lagerung kirchlichen Eigentums an diesem Ort nicht zustimmen würden, das ist doch schon der Gipfel der Unverschämtheit!"

Pater Varesi traute seinen Ohren nicht, aber er war dennoch erleichtert. Was auch immer Wenger zu wissen glaubte, es war meilenweit von der Wahrheit entfernt.

„Ich kann hier nur eine Unverschämtheit erkennen, und die besteht in Ihrem Verhalten!", antwortete er. Eine Reaktion, mit der Wenger eindeutig nicht gerechnet hatte. „Alles was Ihnen gesagt worden ist, entspricht der Wahrheit. Es ist also …"

„Blödsinn!", unterbrach Wenger ihn aufgebracht. „Ich habe diese blödsinnige Geschichte nicht einen Moment lang geglaubt. Und inzwischen weiß ich mit Sicherheit, dass sie nicht stimmt. Zumindest war da kein wertloses Papier in den Kisten!"

„Na schön", lenkte Varesi mit durchaus ernsthaftem Interesse ein. „Was also war Ihrer Meinung nach tatsächlich in den Kisten?"

„Ein Schatz", kam die prompte Antwort, und Pater Varesi musste sich zusammenreißen, um nicht laut zu lachen. „Gold, oder von mir aus auch Silber oder Edelsteine. Auf jeden Fall Werte von zweifelhafter Herkunft!"

„Es dürfte Ihnen nicht leicht fallen, das zu beweisen!",

stellte Varesi mit aller Ernsthaftigkeit fest, die er noch aufzubringen vermochte.

„Ich habe gar nicht die Absicht irgendwas zu beweisen", erklärte Wenger siegessicher. „Wie ich schon sagte: Ich bin ein guter Katholik, und es ist durchaus auch in meinem Interesse, dass alle Informationen im Kreis der Kirche verbleiben. Aber ich muss auch an meine Familie denken. Und das bedeutet nun mal, dass ich Geld brauche."

Varesi nickte langsam.

„Ich verstehe Ihre Lage durchaus", entgegnete er. „Und ich bin sicher ..."

„Akzeptieren Sie meinen Vorschlag, oder nicht?", unterbrach Wenger ihn ungeduldig.

„Wie mir scheint, habe ich keine andere Wahl", erwiderte Varesi scheinbar zerknirscht, wobei er sich durchaus ernsthafte Sorgen machte. Bei aller Erleichterung darüber, dass Wenger offensichtlich keine Ahnung hatte, begriff er dennoch, dass der Mann eine Gefahr darstellte.

Immerhin kannte er den Ablauf der Aktion, und wenn er tatsächlich zu reden begann, dann konnten andere aus seinen kruden Phantasien durchaus die richtigen Schlüsse ziehen. Also hatte er sich entschlossen, zunächst einmal auf Wengers Forderungen einzugehen, um diesen bei Laune zu halten.

Später würde er den Fall dann mit Victor besprechen, damit dieser eine Entscheidung treffen konnte. Allerdings konnte Pater Varesi sich auch jetzt schon vorstellen, welche Entscheidung Victor treffen würde.

*

Adalbert war immer noch überrascht, wie einfach alles gewesen war. Sie hatten auf der Rückfahrt wie beabsichtigt den Zug in der Station Eigerwand verlassen und sich von den wenigen anderen Fahrgästen, die ebenfalls ausgestiegen waren, abgesondert. Nach einiger Zeit waren die anderen Fahrgäste wieder in den Zug gestiegen und dieser war abgefahren, ohne dass sich noch jemand für sie interessiert hätte.

„Es ist gar nicht so selten, dass noch einige Fahrgäste hier zurückbleiben", erklärte Max nun, der Adalberts Verwunderung bemerkt hatte. „Einige Fahrgäste wollen noch einmal den Panoramablick genießen und benutzen den nächsten Zug für die Rückfahrt. Oder es sind begeisterte Wintersportler, die den Zug etwas weiter oben in der Station Eismeer verlassen, denn von dort gibt es eine Skiabfahrtstrecke runter nach Grindelwald."

„Ja, verstehe", erwiderte Adalbert. „Ich hatte es mir nur etwas schwieriger vorgestellt. Aber uns kann es so natürlich nur recht sein."

„Aber wir haben trotzdem nicht viel Zeit zu verlieren", mischte Anton Kämmerer sich in das Gespräch ein. „Der nächstgelegene Zugang zu den Sprenghöhlen des ehemaligen Dynamitlagers ist ein gutes Stück von hier entfernt. Und wir werden die Strecke zu Fuß zurücklegen müssen."

„Du meinst, wir müssen durch den Tunnel gehen, in dem auch die Züge fahren?", vergewisserte Max sich mit einigem Unbehagen.

„Ganz recht", erwiderte Kämmerer. „Aber keine Angst. Ich war schon einmal da, und ich kenne den Fahrplan der Züge. Bis zur Durchfahrt des nächsten Zuges auf dieser Strecke bleiben uns noch zwanzig Minuten ..."

Er stockte und schaute auf seine Uhr.

„Nein, von jetzt an noch siebzehn", korrigierte er sich

selbst. „Aber keine Angst. Wenn wir stramm durchmarschieren, schaffen wir die Strecke in gut zehn Minuten!"

„Na, dann nichts wie los!", forderte Adalbert weit unternehmungslustiger als er sich fühlte. Er spürte, dass sein Entschluss ins Wanken geraten würde, wenn er noch länger über das nachdachte, was er zu tun beabsichtigte.

Auch den anderen schien es ähnlich zu ergehen, denn sie nickten nur und machten sich ohne Widerspruch auf den Weg zur Tunnelröhre.

Als sie die, nun verlassen daliegende, Station Eigerwand wieder erreicht hatten, schaute Adalbert sich etwas beklommen um. Die Station selbst war zwar recht gut ausgeleuchtet, aber die von ihr abzweigenden Gänge warfen lange unheimlich wirkende Schatten. Außerdem bewirkte der Wind, der aus der Nordwand in das Tunnelsystem gedrückt wurde, eine Geräuschkulisse, die das ganze Szenario auch nicht einladender machte.

Die Tunnelröhren selbst dagegen lagen in einem diffusen Dämmerlicht und verloren sich schon wenige Meter hinter der Station in einem eher bedrohlich wirkenden Nichts. Adalbert lief unwillkürlich ein Schauer über den Rücken, aber er zwang sich seine Umgebung weitgehend zu ignorieren und bemühte sich mit den anderen Schritt zu halten.

Kämmerer hatte sich an die Spitze der Gruppe gesetzt und schien von seiner Umgebung gänzlich unbeeindruckt zu sein. Er war ohne eine Sekunde zu zögern mit raschen Schritten auf das Ende der Station zumarschiert.

Adalbert erinnerte sich an ihren Zeitplan und erkannte die Notwendigkeit mit Kämmerers raschem Schritt mitzuhalten. So verließ denn auch er die Station Eigerwand und stieg hinter Anton und Max in die nur spärlich beleuchtete Tunnelröhre. Da Kämmerer nach wie vor kein Zögern kannte und sie folglich gut vorankamen, fixierte Adalbert seinen Blick auf den Rücken von Max und zwang sich abermals, seine Umgebung und die ihn umgebenden Geräusche aus seinem Bewusstsein zu verbannen.

Nach einer Weile bog Anton in eine kleine Vertiefung der Tunnelröhre ein, und Adalbert folgte den anderen fast mechanisch. Erst nachdem er einige Meter gegangen war, wurde ihm bewusst, dass sie sich nun in einem schmalen, grob bearbeiteten Felskorridor befanden, der in einem rechten Winkel von der eigentlichen Tunnelröhre wegzuführen schien.

Adalbert versuchte an Max und Anton vorbei zu sehen, aber das änderte nichts an dem Gefühl, sich nun in fast völliger Dunkelheit zu bewegen. Das ungute Gefühl, das er beharrlich niederzukämpfen versuchte, wurde nun immer vordergründiger, und er fragte sich fast ängstlich, ob Kämmerer es wirklich gewagt hatte sie in ein völlig unbeleuchtetes Röhrensystem zu führen.

Schließlich jedoch erkannte er in einiger Entfernung ein trübes Deckenlicht und gleich dahinter einen massiven Holzverschlag, der ihnen den Weg versperrte.

„Da wären wir", bemerkte Kämmerer. „Und wir liegen gut in der Zeit. Allerdings müssten wir den Zug jeden Moment hören."

Adalbert sah zu Max hinüber und bemerkte, dass auch dieser lieber wieder in Grindelwald wäre als an diesem merkwürdigen Ort. Kämmerer dagegen schien in seinem Element zu sein. Er untersuchte die kleine Tür in dem Holzverschlag mit fast übertrieben erscheinender Vorsicht und machte sich schließlich an dem massiven Vorhängeschloss zu schaffen, mit dem die Tür gesichert war. Viel Erfolg schien er dabei allerdings nicht zu haben, denn es war nur ein leises Fluchen von ihm zu hören, in das sich unvermittelt ein dumpfes Grollen mischte, das hinter ihnen aus dem Dunkel zu kommen schien.

Zunächst dachte Adalbert, dass die anderen das neue Geräusch noch nicht bemerkt hatten, aber nachdem das Grollen immer stärker angeschwollen war, hielt auch Kämmerer in seiner Arbeit inne und drehte sich zu den anderen um.

„Der Zug", erklärte er mit einem etwas gequälten Lächeln, um sich gleich darauf wieder mit dem Vorhängeschloss zu befassen. Max nickte nach einigem Zögern, und nun konnte auch Adalbert das Geräusch eindeutig als das eines Zuges identifizieren.

Zunächst wunderte er sich über die nur gedämpft zu ihnen dringenden Geräusche, was sich jedoch schlagartig änderte, als der Zug die letzte Biegung genommen hatte. Nun wurde das Fahrgeräusch ungedämpft in die kurze Felsenröhre geworfen, und es entstand ein derart ohrenbetäubender Lärm, dass Adalbert sich instinktiv die Ohren zuhielt.

Als der Zug vorüber war und Adalbert seine Aufmerksamkeit wieder den anderen zuwandte, bemerkte er, dass es Kämmerer gelungen war, das Vorhängeschloss zu öffnen. Er trat also an die Seite von Max und starrte ebenso gespannt wie dieser durch die Türöffnung, nachdem Kämmerer die kleine Holztür aufgestoßen hatte.

Aber so sehr er sich auch anstrengte: Es war ihm nicht möglich, auch nur das Geringste zu erkennen. Der gesamte vor ihnen liegende Raum befand sich in tiefschwarzer Dunkelheit. Max räusperte sich nach einer kurzen Zeit beklommenen Schweigens.

„Du meinst also, hier drin befinden sich die Kisten mit den Katharer Schriften?", fragte er ein wenig ungläubig.

„Ich bin davon überzeugt!", entgegnete Kämmerer mit Bestimmtheit. „Wie ihr wisst, war ich schon einmal hier. Dies ist der einzige noch existierende Zugang in das verzweigte System von Sprengkanälen, das von dem ehemaligen Dynamitlager übrig geblieben ist. Und hier muss es erst vor kurzer Zeit einige Aktivität gegeben haben, das habe ich schon bei meinem ersten Besuch sofort bemerkt. Also bin ich schon damals diesen Spuren gefolgt und habe in einem der Sprengkanäle eine Aushöhlung entdeckt, die durch eine neu hochgezogene Wand gesichert ist. Und ich bin absolut überzeugt, dass sich hinter dieser Wand die Katharer Schriften verbergen!"

„Dann sollten wir uns diese Wand ansehen", forderte Max entschlossen.

Kämmerer nickte nur, holte eine Packung Streichhölzer hervor und stieg durch die Tür in die Dunkelheit. Kurz darauf flammte das Streichholz auf, und Adalbert erkannte, dass er eine Art Fackel in der Hand hielt, die er nun entzündete.

„Bedient euch", forderte Kämmerer sie mit einer auf den Boden weisenden Geste auf. „Da liegen noch mehr von den Dingern."

Max und Adalbert folgten der Aufforderung und warteten darauf, dass Kämmerer sich erneut an die Spitze setzte.

„Bleibt dicht hinter mir!", ermahnte dieser sie mit Nachdruck. „Diese Sprengkanäle sind nie abgesichert worden, und der Berg arbeitet. Was bedeutet, dass es immer wieder Steinabbrüche geben kann und einige der Stollen sogar Einsturzgefährdet sind!"

Diese Warnung zeigte Wirkung, und so beeilten Max und Adalbert sich mit Kämmerer Schritt zu halten. Nach den ersten Metern jedoch, als sie sich an das trübe Flackerlicht gewöhnt hatten, blieb Adalbert unwillkürlich stehen. Erst jetzt begann er seine Umgebung bewusst wahrzunehmen, und was er sah, jagte ihm Angst ein.

Sie hatten inzwischen eine Stelle erreicht, wo die Spuren der Katastrophe noch eindeutig zu erkennen waren. Der Boden wurde uneben und war mit Geröll und Schutt bedeckt. Die Deckenhöhe war ungleichmäßig, das Gestein unnatürlich geschwärzt und an mehreren Stellen von hellen, scharfkantigen Riefen durchzogen. Kein einziger Teil dieses unebenen Gewölbes war auch nur notdürftig abgestützt. Im Gegenteil: Überall zeugten Schutt und Geröllhalden von der permanenten Gefahr unkontrollierten Steinschlags.

Etwas weiter vorn, im trüben Flackerlicht gerade noch zu erkennen, weitete sich die Höhlung in zwei abzweigende Röhren, die wohl durch die Wucht der Detonation in den Fels getrieben worden waren.

Da die anderen sein Zögern nicht bemerkt hatten, beeilte er sich nun wieder zu ihnen aufzuschließen. Allerdings war das angesichts der Umstände gar nicht so einfach, und als er kurz darauf an einigen Felsöffnungen vorbeikam, wagte er einen raschen Blick hinein. Das jedoch war kein guter Entschluss, denn er sah nur eine undurchdringliche, scheinbar ins Nichts führende Schwärze. Gemeinsam mit den unheimlichen Windgeräuschen entstand so eine ziemlich bedrohliche Atmosphäre.

Dennoch gelang es ihm schließlich zu den anderen aufzuschließen, und gleichzeitig erkannte er im hinteren, sich stark verjüngenden Teil des Sprengkanals, eine frisch aufgemauerte Wand.

„Da wären wir", bemerkte Kämmerer überflüssigerweise. „Wie ihr seht, ist die Wand völlig neu. Und auch an den übrigen Spuren in der Höhle, von den Fackeln bis zu den Fußspuren im Geröll, erkennt man, dass hier noch vor kurzer Zeit ein reger Betrieb geherrscht haben muss."

Adalbert schaute sich genauer um. Es war ihm vorhin nicht aufgefallen, dass Kämmerer offensichtlich vorhandenen Spuren gefolgt war. Nun aber konnte er erkennen, dass der Geröllboden an einigen Stellen weniger stark verschmutzt war. Es zeichnete sich tatsächlich eine Art Trampelpfad ab.

Max hatte seine Aufmerksamkeit dagegen offensichtlich auf die Mauer gerichtet.

„Sie ist nicht nur neu", bemerkte er nun. „Sie ist anscheinend auch ziemlich dilettantisch zusammengemauert. Es dürfte also nicht weiter schwer werden sie niederzureißen."

Er bückte sich und hob einen Felsbrocken von der Erde auf, mit dem er offensichtlich der Mauer zu Leibe rücken wollte. Kämmerer jedoch hielt ihn mit einer schnellen Handbewegung zurück.

„Nicht berühren!", befahl er eindringlich. „Lass um Himmels Willen die Finger davon!"

Max sah ihn verständnislos an

„Wieso? Ich wollte doch nur …"

„Deswegen!", unterbrach Kämmerer ihn scharf, und wies auf eine Reihe kleiner Glasampullen im Mörtel.

„Na und?", erwiderte Max ratlos. „Was soll das sein?"

„Ich bin mir nicht sicher", gestand Kämmerer etwas unwillig. „Aber es könnte ein Bestandteil eines mechanischen Zünders sein."

So langsam begriff Max, worauf Kämmerer hinauswollte.

„Du meinst, dass die ganze Wand mit Sprengstoff …"

„Genau!", kam die prompte Bestätigung. „Ich glaube, bei deiner so dilettantisch gearbeiteten Mauer handelt es sich um eine ausgeklügelte Sprengfalle."

„Mein Gott!", entfuhr es Max, während er die Wand nun mit dem gebührenden Respekt musterte. „Und was sollen wir jetzt machen?"

„Wir machen gar nichts", erwiderte Kämmerer mit Bestimmtheit. „Was wir jetzt brauchen, ist ein Fachmann, der sich mit Sprengstoffen auskennt."

„Hast du jemand Bestimmtes im Sinn?"

„Ja, das habe ich", bestätigte Kämmerer. „Aber ich bin mir nicht sicher, ob er bereit ist für uns zu arbeiten."

„Du meinst, er gehört nicht zur Prieuré?", vergewisserte Max sich etwas besorgt.

„Stimmt. Er gehört nicht zur Prieuré", gab Anton Kämmerer unwillig zu.

„Das tue ich auch nicht", warf Adalbert ein. „Aber so wie es aussieht, werden wir ohne einen Sprengstoffexperten nicht weiterkommen. Also ist es ziemlich egal, ob er zur Prieuré gehört oder nicht."

Anton nickte zustimmend, aber Max schien seine Zweifel nicht ablegen zu können.

„Und was für ein Typ ist das?", verlangte er zu wissen. „Als Mensch, meine ich."

Kämmerer überlegte kurz.

„Ein Abenteurer, würde ich sagen", erwiderte er. „Er war

während des Krieges als Sprengmeister bei einer Gebirgsjäger-Einheit, bis er gegen Ende 1917 in Gefangenschaft geriet. Nach Krieg und Gefangenschaft heuerte er im Baugewerbe an, wo er ebenfalls mit Sprengungen zu tun hatte. Meines Wissens ist das auch das Einzige, was er jemals gelernt hat. Jedenfalls scheut er keine Gefahren, solange die Bezahlung gut ist."

„Nun gut", bemerkte Max eher unwillig. „Zumindest müsste er dann für eine angemessene Summe bereit sein unseren Wünschen nachzukommen. Und das ohne viele Fragen zu stellen."

„Im Prinzip ist das richtig", erwiderte Kämmerer. „Aber wir werden ihm trotzdem irgendwas erzählen müssen. Wenn wir wollen, dass er für uns arbeitet, dann müssen wir auch begründen können, wieso wir seine Hilfe benötigen. Und ich glaube, wir sind uns einig, dass wir ihm nicht die Wahrheit erzählen können."

Max nickte.

„Völlig deiner Meinung", bekräftigte er. „Aber wir sollten so nah wie möglich bei der Wahrheit bleiben. Zumindest sollte er nicht gleich misstrauisch werden, wenn einer von uns sich während der Zusammenarbeit verplappert. Sagen wir ihm doch ruhig, dass es sich um alte religiöse Dokumente handelt. Wie brisant der Inhalt ist, braucht er ja nicht zu wissen."

Kämmerer zögerte. So richtig gefiel ihm diese Lösung nicht.

„Na schön", lenkte er kurz darauf jedoch ein. „Im Grunde klingt das so harmlos, dass seine Neugier im Keim erstickt werden dürfte. Zumindest wenn wir für eine überdurchschnittliche Bezahlung sorgen."

„Mag sein", bestätigte Adalbert. „Aber dann haben wir immer noch ein anderes Problem."

„Und das wäre?", fragte Max leicht erstaunt.

„Na, überleg doch mal", konterte Adalbert wenig diplomatisch. „Wir müssen dann immer noch erklären, wozu wir gerade ihn brauchen. Ich meine, wenn es nur darum geht, alte kirchliche Schriften zu bergen, die vor Jahren hier eingelagert wurden, dann brauchen wir ihn nicht. Dann bräuchten wir nur zu den Schweizer Behörden zu gehen und um Hilfestellung zu bitten. Und wieso wir genau das nicht tun, dürfte nicht leicht zu erklären sein."

„Ja, verstehe", bestätigte Max und fügte sogleich fast trotzig hinzu: „Wir sagen ihm eben, dass die Schweizer Behörden auf keinen Fall verständigt werden dürfen. Aus, vorbei! Weitere Erklärungen bekommt er dann nicht."

„Das weckt nur Neugierde", gab Adalbert zu bedenken. „Warum machen wir uns nicht einfach die Situation unserer Gegner zunutze? Erzählen wir ihm doch, dass diese religiösen Dokumente dem Jesuitenorden gehören. Und die Schweizer Behörden dürfen wir nicht einschalten, da die Jesuiten in der Schweiz verboten sind. Das dürfte ihm doch einleuchten!"

*

Victor starrte mit einiger Besorgnis auf das vor ihm liegende Blatt. Eine eigentlich für Adalbert von Grolitz bestimmte Nachricht, in deren Besitz er nur durch seine guten Beziehungen gekommen war. Denn zum Glück hatte er einen Informanten in jenem Hotel, in dem von Grolitz abgestiegen war, und so hatte er diese Nachricht praktisch sofort erhalten, nachdem sie im Hotel abgegeben worden war.

Victor las die Notiz zum unzähligsten Mal, obwohl er sie inzwischen fast auswendig kannte.

Werde unser vereinbartes Treffen am 24. leider nicht einhalten können. Schlage daher vor, dass wir uns am 26. um 19 Uhr im Gasthaus Bergadler treffen. Unterschrift: Georg Rahmatt stand dort zu lesen. Und darunter: *Habe noch einmal nachgedacht und halte Ihre Überlegungen inzwischen durchaus für möglich!*

Nun, an sich lag darin nichts Ungewöhnliches. Es sah aus wie die normale Nachricht eines ortsansässigen Bergführers an seinen Gast. Nur war Adalbert von Grolitz kein normaler Gast und Georg Rahmatt kein normaler Bergführer.

Victor war sich hundertprozentig sicher, dass Adalbert von Grolitz hier die Interessen der Prieuré vertrat. Und Georg Rahmatt war ausgerechnet jener Bergführer, der den Eiger, und hier insbesondere die Nordwand, zu seiner ganz persönlichen Angelegenheit gemacht hatte. Und das genau war es, was ihn beunruhigte.

Er hatte keinen Zweifel daran, dass die *Überlegungen* des Herrn von Grolitz in Zusammenhang mit der italienischen Seilschaft unter Führung von Pater Soljakow standen. Aber ihre ursprüngliche Überzeugung, dass die Prieuré alle Hinweise auf die Soljakow-Seilschaft als falsche Fährte verwerfen würde, war nicht aufgegangen. Sie hatten sich darauf verlassen, dass man Spuren, die zur unbezwingbar geltenden Nordwand führten, als offensichtlich falsch einstufen würde.

Aber das genaue Gegenteil schien passiert zu sein. Die Prieuré hatte offenbar alle Logik in den Wind geschlagen und sich regelrecht am Eiger festgebissen.

Es hatte also den Anschein, als sei die Prieuré, allen Bemühungen zum Trotz, der Wahrheit viel näher gekommen als ursprünglich beabsichtigt gewesen war. Und diese Nachricht von einem Treffen zwischen Herrn von Grolitz und Georg Rahmatt war somit alles andere als eine gute Nachricht. Zumal jener Hinweis auf die Gedanken des Herrn von Grolitz, die Rahmatt offenbar für möglich hielt, darauf schließen ließen, dass die Prieuré auf etwas gestoßen war, was sie nicht hätte finden dürfen.

Victor schaute auf den Kalender und wusste, dass er schnell handeln musste. Bis zum 26. blieben ihm gerade noch drei Tage Zeit. Und das bedeutete auch, dass er auf sich allein gestellt war. Silvio Varesi hielt sich nach wie vor in Interlaken auf, um den dortigen Schwierigkeiten zu begegnen. Und er würde erst übermorgen, also am 25., zurückkehren. Bis dahin aber mussten bereits alle Vorkehrungen getroffen sein, um die Begegnung zwischen Adalbert von Grolitz und Georg Rahmatt zu verhindern.

Und dass diese Begegnung verhindert werden musste, stand völlig außer Frage. Immerhin war Georg Rahmatt praktisch der einzige Mensch in Grindelwald, der die wahre Bedeutung der Soljakow-Seilschaft herausfinden konnte. Und wenn dann auch noch der Eisenbahner aus Interlaken zu reden begann, dann würde nicht mehr viel dazu gehören, um die richtigen Schlüsse zu ziehen.

Er hoffte also inständig, dass Silvio Varesi seinen Job in Interlaken gut erledigen würde; sicher war er sich dessen jedoch keineswegs. Überhaupt hatte er ein etwas gespaltenes Verhältnis zu Varesi. Er schätzte und achtete Varesis Verbindungen, seine Weltgewandtheit und seine stets Überlegenheit signalisierende Reserviertheit. Aber wenn es hart auf hart ging, hielt er ihn für entschieden zu schwach.

Varesi war ein Typ, der glaubte alle Probleme durch Verhandlungen lösen zu können, und das war oftmals hinderlich für ihre Zusammenarbeit. So hatte es in letzter Zeit häufig Situationen gegeben, in denen er mit Varesi endlos diskutieren musste, anstatt so zu handeln, wie er es für nötig hielt.

Seiner Meinung nach hatten sie dadurch viel Zeit verloren und sich unnötigen Gefahren ausgesetzt. Nach diesem Job in Interlaken jedoch würde er Varesi besser im Griff haben.

Und das konnte nur gut sein, denn er brauchte Varesi. Und zwar nicht als Diplomat, sondern als Mann, der ihn mit Taten unterstützte. Als Mann, dem er Befehle erteilen konnte.

Ohne einen solchen zweiten Mann wären die Pläne, die er im Kopf hatte, undurchführbar. Er wusste nur zu genau, was er am 26. zu tun beabsichtigte, und er hoffte, dass von Grolitz auch diesmal von Max Strickler begleitet werden würde. Denn in diesem Fall konnte er mit Sicherheit davon ausgehen, dass sie für die Strecke zum Gasthaus Bergadler den Opel von Max Strickler benutzen würden.

In diesem Fall würde er leichtes Spiel haben. Victor kannte die schmale, sich in Serpentinen windende Straße, die zum Gasthaus Bergadler hinaufführte. Und um diese Jahreszeit, bei Eis und Schnee, würde ein schwerer Verkehrsunfall auf dieser Strecke keine allzu große Verwunderung auslösen.

*

„Na, ich glaube, den haben wir uns wirklich verdient!"
Adalbert lächelte.

„Oh ja, das haben wir", bestätigte er und nahm den gut gefüllten Cognacschwenker von Max entgegen. Er war ebenso wie Max froh, wieder in der gewohnten Umgebung des Hotelzimmers zu sein, obwohl ihre Stimmung schon auf dem Rückweg ausgesprochen gut gewesen war.

Nach all den Tagen vergeblichen Suchens bedeutete dieser völlig unverhoffte Durchbruch auch, dass sie nun endlich wieder in der Lage waren aktiv zu werden.

„Es wird jetzt eine Menge für dich zu tun geben", bemerkte Max nun, so als könne er Gedanken lesen.

Adalbert sah etwas überrascht zu ihm hinüber.

„Wieso für mich?", erkundigte er sich. „Die Schriftrollen haben wir doch nun gefunden."

Max reagierte mit einer wegwerfenden Geste und wurde unvermittelt wieder ernst.

„Ja, wir haben sie gefunden", gab er zu. „Oder besser gesagt, wahrscheinlich haben wir sie gefunden. Aber darum geht es jetzt gar nicht. Wir werden deine Hilfe auch über die Bergung der Schriftrollen hinaus benötigen. Ich denke da in erster Linie an die Frage des Transportes. Schließlich müssen wir die Katharer Schriften ja wieder von hier wegschaffen. Und dafür dürfen wir keinerlei Kanäle nutzen, die mit der Prieuré in Verbindung gebracht werden können."

Adalbert schwieg einige Sekunden.

„Ihr wollt also für den Transport die Kontakte unserer Firma nutzen?", vergewisserte er sich.

Max nickte.

„Ganz genau. Nur so kann sichergestellt werden, dass der Transport nicht beobachtet wird und der Bestimmungsort der Schriften geheim bleibt."

„Das ist doch mehr Wunschdenken als Realität", wagte Adalbert einzuwenden. „Wenn wirklich eine Gruppe fanatischer Jesuiten unser Gegner ist, dann wissen die doch schon längst, wer ich bin und in welcher Beziehung ich zu euch stehe."

Max zuckte mit den Schultern.

„Ein gewisses Risiko bleibt immer", stellte er lapidar fest. „Aber ich glaube nicht, dass dieses Risiko sehr groß ist. Immerhin haben wir den Zeitfaktor auf unserer Seite. Sie wissen nicht, dass wir die Schriftrollen bereits gefunden haben. Wahrscheinlich halten sie das sogar für schlicht unmöglich. Also werden sie sich bis jetzt darauf beschränkt haben, alle ihnen bekannten Mitglieder der Prieuré zu überwachen. Du dagegen wirst mit ziemlicher Sicherheit noch nicht überwacht, auch wenn sie sehr wohl wissen, wer du bist."

Diese Überlegung gefiel Adalbert nicht sonderlich, aber er musste sich eingestehen, dass sie logisch war.

„Nun gut. Wahrscheinlich hast du Recht", gab er also etwas widerstrebend zu. „Aber der Zeitvorteil bleibt uns nicht ewig."

„Stimmt. Aber ich denke, uns bleibt genug Zeit. Die viel interessantere Frage ist doch die, ob du den Abtransport der Schriftrollen über eure Firma bewerkstelligen kannst?"

Adalbert zögerte etwas mit der Antwort.

„Das kommt drauf an", entgegnete er schließlich. „Wie du weißt, gehören zwei Speditionsfirmen zu unserem Betrieb. Und zumindest eine der beiden operiert auch in der Schweiz. Aber um deine Frage definitiv beantworten zu können, müsste ich wissen, wohin die Reise gehen soll, wie umfangreich und gewichtig das Frachtgut ist und wann etwa der Abtransport stattfinden kann. Und zumindest zu letzterem Punkt kannst auch du noch nichts sagen, da wir ja noch nicht einmal an die Schriftrollen herangekommen sind."

„Ja, schon gut", lenkte Max ein. „Ohne den Sprengstoffexperten kommen wir auch nicht weiter. Aber was ich wissen will, ist doch nur, ob wir in diesem Punkt auf deine Mitarbeit zählen können."

Adalbert zuckte mit den Schultern.

„Grundsätzlich ja", entgegnete er mit Bestimmtheit. „Aber das erfordert gewisse Vorbereitungen. Und zwar so schnell wie möglich."

„Nun gut. Was musst du wissen?"

„Na, zunächst mal den Bestimmungsort. Danach richten sich alle weiteren Schritte."

Es war Max anzumerken, dass ihm diese Auskunft nicht gefiel. Dennoch versuchte er sich zu einer Entscheidung durchzuringen.

„Also gut. Zumindest eine Zwischenstation kann ich dir nennen", räumte er schließlich ein. „Den endgültigen Bestimmungsort kenne ich auch nicht, da unsere Gruppe nichts damit zu tun hat. Wenn wir die Schriftrollen geborgen haben, wird es unsere Aufgabe sein, sie zu einem Treffpunkt zu schaffen, von dem aus sie zu ihrem endgültigen Bestimmungsort verbracht werden. Dieser Treffpunkt befindet sich in Italien."

„In Italien?", vergewisserte Adalbert sich ungläubig. „Wir sollen die Schriftrollen allen Ernstes nach Italien bringen?"

„Ganz genau", entgegnete Max ein wenig trotzig. „Was ist daran so ungewöhnlich?"

„Na hör mal! Wenn fanatische Jesuiten unsere Gegner sind, dann schaffen wir die Katharer Schriften ja praktisch in die Höhle des Löwen!"

Max wirkte eindeutig unruhig. Er wusste offenbar nicht so recht, wie viel er preisgeben durfte.

„Die Schriftrollen bleiben nicht in Italien", erklärte er schließlich mit spürbarer Vorsicht. „Genau genommen werden sie gleich nach der Übergabe wieder außer Landes gebracht."

„Aber wozu dann überhaupt erst nach Italien? Ich meine, das ist doch ein unerhörtes Risiko!"

Wieder zögerte Max mit der Antwort.

„Wegen der Transportmöglichkeit aus Italien heraus", gab er zu. „Es handelt sich um eine absolut sichere Transportmöglichkeit, die uns nur in Italien zur Verfügung steht. Allerdings stehen wir da unter einem gewissen Zeitdruck."

Adalbert erlaubte sich ein sarkastisches Lachen.

„Ja, klar gibt es einen Zeitdruck", bestätigte er. „Je schneller wir die Dokumente aus dem Eiger herausbekommen, umso besser!"

„Nein, du verstehst mich falsch", konterte Max. „Die Transportmöglichkeit in Italien steht uns nur für einen bestimmten Zeitpunkt zur Verfügung; und danach nie wieder."

Adalbert sah ihn ungläubig an, merkte aber schnell, dass Max es absolut ernst meinte.

„Das erschwert die Vorbereitungen allerdings beträchtlich", gab er zu bedenken. „Bist du sicher, dass diese Transportmöglichkeit wirklich besser ist als alle Alternativen?"

„Vollkommen", versicherte Max. „Sie ist einfach so spektakulär, dass niemand auf die Idee käme, dass wir sie nutzen könnten. Nicht einmal die Jesuiten!"

Adalbert konnte sich immer weniger vorstellen, wovon Max eigentlich redete.

„Du machst mich neugierig", bemerkte er folglich.

„Aber mehr kann ich dir leider wirklich nicht sagen", entschied Max. „Ich werde dir den genauen Treffpunkt auf der Karte zeigen, und ich kann sagen, dass uns maximal sechs Wochen Zeit bleiben, um die Schriften dort abzuliefern. Die Frage ist also immer noch, ob du das bewerkstelligen kannst?"

Adalbert schwieg einige Sekunden, aber schließlich nickte er.

„Ja, das lässt sich machen", entgegnete er. „Allerdings muss ich dann sofort mit den Vorbereitungen beginnen. Und zwar noch bevor Kämmerer mit dem Sprengstoffspezialisten hier ist."

„Das ist kein Problem", versicherte Max. „Wir können ohnehin nur gewinnen, wenn wir fest daran glauben, dass alles gut geht. Also triff schon die nötigen Vorbereitungen. Und hör endlich auf, mit dem dämlichen Brief herumzuspielen! Das macht mich schon die ganze Zeit nervös."

Adalbert konnte ein Lächeln nicht unterdrücken. Vermutlich hatte er die letzten Minuten tatsächlich mit dem Brief herumgespielt, auch wenn er schon gar nicht mehr daran gedacht hatte.

Also riss er den Umschlag auf und entnahm diesem ein Blatt mit dem Briefkopf des Hotels.

„Irgendwas Besonderes?", fragte Max neugierig, während Adalbert las.

„Kann schon sein. Die Nachricht ist von Georg Rahmatt."

„Dem Eiger-Georg?"

„Ja. Er möchte sich noch mal mit mir treffen. Er schreibt, er habe noch einmal nachgedacht und halte meine Überlegungen inzwischen durchaus für möglich."

„Was für Überlegungen?", verlangte Max zu wissen. „Was hast du ihm erzählt?"

„Nun, es ging um diese merkwürdige Seilschaft, deren Spuren immer wieder zur Nordwand des Eiger führten. Ich habe deswegen in ganz Grindelwald Erkundigungen eingezogen, natürlich auch unter den Bergführern. Na ja, und so habe ich Georg Rahmatt eben auch gefragt, ob er es für möglich hält, dass diese Seilschaft tatsächlich in die Eiger-Nordwand eingestiegen ist."

„Und?"

„Nun ja ... der Eiger-Georg wollte davon nichts wissen, um es gelinde auszudrücken."

Max lachte.

„Ja, er mag ein komischer Kauz sein, aber er ist ein seriöser Bergführer. Er war es also, der dir diese Wahnsinnsidee endlich ausgeredet hat!"

Adalbert zuckte mit den Schultern.

„Nun ja. Genau genommen hat er es nur für unmöglich erklärt, auf diesem Wege schwere Kisten nach oben zu befördern. Als ich ihn fragte, ob er es generell für möglich hält, die Nordwand zumindest teilweise zu begehen, hat er eher ausweichend geantwortet. Jedenfalls hat er es nicht für unmöglich erklärt."

Max schüttelte resigniert den Kopf.

„Wie sollte er denn auch", bemerkte er. „Du kennst doch seine Geschichte. Wenn er eine Teilbegehung für unmöglich erklärt, hieße das für ihn auch persönliche Schuld einzugestehen."

„Das weiß ich sehr wohl", verteidigt Adalbert sich. „Dennoch ist er der einzige, der diese Frage wirklich beantworten kann. Oder kennst du noch einen anderen Bergführer mit Erfahrungen in der Eiger-Nordwand?"

„Ja, schon gut", lenkte Max ein. „Ich sage ja auch nicht, dass es falsch war, ihn zu fragen. Ich sage nur, dass du seine Aussagen in dieser Hinsicht nicht überbewerten darfst."

„Das tue ich ganz gewiss nicht", versuchte Adalbert zu beschwichtigen. „Im Übrigen geht es wahrscheinlich um etwas ganz anderes. Ich habe Georg gefragt, ob er es sich vorstellen kann, von einer beliebigen Station der Jungfraubahn aus durch die Nordwand abzusteigen. Damals hat er gesagt, das wäre höchst unwahrscheinlich. Aber inzwischen scheint er es ja für möglich zu halten."

Max musterte ihn mit erkennbarer Überraschung.

„Du hast ihn gefragt, ob es möglich ist *abzusteigen*?", vergewisserte er sich. „Warum denn das?"

„Es wäre doch möglich, dass unsere Gegner den Berg nicht mehr anders verlassen konnten. Ich meine, nachdem sie die Schriftrollen irgendwie gesichert haben. Und die Idee mit dem Zug drängt sich ja auf, wenn man bedenkt, dass es um schwere Kisten geht."

Max nickte anerkennend.

„Mit der Idee hast du ja auch fast richtig gelegen", gab er etwas widerstrebend zu. „Immerhin ist das ehemalige Sprengstoffdepot nicht weit von der Station Eigerwand entfernt."

„Eben! Und die Sprengfalle in der Sicherungswand könnte ein weiterer Hinweis darauf sein, dass sie durch die Nordwand abgestiegen sind."

Max wirkte eindeutig besorgt, aber schließlich nickte er.

„Ja, du könntest Recht haben. Ich denke, unter diesen Umständen ist es notwendig, sich anzuhören, was Georg Rahmatt zu sagen hat."

*

„Da wir uns so schön einig sind, könntest du eigentlich noch ein altes Versprechen einlösen", forderte Adalbert gut gelaunt. „Zumindest wäre das ein passender Ausklang für diesen Abend."

Max sah etwas überrascht zu ihm hinüber, während er die Cognacschwenker nochmals nachfüllte.

„Ich weiß zwar nicht, wovon du redest, aber von mir aus gerne."

Adalbert gönnte sich ein feines Lächeln.

„Nun, bevor ich in die Schweiz kam, wurde mir gesagt, falls ich noch Fragen zu eurer Organisation hätte, so solle ich mich damit an dich wenden. Und inzwischen habe ich einige Fragen zur Prieuré."

„Na, dann raus damit!"

Adalbert nickte.

„Nun, zum einen geht es um die Strukturen der Prieuré", bemerkte er. „Und zum anderen auch um jene Dokumente, die dort oben im Eiger liegen."

Max sah ihn ein wenig erstaunt an.

„Entschuldige, aber ich war der Meinung, dass Robert Kessler dich in Berlin bereits über all diese Dinge informiert hat."

„Nun ja, das hat er auch", bestätigte Adalbert etwas unwillig. „Aber ich war damals ziemlich unvorbereitet und habe folglich nur die groben Zusammenhänge begriffen. Es gibt also immer noch ein paar Dinge, über die ich gerne genauer Bescheid wüsste."

„In Ordnung", entgegnete Max bereitwillig. „Am besten erzählst du mir erstmal, was dir noch in Erinnerung ist. Ich fülle dann die Lücken auf."

Adalbert nickte und überlegte, wie er am sinnvollsten beginnen sollte.

„Nun, am besten fange ich mit der Prieuré selbst an", entschied er schließlich. „Kessler sagte, dass die Prieuré eine Art Geheimorden ist, der schon seit unendlich langer Zeit existiert. Ein Orden, der auch schon die unterschiedlichsten Namen hatte und stets sehr gute Verbindungen zu anderen gleichgesinnten Orden unterhielt; am intensivsten wohl zu den Templern."

Adalbert schwieg eine Weile und rekapitulierte in Gedanken noch einmal alles, was Kessler ihm erzählt hatte.

„Das ist im Grunde alles richtig", bestätigte Max nach einer Weile, da Adalbert keine Anstalten machte weiterzusprechen. „Wenn auch ziemlich lückenhaft. Aber wie auch immer: Über die Geschichte der Prieuré kann und will ich dir gerne Einiges erzählen. Zumal ich es schon wegen der Dokumente für wichtig halte, dass du über die Ursachen und Hintergründe der Gründung der Prieuré Bescheid weißt."

„Womit wir wieder bei den Dokumenten wären", nahm Adalbert den Faden bereitwillig auf. „Auch von denen weiß ich bisher nicht viel mehr, als dass es sich um Schriften handeln soll, die für das Glaubensbild der Katharer eine enorme Bedeutung hatten. Daher ja auch der Name: Katharer Schriften.

Nun ja, und Kessler erklärte mir auch, worin die Brisanz dieser Dokumente besteht. Er hat behauptet, diese Dokumente würden zweifelsfrei beweisen, dass Jesus die Kreuzigung überlebt hat und dass er leibliche Kinder hatte. Jedenfalls sollen diese Dokumente bei der Zerschlagung der Katharer wohl in den Besitz der Prieuré übergegangen sein …"

Adalbert geriet erneut ins Stocken, als ihm klar wurde, wie lückenhaft sein Wissen noch war.

Ein Blick auf Max zeigte ihm jedoch, dass dieser seine Ausführungen sehr ernst nahm. Er wirkte ausgesprochen nachdenklich und ergriff erst nach mehreren Sekunden des Schweigens das Wort.

„Gut, so wie ich das sehe, werden wir eine kleine Zeitreise

machen müssen", bemerkte er. „Lass uns also zurückgehen in das Jahr 1099."

„Also etwa in die Zeit des ersten Kreuzzuges", warf Adalbert ein, froh darüber wenigstens etwas Wissen einbringen zu können.

„Ja, genau", entgegnete Max leicht erstaunt, wie Adalbert mit Befriedigung feststellte. „Und genau dieser erste Kreuzzug ist sehr wichtig, wenn es um die Gründung der Prieuré geht."

„Wieso?"

„Nun, weil Gottfried von Bouillon, also der Anführer jenes Kreuzfahrerheeres, das Jerusalem eroberte, im Jahre 1099 die Prieuré unter dem Namen *Ordre de Sion* gründete.

Dieser Name bezieht sich auf den Ort der Ordensgründung; nämlich den Zionsberg im Süden Jerusalems. Und dieser Ort hatte einige Bedeutung, gerade im Hinblick auf jene Dokumente, die zu finden und zu hüten Sinn und Zweck der Prieuré war und ist."

„Du meinst die Katharer Schriften?"

„Nicht nur", entgegnete Max. „Obwohl sie sehr wohl zu diesem Fundus gehören. Aber lassen wir das für den Augenblick, denn das würde zu weit vorgreifen."

Adalbert nickte und bedeutete ihm mit einer Geste, fortzufahren.

„Nun gut. Also zurück zum Zionsberg", nahm Max den Faden wieder auf. „Schon zur Zeit des ersten Kreuzzuges befand sich auf dem Zionsberg eine alte byzantinische Basilika, die vermutlich aus dem 4. Jahrhundert stammte und oft als *Mutter aller Kirchen* bezeichnet wurde. Nach der Eroberung Jerusalems wurde auf Befehl Gottfried von Bouillons an genau dieser Stelle eine Abtei errichtet. Eine mächtige Abtei, mit Mauern, Zinnen und Türmen, die insgesamt eher einer imposanten Festung glich. Diese Abtei erhielt den Namen *Notre Dame du Mont de Sion*. Und in dieser Abtei residierte der *Ordre de Sion*."

Adalbert schaute etwas skeptisch drein, sagte aber nichts.

„Was ist?", fragte Max leicht irritiert. „Du kannst mir ruhig glauben. Das alles ist historisch belegt."

„Ja, natürlich. Entschuldige, ich bin nur etwas überrascht, dass man die Gründung eines Geheimbundes zeitlich und örtlich so genau datieren kann", erwiderte er schließlich. „Außerdem hatte ich nach Kesslers Erklärungen eher den Eindruck, dass die Prieuré, bzw. der Ordre de Sion, schon wesentlich früher existierte. Schließlich sind jene Dokumente, um die es hier geht, ja nochmals tausend Jahre älter. Kessler erweckte den Eindruck, es habe von dem Moment an, in dem die Dokumente niedergeschrieben wurden, auch eine Gemeinschaft gegeben, die sich als Hüter dieser Dokumente verstand. Kurz gesagt: die Prieuré."

Max lachte.

„Oh je, da hat der gute Herr Kessler wohl mal wieder aus dem Vollen geschöpft", kommentierte er Adalberts Ausführungen. „Versteh mich nicht falsch: Kessler ist sicher sehr kompetent in dieser Frage, aber diese Theorie von dem Geheimbund vor dem Geheimbund ist wirklich nur seine ganz persönliche Meinung."

Adalbert sah ihn fragend an, so dass Max sich genötigt sah weitere Erklärungen anzufügen.

„Natürlich hat es schon vor der Gründung des *Ordre de Sion* Gerüchte über jene Dokumente gegeben, welche die leibliche Nachkommenschaft Jesu beweisen können", fuhr er also fort. „Zumindest Gottfried von Bouillon und einige seiner engsten Vertrauten hatten Kenntnis von diesen Dokumenten. Und sie wussten auch, dass die Schriften sich damals in Jerusalem befinden mussten. Kessler hat daraufhin die Theorie entwickelt, dass dieser erste Kreuzzug nicht etwa nur ein willkommener Anlass war, um nach Jerusalem zu gelangen und die Dokumente zu suchen, sondern dass dieser erste Kreuzzug inszeniert wurde, um Gottfried von Bouillon und seinen Vertrauten die Suche nach den Dokumenten unauffällig zu er-

möglichen."
Adalbert wagte ein etwas herablassendes Grinsen.
„Ganz schön phantasiebegabt, der Gute."
Max blieb überraschend ernst, auch wenn er Verständnis zeigte.
„Kesslers Theorie hat durchaus nachvollziehbare Hintergründe", erklärte er. „Er stützt sich vor allen Dingen auf die Tatsache, dass im Jahre 1070, also zweieinhalb Jahrzehnte vor der Ausrufung des ersten Kreuzzuges, eine Gruppe von kalabrischen Mönchen auf den Besitzungen Gottfried von Bouillons in den Ardennen auftauchte. Zu dieser Gruppe von kalabrischen Mönchen gehörte auch ein Mann mit dem Namen Peter von Amiens. Und das ist insofern interessant, da es als einigermaßen gesichert gilt, dass Peter von Amiens der Erzieher Gottfried von Bouillons gewesen ist. Auf jeden Fall aber war Peter von Amiens zweifelsfrei einer der geistigen Väter der Kreuzzüge."

Max machte eine Pause, aber da Adalbert nicht recht wusste, was er darauf sagen sollte, bedeutete er ihm weiterzusprechen.

„Sollte er also, von wem auch immer, den Auftrag und die Mittel gehabt haben, jene Dokumente in Jerusalem aufzuspüren, so hätte er in der Tat über zwanzig Jahre Zeit gehabt, um Gottfried von Bouillon für diese Aufgabe vorzubereiten. Konkret gesagt also, ihn in die Abstammungsfolge vom heiligen Blut einzuweisen und ihn damit in eine geheime Bruderschaft zu integrieren.

Ferner glaubt Kessler, dass die Wahl gerade auf Gottlieb von Bouillon gefallen ist, da dieser ohnehin zu jenen gehörte, die in direkter Linie von Jesus Christus abstammten. Aber wie gesagt: Das ist Kesslers Theorie. Die offizielle Version ist ein wenig anders.

Offiziell waren um das Jahr 1090 herum Gerüchte aufgetaucht, die auf Dokumente hinwiesen, welche die Behauptung, Jesus habe eigene Kinder gehabt, belegen konnten. Und eben diese Dokumente vermutete man in Jerusalem. Folglich nutzte Gottfried von Bouillon die Ausrufung des ersten Kreuzzuges, um nach Jerusalem zu gelangen und sich voll und ganz der Suche nach den Dokumenten zu widmen.

Zu dieser Zeit errichtete er, quasi als Koordinierungszentrum der Suchaktion, die Abtei *Notre Dame du Mont de Sion*. Und hier erfolgte auch im Jahre 1099 die Gründung des *Ordre de Sion*."

Adalbert hatte Mühe die Flut von Informationen zu verdauen, aber er bemühte sich zumindest um Offenheit gegenüber den Theorien der Prieuré.

„Dann wurden diese Dokumente also erst im Jahre 1099 gefunden?", vergewisserte er sich mit durchaus ernsthaftem Interesse.

„Nein, das wurden sie nicht", erklärte Max zu seiner Verblüffung. „Im Jahre 1099 wurde lediglich mit der Suche nach diesen Dokumenten begonnen. Es zeigte sich aber schon bald, dass der zu treibende Aufwand bei weitem die Erwartungen überstieg. Nach mehr als einem Jahrzehnt intensiver Suche – Gottfried von Bouillon war im Jahre 1100 gestorben, und inzwischen war sein jüngerer Bruder Balduin zum König von Jerusalem gekürt worden – war lediglich klar geworden, dass sich die sagenumwobenen Dokumente im Tempelbereich von Jerusalem befinden mussten.

Die Notwendigkeit, im Geheimen zu operieren, wurde so natürlich zu einem ernsthaften Problem. So suchte man händeringend nach einer Lösung und fand diese schließlich in recht ungewöhnlicher Form. Man erkannte nämlich, dass man einen Orden im Orden brauchte.

Kurz gesagt: Man brauchte einen offiziell bekannten Orden, der entsprechend frei agieren konnte, der aber dennoch ausschließlich dem *Ordre de Sion* verpflichtet war. Da man zu diesem Zweck keinen der bestehenden Orden rekrutieren konnte, fiel schon bald die Entscheidung, einen neuen Orden ins Leben zu rufen; und zwar ganz offiziell.

Man beorderte also neun treue Ritter nach Jerusalem und gewährte ihnen, nebenbei gesagt mit ziemlicher Dreistigkeit, Unterkunft im Tempelbereich von Jerusalem. Balduin der Erste war König von Jerusalem, und so glaubte man wohl sich den offensichtlichen Widerspruch der sehr noblen Unterbringung leisten zu können. Diese neun Männer jedenfalls bildeten die Grundlage des neuen offiziellen Ordens."

Adalbert nickte, da er zu wissen glaubte, worauf Max hinauswollte.

„Ja, ich weiß. Du meinst die Templer", entgegnete er also nicht ohne Stolz. „Sie gaben sich den Namen Templerorden, nach eben jener noblen Unterbringung, die man ihnen gewährt hatte."

„Stimmt", bestätigte Max ein wenig verdrießlich. Er machte den Eindruck eines Mannes, dem man soeben die Pointe geklaut hatte. „Es war die Geburtsstunde des Templerordens."

Adalbert nickte erneut.

„Ja, Kessler hat mir schon von der Gründung des Templerordens erzählt", klärte er den Hintergrund seines Wissens auf. „Und auch davon, dass die Suche nach den Dokumenten der eigentliche Grund für die Ordensgründung war. Mir war allerdings noch nicht klar, dass der *Ordre de Sion* und der Templerorden so eng miteinander verknüpft waren."

Max reagierte mit einem hintergründigen Lächeln, das erkennen ließ, wie sehr ihn diese Thematik faszinierte.

„Oh ja, diese beiden Orden waren so eng miteinander verbunden, dass die Grenzen anfangs fließend waren", erklärte er. „Ein Umstand, der gerade im Zusammenhang mit dem heiligen Gral noch von großer Bedeutung sein wird."

Adalbert sah überrascht auf.

„Wie kommst du denn jetzt auf den heiligen Gral?"

„Na, darüber reden wir doch schon die ganze Zeit", konterte Max aufrichtig verwundert. „Die Dokumente da oben im Eiger sind nicht mehr und nicht weniger als der heilige Gral! Was dachtest du denn, worum es hier geht?"

*

Adalbert hatte nicht das geringste Interesse an einer Auseinandersetzung mit Max, aber er spürte, dass dennoch alles darauf hinauslief. Zu unbedacht war seine Reaktion auf die Erwähnung des heiligen Grals gewesen, als dass Max darüber hätte hinwegsehen können. Adalbert hatte keinen Hehl aus seinem Unmut gemacht und Max geradeheraus vorgeworfen, die Bedeutung der Prieuré entschieden zu übertreiben.

„Wenn du alles so fürchterlich übertrieben findest, dann weiß ich nicht, wieso du eigentlich hier bist!", schleuderte Max ihm daher entgegen. „Wenn du diese Dokumente auch nur für unbedeutende kirchliche …"

„Aber das tue ich doch gar nicht", unterbrach Adalbert ihn beschwichtigend. „Natürlich erkenne ich die enorme Bedeutung dieser Dokumente an. Und ich bin auch überzeugt davon, dass die Arbeit der Prieuré enorm wichtig ist, indem sie diese Dokumente beschützt. Aber herrje – überleg doch mal! In der letzten halben Stunde hat die Prieuré bei mir einen Wandel vom Geheimbund über die Templer bis hin zum Hüter des Grals durchgemacht. Selbst du musst anerkennen, dass das ein bisschen viel auf einmal ist!"

Max lag eine giftige Erwiderung auf der Zunge, aber schließlich beherrschte er sich doch.

„Ja, das war etwas viel auf einmal", lenkte er kurz darauf ein. „Aber ich hatte angenommen, dass ich hinreichend klar machen konnte, wie alles zusammenhängt."

„Das hast du ja auch", bekräftigte Adalbert. „Zumindest was den Werdegang des Ordens angeht. Das einzige, was mich stört, ist die Behauptung, diese Dokumente seien der heilige Gral. Das passt doch einfach nicht."

„Warum nicht?"

„Weil der heilige Gral ein Gefäß ist, verdammt!", ereiferte

sich Adalbert. „Ich meine, in allen bekannten Gralslegenden ist niemals von irgendwelchen Dokumenten die Rede! Es geht immer nur um das Gefäß, welches das Blut Christi enthält."
„Eben!"
„Was eben?"
„Nun, der Gral ist das Gefäß, welches das Blut Christi enthält", wiederholte Max geduldig, und zeigte dabei ein höchst irritierendes Lächeln. „Das ist eine Frage der Deutung. Du darfst die bekannten Überlieferungen nicht allzu wörtlich nehmen. Schließlich ist auch der menschliche Körper ein Gefäß, das Blut enthält ..."

Max ließ den Satz absichtlich unvollendet im Raum stehen, aber Adalbert brauchte einige Zeit, um den Gedanken aufzugreifen.

„Du meinst, mit dem heiligen Gral seien die leiblichen Nachfahren von Jesus gemeint?", vergewisserte er sich.

Max nickte.

„Ja, ganz genau das meine ich."

Adalbert schüttelte den Kopf, obwohl er den Gedanken durchaus logisch fand.

„Mag sein, dass du Recht hast", gestand er etwas widerstrebend ein. „Aber auch nach dieser Theorie handelt es sich nicht um irgendwelche Dokumente, sondern um lebende Menschen."

„Das gehört aber unbedingt zusammen", konterte Max. „Die Erbfolge muss zweifelsfrei belegbar sein, um die Abstammung von Jesus zu beweisen. Und das geht nur mit entsprechenden Dokumenten. Unseren Dokumenten!"

Adalbert schwieg einige Sekunden, aber die Theorie begann ihn zu faszinieren.

„Aber was ist mit der Macht, die der Gral angeblich verleiht?", warf er nach einiger Zeit ein. „In fast allen Gralslegenden ist die Rede davon, dass der Gral seinem Besitzer ungeheure Macht verleiht."

„Das tut er ja auch", bekräftigte Max. „Aber nicht in Form

von furchterregenden Waffen oder so. Auch diese Behauptung musst du im übertragenen Sinne verstehen. Diese Dokumente verleihen seinem Besitzer tatsächlich eine ungeheure Macht. Wer immer sie besaß, wurde, zumindest im Mittelalter, in die Lage versetzt, die einzige grenzübergreifende Macht der Welt in ihren Grundfesten zu erschüttern: die katholische Kirche! Darin bestand und besteht die Macht des heiligen Grals.

Diese Dokumente, also der heilige Gral, stellen ja nicht etwa den christlichen Glauben in Frage. Weder wird die Tatsache, dass es nur einen Gott gibt, angezweifelt, noch wird die Frage, ob Jesus tatsächlich Gottes Sohn war, aufgeworfen. Nur zwei Dinge weichen von der offiziellen Darstellung ab. Die Umstände seines Todes werden angezweifelt, und es wird belegt, dass Jesus leibliche Kinder hatte. Diese Dokumente stellen also nicht etwa den christlichen Glauben in Frage, sondern die Institution Kirche!"

„Ja, ich verstehe", entgegnete Adalbert nach einigen Sekunden des Schweigens. „Die Konsequenz aus den Dokumenten besteht darin, dass der Papst überflüssig wäre. Er kann dann nicht der Stellvertreter Gottes auf Erden sein; das wäre einer der leiblichen Nachfahren von Jesus selbst."

Max nickte.

„Ganz recht. Womit zugleich die alte christliche Botschaft vom wiederkehrenden Gottessohn erfüllt wäre. Der Gral belegt, dass dieser nie weg war. Er war immer unter uns. Aber er wird sich den Menschen erst wieder bewusst zuwenden, wenn diese reif genug sind, ihn zu erkennen."

Adalbert schwirrte der Kopf. Das Thema faszinierte ihn, aber die Konsequenz dieser Überlegungen zu akzeptieren fiel ihm schwer.

„Wenn du Recht hast, stellt der Gral aber sehr wohl den christlichen Glauben in Frage", warf er nach einiger Zeit ein. „Denn wenn Jesus nicht am Kreuz gestorben ist und nicht zum Himmel aufgefahren ist, dann fehlt ein wesentlicher Bestandteil des Christentums!"

„Was das Auffahren zum Himmel nach dem Tode anbelangt, so hast du Recht", gab Max zu. „Aber woher willst du wissen, dass er nicht zum Himmel aufgefahren ist? Ich meine, irgendwann ist er ja gestorben. Ob nun am Kreuz oder durch Altersschwäche spielt da keine Rolle. Und natürlich ist er nach seinem Tode zum Himmel aufgefahren. Verstehst du, unser Glaubensbekenntnis, er sitzt zur Rechten Gottes, ist nach wie vor richtig!"

Adalbert schwieg erneut, da er nicht die rechten Worte fand, um seine Empfindungen auszudrücken.

„Aber woher kommen dann die ganzen Legenden um den Gral?", bemerkte er schließlich ein wenig hilflos. „Ich meine, es wäre doch sinnvoller gewesen, Stillschweigen zu bewahren."

„Zweifellos", bestätigte Max bereitwillig. „Aber irgendwann hatten sich die Gerüchte um die Existenz des Grals soweit verdichtet, dass kein Stillschweigen mehr gewahrt werden konnte. Die Kirche musste reagieren.

Zuerst tat sie das, indem sie selbst versuchte, den Gral zu finden. Erst als das erfolglos blieb, ging sie dazu über, die Legenden zu fördern. Mitunter wurde sogar Neues hinzugedichtet, in der Hoffnung, so jeder klaren Definition entgegenzuwirken. Du siehst also: Desinformation war auch damals schon ein beliebtes Mittel der Machtausübung."

„Aber falsche Informationen lassen sich herausfiltern", warf Adalbert ein. „Irgendwann kommt man wieder auf den Grund der Wahrheit."

„Natürlich tut man das", bestätigte Max. „Zumindest wenn man beharrlich genug ist. Wer sich konsequent mit den ganz frühen Handschriften der Gralsdichtungen befasst, der wird schnell feststellen, dass sich der Gral ausschließlich auf die Abstammung vom heiligen Blut bezieht."

Es entstand eine Pause, Adalbert verkniff sich jeden Kommentar.

„Nun ja, jedenfalls sind die frühen Handschriften am aufschlussreichsten", fuhr Max also etwas enttäuscht fort. „In den frühen Handschriften wird der Gral als *Sangreal* bezeichnet. In den späteren Übersetzungen und Abschriften wurde diese Bezeichnung dagegen getrennt geschrieben. Aber man trennte das Wort an der falschen Stelle. Statt *Sang Real* schrieb man *San Greal*. So entstand der Begriff vom heiligen Gral. Benutzt man jedoch die richtige Trennung, also *Sang Real*, so bedeutet es in heutiger Schreibweise das gleiche wie *Sang Royal*: also königliches Blut! Wobei *königlich* natürlich als göttlich bzw. heilig zu verstehen ist."

Adalbert nickte.

„Ja, das klingt verblüffend logisch", gab er etwas widerstrebend zu. „Nehmen wir also an, dass du Recht hast, und die Dokumente sind identisch mit dem heiligen Gral. Was aber geschah dann mit ihnen, nachdem man sie gefunden hatte? Ich nehme doch an, dass sie schließlich in Jerusalem gefunden wurden, nicht wahr?"

„Oh ja, sie wurden gefunden", bestätigte Max bereitwillig. „Die Templer hatten ihre Aufgabe gewissenhaft erledigt und die Dokumente gesichert."

„Dann befanden sie sich nach der Auffindung also im Besitz der Templer?", vergewisserte sich Adalbert. „Ich hatte angenommen, dass die Prieuré, bzw. der Ordre de Sion, die Dokumente in Gewahrsam genommen hat."

„Das kam damals auf das Gleiche heraus", erklärte Max. „Damals waren beide Orden praktisch identisch. Die Templer und der Ordre de Sion hatten sogar den gleichen Großmeister. Das änderte sich erst im Jahre 1188."

Adalbert sah etwas überrascht auf, da Max die Jahreszahl mit einer gewissen Verachtung genannt hatte.

„Haben sich damals die beiden Orden getrennt?", hakte er also nach.

Max zuckte mit den Schultern.

„Sie wurden getrennt, wäre wohl treffender formuliert", entgegnete er. „Eine besonders friedliche Angelegenheit war das jedenfalls nicht."

„Und wie kam es dazu?"

„Tja ... vermutlich wegen der Ereignisse ein Jahr zuvor", versuchte Max zu erklären. „Eindeutig geklärt ist das jedoch nicht. Aber wie auch immer: Im Jahre 1187 wurde Jerusalem von den Sarazenen zurückerobert. Und wenn man den zur Verfügung stehenden historischen Dokumenten Glauben schenken darf, dann geschah dies aufgrund der Handlungsweise des Großmeisters der Templer, Gerhard von Ridefort.

In einigen Dokumenten wird sogar sehr eindeutig von einem Verrat Rideforts gesprochen. Worin dieser Verrat aber bestanden haben soll, wird nicht eindeutig klar. Klar ist dagegen sehr wohl, dass die Ereignisse des Jahres 1187 erhebliche Spannungen zwischen den beiden Orden verursachten. Und so kam es schließlich im Jahre 1188 zu einer formalen Trennung der beiden Orden. Eine Trennung, die mit einer äußerst merkwürdigen und sehr blutigen Schlacht einherging, in deren Verlauf auch die Fällung einer Ulme eine gewisse Bedeutung gehabt haben muss. Jedenfalls fand diese Schlacht in der französischen Stadt Gisors statt, und die gefällte Ulme von Gisors ist noch heute Sinnbild für die Trennung beider Orden.

Ab 1188 jedenfalls nannte sich der Ordre de Sion *Prieuré de Sion*. So wie auch heute noch. Und von diesem Jahr an wählte die Prieuré auch stets einen eigenen Großmeister, unabhängig von den Templern. Der erste alleinige Großmeister der Prieuré war übrigens Johann von Gisors."

Adalbert war der Schilderung mit aufrichtigem Interesse gefolgt, auch wenn ihm die Namen und Jahreszahlen nichts sagten. Dennoch wollte er gern Genaueres erfahren.

„Und welcher der beiden Orden besaß nach der Trennung den Gral?", erkundigte er sich.

Max reagierte mit einer etwas leidvollen Miene.

„Das ist eine verdammt gute Frage", kommentierte er. „Genau hier nämlich verliert sich die Spur des Grals wieder. Und genau hier kommt auch jenes Bündnis ins Spiel, nach dem die

Dokumente heute benannt sind: die Katharer."

Max machte eine kurze Pause und erwartete offensichtlich einen Kommentar von Adalbert. Als dieser jedoch nicht kam, setzte er seine Erläuterungen fort.

„Ich weiß nicht viel über die merkwürdigen Ereignisse in Gisors, aber man darf mit ziemlicher Sicherheit davon ausgehen, dass jenes Schlachtengetümmel mit dem Besitz des heiligen Grals zusammenhing.

Nach 1188 jedenfalls waren die Dokumente nicht mehr vollständig im Besitz der Prieuré. Wo genau sie verblieben waren, konnte nie endgültig geklärt werden. Fest steht jedoch, dass ein Teil der vermissten Dokumente sich wenige Jahre später im Besitz der Katharer befand. Und es ist ebenfalls sicher, dass diese Dokumente das Glaubensbild der Katharer wesentlich geprägt haben."

Adalbert nickte.

„Aber dann muss die Kirche doch darauf reagiert haben."

„Oh, das hat sie auch", bestätigte Max mit Nachdruck. „Und wie sie das hat! Nachdem man sich sicher war, dass die Dokumente tatsächlich noch im Besitz der Katharer waren, startete die Kirche eine gnadenlose Jagd. Und zwar mit Hilfe ihres wirkungsvollsten Instruments: der Inquisition.

Die Hetztiraden Roms steigerten sich schließlich so weit, dass regelrechte Kriege entfacht wurden. Eben jene *Katharer Kriege*, die im Jahre 1244 ihren Höhepunkt fanden."

„Ja, der Begriff der Katharer Kriege ist mir bekannt", entgegnete Adalbert. „Aber ich wusste nicht, worum es dabei ging und wann sie zu Ende waren."

„Nun, das Ende lässt sich sogar ziemlich genau datieren", erklärte Max mit durchaus spürbarem Eifer. „1244 ist ein bedeutendes Datum. Zu diesem Zeitpunkt war der gesamte Süden des heutigen Frankreich verwüstet. Die Katharer waren weitgehend zurückgeschlagen und hatten mit der Stadt Carcassonne eine ihrer letzten Hochburgen verloren. Ein letztes Kontingent von ihnen harrte jedoch noch in der Festung auf dem Montségur aus und leistete erbitterten Widerstand.

Man darf also getrost davon ausgehen, dass alle wichtigen Dokumente der Katharer sich im Frühjahr 1244 ebenfalls auf dem Montségur befanden, und somit auch der heilige Gral. Dass zumindest die Kirche den Gral damals dort vermutete, wird auch schnell klar, wenn man die Umstände der Belagerung des Montségur mal etwas genauer ansieht."

„Es gab also Ungereimtheiten dabei?", warf Adalbert etwas hilflos ein, da Max offenbar genau darauf hinweisen wollte.

„Ja, es gab einige Ungereimtheiten", bestätigte dieser dann auch bereitwillig. „Es gab einiges bei dieser Belagerung, das nicht unbedingt dem üblichen Schema entsprach. Da war zum einen der enorme militärische Aufwand, mit dem diese Belagerung durchgeführt wurde. Und zum anderen gab es überaus humane Kapitulationsbedingungen.

So wurde den kämpfenden Einheiten in der Festung, also den Rittern, Gutsherren sowie den Kriegern und ihren Familien, nicht nur Generalpardon für alle begangenen Verbrechen und freier Abzug aus der Festung gewährt, sondern es wurde ihnen zudem gestattet, all ihre Besitztümer mitzunehmen.

Stand dies schon in krassem Gegensatz zu der Verbissenheit, mit der die Belagerung durchgeführt wurde, so erstaunt es erst recht, dass sogar den katharischen Mönchen die Freilassung bei nur leichten Bußen angeboten wurde. Sie sollten die Freiheit erlangen, sofern sie sich bereit erklärten, vor der Inquisition ihrem Ketzerglauben abzuschwören und ihre Sünden zu beichten.

Erstaunlicherweise erklärte sich aber niemand von ihnen bereit, den *Ketzerglauben* abzulegen. Obwohl ... so erstaunlich war das gar nicht, denn das Abschwören ihres Glaubens und die Rückkehr in den Schoß der katholischen Kirche wäre in ihren Augen ja erst wahre Ketzerei gewesen. Der Einzug ins Paradies wäre ihnen so für immer verwehrt geblieben."

„Ja, du hast Recht", warf Adalbert ein. „Deine Argumentation ist logisch. Aber andererseits ist die Nachsicht der Sieger auch mit Politik zu erklären. Ich meine, wenn tatsächlich ein bunt zusammengewürfeltes Heer an der Belagerung teilgenommen hatte, dann ergaben sich doch fast zwangsläufig unter den Belagerern unterschiedliche politische Zielsetzungen. Und denen musste auch bei den Kapitulationsbedingungen Rechnung getragen werden.

Kurz gesagt: Für so außergewöhnlich halte ich das Ganze nun auch wieder nicht. Und einen Hinweis auf den heiligen Gral kann ich darin erst recht nicht entdecken."

„Mein Freund", erwiderte Max gelassen. „Das war es ja auch noch gar nicht, worauf ich hinauswollte. Du musst wissen, dass der Montségur am 1. März 1244 kapitulierte. Die Übergabe der Festung fand aber erst am 15. März statt, also gut vierzehn Tage später. Diese *Erholungspause* erscheint auf den ersten Blick völlig unverständlich, zumal wir heute mit völliger Sicherheit wissen, dass sämtliche Wertgegenstände der Katharer bereits im Januar 1244 vom Montségur heruntergeschafft worden waren.

Letzteres geschah übrigens unter reger Beteiligung des Templerordens, in dessen Besitz vermutlich auch sämtliche Wertgegenstände der Katharer übergegangen sind."

„Du meinst, die Templer hatten Einheiten ausgesandt, die den Katharern zu Hilfe eilten?", vergewisserte Adalbert sich etwas ungläubig.

„Nein, das haben sie nicht", bemerkte Max unschlüssig. „Oder ja, irgendwie natürlich schon. Die Rolle der Templer ist dabei jedenfalls ausgesprochen zwielichtig.

Offiziell waren die Templer natürlich eine militärische Einheit der römischen Kurie. Und als solche waren sie sogar aktiv an der Belagerung des Montségur beteiligt. Andererseits steht fest, dass der Vatikan schon damals keine hundertprozentige Befehlsgewalt über die Templer besaß. Und es steht fest, dass es Tempelritter waren, die jene Schlupflöcher offen hielten, durch die immer wieder Nachschub in den Montségur hinein sowie Nachrichten und Wertgegenstände aus ihm heraus gelangten.

Ferner geht aus den Chroniken zweifelsfrei hervor, dass die anderen Orden den Templern nicht über den Weg trauten. Einige von ihnen müssen die Templer sogar in einem geradezu mystischen Licht gesehen haben, auch wenn es niemand gewagt hatte, sie direkt der Ketzerei zu bezichtigen.

Aber wie auch immer. Es steht jedenfalls außer Frage, dass es Tempelritter waren, die im Januar 1244 die materiellen Gegenstände der Katharer aus dem Montségur hinausschafften. Und es waren höchst wahrscheinlich ebenfalls Tempelritter, die Einfluss auf die Kapitulationsverhandlungen ausübten und so diese merkwürdige vierzehntägige Pause erwirkten."

„Ja, mag sein", gab Adalbert zu. „Aber warum? Ich meine, welchen Sinn soll diese Pause gehabt haben?"

„Nun, ich glaube der Schlüssel dazu ist der 14. März", erklärte Max. „An diesem Tag nämlich wurde bei den Katharern ein rituelles Fest von großer Bedeutung begangen. Ein Fest, dass nur an diesem Tag, der Tag und Nachtgleiche, stattfinden konnte. Und um dieses Fest zu ermöglichen, wurde die Pause gewährt. Allerdings führte dieser Großmut zu einem völlig anderen Ergebnis als beabsichtigt. Das Fest nahm nämlich einen höchst seltsamen Verlauf."

Max machte eine Pause, und Adalbert war inzwischen interessiert genug, um den Faden aufzunehmen.

„Du meinst, der Verlauf des Festes lässt die Anwesenheit des heiligen Grals auf dem Montségur vermuten?"

Max nickte nachdrücklich.

„Ich persönlich bin davon überzeugt", beteuerte er. „Im Verlauf dieses Festes ließen sich nämlich über zwanzig Mitglieder der Festungsbesatzung, also jenen Kriegern, denen man Generalpardon und freien Abzug mit allen Habseligkeiten zugesichert hatte, zu katharischen Mönchen ernennen. Das heißt, sie traten zum Katharer-Glauben über, obwohl sie wussten, dass dieser Schritt den sicheren Tod bedeutete.

Sie mussten also zu der Überzeugung gelangt sein, dass der Tod weniger erschreckend war als die Rückkehr in den

Schoß der katholischen Kirche. So etwas kann nur der Kontakt mit dem heiligen Gral bewirkt haben."

Adalbert konnte seine Skepsis nicht verleugnen. Dennoch gab er sich offen für alle neuen Argumente.

„Mag sein, dass du Recht hast", gestand er ihm schließlich zu. „Allerdings nur, wenn die katharischen Mönche nach der Festungsübergabe auch tatsächlich den Tod fanden, während die Krieger in die Freiheit entlassen wurden."

„Natürlich", beteuerte Max mit Nachdruck. „Genauso geschah es dann ja auch: Alle rund hundertachtzig Mönche wurden am Morgen des 15. März gewaltsam den Berg hinunter getrieben und am Fuße der Burg auf einem riesigen Scheiterhaufen verbrannt. Und zwar inklusive der noch am Vorabend Bekehrten."

„Das klingt verrückt", warf Adalbert kopfschüttelnd ein.

„Ja, nicht wahr?", bestätigte Max durchaus verständnisvoll. „Allerdings nur auf den ersten Blick. Du musst bedenken, dass diese Menschen wirklich tief gläubige Christen waren. In ihrem Glaubensbild bedeutete ein Verrat an Jesus, oder eben an seinen Nachfahren, das ewige Höllenfeuer. Und zwar ganz gleich, von welcher Institution dieser Verrat verlangt wurde."

Adalbert nickte.

„Ja, ich verstehe. Wenn der heilige Gral wirklich ein Abstammungsnachweis ist, welcher die führenden Köpfe der Katharer eindeutig als die legitimen Nachfahren von Jesus ausweist, dann wäre auch das Akzeptieren des katharischen Glaubensbildes die einzig logische Konsequenz. Und zwar trotz des sicheren Todes."

„Eben", bestätigte Max. „Für mich ist das ein schlüssiger Beweis dafür, dass sich der heilige Gral am 14. März 1244 auf dem Montségur befand. Zumal das auch nicht der einzige Hinweis ist. Es gab nämlich noch eine weitere Begebenheit, die erwähnt werden sollte."

Max hielt erneut inne, aber Adalbert bedeutete ihm, fortzufahren.

„Nun, es gab nämlich einen Fluchtversuch", erklärte Max daraufhin bereitwillig. „Und daran sind gleich mehrere Dinge bemerkenswert. Immerhin hatte die Inquisition klar gemacht, dass ein Fluchtversuch auch nur eines einzigen Katharers für die gesamte Besatzung des Montségur den Tod bedeuten würde. Trotzdem hatten die Belagerten es gewagt, vier Mönche zu verstecken. Diese vier Männer entkamen dem Scheiterhaufen, und wagten in der Nacht zum 16. März, übrigens unter Führung eines Tempelritters, eine äußerst waghalsige Flucht.

Sie ließen sich mit Seilen den westlichen Steilhang des Berges hinabgleiten und sprangen dann aus beträchtlicher Höhe in die Tiefe. Hier nun begann eine abenteuerliche Flucht, die definitiv nur mit Hilfe der Tempelritter gelingen konnte."

„Du meinst, dass diese vier katharischen Mönche den heiligen Gral in Sicherheit gebracht haben?", vergewisserte sich Adalbert.

„Ja, ich bin davon überzeugt", bestätigte Max.

„Und du bist sicher, dass diese Flucht tatsächlich stattgefunden hat und nicht nur ein weiteres Stück Legende ist?"

„Absolut sicher", bekräftigte Max. „In allen Aufzeichnungen über die Belagerung des Montségur ist die Rede davon. Und den meisten Überlieferungen zufolge hatten diese vier Männer den legendären Schatz der Katharer bei sich."

„Der Schatz der Katharer kann alles mögliche sein", konterte Adalbert.

„Nein, kann es nicht!", entschied Max mit Nachdruck. „Schließlich wissen wir, dass alle materiellen Wertgegenstände schon im Januar vom Montségur heruntergebracht worden waren. Außerdem können vier Menschen, die sich bei völliger Dunkelheit an Seilen einen Steilhang hinunterlassen, nicht auch noch irgendwelche Kisten mit Gold und Juwelen mitschleppen. Bei diesem ominösen Schatz kann es sich nur um etwas gehandelt haben, was sie sich um den Leib schnüren konnten."

„Wie zum Beispiel Geheimschriften, Manuskripte und dergleichen", führte Adalbert den Gedanken weiter. „Also kurz gesagt: jene Dokumente, die nun da oben im Eiger liegen."

„Genau", bestätigte Max. „Und da jene Flucht in der Nacht zum 16. März von den Templern organisiert worden war, darf man auch getrost davon ausgehen, dass sich der Gral nach der Zerschlagung der Katharer in den Händen der Templer befand."

*

Der Abend neigte sich inzwischen seinem Ende zu, aber Greta fühlte sich nun gelöster und ungezwungener als noch vor wenigen Stunden. Sie war sich über die Gründe, die zu diesem etwas unverhofften Rendezvous mit Adalbert geführt hatten, im Unklaren gewesen, aber der Abend war sehr viel entspannter verlaufen als befürchtet.

Unmittelbar nach der Einladung war sie überzeugt gewesen, dass Adalbert sich trotz allem für sie interessierte, aber schon kurz darauf waren ihr erste Zweifel gekommen. Natürlich wollte sie, dass er ihre etwas widersprüchlichen Gefühle teilte, auch wenn diese Hoffnung angesichts der Ereignisse etwas unsinnig erschien. Also hatte sie sich immer wieder ermahnt die Realität zu sehen und seine Einladung zum Essen als das zu begreifen was sie war: der Versuch, den negativen Eindruck aus dem Zug etwas zu mildern.

Damals im Zug hatte er sie eindeutig nicht erkannt, während sie schon in der ersten Sekunde gewusst hatte, wer dort auf dem Gang stand. Aber sei's drum: Woher hätte er auch wissen sollen, was sie für ihn empfand? Schließlich hatten sie sich jahrelang nicht gesehen, und ihre Gefühle für ihn waren ja vielleicht auch wirklich nichts weiter als die unbedeutende Schwärmerei eines kleinen Mädchens gewesen.

Sie hatte sich vorgenommen, an diesem Abend reserviert und zurückhaltend zu sein und sich nicht erneut durch unüberlegte Gefühlsausbrüche in peinliche Situationen zu bringen.

Greta hatte also ganz bewusst für diesen Abend ein konservatives, hoch geschlossenes Kleid gewählt und beschlossen, erst einmal abzuwarten, wie sich der Abend entwickeln würde. Aber ihre selbst auferlegte Skepsis hatte sich schon bald als unbegründet erwiesen, und Adalbert war deutlich anzumerken gewesen, dass er ihre Anwesenheit genoss.

So hatte es auch nicht lange gedauert, bis erste Komplimente jeden Zweifel über seine Motivation ausräumten und die Stimmung zunehmend gelöster wurde.

„Wollen wir?", riss Adalbert sie nun aus ihren Gedanken, nachdem er die Rechnung beglichen hatte. „Die Verlockungen des Schweizer Nachtlebens wollen entdeckt werden!"

Greta lachte und folgte ihm bereitwillig.

„Meinst du, dass die Schweizer ein Nachtleben haben?"

„Das hoffe ich doch sehr!", entgegnete er. „Vielleicht nicht mit dem vergleichbar, was wir aus Berlin gewohnt sind, aber das stört mich nicht im Geringsten. Allein deine Gesellschaft entschädigt für nahezu alles!"

Sie schenkte ihm ein strahlendes Lächeln.

„Woher willst du das wissen? Dies ist unser erster Abend."

Er wandte sich mit unerwartet ernstem Gesichtsausdruck zu ihr um.

„Aber es ist schon jetzt ein unvergesslicher Abend", erklärte er mit nachdrücklicher Überzeugung. „So wohl wie in deiner Gesellschaft habe ich mich schon lange nicht mehr gefühlt. Und ich hoffe sehr, dass dies nicht unser letzter Abend sein wird."

Sie trat einen Schritt näher zu ihm heran und legte ihm instinktiv den Arm um die Taille, während sie aus dem Restaurant in die Hotellobby traten.

„Ich vertraue sogar darauf, dass dies nicht unser letzter Abend sein wird", versicherte sie ihm. „Wir allein entscheiden darüber, wie es weitergeht. Und was mich betrifft, so habe ich noch Einiges mit dir vor."

Er verlangsamte den Schritt, während sie gleichzeitig seine Hand auf ihrer Schulter spürte. Also wandte sie sich ihm ein wenig weiter zu, und ohne das wirklich beabsichtigt zu haben, fanden sie sich plötzlich in einer innigen Umarmung wieder.

„Ach Greta, du ahnst ja nicht einmal, was ich für dich empfinde", gestand er. „Ich hätte nur nie für möglich gehalten, dass ..."

Der Satz blieb unvollendet, als ihre Lippen sich trafen, und weder Adalbert noch Greta bemerkten die Blicke, mit denen die übrigen Hotelgäste sie bedachten. Für einen Augenblick waren sie gefangen in einem völlig eigenständigen Universum, und die Welt um sie herum schmolz zur vollständigen Bedeutungslosigkeit.

Als sie sich schließlich aus ihrer Umarmung lösten, waren wohl beide ein wenig überrascht von der Intensität ihrer Handlung, aber ihr gemeinsames Glück strahlte heller als jeder Zweifel.

Sie waren bereits halb auf dem Weg nach draußen, als Adalbert sie sanft zurückhielt.

„Warte einen Augenblick", bat er. „Ich hole nur eben die Zeitung."

Sie sah ihn ungläubig an, unterdrückte ihren spontanen Kommentar jedoch, als sie seinen Gesichtsausdruck bemerkte. Er hatte die Zeitung aus dem Ständer des Kiosks gezogen, und noch während er las, schien sein Gesicht jede Farbe zu verlieren.

„Was ist los?", fragte Greta also besorgt, während sie ebenfalls einen Blick in die Zeitung zu werfen versuchte.

„Ich kenne diesen Mann!", bemerkte er, während sie die Zeitung an sich nahm. „Kessler hat in Berlin seinen Namen erwähnt."

Da sie mit dieser Bemerkung nichts anzufangen wusste, begann sie den Artikel zu lesen.

Unbekanntes Mordopfer als Karl August Wenger identifiziert! lautete die Überschrift.

Der gestrige Leichenfund in der Nähe des Gasthauses „Seeblick" – wir berichteten in der Abendausgabe – beginnt seine Geheimnisse freizugeben. Nach Angaben der zuständigen Polizeibehörde konnte das Mordopfer inzwischen als der Beamte Karl August Wenger identifiziert werden. Auch erste Hinweise, dass es sich um eine Be-

ziehungstat handelt, scheinen sich zu bestätigen. Bereits gestern hatte der Wirt des „Seeblick" ausgesagt, das Mordopfer habe mit einem weiteren ihm unbekannten Gast einen heftigen Streit gehabt. Es sei wohl um eine Frau gegangen. Genaueres war jedoch noch nicht zu erfahren. Auch Hinweise auf die Identität des zweiten Mannes fehlen bislang. Aus diesem Grunde veröffentlichen wir hier nochmals die Beschreibung des unbekannten zweiten Mannes: Er wurde als mittelgroß und leicht untersetzt geschildert und ist zwischen ...

„Das muss ich Max mitteilen!", entschied Adalbert, und riss Greta damit aus ihrer Lektüre. „Du weißt schon, mein Bekannter, mit dem ich hier bin."

„Aber doch hoffentlich nicht jetzt sofort!", antwortete sie immer noch irritiert.

Adalbert lächelte endlich wieder, als er sie nun direkt ansah.

„Nein, natürlich nicht", versicherte er. „Das hat Zeit bis morgen."

*

„Dazu hätte es auf keinen Fall kommen dürfen", grollte Pater Varesi mit mühsam unterdrückter Wut.

Er stand mit auf dem Rücken verschränkten Armen vor dem einzigen Fenster des kleinen Zimmers, das ihnen in Grindelwald als Unterkunft diente. Die Aussicht auf den wenig einladenden Hinterhof sowie die schmutzige Seitenfront des Nachbarhauses vermochten seine Stimmung jedoch nicht zu bessern.

„Unter diesen Umständen war die Interlakener Aktion nicht nur gefährlich, sondern auch höchst überflüssig", betonte er nachdrücklich, während er sich langsam zu Victor umdrehte. Dieser zeigte sich jedoch gänzlich unbeeindruckt von Varesis Wut und setzte sich betont lässig in seinem Sessel zurecht.

„Sie haben leider den Blick für die Realität verloren, mein lieber Silvio", erwiderte er mit leisem Spott. „Der soeben ausgeführte Auftrag war keineswegs umsonst! Ganz im Gegenteil: Gerade im Licht der jüngsten Ereignisse betrachtet war die Eliminierung von Karl August Wenger ein zwingend notwendiges Übel geworden."

Varesi starrte ihn mit abweisendem Blick an. Er wollte gerade zu einer emotionsgeladenen Erwiderung ansetzen, als Victor ihn scharf zurückwies.

„Unterbrechen Sie mich nicht!", fuhr er ihn an. „Es kann inzwischen keinen Zweifel mehr daran geben, dass die Prieuré die Dokumente finden wird. Sie haben bereits den richtigen Bezug zum Eiger hergestellt, und auch Karl August Wenger war von ihnen bereits als Schwachpunkt erkannt worden. Für uns kann es daher nur eine Schlussfolgerung geben: Wir müssen handeln! Und zwar sofort und mit der notwendigen Entschlossenheit."

Pater Varesi nickte pflichtschuldig.

„Natürlich. Auch ich bin keineswegs bereit, die Dokumente als verloren zu ..."

„Sie sind auch noch nicht verloren!", unterbrach Victor ihn mit schneidender Schärfe. „Wir kennen den hiesigen Mann der Prieuré, ein gewisser Anton Kämmerer. Und da ich schon vor einiger Zeit den Auftrag erteilt hatte, ihn unter Beobachtung zu halten, haben wir nun einen entscheidenden Vorteil. Wir wissen nicht nur, wie weit die Prieuré schon ist, wir wissen auch, mit welchen Problemen sie zu kämpfen hat.

Und auch wenn sie inzwischen den Lagerungsort kennen dürften, so haben sie in zwei Fällen echte Probleme: Erstens wissen sie nicht, wie sie an die Dokumente herankommen sollen, und zweitens haben sie keinen blassen Schimmer, wie sie die Dokumente anschließend aus dem Eiger herausbekommen. Wahrscheinlich werden sie zwar schon an der Sprengfalle scheitern, aber wenn das nicht geschieht, dann ist der Rücktransport die schwächste Stelle. Und daher war es wichtig dafür zu sorgen, dass Karl August Wenger keine weiteren Informationen mehr preisgeben kann!"

„Ja, natürlich war das wichtig", lenkte Pater Varesi ziemlich unwillig ein. „Aber ob es deswegen notwendig war ..."

„Und ob das notwendig war!", fuhr Victor ungeduldig dazwischen. „Gerade was die Transportmöglichkeiten anbelangt, so kann die Prieuré die gleichen Verbindungen nutzen wie wir, wenn sie an die nötigen Kontaktpersonen herankommt. Und wir könnten dann keinerlei Einfluss nehmen, weil offizielle Stellen involviert sind. Schließlich sind wir Jesuiten und dürfen als solche hier keinesfalls in Erscheinung treten!"

„Sie brauchen mich nicht an die Gefahren zu erinnern, die durch das Verbot unseres Ordens hier in der Schweiz entstehen", entgegnete Pater Varesi scharf. „Ich weiß sehr wohl, dass wir hier in einer sehr exponierten ..."

„Ich bezweifele, dass Sie unsere Situation hier wirklich voll und ganz verstehen!", unterbrach Victor ihn erneut, wobei er aus seiner Antipathie gegen Varesi keinen Hehl machte. „Unsere Situation ist nämlich ganz schlicht und ergreifend die, dass wir nur Einzelaktionen der Prieuré noch unter Kontrolle halten können. Solange die Herren Kämmerer, von Grolitz und Strickler also noch auf sich allein gestellt handeln, können wir effektiv darauf reagieren. Wenn jedoch erst einmal eine größere Aktion anläuft, dann kann schnell alles unserer Kontrolle entgleiten!"

„Niemand bezweifelt, dass das nicht geschehen darf!", entgegnete Varesi. „Aber es wirft nun mal Fragen auf, wenn plötzlich ein Mord geschieht. Fragen, die wir im Augenblick nicht gebrauchen können!"

Victor schüttelte in stiller Verzweiflung den Kopf.

„Fragen wird es immer geben, Silvio", stellte er ruhig fest. „Wirklich wichtig ist dabei nur, welche Fragen von wem gestellt werden. Denn das allein entscheidet darüber, wie wir reagieren können. Und die Fragen der Polizei sind für uns im Augenblick weniger bedrohlich als die Fragen der Prieuré. Immer vorausgesetzt natürlich, dass bei der Eliminierung von Karl August Wenger alles nach Plan gelaufen ist."

Pater Varesi machte eine abfällige Handbewegung.

„Sie wissen sehr wohl, dass ihre Spießgesellen in Interlaken perfekt funktionieren, sobald sie einen Auftrag bekommen", bemerkte er verbittert, da er als Koordinator nicht wirklich koordinieren durfte. Im Grunde war er ein reiner Befehlsübermittler Victors gewesen. „Der Eindruck eines Eifersuchtsdramas ist wie gewünscht akzeptiert worden. Sowohl von der Polizei als auch von der Presse. Es ist also ..."

„Ich habe nicht an der Zuverlässigkeit meiner eigenen Leute in Interlaken gezweifelt", unterbrach Victor ihn verärgert. „Ich will lediglich wissen, ob wir uns nun endlich auf die eigentlich anstehenden Fragen konzentrieren können. Schließlich gibt es zwei alarmierende Entwicklungen in Bezug auf die Prieuré."

„In Interlaken ist alles genau nach Ihrem Plan verlaufen",

entgegnete Varesi mit erkennbarer Verbitterung. „Folglich können wir uns auf die Aktivitäten der Prieuré konzentrieren. Das ist es ja schließlich, weshalb wir hier sind."

„Treffend bemerkt", konterte Victor spöttisch. „Und wir wissen zwei Dinge, die ich als alarmierend einstufen würde: Erstens, es wird zu einem Treffen zwischen Herrn von Grolitz und Georg Rahmatt kommen. Ein Treffen, bei dem es zweifellos um die Soljakow-Seilschaft und die Begehbarkeit der Eiger-Nordwand geht. Und zweitens wissen wir, dass Anton Kämmerer Kontakt zu einem Sprengstoffspezialisten aufgenommen hat. Ein Schritt, der zweifellos bedeutet, dass sie die Sprengfalle als solche erkannt haben."

Silvio Varesi fühlte, wie ihm das Blut in den Kopf stieg. Er hatte nicht erwartet, dass die Prieuré bereits so kurz vor dem Ziel stand.

„Über den Sprengstoffspezialisten brauchen wir uns keine allzu großen Gedanken zu machen", entgegnete er schließlich abwägend. „Jedenfalls nicht, wenn der wahre Sinn der Soljakow-Seilschaft im Verborgenen bleibt."

„Ganz genau", bestätigte Victor fast ein wenig überrascht. „Es ist sogar von ganz entscheidender Bedeutung, dass der Sinn der Soljakow-Seilschaft im Verborgenen bleibt. Genau das möchte ich Ihnen schon seit einiger Zeit klarmachen. Dieses Ziel können wir aber nur erreichen, wenn wir das Treffen zwischen Herrn von Grolitz und Georg Rahmatt verhindern."

Pater Varesi hatte augenblicklich eine sehr genaue Vorstellung davon, was Victor unter *verhindern* verstand. Dennoch wusste er, dass er ihn nicht von bereits gefassten Entschlüssen würde abbringen können.

„Sie erwägen für die Herren von Grolitz und Rahmatt eine ähnliche Lösung wie für Karl August Wenger?", vergewisserte er sich dennoch.

„Das wird sich nicht umgehen lassen", entschied Victor in einem Ton, der keinen Widerspruch duldete. „Aber keine Angst. Es wird wie ein Unfall aussehen. Und wenn wir Glück haben, dann wird auch Max Strickler unter den Opfern sein."

Silvio Varesi glaubte in einen Albtraum geraten zu sein. Aber er wusste auch nicht, wie er Victor bremsen sollte, zumal ihm in der hintersten Kammer seines Bewusstsein klar wurde, dass eine solche Lösung vielleicht wirklich nicht zu umgehen war.

„Aber was ist mit Anton Kämmerer und dem Sprengstoffspezialisten?", wagte er schließlich einzuwenden. „Selbst wenn der Unfall das gewünschte Ergebnis bringt, so wird der Sprengstoffspezialist vermutlich feststellen, dass man die Sprengfalle nur von innen entschärfen kann. Und dann werden sie wissen, dass man nur durch die Eiger-Nordwand auf die andere Seite der Mauer gelangt. Und spätestens dann werden sie sich an die Soljakow-Seilschaft erinnern."

„Das mag sein", gab Victor zu. „Aber selbst wenn sie auf diese Weise den Sinn der Soljakow-Seilschaft erraten, so wird unser kleiner Unfall verhindern, dass sie über den einzig möglichen Weg durch die Nordwand informiert werden. Und ohne diese Information haben sie keine Chance."

Pater Varesi nickte langsam, obwohl ihm das Ganze nicht gefiel.

„Aber was ist, wenn Kämmerer dann doch den richtigen Weg durch die Nordwand findet? Ohne die Hilfe von Georg Rahmatt?"

„Das halte ich für sehr unwahrscheinlich", entgegnete Victor. „Aber ich kann Sie beruhigen. Auch für diesen Fall habe ich vorgesorgt. Sollte die Prieuré tatsächlich eine Seilschaft aufstellen, die in die Eiger-Nordwand einsteigt, dann werden diese Herren bereits von einer zweiten Seilschaft erwartet. Und diese zweite Seilschaft wird dafür sorgen, dass der Versuch, die Nordwand zu durchsteigen, auch ein Versuch bleibt."

Pater Varesi sah ihn entgeistert an.

„Sie denken an die beiden Deutschen?", vergewisserte er sich mit einem unguten Gefühl. „Imhoff und Ellering?"

„Genau!", bestätigte Victor. „Sie kennen die beiden?"

Varesi verzog angewidert das Gesicht.

„Das sind zwei extreme Fanatiker", gab er zu bedenken.

Victor rang sich ein missglücktes Lächeln ab.

„Stimmt", bestätigte er. „Also genau das, was wir jetzt brauchen."

*

Sie waren gleichermaßen überrascht wie erleichtert. Georg Rahmatt gab sich weit umgänglicher als erwartet und zeigte ernsthaftes Interesse an den von Adalbert vorgebrachten Theorien. Auch Max begann langsam etwas lockerer zu werden, nachdem er anfangs ein steifes, fast überkorrektes Verhalten an den Tag gelegt hatte.

Noch während der Fahrt auf der schmalen, kurvenreichen Bergstraße hinauf zum Restaurant war er nicht müde geworden, sich über die ruppige Art Georg Rahmatts auszulassen. Dennoch war schnell klar geworden, dass er Rahmatt als erfahrenen und geschickten Bergführer schätzte. Lediglich Rahmatts Besessenheit von der Eiger-Nordwand war ihm ausgesprochen suspekt.

So war es auch nicht weiter verwunderlich, dass die beiden sich mit äußerster Vorsicht dem Thema *Nordwand* genähert hatten; jeder für sich darauf bedacht, nicht zu viel von seinen Überzeugungen aufzugeben.

So entstand zunächst eine etwas steife und ausgesprochen sachliche Diskussion, bei der es zwar keine neuen Erkenntnisse gab, die aber dazu beitrug, das beiderseitige Vertrauen zu stärken. Schließlich hatte Adalbert es gewagt, Georg Rahmatt den gesamten Sachverhalt zu schildern, um so ihr Interesse für die Eiger-Nordwand plausibel zu begründen. Lediglich die wahre Bedeutung der Dokumente, um die es ging, hatte er so heruntergespielt, wie es zuvor mit Max vereinbart gewesen war. Er hatte also nur von *bedeutenden und unendlich wertvollen religiösen Schriften* gesprochen.

Rahmatt hatte aufmerksam zugehört ohne zu unterbrechen und ließ lediglich durch ein gelegentliches Nicken erkennen, dass er mit den Schilderungen und Schlussfolgerungen einverstanden war.

„Ja, meine Überlegungen gingen in eine ähnliche Richtung", bemerkte er nun, nachdem Adalbert seine Ausführungen beendet hatte. „Nach dem, was ich gerade gehört habe, bin ich erst recht überzeugt davon, dass meine Vermutungen richtig waren. Ihr müsst wissen, dass ich diese seltsame Seilschaft, auf die ihr euch bezieht, mehrere Male beobachten konnte. Bis jetzt habe ich allerdings noch niemandem davon erzählt, weil ich mir keinen Reim auf das machen konnte, was ich gesehen habe. Es war einfach zu unsinnig."

Er machte eine kurze Pause, aber niemand erhob Einwände.

„Ich hatte schon vor einiger Zeit eines ihrer Lager am Fuße der Nordwand entdeckt", fuhr er also fort. „Und wenn ein Basislager am Fuße der Eiger-Nordwand schon seltsam genug ist, so überraschte es mich wirklich, dass diese Seilschaft offensichtlich versucht hatte dieses Lager zu tarnen. Also habe ich die Sache ein wenig beobachtet und gleichzeitig versucht in Grindelwald ein paar Erkundigungen einzuziehen. Leider ohne Erfolg.

Anscheinend war ich der Einzige, der Beobachtungen dieser Art gemacht hatte, und da mein Interesse am Eiger hinlänglich bekannt war, schenkte man meinen Fragen wohl keine große Aufmerksamkeit. Also blieb nur die Beobachtung des versteckten Basislagers. Und hier wurde meine Geduld schließlich belohnt.

Zweimal habe ich diese Dreier-Seilschaft in der Nordwand selbst beobachten können. Und zwar beide Male am gleichen Tag. Einmal im unteren Teil des zweiten Drittels und einmal im Einstiegsbereich."

„Dann haben sie also versucht die Nordwand zu durchsteigen?", vergewisserte Adalbert sich.

„Nein, keinesfalls!", antwortete Rahmatt. „Sie sind durch die Nordwand abgestiegen. Ich habe sie morgens im zweiten Drittel gesehen und gegen Mittag im Einstiegsbereich. Das war es ja, was ich so unsinnig fand. Und noch eine weitere Ihrer Vermutungen kann ich bestätigen: Der Verdacht, dass es sich bei den Mitgliedern der Seilschaft um Angehörige eines kirchlichen Ordens handelt, ist zweifellos richtig."

„Wie können Sie da so sicher sein?", verlangte Max zu wissen.

Georg Rahmatt ließ ein etwas verschlagenes Lächeln aufblitzen.

„Nun, ich war einmal so nah an sie herangekommen, dass ich einige Gesprächsfetzen mithören konnte", erklärte er triumphierend. „Und das natürlich, ohne dass sie mich bemerkt haben. Logischerweise sprachen sie nicht gerade viel, und auch das Wenige, was sie sagten, kam nur unvollständig bei mir an, aber eines weiß ich mit Sicherheit: dass der Anführer der Seilschaft häufig mit *Pater* angesprochen wurde. Pater Soljakow!"

„Soljakow?", unterbrach Max ihn nachdenklich. „Sind Sie sicher?"

„Absolut. Er wurde Pater Soljakow genannt."

Max schaute fragend zu Adalbert hinüber, aber auch dieser konnte nur mit den Schultern zucken.

„Tut mir Leid, aber der Name sagt mir nicht das Geringste."

„Na gut. Aber dafür wissen wir nun mit Sicherheit, dass diese Seilschaft, nennen wir sie ruhig die Soljakow-Seilschaft, niemals die Absicht hatte, sich alpinistischen Lorbeer zu verdienen, indem sie die Wand durchsteigt. Vielmehr war es eine aus Jesuiten gebildete Seilschaft, deren Auftrag unmittelbar mit den Dokumenten zusammenhing."

Adalbert nickte.

„Ja, das sehe ich auch so", bestätigte er, um an Rahmatt gewandt hinzuzufügen: „Und Sie halten es nun also für möglich, den unteren Teil der Nordwand bis hinauf zur Höhe der Station Eigerwand zu durchsteigen?"

„Aber ja!", erwiderte Rahmatt mit Nachdruck. „Ich weiß, dass es möglich ist! Max wird mir sicher zustimmen, wenn ich sage, dass man die Eiger-Nordwand in zwei Teile einteilen kann: in den unteren, felsigen Teil sowie in den oberen, der eigentlich eine reine Eiswand darstellt. Rein optisch entsteht zwar auch im oberen Teil der Eindruck einer Felswand mit eingestreuten Eisfeldern, aber wie trügerisch dieser Eindruck ist, erkennt man wirklich erst, wenn man unmittelbar mit diesem Teil der Wand konfrontiert wird."

„Ja, das stimmt", bestätigte Max prompt. „Die Unmöglichkeit des Durchsteigens liegt eindeutig im oberen Teil der Wand begründet. Der untere Teil ist genau genommen nichts anderes als jede andere Felswand auch; nur mit extrem hohem Schwierigkeitsgrad."

„Oh nein, das ist es nicht", entgegnete Rahmatt ruhig, aber mit Bestimmtheit. „Die Nordwand hat ihre eigenen Gesetzmäßigkeiten. Auch im unteren Teil. Glaubt mir: Diese Wand lebt! Sie ist ein bösartiges, grollendes und fauchendes Ungeheuer, das sich gegen jeden Eindringling mit immer neuen Überraschungen zur Wehr setzt!"

Max hatte eindeutig zu viel Respekt vor Rahmatts Erfahrungen, um zu widersprechen. Und so sah er nur wortlos zu, wie Georg einen großen alpinen Reiseführer aus seiner Aktentasche holte und ihn an einer bestimmten Stelle aufschlug. Zum Vorschein kam ein gestochen scharfes Bild der Eiger-Nordwand.

„Trotz der etwas verzerrenden Perspektive ist dieses Bild für unsere Zwecke ideal", erklärte er dazu. „Es ist aus einiger Entfernung fast in Bodenhöhe aufgenommen, so dass der untere Teil der Wand sehr deutlich und klar zu erkennen ist. Nur der obere Teil lässt, bedingt durch die perspektivische Verzerrung, keine genauen Merkmale mehr erkennen."

Max und Adalbert rückten etwas näher zu ihm heran und betrachteten ebenfalls das Bild. Rahmatt hatte mit einem Füllfederhalter zwei Stellen in der Wand markiert.

„Ich habe sowohl die Lage der Station Eigerwand als auch die vermutete Lage der Sprenghöhle eingezeichnet, welche den äußeren Zugang zum ehemaligen Dynamitlager bildet."

Max tippte mit dem Finger auf einen der beiden Kreise.

„Demnach müsste dies die Station Eigerwand sein", bemerkte er.

„Richtig", bestätigte Rahmatt. „Und wenn du dir die Lage des herausgesprengten Stollens betrachtest, dann dürfte dir auch klar werden, worin unser Hauptproblem besteht."

Max betrachtete das Bild eine ganze Weile, bevor er nachdenklich nickte.

„Eis", bemerkte er dann lediglich.

Rahmatt nickte bestätigend.

„Und das ist nur ein Problem von vielen. Gerade jener Teil der Nordwand ist ausgesprochen schwer zugänglich und von keinem denkbaren Ausgangspunkt auf direktem Weg zu erreichen."

Max studierte das Bild erneut.

„Ja, du hast Recht", erwiderte er schließlich. „Die Nutzung der Station Eigerwand als Ausgangsbasis ist jedenfalls praktisch unmöglich."

„Wodurch das getarnte Basislager am Fuße der Wand wieder interessant wird", warf Adalbert ein. „Immerhin kommt die Station Eigerwand als Ausgangsbasis ohnehin nicht in Betracht. Selbst wenn eine Begehung der Wand von hier aus möglich wäre, würde ich diese Vorgehensweise strikt ablehnen. Eine solche Handlungsweise würde derartig viel Aufsehen erregen, dass eine Verschleierung unserer wahren Absichten schlicht unmöglich wäre."

Max hatte, ebenso wie Georg Rahmatt, zunächst eine etwas unwillige Miene zur Schau gestellt, als Adalbert sich einmischte. Schließlich jedoch mussten sie sich seiner Argumentation anschließen.

„Ja, stimmt", bestätigte Max also. „Wenn wir tatsächlich in die Wand hinein müssen, dann dürfen wir den Eindruck einer *normalen* Seilschaft nicht gefährden. Allein die Tatsache, dass wir überhaupt in die Nordwand einsteigen, wird schon für mehr Aufmerksamkeit sorgen als uns lieb sein kann."

„Ganz recht", bestätigte auch Rahmatt bereitwillig. „Wenn wir dieses Unternehmen wirklich wagen wollen, dann sollten wir so wenig wie möglich von dem bisher in diesem Bereich als *normal* Geltenden abweichen.

Wie ihr ja wisst, bin ich schon einige Male in den unteren Teil der Eiger-Nordwand eingestiegen. Und bei diesen Begehungen hat sich nach und nach eine bestimmte Route als die eindeutig beste herauskristallisiert."

Er schob das Buch ein wenig zu Max hinüber, so dass dieser die Einzelheiten besser erkennen konnte.

„Siehst du diesen auffälligen Pfeiler, etwa in der Mitte und am Fuße der Wand?", wandte er sich direkt an ihn.

„Dieser hier?"

Max deutete mit seinem Finger auf einen bestimmten Punkt in der Wand, wo Adalbert jedoch nichts weiter als ein wüstes Felsgewirr erkennen konnte. Irgendeine Art von Pfeiler konnte er dabei nicht entdecken, schon gar keinen auffälligen.

„Ja, genau der", bestätigte Rahmatt jedoch die Vermutung von Max. „Links davon befindet sich der Einstieg. Unsere Route führt dann von der Spitze des ersten Pfeilers auf relativ geradem Weg in der Wand hinauf."

Rahmatt markierte mit dem Finger den Verlauf seiner Wunschroute auf dem Bild.

„Oberhalb des ersten Pfeilers erkennst du einen zweiten", fuhr er fort. „Er ist im unteren Teil etwas mächtiger und besitzt eine zerschrundene Spitze."

Max nickte.

„Ja, ich erkenne ihn."

„Gut. Der weitere Aufstieg erfolgt dann an der rechten Seite des zweiten Pfeilers, bis du dich oberhalb der zerschrundenen Spitze befindest. Du hast dann etwa die Höhe der Station Eigerwand erreicht, die sich dann links von dir befinden wird.

Würde man ernsthaft eine Durchsteigung der Wand versuchen, so würde die Route nun durch einen ziemlich schwierigen Riss führen, der dich etwas unterhalb des ersten Eisfeldes herausbringt. Hier etwa beginnt auch jener andere Teil der Wand, über den wir gerade gesprochen haben. Von hier an hättest du es, im Gegensatz zu der trügerischen Optik, eigentlich mit einer reinen Eiswand zu tun. Wie du weißt, habe ich es einmal versucht und bin dabei bis zum Rand des zweiten Eisfeldes vorgedrungen. Und hier ist es dann ja auch geschehen ..."

Max nickte verständnisvoll und enthielt sich jeden Kommentars. Adalbert dagegen brauchte einige Sekunden, um zu begreifen, dass dies wohl die Stelle war, an der Georg Rahmatt seinen Kunden verloren hatte. Oder konkret gesagt: Wo sein Kunde, den er zu führen hatte, abgestürzt war.

„Nun ja ...", versuchte Rahmatt schließlich die Erinnerung an dieses Erlebnis abzuschütteln. „So weit brauchen wir ja nicht hinauf. Für uns ist der Bereich knapp unterhalb des ersten Eisfeldes von Bedeutung.

Um zu dem herausgesprengten Stollen zu gelangen, werden wir einen Weg finden müssen, um in den linken Teil der Wand vorzudringen. Und diese Stelle knapp unterhalb des ersten Eisfeldes erscheint mir dafür als am besten geeignet; vorausgesetzt man beherrscht die Technik des Quergehens."

Max schaute etwas skeptisch drein. Er war sich über die Schwierigkeiten dieser Route voll und ganz im Klaren und wurde offensichtlich zunehmend von einem etwas mulmigen Gefühl erfasst. Anscheinend wurde ihm erst jetzt richtig bewusst, was es bedeutete, dass Rahmatt ständig in der *Wir*-Form sprach und somit deutlich machte, dass er Max in der Seilschaft haben wollte.

„Wenn uns an dieser Stelle das Quergehen gelingt, dann befinden wir uns etwas oberhalb des Sprengkanals in der Wand", war Georg inzwischen unbeirrt fortgefahren. „Von hier aus müssen wir uns dann zu unserem Ziel abseilen."

Max starrte nachdenklich auf das Bild, ohne sich zu äußern.

„Hast du eine Ahnung, welchen Weg die Soljakow-Seilschaft genommen hat?", fragte er nach einer Weile.

„Da kann ich nur Vermutungen anstellen", gestand Rahmatt. „Aber ich bin mir ziemlich sicher, dass sie ebenfalls den beschriebenen Weg genommen haben. Ich denke, wir werden in der Wand auf die Spuren ihrer Begehung stoßen."

„Nun, das hoffe ich auch", entgegnete Max nach leichtem Zögern. „Immerhin würde das unsere Aufgabe nicht gerade unwesentlich erleichtern. Allerdings denke ich, dass wir dieses Abenteuer schon aus Sicherheitsgründen nur als Dreier-Seilschaft wagen sollten."

Georg Rahmatt reagierte mit einem nachdrücklichen Nicken.

„Richtig, die Seilschaft", griff er das Thema auf. „Du weißt, dass ich zu dir bedingungsloses Vertrauen habe, aber wer ist der dritte Mann? Etwa jener geheimnisvolle Sprengstoffspezialist, von dem ihr gesprochen habt?"

„Ja, er muss zwingend Mitglied der Seilschaft sein", entschied Max. „Der Sinn des ganzen Wagnisses besteht schließlich darin, diesen Mann von außen in den Sprengkanal zu bringen!"

„Und du kennst ihn?", verlangte Georg zu wissen. „Du hast schon einmal eine Begehung mit ihm gemacht?"

Max schaute etwas zerknirscht drein.

„Nein", gab er schließlich zu. „Ich kenne ihn nicht. Aber ich kann dir versichern, dass er ein hervorragender Bergsteiger ist. Und wie gesagt: Auf ihn können wir keinesfalls verzichten."

Es war offensichtlich, dass Rahmatt dieser Punkt überhaupt nicht gefiel.

„Nun gut", gab er schließlich nach. „Aber ich stelle dennoch zwei Bedingungen: Erstens, ich will den Mann vorher kennenlernen. Und zweitens, ich bestehe darauf, dass wir drei eine normale Tour gehen, bevor wir es wagen, in die Eiger-Nordwand einzusteigen. Ich will mich selbst von seinen bergsteigerischen Fähigkeiten überzeugen."

Max nickte zustimmend.

„Heißt das grundsätzlich, du würdest es tun?", fragte er etwas unsicher. „Du führst uns durch die Nordwand, falls sich das als notwendig erweisen sollte?"

Georg Rahmatt ließ sich Zeit mit der Antwort, aber schließlich nickte er bedächtig.

„Ja", bestätigte er schlicht. „Ich würde es tun. Natürlich nur unter der Voraussetzung, dass meine Bedingungen erfüllt werden!"

*

Es waren schlechte Nachrichten gewesen, die sie in den letzten Stunden erhalten hatten. Pater Varesi begann sich ernsthaft Sorgen darüber zu machen, ob ihre Aufgabe hier überhaupt noch zu erfüllen war. Außerdem waren seine Probleme mit Victor auch nach der letzten Aussprache noch nicht aus dem Weg geräumt.

Er beobachtete mit einiger Sorge, dass Victor immer brutaler und irrationaler zu reagieren begann, je mehr die gesamte Situation seiner Kontrolle entglitt. Erst vor einigen Stunden, als sie erfahren hatten, dass Anton Kämmerer sich ihrer Beschattung hatte entziehen können, hatte Victor mit einem völlig unsinnigen Wutausbruch reagiert. Er war gänzlich außerstande die Situation nüchtern und abgeklärt zu bewerten.

Varesi ärgerte sich umso mehr über diese Reaktion, als sie nach seiner Auffassung völlig unnötig war. Schließlich hatte die Beschattung ja schon all jene Ergebnisse gebracht, die sie sich davon erhofft hatten.

So wussten sie nun, dass Anton Kämmerers Gespräch mit jenem Sprengstoffspezialisten positiv verlaufen war, und dass dieser versprochen hatte unverzüglich in die Schweiz zu kommen.

Dass sie Kämmerers Spur dann auf der Rückreise verloren hatten, spielte genau betrachtet keine Rolle. Mochte er doch sein, wo immer er war; was sie wissen mussten, hatten sie ja bereits in Erfahrung gebracht. Zu übertriebener Panik bestand also kein Anlass.

Gewiss, erfreulich waren die Nachrichten nicht, die Kämmerers Beschattung erbracht hatte. Aber inzwischen hatten sie ja ihre Vorkehrungen getroffen. Schon wenige Stunden nach Erhalt der Nachricht hatten sie Imhoff und Ellering darüber informiert, dass sie sich zu einem Einsatz in der Eiger-Nordwand bereithalten mussten.

Sollte dieser Sprengstoffspezialist also ruhig kommen. Wenn er dann wirklich unter der Führung von Georg Rahmatt und Max Strickler in die Nordwand einstieg, dann würden Imhoff und Ellering schon dafür sorgen, dass er diesen Ausflug nicht überlebte; ebenso wenig wie die anderen Personen in seiner Begleitung.

Pater Varesi schaute auf die Uhr. Seit er dies zum letzten Mal getan hatte, waren gerade mal zwei Minuten vergangen, aber in seiner Nervosität kam ihm diese Zeitspanne wie eine Unendlichkeit vor. Er fühlte sich ganz und gar nicht wohl an diesem Ort, und so starrte er lediglich verärgert zu Victor hinüber. Dieser befand sich ein paar Meter entfernt auf dem gleichen Parkplatz und machte sich gerade an dem Opel von Max Strickler zu schaffen.

Sie waren Max Strickler und Adalbert von Grolitz bis zu diesem Restaurant gefolgt, wo die beiden sich gerade mit Georg Rahmatt trafen. Und Victor war nun dabei die Bremsen von Stricklers Opel zu manipulieren, um jenen *Unfall* herbeizuführen, den sie inzwischen als einzig sichere Lösung ihres Problems betrachteten.

Varesi trommelte nervös mit den Fingern auf den Lenkradkranz. Im Stillen bereute er bereits seine Entscheidung Victor hierher zu begleiten. Für sein Gefühl befand er sich viel zu nahe am Geschehen, so dass er sich reichlich schutzlos vorkam.

Die Arbeit an Stricklers Auto dauerte nun schon über zehn Minuten, und Varesi begann sich zu fragen, ob Victors Behauptung, er könne die nötigen Manipulationen selbst durchführen, überhaupt zutraf. Jedenfalls war er es Leid, noch länger untätig herumzusitzen. Er beschloss für sich langsam bis drei zu zählen und dann selbst zu Stricklers Opel hinüberzugehen, um zu sehen, was los war.

Er kam jedoch nur bis zwei, als er sah, wie Victor unter dem Auto hervorkroch, und sich dann eiligst auf den Weg zurück machte. Pater Varesi startete also den eigenen Wagen und dankte Gott dafür, dass der elektrische Anlasser diesmal reibungslos funktionierte. Das lästige Ankurbeln blieb ihm also erspart.

Auch Victor hatte inzwischen den Wagen erreicht, ließ sich auf den Beifahrersitz gleiten und knallte die Tür zu, während Varesi bereits losfuhr.

„Fahren Sie runter bis zu dem kleinen steinigen Felsweg hinter der scharfen Kurve", befahl Victor etwas atemlos. „Dort, wo sich die kleine Baumgruppe am Rand der Straße befindet. Da kann man weder uns noch den Wagen von der Straße aus sehen."

Pater Varesi sah ihn total entgeistert an.

„Sie wollen da unten warten, bis die beiden kommen?", fragte er völlig ungläubig.

„Natürlich", entgegnete Victor lapidar. „Ich will mich davon überzeugen, dass alles wie geplant abläuft."

Varesi schüttelte in stiller Verzweiflung den Kopf.

„Herr Gott, das ist doch Wahnsinn!", brachte er trotzig hervor. „Wir sollten machen, dass wir so schnell wie möglich von hier weg kommen. Wir dürfen auf keinen Fall riskieren, dass uns jemand mit diesem *Unfall* in Zusammenhang bringt!"

Victor reagierte mit einer wegwerfenden Geste.

„Wie sollte uns jemand damit in Zusammenhang bringen?", entgegnete er herausfordernd. „Kein Mensch hat uns hier gesehen, und niemand weiß, dass wir den beiden bis hierher gefolgt sind. Also besteht auch kein Grund zur Sorge."

Pater Varesi wollte zunächst etwas darauf erwidern, unterließ es dann aber doch. Schon ein Blick auf Victor genügte, um zu zeigen, wie unsinnig dies im Moment war. Also konzentrierte er sich wieder voll auf die schmale, unebene Gebirgsstraße, die rechts von einer Felswand und links von einem steilen Abgrund flankiert wurde.

Als sie dann endlich die Stelle erreicht hatten, die Victor meinte, bremste er ab und lenkte den Wagen auf den schmalen Felsweg, ohne noch ein weiteres Wort zu verlieren. Sie fuhren den Weg ein Stück hinauf, und Varesi stellte den Wagen hinter der nächsten Biegung ab, wo er von der Straße aus tatsächlich nicht mehr gesehen werden konnte. Victor war schon aus dem Wagen gesprungen, kaum dass dieser gehalten hatte und lief zurück zur Straße. Pater Varesi beeilte sich ihm zu folgen, war aber erst wieder bei ihm kurz bevor dieser die Straße erreicht hatte.

„Wo, um Himmels Willen, wollen Sie hin?", fragte er völlig außer Atem.

Victor antwortete nicht, sondern deutete nur mit einer kurzen Geste auf jene kleine Ansammlung niedriger Bäume am Straßenrand, kurz vor der Einmündung des Feldweges. An dieser Stelle verlief die Straße ein wenig erhöht, so dass sie eine ausgezeichnete Sicht über das Umfeld hatten.

Victor bückte sich in den Schutz der Bäume und suchte sich eine einigermaßen bequeme Sitzposition. Schließlich schien er mit seinen Bemühungen zufrieden zu sein und wandte sich wieder zu Varesi um.

„Gehen Sie zurück zum Wagen!", befahl er ihm knapp. „Sorgen Sie dafür, dass wir unverzüglich losfahren können, sobald hier alles vorüber ist. Ich bleibe hier und überzeuge mich davon, dass unser *Unfall* auch die gewünschte Wirkung hat."

*

„Wir müssen zweigleisig vorgehen", stellte Adalbert fest. „Was wir jetzt brauchen, sind zwei unterschiedliche Teams, die unabhängig voneinander operieren können."

Er war in bester Laune nach diesem Treffen mit Georg Rahmatt und sprühte nur so vor Ideen. Immerhin hatte Rahmatt ja auch praktisch alle seine Theorien über die Soljakow-Seilschaft bestätigt und war zudem noch bereit, eine Seilschaft durch die Eiger-Nordwand zu führen, falls dies erforderlich werden sollte. Ihr Treffen war also ein voller Erfolg gewesen, und so war Adalberts ausgelassene Stimmung nicht verwunderlich.

„Was meinst du mit zweigleisig?", fragte Max leicht irritiert, als sie nun auf den Parkplatz hinaustraten. „Und wieso brauchen wir zwei voneinander unabhängige Teams?"

„Na, das liegt doch auf der Hand!", entgegnete Adalbert. „Wenn sich die Sprengfalle tatsächlich nur von innen entschärfen lässt, dann brauchen wir ein Team, das durch die Nordwand aufsteigt und so von außen in das System der Sprengkanäle gelangt. Denn nur so kommt man von der richtigen Seite an die Sprengfalle heran, um sie sicher zu entschärfen. Und dann brauchen wir natürlich noch ein zweites Team, dass sich um den Abtransport der Dokumente kümmert."

„Ja, sicher", bestätigte Max bereitwillig. „Aber wieso müssen beide Teams voneinander unabhängig sein? Willst du die beiden Aktionen, also die Überwindung der Sprengfalle und den Abtransport der Dokumente, etwa gleichzeitig ablaufen lassen?"

„Aber ja", bestätigte Adalbert unbeirrbar. „Ich halte das sogar für ausgesprochen wichtig. Es macht schließlich wenig Sinn, einen Zugang zu den Dokumenten zu schaffen, und diese dann tagelang ungeschützt dort oben liegen zu lassen, bevor sie abtransportiert werden."

„Ungeschützt dürfen sie natürlich nicht bleiben", gab Max zu. „Aber du hast schon Recht. Am idealsten wäre eine zeitgleiche Aktion. Zumal das auch die geringste Aufmerksamkeit hervorruft und zudem unseren Gegnern nur begrenzte Möglichkeiten der Reaktion lässt.

Allerdings bleibt uns dann nicht viel Zeit. Und bis jetzt haben wir noch keine Ahnung, wie wir den Abtransport der Dokumente aus dem Berg bewerkstelligen wollen."

Adalbert verwarf den Einwand mit einer unwilligen Handbewegung.

„In diesem Punkt vertraue ich voll auf Anton Kämmerer", stellte er klar. „Er scheint ja eine Möglichkeit gefunden zu haben, Einfluss auf die Bereitstellungspläne der Jungfraubahn zu nehmen."

Max sah ihn skeptisch an.

„Wenn ich ihn recht verstanden habe, dann hing diese Möglichkeit mit jenem Mann zusammen, der vor kurzem ermordet worden ist. Du selbst hast den Artikel doch in der Zeitung entdeckt. Ich bezweifle also sehr, dass uns diese Möglichkeit noch zur Verfügung steht."

Adalbert zuckte mit den Schultern.

„Noch haben wir nichts Gegenteiliges von Kämmerer gehört", bemerkte er. „Und außerdem war der Mann nur ein Informant, ein Bindeglied zu den eigentlichen Entscheidungsträgern."

„Ja, vielleicht hast du Recht", lenkte Max ein, aber die Skepsis blieb. „Jedenfalls sollten wir so schnell wie möglich mit Kämmerer reden."

Adalbert nickte. Er war absolut der gleichen Meinung und wollte gerade zu einer entsprechenden Erwiderung ansetzen, als er verblüfft feststellte, dass Max ihm die Autoschlüssel entgegenhielt.

„Du fährst", bemerkte er, ohne diesen Entschluss näher zu erklären.

Da Adalbert nicht das Geringste dagegen hatte, nahm er

die Schlüssel erfreut an und bestieg den Opel auf der Fahrerseite. Noch während er sich mit den Bedienungseinheiten vertraut machte, war Max bereits nach vorne gegangen, um den Wagen anzukurbeln. Erfreulicherweise erwachte der Motor gleich beim ersten Versuch zum Leben, und so fuhr Adalbert los, kurz nachdem auch Max eingestiegen war.

Da der Opel sich ungewohnt anfühlte und er mit den Reaktionen des Autos nicht vertraut war, fuhr Adalbert zunächst sehr vorsichtig und konzentrierte sich voll auf die Straße. Schon kurz nach dem Verlassen des Parkplatzes begann hinter einer leichten Linkskurve die stark abschüssige und sehr schmale Pass-Straße. Das Gelände rechts der Straße wurde durch abrupte und schroffe Felsabbrüche gekennzeichnet, während sich auf der linken Seite ein jäher Abgrund auftat. Zudem war die Straße trotz einer nur notdürftig befestigten Fahrbahn noch nicht einmal durch seitliche Begrenzungen gesichert.

Adalbert bemerkte, dass Max seine Fahrweise auf den ersten Metern argwöhnisch beobachtete. Fast schien es so, als würde er seinen Entschluss ihn fahren zu lassen schon wieder bereuen. Schließlich aber entspannte er sich zusehends und meinte scherzhaft: „Na, für einen Rennfahrer scheinst du es ja nicht besonders eilig zu haben."

„Das wäre mit einem fremden Auto auch nicht gerade zu empfehlen", entgegnete Adalbert. „Schon gar nicht auf einer unbekannten Straße dieses Zustands."

Max lächelte.

„Ja, unsere Straßen stellen schon gewisse Anforderungen."

Adalbert amüsierte sich im Stillen über diese merkwürdige Form von Nationalstolz, ersparte sich jedoch jeden weiteren Kommentar. Stattdessen nahm die Straße seine Aufmerksamkeit voll und ganz in Anspruch, denn inzwischen ging der Fahrbahnverlauf in ein sehr starkes Gefälle über, so dass Adalbert sich genötigt sah einen Gang herunterzuschalten.

Sein Vertrauen in die Bremsen des Autos war ohnehin nicht übermäßig groß, da er den Eindruck gewonnen hatte, dass sie bereits stark abgenutzt waren. Trotzdem sagte er auch hierzu nichts, schon um Max nicht zu beleidigen, der offensichtlich sehr stolz auf seinen Opel war.

Sie durchfuhren eine weitere enge Biegung und näherten sich nun der ersten Haarnadelkurve, in deren Verlauf das Gefälle sogar noch zunahm. Da die Straße an dieser Stelle nur einen notdürftigen Schotterbelag aufwies, bremste Adalbert den Wagen doch noch zusätzlich ab, um nicht über den Rand der Straße hinausgetragen zu werden.

Er wollte gerade wieder den Fuß von der Bremse nehmen, als es plötzlich einen lauten Knall gab und er keinen Druck mehr auf dem Bremspedal hatte. Adalbert reagierte schnell und zog die Handbremse an, aber auch diese zeigte keinerlei Wirkung.

Da er aber nach wie vor den niedrigen Gang drin hatte, blieb der Wagen in der letzten Kurve noch gut beherrschbar, wurde aber trotzdem permanent schneller, als sie auf die abschüssige Gerade kamen. Adalbert begriff sofort, dass ein weiteres Zurückschalten nicht mehr möglich war, da der Wagen nach dem Auskuppeln auf der abschüssigen Strecke derartig an Geschwindigkeit zulegen würde, dass er nach Zwischengas und Zwischenkuppeln nicht mal mehr den derzeitigen Gang hereinbekommen würde. Also versuchte er krampfhaft den permanent beschleunigenden Wagen im Griff zu behalten, während das Fahrwerk bei jedem Gesteinsbrocken, den sie überrollten, bereits gefährlich zu tanzen begann.

Auch Max hatte sofort begriffen, was geschehen war, denn er saß kreidebleich neben ihm und starrte angespannt nach vorne. Adalbert dagegen sah sich verzweifelt nach einer Möglichkeit um, den Wagen durch einen kontrollierten Unfall zum Stehen zu bringen. Aber eine möglichst stark ansteigende Böschung, wie er sie brauchte, war nirgendwo zu sehen. Es gab nichts als die steile, schroffe Felswand auf der einen und den gähnenden Abgrund auf der anderen Seite.

„Das Wäldchen!", stieß Max mit einem Mal hervor. „Das da vorne, kurz vor der Kurve!"

Adalbert nickte.

„Ich sehe es. Was ist damit?"

„Irgendwo mittendrin zweigt ein kleiner Feldweg ab. Dort geht es ziemlich steil bergauf. Steil genug, um reichlich Geschwindigkeit abzubauen. Aber der Kurvenradius ist verdammt eng!"

„Egal!", stieß Adalbert hervor. „Wir versuchen es!"

Nun erkannte auch er eine kleine Ausbuchtung in der Mitte des schnell näher kommenden Wäldchens. Das musste der Feldweg sein!

Adalbert zog also den nun wild tanzenden Opel entschlossen nach links hinaus, um so den Kurvenradius zu vergrößern. Dann schickte er ein Stoßgebet gen Himmel und griff entschlossen ins Lenkrad, um den Wagen auf den Feldweg zu zwingen. Der Opel neigte sich gefährlich zur Seite, aber Max hatte das vorausgesehen und sich auf seiner Seite über die Bordwand hinausgelehnt, um so eine Art Gegengewicht zu schaffen. Für einen Moment sah es so aus, als würde der Wagen kontrollierbar bleiben, doch dann schlug ein Vorderrad gegen einen Felsbrocken und Adalbert wurde das Lenkrad fast aus der Hand gerissen.

Der Opel schlingerte wild, machte einen gewaltigen Satz nach vorn und schoss nun direkt auf das Wäldchen zu. Adalbert bemerkte aus den Augenwinkeln, wie plötzlich eine dunkle, schattenhafte Gestalt aus der Baumgruppe aufsprang und sich in Richtung Feldweg vor dem heranstürmenden Auto in Sicherheit zu bringen versuchte. Doch noch bevor er richtig begriffen hatte, um was es sich handelte, gab es einen gewaltigen Knall, und der Wagen erfasste die Gestalt.

Adalbert bemerkte noch mit Schrecken, wie Max bei dem Aufprall aus dem Auto gerissen wurde, dann jedoch kippte der Opel um und wurde auf der Seite liegend über den Feldweg geschleudert. Er hatte zum Schutz des Kopfes unwillkürlich die Arme nach oben gerissen, als der Wagen umkippte, aber auch diese instinktive Handlung half nicht mehr viel.

Er spürte einen stechenden Schmerz und einen dumpfen, harten Schlag, als der Wagen auf die Seite krachte, dann verlor er das Bewußtsein.

*

Vittorio Grasco war in guter Verfassung.
Eine Tatsache, die Anton Kämmerer bei ihrem Treffen mit Erleichterung zur Kenntnis genommen hatte, denn selbstverständlich war das nicht. Immerhin hatte er ihn einige Jahre nicht mehr gesehen, und Grasco war ihm schon damals ziemlich labil vorgekommen.
Folglich war er sich seiner Sache auch längst nicht sicher gewesen, als er Grasco gegenüber Strickler und von Grolitz in den höchsten Tönen gelobt hatte. Aber da es ohnehin keine Alternativen gab, hatte er seine Bedenken lieber für sich behalten. Und warum auch nicht? Vittorio Grascos fachliche Qualitäten standen außer Frage. Als Sprengstoffspezialist hatte er einen geradezu legendären Ruf, und seine bergsteigerischen Fähigkeiten waren auch heute noch über jeden Zweifel erhaben. Lediglich seine Persönlichkeitsstruktur machte ihn zu einem unsicheren Kandidaten.
Er galt als eigenbrötlerisch und ein wenig skurril in seinen Ansichten. Und er machte keinen Hehl daraus, dass er in erste Linie am Geld interessiert war. So hatten sie zwar ein gutes und fachlich kompetentes Gespräch geführt, aber sobald es um den ideologischen Hintergrund ging, machte Grasco dicht. Auf Kämmerers Versuch hin, die Bedeutung der Dokumente herauszustellen, hatte er rundheraus erklärt, dass ihn das nicht interessiere.
„Davon will ich nichts wissen", hatte er kategorisch erklärt, um etwas gemäßigter hinzuzufügen: „Sehen Sie, ich bin jetzt achtunddreißig Jahre alt und habe einen ausgesprochen gefährlichen Beruf. Einen Beruf, den ich trotz allem gerne ausübe, der einem aber auch sehr schnell seine Grenzen aufzeigt. Ich habe vielleicht noch fünf bis sieben Jahre, in denen ich meine Tätigkeit voll ausüben kann, wenn ich mich körperlich fit halte. Danach aber werden jene Gebrechen beginnen,

welche die Hände zittern und die Nerven blank liegen lassen. Und von dem Augenblick an wird jedes weitere Hantieren mit Sprengstoffen zu einem tödlichen Risiko.

Aber bis dieser Augenblick eintritt, will ich meine Existenz gesichert haben. Das aber kann ich nur mit Geld. Mit viel Geld! Und auch wenn es Sie schockiert: Wenn Sie mir viel Geld zahlen wollen, dann frage ich nicht danach. ob ihre Motive edel sind oder nicht."

Kämmerer war eher enttäuscht als schockiert gewesen, aber auch das hatte er sich nicht anmerken lassen wollen. Der Geist der Prieuré jedenfalls war diesem Mann völlig fremd.

„Ich kann Ihnen versichern, dass unsere Motive tatsächlich nur die edelsten sind", hatte er also fast ein wenig trotzig entgegnet. „Sie stehen garantiert auf der richtigen Seite, wenn Sie mit uns zusammenarbeiten."

Grasco hatte genickt.

„Ich glaube Ihnen, dass Sie davon überzeugt sind. Aber sehen Sie: Das ist immer eine Frage der Perspektive."

Kämmerer war bemüht gewesen seinen Unmut zu unterdrücken und hatte sich gleichzeitig gefragt, was er eigentlich erwartet hatte.

„Wir sind bereit, Sie sehr gut für ihre Dienste zu entlohnen", hatte er also klargemacht. „Aber letztendlich ist die Frage Ihrer Loyalität entscheidend! Und bei Ihrer Einstellung, dass der Höchstbietende ..."

„Ich bin loyal", war er daraufhin fast schon beleidigt unterbrochen worden. „Ich weiß, dass man sich für eine Seite entscheiden muss. Und glauben Sie mir: Ich bin nicht lebensmüde."

Kämmerer war immer noch enttäuscht gewesen von dieser Einstellung, aber er hatte natürlich auch begriffen, dass eine Zusammenarbeit unter diesen Voraussetzungen durchaus möglich war. Schließlich hatten sie sich dann auch sehr schnell geeinigt, und Anton Kämmerer hatte sich in entsprechend guter Laune auf den Rückweg in die Schweiz gemacht.

Auf der Rückfahrt, kurz vor der Grenze zur Schweiz, war seine gute Laune dann allerdings sehr schnell dahin gewesen. Hier war er auf zwei Männer aufmerksam geworden, bei denen er sich inzwischen sicher war, dass sie den Auftrag hatten ihn zu beschatten.

Er hatte sich sogleich einigermaßen beunruhigt gefragt, wie lange sie wohl schon ihrer Aufgabe nachkamen und ob sie das Treffen mit Vittorio Grasco auch schon beobachtet und weitergemeldet hatten. Schließlich jedoch war er zu der Überzeugung gelangt, dass derartige Überlegungen nichts brachten. Da sie keine Alternativen hatten, konnten sie auch nichts ändern.

Wichtiger war dagegen, die beiden *Schatten* loszuwerden, damit sie nicht auch noch das zweite Treffen an diesem Tag beobachten konnten. So hatte er denn kurz entschlossen noch vor der Grenze den Zug verlassen, und dabei sogar auf die Mitnahme seines Gepäcks verzichtet. Nachdem er sicher war, dass die beiden Gestalten den Zug nicht ebenfalls verlassen hatten, war er mit einer Mietdroschke in die nächstgrößere Stadt gefahren. Von hier aus hatte er dann auf höchst vorsichtige und umständliche Weise seine Reise in die Schweiz fortgesetzt, wo er dann auch verspätet, aber unbeobachtet angekommen war.

Jetzt aber, da er sich mit jenem Mann unterhielt, wegen dem er gekommen war, gelang es ihm langsam sich zu entspannen. Und er begriff in zunehmendem Maße, dass dieses zweite Treffen wichtig war. Immerhin schien das, was dieser kleine Beamte zu erzählen hatte, tatsächlich äußerst bedeutungsvoll zu sein. Was sich hier abzeichnete, war möglicherweise die Lösung all ihrer Transportprobleme.

„Nun, ich wusste einfach nicht mehr, wie ich mich noch verhalten sollte", erklärte Emil Rögler gerade etwas zerknirscht. „Was als kleine Gefälligkeit gegen Bezahlung begonnen hatte, war nach und nach zu einem regelrechten Unternehmen ausgewachsen. Und der Druck, mit dem man uns zum Schwei-

gen verpflichtete, wurde auch immer größer.
Ich war bald nicht mehr der einzige, der einen Weg suchte sich von dieser Sache zu distanzieren. Aber sobald man Versuche in diese Richtung unternahm, wurde man nur noch massiver unter Druck gesetzt. Das ging so weit, dass ich es am Ende wirklich mit der Angst zu tun bekam."

Anton Kämmerer nickte verständnisvoll, unterbrach Rögler jedoch nicht.

„Nun ja ... und als ich dann gestern von dieser Sache in Interlaken erfuhr ... Sie wissen schon: Diese höchst merkwürdige Ermordung meines Kollegen Karl August Wenger ... nun, da wusste ich, dass es an der Zeit war zu handeln."

„Eine kluge Entscheidung", bestätigte Kämmerer durchaus mitfühlend. „Gerade in Ihrer Situation. Aber wie sind Sie gerade auf mich gekommen?"

„Weil Sie eindeutiges Interesse an den Vorgängen erkennen ließen, ohne zur Polizei zu gehören", kam die überraschende Antwort.

„Ich verstehe nicht recht", hakte Kämmerer nach. „Was wäre so schlimm an der Polizei?"

Rögler schaute ihn mit aufrichtiger Überraschung an.

„Die Polizei würde mich als Mitschuldigen betrachten", erklärte er. „Immerhin waren es Jesuiten, für die wir den zusätzlichen Waggon an den Versorgungszug angehängt haben. Und der Jesuitenorden ist in der Schweiz verboten. Diese Leute dürfen hier nicht tätig werden; und wenn doch, dann machen sie sich strafbar."

Kämmerer bestätigte durch ein Nicken, dass er über diesen Punkt informiert war.

„Nun ja, aber das betrifft natürlich auch jeden, der den Jesuiten wissentlich hilft. Und da ich Geld für meine Dienste genommen habe, kann ich mich schließlich nicht als unwissend darstellen. Ich will aber keine Komplikationen mit dem Gesetz. Ich will einfach nur raus aus dieser Sache."

Kämmerer nickte erneut.

„Es ist gar nicht so schwierig, aus dieser Sache herauszukommen, Herr Rögler", machte er ihm Hoffnung. „Wir können Ihre Probleme mit dem Gesetz sehr wohl aus der Welt schaffen. Aber dann müssten Sie zu Gegenleistungen bereit sein."

Rögler sah ihn mit einer Mischung aus Hoffnung und Angst an.

„Was für Gegenleistungen?", wagte er schließlich zu fragen.

Anton Kämmerer tat so, als müsse er nachdenken, aber in Wirklichkeit wollte er nur die Spannung ausreizen.

„Sie müssen das Gleiche für uns tun, was sie auch für die Jesuiten getan haben", stellte er klar. „Nur diesmal in umgekehrter Reihenfolge. Alles was die Jesuiten in den Berg hineingeschafft haben, müssen wir wieder herausholen. Erst wenn alles wieder weggeschafft worden ist, gibt es auch keine Beweise mehr für eine Unterstützung jesuitischer Handlungen. Und folglich kann Sie dann auch niemand mehr belangen."

Die Erklärung war verdammt dünn, aber zu Kämmerers Überraschung schien Rögler sie zu schlucken.

„Sie könnten das wirklich bewerkstelligen?", vergewisserte er sich hoffnungsvoll. „Ich meine, allein für den Arbeitsaufwand werden Sie eine Menge Leute brauchen."

Anton Kämmerer gönnte sich ein beruhigendes Lächeln.

„Das lassen Sie nur unsere Sorge sein", entgegnete er. „Ich kann Ihnen versichern, dass wir das schaffen."

Rögler kam erneut ins Grübeln.

„Die Jesuiten werden stocksauer sein, wenn ich das tue", entgegnete er schließlich. „Die werden sich dann vielleicht am mir rächen wollen."

„Nein", erklärte Kämmerer kategorisch. „Das wird garantiert das Letzte sein, was sie tun werden. Wenn das ganze Material wieder weg ist, können Sie denen nicht mehr gefährlich werden. Ihr Wissen ist dann wertlos. Glauben Sie mir: Sie leben jetzt deutlich gefährlicher als nach einer Zusammenarbeit mit uns."

Emil Rögler schien sich tatsächlich ein wenig zu beruhigen. Schließlich nickte er langsam.

„Ja, wahrscheinlich haben Sie Recht", gab er zu. „Aber dann sollten wir nicht mehr allzu viel Zeit verlieren."

„Da bin ich völlig Ihrer Meinung", bestätigte Kämmerer. „Sie sind also bereit die Waggons und die Fahrpläne des Versorgungszuges zum Berghaus Jungfraujoch so zu manipulieren, dass wir das gesamte Material wieder aus dem Berg herausschaffen können?"

Emil Rögler nickte mit Nachdruck.

„Ja, ich werde dafür sorgen, dass Sie ihr Eigentum wieder abtransportieren können."

*

Pater Varesi war benommen. Er war offensichtlich bewusstlos gewesen, und er brauchte einige Zeit, bis ihm klar wurde, wo er sich befand und was geschehen war.

Er versuchte sich aufzurichten, was ihm allerdings nur zum Teil gelang. Heftige Schmerzen schossen durch seinen Körper, sobald er versuchte sich zu bewegen. Schließlich jedoch gelang es ihm ein paar Meter weiter in den Schutz des Waldes zu kriechen und sich mit dem Oberkörper an einen Baumstamm zu lehnen.

Nur wenige Meter von ihm entfernt herrschte heftige Betriebsamkeit, aber zum Glück hatten sie ihn noch nicht entdeckt. Vermutlich hatte ihn die Bodenmulde, in die er gestürzt war, gegen alle Blicke abgeschirmt. Und um sein Stöhnen zu hören, war der Waldrand zu weit weg vom Unfallort. Dafür kamen ihm nun schlagartig wieder jene schrecklichen Sekunden ins Gedächtnis, in denen er begriffen hatte, dass sie ein Opfer ihres eigenen Plans wurden.

Die Bremsen an Stricklers Auto hatten ausgerechnet kurz vor jener Stelle versagt, die ihnen als Beobachtungsposten diente. Zunächst hatte es zwar noch so ausgesehen, als würde trotzdem alles planmäßig ablaufen, dann jedoch war alles ganz anders gekommen.

Strickler und von Grolitz hatten offensichtlich versucht die Fahrt zu verlangsamen, indem sie den Wagen von der abschüssigen Gebirgsstraße hinunterbrachten. Von ihrer Position aus stand ihnen dazu aber nur jener kurze Feldweg zur Verfügung, den auch Victor und er selbst kurz zuvor benutzt hatten und in dessen Nähe sie auf Beobachtungsposten lagen.

Der Versuch den Wagen aus voller Fahrt heraus und ohne abzubremsen auf jenen Feldweg zu zwingen, war ausgesprochen waghalsig, und so verwunderte es nicht, dass der Wagen auf genau jene Stelle zugeschossen kam, an der Victor sich versteckt hielt. Dieser hatte die Gefahr zwar sofort erkannt, aber für eine sichere Flucht war es zu spät gewesen. Unmittelbar nachdem er aufgesprungen war, hatte das Auto ihn erfasst.

Pater Varesi hatte gerade noch sehen können, wie Victor durch die Wucht des Aufpralls durch die Luft geschleudert wurde, ehe er sich selbst in Sicherheit bringen musste. Stricklers Wagen, der bei dem Aufprall ungekippt war, kam kurz darauf mit kaum verminderter Geschwindigkeit direkt auf ihn zu. So war auch er aufgesprungen, um möglichst schnell wegzukommen, hatte damit aber ebenfalls kein Glück gehabt. Er erinnerte sich nun wieder an den harten Stoß, den er verspürte, als das Auto ihn erfasst und die kleine Böschung hinuntergeschleudert hatte. Von hier aus war er dann wohl in jene Bodenmulde gerollt, in der er dann bewusstlos zusammengebrochen war.

Er versuchte abzuschätzen, wie viel Zeit seit dem Unfall vergangen war, aber da er seine Uhr beim Sturz verloren hatte, war es ihm nicht möglich den genauen Zeitraum zu bestimmen. Auf jeden Fall aber mussten es mehrere Stunden sein, denn inzwischen war es dunkel geworden.

Varesi tastete seinen schmerzenden Körper vorsichtig nach Verletzungen ab, stellte aber mit Erleichterung fest, dass es sich lediglich um Fleischwunden und Hautabschürfungen handelte. Also versuchte er, sich möglichst geräuschlos noch etwas weiter aufzusetzen, und konzentrierte sich auf die Vorgänge an der Unfallstelle.

Er konnte zwei Autos erkennen, die mit eingeschalteten Hauptscheinwerfern auf dem Feldweg standen und Stricklers umgestürzten Opel beleuchteten. Ferner konnte er fünf Personen ausmachen, die hektisch an der Unfallstelle herumliefen und sich aufgeregt miteinander unterhielten.

Vermutlich handelte es sich um Passanten, die zufällig an der Unfallstelle vorbeigekommen waren. Varesi stellte mit

Erleichterung fest, dass sich noch keine Polizeibeamten unter ihnen befanden, denn ihm war klar, dass er es, ungeachtet der Schmerzen, fertigbringen musste, unbemerkt von hier zu verschwinden.

Er konzentrierte sich nun voll darauf, etwas mehr von den Wortfetzen zu verstehen, die bis zu ihm hinüberwehten. Nach einiger Zeit war ihm dann auch klar, dass sie offensichtlich auf das Eintreffen von Polizei und Krankenwagen warteten. Außerdem hatte es zumindest einen Überlebenden gegeben, denn er bemerkte, dass eine Frau neben einer liegenden Gestalt kniete und beruhigend auf diese einredete.

Pater Varesi hörte angestrengt zu, in der Hoffnung, so einen Überblick über die Lage zu bekommen, aber das gelang ihm nur mit Mühe. Dennoch war ihm nach kurzer Zeit klar, dass es zwei Verletzte und einen Toten gegeben hatte. Aus den Redewendungen der Passanten und ihren Vermutungen bezüglich des Unfallhergangs wusste er auch schon bald, dass Victor der Tote war. Strickler und von Grolitz dagegen waren wohl nur verletzt, möglicherweise schwer verletzt.

Auf jeden Fall aber lebten sie noch, und er hatte keine Möglichkeit mehr daran noch irgendwas zu ändern. Und das wiederum bedeutete, dass ihre Mission ein totaler Misserfolg gewesen war. Ein Misserfolg, der höchst unangenehme Folgen haben würde.

Er war sich einigermaßen sicher, dass Victor keine Papiere bei sich trug, die seine Verbindung zu den Jesuiten offen legten, aber früher oder später würden die Behörden das doch herausfinden. Da machte er sich keine Illusionen. Und bis es so weit war, musste er selbst aus der Schweiz verschwunden sein.

*

Anton Kämmerer war in bester Laune nach Grindelwald zurückgekehrt, aber dieses Gefühl hatte sich schnell gelegt. Schon kurz nach seiner Ankunft war er mit einer wahren Flut von schlechten Nachrichten überschüttet worden. Vor allen Dingen der so genannte Unfall von Max und Adalbert hatte ihn schockiert. Zeigte er doch deutlich, dass ihre Gegner viel besser über den Stand ihrer Nachforschungen unterrichtet waren, als er bisher angenommen hatte.

Als kleine Genugtuung trotz dieses Unglücks blieb ihm jedoch die Tatsache, dass dieser Unfall ihren Gegnern mehr geschadet hatte als ihnen selbst. Immerhin hatten Max und Adalbert den Anschlag überlebt.

Kämmerer zweifelte keinen Augenblick daran, dass dieser Unfall absichtlich herbeigeführt worden war, und die Fragen um das einzige Todesopfer, dass dieser Unfall gefordert hatte, bestätigten ihn nur in seiner Auffassung. Laut Polizeibericht handelte es sich dabei um einen zufälligen Passanten, der von dem außer Kontrolle geratenen Wagen erfasst worden war. Es hatte Kämmerer jedoch nur wenig Mühe gekostet herauszufinden, dass dieser Mann Papiere auf den Namen Francesco Patri bei sich hatte; und dieser Name war ihm nicht unbekannt.

Er wusste, dass es in der unmittelbaren Führungsriege der Jesuiten einen Mann gab, der mit speziellen Aufgaben betraut wurde, sobald sich die Notwendigkeit dazu ergab. Gerüchten zufolge war dieser Mann dem Ordensgeneral persönlich unterstellt und wurde unter dem Decknamen Victor geführt. Und in letzter Zeit hatte es Anzeichen dafür gegeben, dass der richtige Name eben dieses Mannes Francesco Patri war.

Kämmerer konnte sich ein bösartiges Lächeln nicht verkneifen. Die Tatsache, dass dieser Mann anscheinend seiner eigenen Bösartigkeit zum Opfer gefallen war, erfüllte ihn mit tiefer Zufriedenheit.

„Sie hatten Recht. Das hier ist wirklich eine sehr gespenstische Umgebung."

Kämmerer schreckte aus seinen Gedanken auf. Es war Georg Rahmatt, der gesprochen hatte. Sie befanden sich zu dritt in eben jenem ehemaligen Dynamitlager, in dem sie die Dokumente vermuteten. Außer ihm selbst und Georg Rahmatt war auch Vittorio Grasco anwesend, der bei dieser Gelegenheit die Sprengvorrichtung in der neu errichteten Wand begutachten sollte.

„Ja, aber genau diese Atmosphäre ist nötig", entgegnete Kämmerer etwas ungehalten auf Rahmatts Bemerkung. „Nur an so einem Ort kann man etwas verschwinden lassen."

Rahmatt nickte lediglich und ignorierte ansonsten die kaum verborgene Feindseligkeit. Es war Kämmerer nur allzu deutlich anzumerken, dass er die Anwesenheit Georg Rahmatts für ein Sicherheitsrisiko hielt, das er leider nicht mehr ändern konnte. Seine Einbeziehung durch Max und Adalbert hielt er für eine unbedachte Eigenmächtigkeit, die im Grunde nur Nachteile brachte.

Allerdings musste er zugeben, dass die Überlegungen, die zur Einweihung Georg Rahmatts geführt hatten, nicht einfach von der Hand zu weisen waren. Er hatte gestern Abend noch Gelegenheit gehabt im Krankenhaus mit Adalbert von Grolitz zu sprechen, der zum Glück nur leicht verletzt war. Erstaunlicherweise zeigte dieser sich nicht einmal übermäßig eingeschüchtert. Eher wirkte er stocksauer und voller Tatendrang. Und so war es Adalbert gewesen, der ihn davon überzeugt hatte, dass es wichtig war Rahmatt schon heute mitzunehmen. Max hatte er zu dem Thema leider nicht befragen können, obwohl der Georg Rahmatt erheblich besser einschätzen konnte. Aber Max war schwerer verletzt, und die Ärzte hatten ihn nicht zu ihm vorgelassen.

Adalbert von Grolitz dagegen hatte ihn noch gestern Abend so lange bearbeitet, bis er der Einbeziehung Georg Rahmatts zugestimmt hatte. Seine Theorie, dass es eine zweite innere

Sprengfalle gab, die nur durch eine Begehung der Nordwand zu erreichen war, hatte eine geradezu bestechende Logik. Und wenn man sich dieser Überlegung stellte, dann war es in der Tat notwendig auch Georg Rahmatt die Wichtigkeit seiner Aufgabe klarzumachen. Ihr Sprengstoffspezialist konnte keinesfalls alleine die Nordwand bezwingen, dafür war Rahmatt zwingend notwendig. Und es musste ihm klar sein, wie wichtig es war, Vittorio Grasco unbeschadet an sein Ziel zu bringen.

Also hatte Anton Kämmerer sich schließlich Adalberts Argumentation gebeugt und noch gestern Abend dafür gesorgt dass Grasco und Rahmatt einander kennen lernten. Und ganz entgegen seinen Befürchtungen hatten die beiden sich auf Anhieb blendend verstanden.

Kämmerer schüttelte kaum merklich den Kopf und bemühte sich seine Gedanken auf das Hier und Jetzt zu konzentrieren. Er umrundete die letzte Biegung in der Haupthöhle des zersprengten Dynamitlagers, und kurz darauf stand er auch schon vor ihrem Ziel, der neu errichteten Mauer.

„Da wären wir", erklärte er lapidar und fügte an Vittorio Grasco gewandt hinzu: „Von jetzt an müssen wir auf Ihr Urteilsvermögen vertrauen."

Grasco nickte lediglich und trat näher an die Wand heran. Kämmerer tat es ihm gleich und wies mit der Hand auf jene kleinen Glaszylinder, die im Mörtel zwischen den Steinen eingelassen waren.

„Ich denke, dies hier sind ..."

„Finger weg!", unterbrach Grasco ihn ruhig, aber mit äußerstem Nachdruck. „Ich hab's gesehen."

Kämmerer nickte und trat ein wenig beleidigt von der Wand zurück. Vittorio Grasco bemerkte dies und fügte daher etwas freundlicher hinzu: „Ein chemischer Zünder. Allerdings in einer etwas unsinnigen Anordnung."

„Aber Sie können den Sinn erkennen?"

Grasco reagierte mit einem säuerlichen Lächeln.

„Der Sinn eines Zünders ist immer der Gleiche", bemerkte er. „Da gibt es nicht viel zu erkennen."

Kämmerer war sichtlich verärgert.

„Das weiß ich auch!", konterte er. „Ich meine, ob die Anordnung des Zünders Sinn macht?"

„Ich habe Sie sehr wohl verstanden", entgegnete Grasco betont ernsthaft. „Und ich kann Ihnen versichern, dass diese Anordnung Sinn macht. Allerdings lautet die Frage doch, ob wir diesen Sinn richtig begreifen. Denn wenn wir die falschen Schlussfolgerungen ziehen, dann fliegt uns der ganze Laden trotzdem um die Ohren. Also lassen Sie mir etwas Zeit."

Kämmerer nickte.

„Nur zu - Zeit haben wir ja genug."

Vittorio Grasco ging nicht weiter auf diese bissige Bemerkung ein, sondern studierte erneut den Aufbau der Wand. Schon nach kurzer Zeit schien er die Anwesenheit der beiden anderen Männer völlig vergessen zu haben, und die Konzentration, mit der er arbeitete, zeugte von nicht unbeträchtlicher Erfahrung. Georg Rahmatt jedenfalls war durchaus angetan von diesem Eindruck unbedingter Verlässlichkeit, und seine Bedenken bezüglich der beabsichtigten Bergtour schwanden zusehends.

Rahmatt spürte, dass Vittorio Grasco auch in Extremsituationen belastbar war und über Teamgeist verfügte. Außerdem mochte er die ruhige, wortkarge Art Grascos, die auch seiner eigenen Wesensart entsprach. Mochte Kämmerer also ruhig denken, was er wollte; er selbst würde keine Probleme damit haben, das nötige Vertrauen aufzubringen.

„Verdammt!"

Rahmatt schrak aus seinen Gedanken auf. Grasco hatte im unteren Teil der Wand eine Art Kanal freigelegt und war mit einem Fluch leicht erschrocken von der Wand zurückgetreten.

„Was ist?", verlangte Kämmerer zu wissen, der sich als erster von seinem Schreck erholt hatte.

Grasco schüttelte fast schon bewundernd den Kopf und deutete dabei auf den freigelegten Kanal in der Mörtelschicht.

„Wer auch immer das hier gebaut hat: Er war ein verdammt hinterlistiger Hundesohn!"

Rahmatt hatte sich nun ebenfalls von seinem Schreck erholt und war zu den anderen an die Wand getreten. Im ersten Moment konnte er nichts Außergewöhnliches erkennen, dann jedoch sah er ein metallisches Schimmern, das von einer Art Miniaturfeder zu kommen schien.

„Was ist denn da los?", erkundigte er sich etwas hilflos.

Grasco sah zu ihm herüber und versuchte sich in einem ziemlich freudlosen Grinsen.

„Da unten ist der Beweis, dass euer Herr von Grolitz Recht hatte", bemerkte er. „Es handelt sich tatsächlich um eine Sprengfalle. Und zwar um eine ziemlich teuflische! Die eigentliche Sprengladung sitzt nämlich auf der anderen Seite. Alles was man von dieser Seite aus erkennen kann, dient nur der Tarnung."

„Was genau meinen Sie damit?", wollte Kämmerer wissen.

„Nun, auf den ersten Blick sieht das hier aus wie eine sehr dilettantisch gemachte Zündvorrichtung mit chemischem Auslöser. Der scheinbaren Anordnung nach wäre eine Entschärfung relativ einfach.

Wer nun aber nach der klassischen Methode vorgeht, der durchtrennt unweigerlich eine mechanische Sperre, deren Ausfall eine Kettenreaktion auslöst. Über eine Art feinmechanisches Hebelsystem würde dann nämlich erst die eigentliche Zündvorrichtung aktiviert. Und die sitzt ebenso wie die Sprengladung selbst auf der anderen Seite der Mauer. Eine Entschärfung wäre dann nicht mehr möglich."

Kämmerers Gesichtsausdruck machte deutlich, dass er sehr gut begriffen hatte, was das bedeutete.

„Sie meinen also, man sollte die offensichtlichen chemischen Zünder gar nicht beachten, und sich stattdessen um dieses Hebelsystem kümmern?"

„Nein!", erwiderte Grasco entschlossen. „Erstens ist auch der chemische Zünder mit einer Sprengladung verbunden, die stark genug ist, um uns alle ins Jenseits zu befördern. Und zweitens würde die eigentliche Zündvorrichtung keineswegs dadurch entschärft, dass wir das mechanische Hebelsystem überbrücken."

„Was machen wir dann also?"

Vittorio Grasco zögerte ein wenig mit der Antwort. Man spürte, dass der technische Aufbau der Sprengfalle ihm Respekt einflößte.

„Nun, nach der klassischen Methode müsste man erst den Zündbolzen oberhalb der säureempfindlichen Membran aus dem Fallrohr ausbauen, um so an den Aufschlagzünder und die eigentliche Sprengladung heranzukommen. Nur so lassen sich die chemischen Zünder neutralisieren. Also werde ich auch genau damit beginnen."

„Aber Sie sagten doch gerade, dass dadurch ..."

„Nein, nein", beruhigte Grasco ihn. „Das Ausbauen der Zündbolzen ist ungefährlich, da der chemische Zünder lediglich die Membran im Fallrohr zerstört, so dass der Zündbolzen auf den Aufschlagzünder niedersaust. Wenn nun aber kein Zündbolzen mehr da ist, dann sind auch die chemischen Zünder keine Gefahr mehr. Nur den nächsten Schritt dürfen wir nicht mehr machen. Die Aufschlagzünder an der Sprengladung selbst dürfen wir nicht anrühren, da sie durch das besagte Hebelsystem zusätzlich geschützt sind."

Für einen kurzen Moment herrschte ein etwas ratloses Schweigen.

„Das heißt, wir müssen warten, nicht wahr?", vergewisserte sich Georg Rahmatt. „Wir dürfen die Mauer erst niederreißen, wenn das Hauptsprengsystem auf der anderen Seite entschärft ist?"

Vittorio Grasco nickte.

„Völlig richtig", bestätigte er. „Und an das Hauptsprengsystem kommen wir nur von der anderen Seite heran."

„Das heißt, wir müssen auf jeden Fall durch die Eiger-Nordwand", stellte Rahmatt ohne jede Begeisterung fest.

„Ja, leider", bestätigte Grasco. „Und wir müssen einiges an Ausrüstung mitschleppen, da ich nicht weiß, welche Gemeinheiten uns auf der anderen Seite noch erwarten. Denn das zusätzliche Hebelsystem wird vermutlich nicht die einzige Überraschung bleiben."

Das folgende Schweigen machte deutlich, dass alle anderen diese Einschätzung teilten.

„Nun gut. Hier können wir also nichts weiter ausrichten", stellte Anton Kämmerer schließlich fest. „Folglich sollten wir uns so schnell wie möglich an die zweite Aufgabe machen."

„Die Frage des Transports?", wagte Georg Rahmatt zu fragen.

„Ganz recht", bestätigte Kämmerer überraschend freundlich. „Denn sollte es uns tatsächlich gelingen, unbeschadet durch die Mauer zu kommen, dann müssen wir die Schriftrollen hier herausschaffen. Und das geht wahrscheinlich nur über die aufgegebene Station Rotstock. Und da die jesuitische Gruppe vermutlich den gleichen Transportweg benutzt hat, muss es hier eine Verbindung zur Station Rotstock geben."

Rahmatt nickte nachdenklich.

„Ja, eine solche Verbindung muss es geben", bemerkte er. „Und viele Möglichkeiten haben wir nicht, wenn man bedenkt, in welcher Richtung die Station Rotstock liegt."

Kämmerer nickte, nachdem er sich umgeschaut hatte. In Richtung Rotstock gab es tatsächlich nur eine größere Felsröhre, die für ihre Zwecke geeignet erschien. Allerdings war der Zugang zu ihr halb mit Geröll zugeschüttet. Trotzdem überlegte er nicht lange, sondern machte sich auf den Weg. Georg Rahmatt dagegen zögerte zunächst ein wenig, aber in Ermangelung von Alternativen folgte er Kämmerer schließlich ohne Widerspruch.

Als sie den Zugang zur Felsröhre erreicht hatten, leuchtete

Kämmerer die Geröllmassen am Boden mit seiner Fackel etwas genauer ab.

„Sieht aus wie erst kürzlich aufgeschüttet", meinte er.

Georg Rahmatt trat zu ihm und betrachtete den Bodenbereich ebenfalls etwas genauer.

„Stimmt", entgegnete er. „Hier sind relativ frische Schleifspuren zu erkennen, die noch unter dem Geröll hindurchführen."

„Na, ich denke, so was in der Art haben wir doch gesucht."

„Fertig!"

Beide schraken auf und drehten sich um. Vittorio Grasco war unbemerkt herangekommen und spielte scheinbar desinteressiert mit einigen Metallzylindern, die er in der rechten Hand hielt.

„Die Zündbolzen sind ausgebaut", erklärte er nun. „Mehr können wir im Augenblick an der Wand nicht machen."

Kämmerer nickte zufrieden, und auch Rahmatt machte keinen Hehl aus seiner Erleichterung.

„Dann sollten wir uns jetzt auf den Weg zur Station Rotstock machen", meinte Kämmerer schließlich. „Es sieht so aus, als hätten wir den richtigen Weg gerade gefunden."

Grasco nickte nur und ließ die Metallzylinder in seiner Jackentasche verschwinden.

„Na, dann los!", erwiderte auch Rahmatt nach anfänglichem Zögern. Nun jedoch nahm er entschlossen seine Fackel und folgte Kämmerer über den Schutthaufen hinweg in die undurchdringliche Schwärze der Feldröhre.

Schon nach wenigen Minuten jedoch blieb Kämmerer wieder stehen und beleuchtete die rechts von ihm befindliche Felswand. Rahmatt und Grasco begriffen fast sofort den Grund für seine Aufmerksamkeit. In der Wand befand sich ein noch relativ neues Metallgebilde, das offensichtlich erst kürzlich dort eingelassen worden war. Der Form nach zu urteilen konnte es sich um einen Fackelhalter handeln, was auch durch die frischen Rußpartikel an der Felswand unterstrichen wurde.

„Hier hat es erst kürzlich Aktivitäten gegeben", bemerkte Kämmerer. „Diese Halter sind ebenso neu wie die Spuren an der Wand."

Die anderen nickten nur, und noch während sie weitergingen, trafen sie in regelmäßigen Abständen auf weitere Eisenhalter in der Wand. Es gab also keinen Zweifel mehr, dass dieser Felskanal noch vor kurzer Zeit genutzt worden war.

„Es mag sein, dass die Umgebung täuscht", meldete Georg Rahmatt sich nach einiger Zeit zu Wort. „Aber wir können jetzt nicht mehr weit von der Station Rotstock entfernt sein."

Kämmerer hielt einen Augenblick inne und nickte schließlich.

„Ja, wir müssten eigentlich jeden Moment auf einen Durchbruch zur Station Rotstock stoßen."

„Möglicherweise sind wir schon am Ziel", warf Vittorio Grasco unerwartet ein. „Das Höhlensystem, in dem wir uns zurzeit befinden, ist jedenfalls ungewöhnlich gut durchlüftet. Außerdem macht es auch sonst nicht den Eindruck, als sei es durch eine unkontrollierte Sprengung entstanden."

Die beiden anderen schauten ihn etwas überrascht an. Schließlich aber richteten auch sie ihre Aufmerksamkeit auf die umliegenden Wände.

Grasco hatte Recht. Man konnte einen feinen Luftzug spüren, und ihre Fackeln brannten wieder hell und ohne zu rußen. Auch die Felsröhre selbst wirkte nun gleichmäßiger, und weit weniger mit Schutt und Geröll angefüllt als jener Bereich, durch den sie anfangs gegangen waren.

Kämmerer begann mit seiner Fackel die Umgebung etwas genauer auszuleuchten.

„Da vorne ist was", meinte er schließlich und wandte sich der linken Seite der Felsröhre zu. Die anderen folgten seinem Blick, und nachdem sie ein paar Schritte in die angegebene Richtung gegangen waren, zeichnete sich ein großes Rechteck in der Felswand ab.

Schließlich standen sie vor einem großen Holzverschlag, der bei genauerem Hinsehen jedoch viel von seiner massiven Wirkung verlor. Man erkannte, dass erst vor kurzem mehrere Balken entfernt und anschließend wieder eingesetzt worden waren.

Für einen Augenblick sagte niemand etwas, schließlich bemerkte Vittorio Grasco: „Sieht aus, als wären wir am Ziel."

Kämmerer antwortete nicht sogleich, konnte jedoch ein triumphierendes Lächeln nicht unterdrücken.

„Rotstock?", fragte Rahmatt also schließlich an ihn gewandt.

„Ja", bestätigte Kämmerer zuversichtlich. „Ich denke, wir haben die Station Rotstock erreicht!"

*

„Mach dir keine Sorgen. Es geht mir wieder prächtig."
Adalbert fühlte sich ganz und gar nicht prächtig, aber er wollte seinen Vater nicht beunruhigen. Es war das erste Mal seit seinem Unfall, dass sie Gelegenheit hatten miteinander zu telefonieren. Und er hatte deutlich gespürt, wie sehr die Nachricht von diesem Unfall seinen Vater erschreckt hatte.

„Nun gut, mein Junge. Das freut mich zu hören", entgegnete dieser mit deutlich hörbarer Skepsis. „Hat sich euer Engagement in der Schweiz denn wenigstens gelohnt? Ich meine, habt ihr gefunden, wonach ihr gesucht habt?"

„Haben wir", entgegnete Adalbert vorsichtig, aber mit erkennbarem Stolz. „Wir wissen, wo sich die Dokumente befinden, und wir stehen kurz davor sie in Sicherheit zu bringen."

Am anderen Ende der Leitung blieb es zunächst still.

„Aha ... ja, das ist gut ..."

Sein Vater zögerte und wollte offensichtlich noch etwas hinzufügen, was ihm Sorge bereitete. Aber schließlich rettete er sich doch wieder in allgemeine Floskeln, anstatt aus sich herauszugehen.

„Dann sind die Dokumente also wirklich so bedeutungsvoll wie ihr dachtet?"

„Ja, zweifellos", bestätigte Adalbert etwas ratlos. „Es handelt sich tatsächlich um Beweise, die der Kirche, wie wir sie kennen, großen Schaden zufügen können. Im Grunde stellen sie die Institution der Kirche selbst in Frage, ohne Jesus als historische Person anzuzweifeln."

Adalbert bemerkte leicht amüsiert, dass er es vermied vom *heiligen Gral* zu sprechen. Denn auch wenn es vermutlich den Tatsachen entsprach, so war dieser Begriff doch so von Mythen und Legenden überlagert, dass alles, was mit ihm in Zusammenhang stand, fast automatisch unglaubwürdig wurde.

Das aber wollte Adalbert unbedingt verhindern.

„Ja, etwas in der Größenordnung habe ich schon vermutet", erwiderte sein Vater grollend. „Es ist nämlich verblüffend zu beobachten, was für ein Interesse diese Dokumente plötzlich verursachen."

„Du meinst, es gibt neue Interessenten?", fragte Adalbert vorsichtig, aber eindeutig alarmiert.

Sein Vater zögerte erneut.

„Ja, ich denke schon", erwiderte er schließlich. „Jedenfalls kommt hier einiges in Bewegung."

„Du meinst, es gibt geschäftliche Probleme, die mit den Dokumenten in Zusammenhang stehen?", hakte Adalbert nach.

„Nein, das nicht gerade", beruhigte ihn sein Vater. „In diesem Sinne gibt es im Augenblick überhaupt keine konkreten Probleme. Es ist mehr so eine Ahnung von mir, dass sich irgendetwas hinter unserem Rücken abspielt.

Zwei unserer Großabnehmer haben jedenfalls kürzlich, scheinbar ganz nebenbei, zum Ausdruck gebracht, dass sie selbst die nationalen Interessen immer über die Zwänge des Glaubens stellen würden. Und dass sie solches auch von ihren Geschäftspartnern erwarten. Im Hinblick auf die jüngsten Ereignisse fand ich das allerdings alarmierend genug."

„Ja, ohne Frage", bekräftigte Adalbert. „Hast du eine Ahnung, wer wirklich dahinter steckt?"

„Nun ja, sagen wir, ich habe eine bestimmte Vermutung."

„In die faschistische Richtung?"

„Ja, ich denke schon", bestätigte sein Vater etwas zögerlich. Offenbar war er nicht sicher, wie weit er am Telefon gehen konnte. Dennoch sprach er kurz darauf weiter. „Aber diesmal hat es eine andere Qualität. Wir haben es diesmal nicht wieder mit einigen brutalen Dummköpfen zu tun. Wer auch immer jetzt die Fäden zieht: Er besitzt Einfluss und Macht. Und er versteht es, beides auch einzusetzen."

„Können wir derartige Bestrebungen blockieren?"

„Nun ja … natürlich können wir uns zur Wehr setzen",

entgegnete sein Vater. „Vorausgesetzt wir wissen früh genug, aus welcher Ecke die Gefahr droht. Denn wie ich schon sagte: Diese Leute sind keine dummen Draufgänger. Sie handeln planmäßig und haben Rückendeckung. Es ist also wichtig zu wissen, wer die Hintermänner sind, bevor wir selbst handeln. Aber vorerst kann ich dich beruhigen: Geschäftlich drohen uns keine unmittelbaren Gefahren.

Wenn ich die Situation richtig einschätze, dann sind sie im Augenblick ausschließlich an dir persönlich interessiert. Ich glaube nicht, dass sie das gesamte Unternehmen von Grolitz da mit hineinziehen wollen. Aber du solltest besser dafür sorgen, dass du in nächster Zeit nicht greifbar bist."

Adalbert dachte einen Moment nach.

„Du meinst also, ich sollte die Geschäftsführung wieder dir überlassen und einen großen Bogen um Berlin machen?", vergewisserte er sich.

„Ja, genau das meine ich", bestätigte sein Vater in einem Ton, der keinen Widerspruch duldete. „Genau genommen solltest du sogar einen großen Bogen um das gesamte Deutsche Reich machen. Jedenfalls für die nächsten paar Wochen, bis ich mir einen besseren Überblick über die Situation verschafft habe."

Adalbert gefiel diese Aussicht überhaupt nicht, aber im Augenblick war er ohnehin nicht in der Lage etwas dagegen zu unternehmen.

„Ja, ich fürchte du hast Recht", lenkte er schließlich ein. „Wir werden hier mit der Bergung der Dokumente ohnehin noch einige Zeit zu tun haben."

„Das ist gut", bemerkte sein Vater mit deutlich hörbarer Erleichterung. „Und ich denke, wir sollten von jetzt an ausschließlich telefonisch Kontakt halten. Also keine Briefe oder Karten. Das erscheint mir im Augenblick sicherer."

Dem konnte Adalbert nur zustimmen, auch wenn ihm selbst dabei die Aufgabe zufiel den Kontakt zu halten.

„Einverstanden", entgegnete er. „Und ich werde mich in

Zukunft in kürzeren Intervallen melden, um über die Ereignisse in Berlin auf dem Laufenden zu bleiben."

„Ja, das wäre wünschenswert", bestätigte sein Vater. „Wir müssen jetzt aufpassen, dass die Geschichte nicht aus dem Ruder läuft."

Adalbert spürte, wie sehr seinen Vater die Ereignisse beunruhigten, und er hätte es gerne vermieden noch einer weitere Sorge hinzuzufügen. Aber so wie es im Augenblick aussah, war das wohl nicht zu realisieren.

„Vater, da wäre noch etwas", entgegnete er also entschlossen. „Es wird sich wohl nicht vermeiden lassen, dass ich in nächster Zeit firmenintern in Erscheinung trete."

„Worauf willst du hinaus?"

„Nun, es geht um die Dokumente. Ich habe die Aufgabe übernommen, den Abtransport der Dokumente zu organisieren. Und dazu brauche ich die Verbindungen der Firma."

Sein Vater erwiderte nichts darauf, weshalb Adalbert nach kurzer Zeit leicht verunsichert hinzufügte: „Ich weiß bis jetzt nur, dass die Dokumente nach Italien gebracht werden sollen. Und dafür kommt nur ein Transport auf der Schiene in Frage. Ich werde also aus organisatorischen Gründen einige unserer geschäftlichen Verbindungen ..."

„Vermeide es, in offizieller Funktion aufzutreten!", unterbrach ihn sein Vater mit Bestimmtheit. „Gerade in Italien solltest du besser alles über unsere Tochtergesellschaft abwickeln. Eine direkte Verbindung des von Grolitz Konzerns mit diesen Dokumenten muss auf jeden Fall verschleiert werden. Andernfalls würde man hier mit Sicherheit noch sehr viel stärkeren Druck auf uns ausüben."

Adalbert war etwas verärgert wegen der rigiden Unterbrechung, aber die Argumente seines Vaters waren leider überzeugend genug.

„Ja, das sehe ich ein", erwiderte er, wobei er seinen aufgestauten Ärger unterdrückte. „Der Name von Grolitz wird in Verbindung mit den Dokumenten nirgendwo auftauchen. Allerdings muss ich die nötigen Dispositionen sofort treffen."

„Dagegen ist nichts einzuwenden", entgegnete sein Vater, nun wieder deutlich beruhigter. „Je eher alles vorüber ist, umso besser. Aber melde dich sobald wie möglich wieder, und pass ansonsten gut auf dich auf!"

Adalbert zwang sich zu einem Lachen, verabschiedete sich mit einigen beruhigenden Worten und hängte den Hörer in die Gabel. Er stand etwas mühsam vom Stuhl auf und musste sich für einige Sekunden an der Platte des Schreibtisches festkrallen, da sich alles um ihn herum zu drehen begann. Dann aber stabilisierte sich sein Kreislauf wieder, so dass er sich auf den Weg zur Tür des Arztzimmers machen konnte.

Er hätte sich gerne bei dem diensthabenden Arzt für die Benutzung des Telefons bedankt, aber dieser war nirgendwo zu sehen. Also schloss er die Tür und machte sich auf den Weg zurück in sein eigenes Zimmer.

Er hatte kaum die Hälfte des Weges zurückgelegt, als er hinter sich am Ende des Flures eilige Schritte vernahm.

„Adalbert!", hörte er gleich darauf jemanden rufen, und er brauchte sich nicht erst umzudrehen, um zu wissen, dass es Greta war.

Erfreut blieb er stehen und beobachtete, wie sie leichten Schrittes auf ihn zukam. Sie trug ein modisches und eng anliegendes Kleid, das die Proportionen ihres Körpers betonte, ohne dabei aufdringlich zu wirken. Zum wiederholten Mal erschien es ihm wie ein Wunder, dass diese junge und so attraktive Frau gerade ihm ihre Zuneigung schenkte.

Ohne groß darüber nachzudenken, umarmte sie ihn mitten auf dem Flur, und der darauf unweigerlich folgende Kuss erschien beiden bereits so selbstverständlich, als seien sie schon seit Jahren ein Paar. Dennoch ertappte er sich dabei, wie er gleich darauf etwas verlegen nach Beobachtern Ausschau hielt, während er gleichzeitig die Intimität ihrer Nähe genoss.

Greta bemerkte seine Reaktion natürlich, schien seine Vorsicht aber eher auf verletzungsbedingte Schmerzen zurückzuführen. Jedenfalls löste sie ihre Umarmung fast augenblicklich und berührte ihn nur noch mit einer fast rührenden Vorsicht.

„Hast du noch große Schmerzen?", fragte sie.

Adalbert schüttelte den Kopf.

„Ach was. Es geht mir schon viel besser. Außerdem ist deine Gesellschaft heilender als jedes Medikament."

Greta schenkte ihm ein glückliches Lächeln.

„Es mag ja merkwürdig klingen, aber ich konnte es kaum erwarten wieder herzukommen", gestand sie bereitwillig. „Und dabei hasse ich Krankenhäuser."

Adalbert wollte sie wieder näher an sich ziehen, aber die dazu nötige Drehbewegung versetzte ihm einen schmerzhaften Stich. Er sog hörbar die Luft ein und erntete einen äußerst besorgten Blick von Greta.

„Ist wirklich alles in Ordnung?", wollte sie wissen.

Adalbert nickte eiligst.

„Ja, natürlich", beteuerte er. „Ich muss nur mit einigen Bewegungen vorsichtig sein."

Greta schaute ihn skeptisch an, gab sich aber schließlich mit dieser Antwort zufrieden.

„Fühlst du dich denn gut genug, um in den Aufenthaltsraum hinunter zu gehen?", fragte sie unsicher. „Da unten ist es wesentlich gemütlicher als hier."

„Ja, sicher", bekräftigte Adalbert, schon weil er nicht als schwächlicher alter Mann erscheinen wollte. „Allerdings war ich gerade auf dem Weg zu Max. Er hatte heute morgen seine zweite OP und der Arzt meinte, dass ich ihn heute Nachmittag vielleicht schon besuchen könnte."

Für den Bruchteil einer Sekunde konnte er so etwas wie Enttäuschung in Gretas Blick erkennen, aber schließlich zeigte sie Verständnis.

„Du hast immer noch Schuldgefühle seinetwegen, nicht wahr?", entgegnete sie.

„Nun ja ... immerhin habe ich den Wagen gefahren. Normalerweise hätte ich aber auf seinem Platz gesessen. Und dann läge ich jetzt in seinem Zustand dort, während er ..."

„Auch Max hat den Unfall überlebt", unterbrach sie ihn vorsichtig, aber bestimmt. „Gewiss, es hat ihn schlimmer erwischt als dich, aber der Arzt hat dir doch versichert, dass Max wieder völlig gesund werden wird."

„Schon richtig. Aber ..."

„Aber?"

„Nun, er ist von Beruf Bergführer. Für ihn ist es existenziell wichtig, dass er wieder so gut hergestellt wird, dass er auch schwierige Bergtouren gehen kann. Und ich denke oft, wenn er gefahren wäre, dann hätte es ihn nicht so schlimm erwischt, und er bräuchte sich um seine Existenz keine Sorgen zu machen.

Sieh mal, ich hatte den Opel ja noch nie zuvor gefahren. Der Wagen war also noch ungewohnt für mich ..."

„Hör auf damit!", unterbrach Greta ihn energisch. „Du denkst in die völlig falsche Richtung. Es grenzt doch an ein Wunder, dass du den ständig schneller werdenden Wagen überhaupt so lange unter Kontrolle halten konntest. Immerhin hast du es geschafft, ihn von der Straße weg und zum Halten zu bringen. Und nicht nur ich bin der Meinung, dass diese Leistung nur auf deine Erfahrung bei Rennen zurückzuführen ist. Im Gegensatz zu Max wusstest du also, wie man ein Auto bei hoher Geschwindigkeit in Gefahrensituationen unter Kontrolle behält.

Nein, glaub mir: Wenn Max gefahren wäre, dann wäre er jetzt nicht leichter verletzt, sondern dann wärt ihr beide jetzt tot!"

Sie verstummte, erschrocken über die Deutlichkeit ihrer eigenen Worte. Für einen Augenblick fragte sie sich, ob sie zu weit gegangen war, aber Adalbert schien zum Glück nicht verärgert zu sein.

Er sah sie nur überrascht an und schüttelte schließlich lächelnd den Kopf.

„Greta, du bist schon eine erstaunliche Frau", bemerkte er. „Ich habe es noch nie von dieser Seite betrachtet, aber möglicherweise hast du sogar Recht damit."

„Ich habe Recht!", entschied Greta, froh darüber, dass er es so aufnahm.

Sie hatten inzwischen die im westlichen Flügel liegende chirurgische Station erreicht, und Adalbert sah, wie der Stationsarzt aus dem Dienstzimmer kam.

Dieser hatte ihn offensichtlich im gleichen Moment bemerkt, zögerte aber zunächst etwas. Es schien so, als wäre es ihm lieber, Adalberts Auftauchen einfach zu ignorieren. Schließlich aber gelangte er wohl zu der Überzeugung, dass er das nicht tun könne, denn er kam nun mit einem gewinnenden Lächeln auf Greta und Adalbert zu.

„Guten Tag, Herr von Grolitz", begrüßte er ihn, während er mit einem freundlichen, aber eindeutig neugierigen Nicken seine Begrüßung auch auf Greta ausdehnte. „Sie wollen sicher zu Herrn Strickler, nicht wahr?"

Adalbert bestätigte dies.

„Nun, ich fürchte, ich habe Ihnen da heute Morgen etwas zu viel versprochen", erklärte Dr. Volgris ohne allzu großes Bedauern. „Herr Strickler ist gerade erst wieder hochgebracht worden, und ich denke, wir sollten ihm noch einige Stunden Ruhe gönnen."

„Hat es Komplikationen gegeben?", fragte Adalbert besorgt.

„Aber nicht doch", beruhigte ihn Dr. Volgris. „Wir hatten nur ein ziemlich volles OP-Programm, und wir konnten Herrn Strickler dadurch erst später unters Messer nehmen als ursprünglich beabsichtigt. Die OP selbst ist absolut normal und zufriedenstellend verlaufen."

Adalbert war erleichtert.

„Gott sei Dank! Dann besteht also kein Grund zur Sorge?", vergewisserte er sich. „Es ist ja wichtig für Herrn Strickler, dass er wieder …"

„Nein, es besteht kein Grund zur Sorge", unterbrach der Arzt ihn nachdrücklich. Dr. Volgris wirkte ungeduldig und suchte offenbar nach einer Möglichkeit, sich schnell wieder zu verabschieden. „Sie können ja abends noch mal vorbeischauen. Ich werde dafür sorgen, dass die Schwestern sie zu ihm vorlassen. Aber jetzt müssen Sie mich entschuldigen. Sie verstehen, die Arbeit ..."

Er ließ den Satz unvollendet in der Luft hängen, verabschiedete sich mit einem knappen Nicken und zog von dannen.

Greta legte ihren Arm um Adalberts Hüften, kaum dass der Arzt verschwunden war und trat wieder näher zu ihm heran.

„Na, siehst du. Max wird schon bald wieder auf die Beine kommen", erklärte sie, bemüht seine Bedenken zu zerstreuen.

Adalbert lächelte sie an.

„Hast ja Recht", gab er zu. „Es besteht kein Grund, Trübsal zu blasen. Also lass uns nach unten gehen und den Tag genießen."

„Einverstanden", erklärte sie erfreut, nur um gleich darauf einzuwenden: „Oder nein, warte. Lass uns auf den Balkon da vorne gehen. Dort sind wir unter uns."

*

Adalbert war froh darüber, mit Greta nicht in die Cafeteria hinunter zu müssen. Zum einen traute er seinem Kreislauf nicht ganz über den Weg, zum anderen aber wollte er mit Greta allein sein. Ihre Nähe erfüllte ihn mit einem Gefühl des Glücks, und die Wärme ihres Körpers und der Duft ihrer Haut erregten ihn.

Er spürte, dass auch Greta seine Gefühle zu teilen schien, aber dennoch reagierte sie mit einer gewissen Zurückhaltung. Es schien fast so, als habe sie Angst ihm Schmerzen zuzufügen, denn sie versuchte erkennbar eine allzu feste Umarmung seines bandagierten Körpers zu vermeiden.

Adalbert zog sie also bewusst näher zu sich heran, ohne auf den leichten Schmerz in der rechten Seite zu achten. Er ließ seine Hände über ihren Rücken gleiten und fand bestätigt, was er schon vermutet hatte: Greta trug außer dem dünnen Kleid fast nichts.

So dauerte es auch nicht lange, bis jeder Gedanke an Vorsicht über Bord geworfen war, und ihre Umarmung immer leidenschaftlicher und fordernder wurde. Er spürte, wie Gretas Lippen sich bereitwillig öffneten, aber gerade als er die Spitze ihrer Zunge spürte, durchzuckte ihn ein so heftiger Schmerz, dass Greta unweigerlich zurückwich.

„Entschuldige", brachte sie ein wenig atemlos hervor. „Ich wollte nicht …"

„Nein, schon gut", unterbrach er sie eilig. „Ich bin nur gegen den Türgriff gestoßen."

Sie wirkte skeptisch, ließ es aber bereitwillig zu, dass er sie wieder zu sich heranzog. Gleichzeitig drehte er sich ein wenig von der Tür weg, wodurch er die Bewegungen ihres Körpers nur noch intensiver spürte. Leider entstand in diesem Augenblick Tumult auf dem hinter ihnen liegenden Flur, so dass beide in der augenblicklichen Bewegung verharrten.

„Wie weit seid ihr eigentlich?", durchbrach Greta unvermittelt die erregende Stimmung. „Mit diesen gestohlenen Dokumenten, meine ich."

Die Frage kam für ihn etwas überraschend und war vermutlich noch nicht einmal aus echtem Interesse geboren. Denn ebenso wie er selbst war auch Greta offensichtlich noch bemüht ihrer Erregung Herr zu werden, und versuchte deshalb das Gespräch auf ein unverfängliches Thema zu lenken.

„Oh, da ist alles in bester Ordnung", entgegnete Adalbert also, wobei ihm anzumerken war, dass er den Themenwechsel bedauerte. „Ich denke, es ist Anton Kämmerer inzwischen gelungen unser letztes Problem zu lösen. Er war jedenfalls gestern Abend noch kurz bei mir, um mich über den Stand der Dinge zu informieren. Die Frage, wie wir die Dokumente aus dem Eigermassiv herausbekommen, scheint jedenfalls gelöst zu sein. Jedenfalls steht die Bergung wohl unmittelbar bevor."

„Aha. Und … was sind deine Pläne danach? Ich meine, wenn deine Aufgabe hier erledigt ist?", fragte sie vorsichtig, wohl wissend, dass sie damit ein Thema berührte, dass bisher zwischen ihnen tabu gewesen war. Schließlich hatten wohl beide Angst vor der Antwort des anderen, denn ihr Problem lag ja offen zutage: Adalbert hatte in Berlin eine Firma zu leiten, und Greta konnte aus politischen Gründen nicht nach Deutschland zurückkehren.

„Ich werde nicht nach Deutschland zurückkehren", erklärt er daher mit aller Deutlichkeit, da er ihre Ängste sehr gut nachvollziehen konnte. „Anscheinend ist man dort zu sehr an meiner Person interessiert. Mein Vater wird daher zunächst die Geschäfte in der Firmenzentrale weiterführen, während mein Weg mich möglicherweise nach Amerika führen wird. Wir haben dort in der jüngeren Vergangenheit einige viel versprechende Kontakte geknüpft."

Greta schaute ihn völlig überrascht an, konnte jedoch nicht verbergen, dass sie diese Antwort sehr glücklich machte.

„Aber das versuchen wir doch auch gerade!", brach es schließlich aus ihr hervor. „In die USA zu gelangen, meine ich. Wir hoffen, dort bei meinem Bruder leben zu können. Zumindest für die erste Zeit. Aber warum du? ... ich meine, warum solltest du nicht nach Deutschland zurück können?"

Adalbert war anzumerken, dass er das Thema gerne wechseln würde, aber schließlich versuchte er doch eine plausible Erklärung.

„Nun, bevor du kamst habe ich mit meinem Vater telefoniert. Und der zeigte sich äußerst besorgt. Seiner Meinung nach ist in Berlin irgendwas im Busch. Zumindest steht völlig außer Frage, dass einige Leute in Berlin an unseren Dokumenten interessiert sind.

Und außerdem war es nicht das erste Mal, dass man versucht hat, unsere Familie deswegen unter Druck zu setzen."

Greta wirkte aufrichtig besorgt. Sie hatte Verfolgung und psychischen Druck in Deutschland am eigenen Leib erfahren und glaubte ihm schon deshalb jedes Wort.

„Du meinst diese Gruppe von religiösen Fanatikern, von denen du erzählt hast?", vergewisserte sie sich. „Jene Leute, die innerhalb des Jesuitenordens agieren?"

Adalbert schüttelte den Kopf.

„Nein, diesmal nicht", erklärte er. „Wir sind uns hundertprozentig sicher, dass es eine faschistische Gruppierung ist, die in Berlin agiert. Immerhin haben diese Herren es schon einmal probiert. Aber damals sind sie so stümperhaft vorgegangen, dass wir alle Angriffe abwehren konnten. Diesmal allerdings scheinen die Dinge anders zu liegen. Jetzt gehen sie geschickter vor und sind offenbar auch besser organisiert. Jedenfalls ist Vater äußerst beunruhigt."

Greta sah ihn an, und für den Bruchteil einer Sekunde glaubte er einen Anflug von Panik bei ihr zu erkennen. Kurz darauf aber hatte sie sich wieder in der Gewalt und nickte nur, während sie äußerlich ruhig wirkte.

„Das mit der faschistischen Gruppe glaube ich dir ohne

weiteres", bemerkte sie. „Und dein Vater hat Recht, wenn er diese Leute ernst nimmt. Sie gewinnen immer mehr an Einfluss, und sie sind gefährlich. Schau dir doch an, was sie mit uns gemacht haben!"

Adalbert nickte.

„Ja, ich musste auch sofort an euer Schicksal denken", gab er zu. „Im Gegensatz zu euch haben wir allerdings einen Vorteil: Wir sind nun gewarnt. Und ich habe die Absicht, ihnen ihr Spielchen gewaltig zu verderben!"

Greta war anzumerken, dass ihr solch große Worte nicht gefielen.

„Wie meinst du das?", fragte sie mit einer Vorahnung.

„Nun, zunächst einmal werde ich mich von Deutschland fernhalten", erklärte er beschwichtigend, da er Gretas Reaktion bemerkt hatte. „Immerhin bin ich die einzige Person in der Familie, bei der es eine direkte Verbindung zu den Dokumenten gibt. Also werde ich zunächst einmal alles tun, um keine Angriffsfläche zu bieten."

Greta war sichtlich erleichtert über diese Antwort.

„Das ist auch das Beste, was du tun kannst!", bekräftigte sie. „Wenn du versuchst, den Helden zu spielen, wirst du nur verlieren. Und das wäre schade. Ich brauche dich nämlich noch."

Mit den letzten Worten war sie wieder auf den Flur zurückgegangen, und deutete mit einer Geste auf die verlassene Sitzgruppe vor dem großen Panoramafenster. Adalbert war diese Abgeschiedenheit recht, und so folgte er ihr bereitwillig. Kaum angekommen merkte er jedoch sehr schnell, dass ihre Gedanken um einen bestimmten Punkt kreisten. Schließlich fasste sie sich ein Herz und sah Adalbert fest an.

„Sag mal ..."

„Ja?"

„Wenn du doch auch nach Amerika willst ... Ich meine, genau wie wir, dann wäre es doch schön ... nun, wenn wir diese Reise gemeinsam ..."

Sie ließ den Satz unvollendet und schaute Adalbert etwas ängstlich an, da sie nicht sicher war, welche Reaktion dieser Vorschlag auslösen würde.

„Ja, natürlich", erwiderte er schließlich lächelnd. „Ich habe auch schon daran gedacht. Oder besser gesagt: Die Tatsache, dass dein zukünftiger Weg dich in die USA führen wird, hat meinen Entschluss, nicht nach Deutschland zurückzukehren, gefestigt. Allerdings gibt es da ein kleines Problem."

„Nur eins?", erwiderte sie sarkastisch, aber glücklich. „Ich habe eher den Eindruck, dass wir da über eine ziemliche Auswahl verfügen."

Adalbert musste gegen seinen Willen lachen.

„Ich fürchte, da hast du nur allzu Recht. Das Problem, das ich meine, besteht allerdings darin, dass ich die Dokumente unmittelbar nach der Bergung nach Italien bringen muss. Und meine Weiterreise in die USA ist direkt von dort aus eingeplant."

Greta schien das nicht zu erschüttern.

„Vielleicht können wir dich ja begleiten?", schlug sie unbeirrt vor. „Wenn diese Prieuré schon alle Formalitäten für deine Reise erledigt hat, dann können die uns vielleicht auch helfen?"

„Das wäre vielleicht sogar möglich", überlegte Adalbert. „Aber im Augenblick beunruhigt es mich, dass Italien ein faschistisches Land ist. Wenn ihr also vor den Faschisten fliehen müsst, dann ist Italien nicht unbedingt die richtige Ausgangsbasis."

Greta dachte eine Weile nach, aber schließlich nickte sie bedrückt.

„Ja, das stimmt leider", gab sie zu. „Und das bedeutet dann wohl, dass wir nicht gemeinsam in die USA reisen können."

Adalbert fühlte sich nicht wohl in seiner Haut. Er wusste, dass sie Recht hatte, aber seine Gefühle veranlassten ihn jede Gefahr zu verdrängen.

„Nein, das bedeutet es nicht", erklärte er also gegen jede

Logik. „Ich werde einen Weg finden, damit wir gemeinsam amerikanischen Boden betreten."

Greta sah ihn aufrichtig überrascht an.

„Aber du hattest Recht", erinnerte sie ihn ernst. „Ich kann wirklich nicht nach Italien, denn ..."

„Das musst du auch gar nicht", unterbrach er sie, nun plötzlich voller Tatendrang. „Du kannst hier in der Schweiz bleiben, denn es wird eine kleine Änderung in den Plänen der Prieuré geben.

Ich werde die Dokumente zwar wie vereinbart in Italien abliefern, aber ich werde nicht mit nach Amerika fahren. Ich werde stattdessen in die Schweiz zurückkehren und verlangen, dass man uns von dort aus sicher auf die Reise bringt. Die Verbindungen der Prieuré sind gut genug, um das zu gewährleisten. Außerdem werde ich dafür sorgen, dass nur ich selbst die Dokumente in den USA wieder in Empfang nehmen kann. Auf diese Weise bleibt der Prieuré gar nichts anderes übrig, als für unsere gemeinsame Sicherheit zu sorgen."

Greta war sichtlich gerührt.

„Das .. das würdest du wirklich für mich tun?"

Adalbert zog sie wieder ein wenig näher zu sich heran und suchte den direkten Blickkontakt.

„Aber natürlich", versicherte er ihr aus tiefster Überzeugung. „Das ist noch das Geringste der Dinge, die ich für dich zu tun bereit wäre."

„Ach, Adalbert", hauchte sie ein wenig verlegen, aber eindeutig glücklich. „Aber ... meinst du denn wirklich, dass die Prieuré sich darauf einlassen wird?"

„Sie wird es müssen", erklärte er lapidar.

Greta schien wortlos vor Glück, und so fiel sie ihm um den Hals, ohne noch lange nach passenden Antworten zu suchen. Dass der darauf folgende Kuss schon bald ihre Leidenschaft neu aufflammen ließ, schien sie beide nicht zu stören. Doch gerade als er die Umgebung vergessen und in das Glück ihrer Intimität abtauchen wollte, löste sie sich ebenso spontan von ihm, wie sie zuvor die Situation geschaffen hatte.

„Was ist denn hinter der Tür dort?", verlangte sie unvermittelt zu wissen.

„Welche Tür?", entgegnete Adalbert einigermaßen irritiert.

„Na, die da drüben."

Adalbert zuckte mit den Schultern.

„Steht doch drauf: Lager."

„Was denn für ein Lager?"

„Woher soll ich das wissen?", versetzte Adalbert, da er der soeben zerstörten Intimität noch nachtrauerte. „Irgendein Lager eben. Ich bin hier ja nur Patient, und so … Hey, was machst du da?"

Greta war zur Tür gegangen, hatte diese geöffnet und schaute nun neugierig in den dahinter liegenden Raum.

„Na, ich bin eine neugierige Frau", erklärte sie dabei, während sie auch schon in dem Raum verschwand.

Adalbert ging nun ebenfalls zum Lager herüber, schaute sich noch einmal kurz um und folgte Greta schließlich in den dämmerigen Raum. Schon der erste Blick genügte, um festzustellen, dass es sich um ein Bettenlager handelte, in dem mehrere nagelneue und mit Tüchern abgedeckte Betten standen. Der Raum besaß nur einen schmalen Fensterschlitz am rückwärtigen Ende und machte ansonsten einen wenig benutzten Eindruck. Die Tatsache, dass die Tür nicht abgeschlossen war, hatten sie wohl nur dem Zufall zu verdanken.

„Komm schon … Und mach die Tür zu", lockte Greta ihn hinein. „Hier sind wir endlich ungestört."

Adalbert wollte erst protestieren, dann jedoch zeigte ihm ein Blick auf Greta, dass es reizvoller war, ihrer Aufforderung zu folgen.

*

Es war ein schöner, recht sonniger Tag, und so waren sämtliche Terrassen in Grindelwald, die Aussicht auf das Bergpanorama boten, dicht bevölkert. Auch Steffen Imhoff und Hermann Ellering hatten sich auf einer Caféhausterrasse niedergelassen, jedoch ohne dabei ein besonderes Interesse an dem Bergpanorama zu zeigen.

Es war ihr zweiter Tag in Grindelwald, aber es war ihnen immer noch anzumerken, dass die vorgefundene Situation ihnen zu schaffen machte. Beide waren verunsichert und schwankten zwischen dem trotzigen Entschluss weiterzumachen und dem verständlichen Drang so schnell wie möglich von hier zu verschwinden. Sie hatten schon am Vortag nicht lange gebraucht, um festzustellen, dass sich ihre Situation drastisch verschlechtert hatte.

Victor, der vor Ort ihr Verbindungsmann sein sollte, war tot, und sein Partner, ein gewisser Silvio Varesi, war spurlos verschwunden. So sahen sie sich also unvermittelt mit der Frage konfrontiert, was sie tun sollten. Ihre Instruktionen waren eindeutig, aber galten sie unter den gegebenen Umständen noch?

„Wir haben einen Auftrag, und den werden wir auch erfüllen", sprach Steffen Imhoff nun laut aus, was er schon die ganze Zeit über dachte.

Hermann Ellering saß ihm mit versteinertem Gesichtsausdruck gegenüber, so als wolle er jeden Kommentar verweigern. Er war der abgeklärte, etwas ältere von beiden, und er neigte daher auch deutlicher zur Vorsicht.

„So, haben wir den?", erwiderte er schließlich auf Imhoffs trotzige Erklärung. „Und wie sieht dieser Auftrag deiner Meinung nach aus?"

„Das weißt du ebenso gut wie ich", zischte Imhoff mit mühsam unterdrückter Wut. „Wir sollen dafür sorgen, dass es keiner Seilschaft gelingt durch die Nordwand des Eiger aufzusteigen. Niemand soll auf diesem Weg bis zu jenem Depot vordringen können, in dem die Geheimdokumente unseres Ordens eingelagert sind."

Ellering verdrehte die Augen und blickte flehentlich zum Himmel.

„Verdammt, Steffen! Das ist eben nicht unser Auftrag, und das weißt du auch!", entgegnete er wütend, ohne jedoch laut zu werden. „Wir sollen die Dokumente schützen und uns nicht wie die Wilden auf jede Seilschaft stürzen, die sich am Eiger versucht."

„Wach auf, Hermann!", forderte Imhoff sarkastisch. „Wir können die Dokumente nur schützen, wenn wir das Durchkommen der Seilschaft verhindern. Und außerdem brauchen wir uns auch nicht auf jede Seilschaft zu stürzen, sondern nur auf jene, die sich an der Nordwand versucht."

„Ja, schon richtig", gab Ellering widerstrebend zu. „Aber es ist doch wohl mehr als eindeutig, dass sich hier Einiges geändert hat. Die Mitglieder der vermuteten Seilschaft, also unsere Zielpersonen, sind uns genau beschrieben worden. Jetzt allerdings sind diese Personen kaum noch in der Lage wie erwartet zu agieren. Einer, nämlich Strickler, liegt im Krankenhaus, und von den anderen fehlt bis jetzt jede Spur. Es ist also höchst wahrscheinlich, dass sie niemals versuchen werden, in die Nordwand einzusteigen."

„Willst du dich darauf verlassen?"

Ellering machte eine abwehrende Handbewegung.

„Du bist selbst Bergsteiger genug, um zu wissen, dass sie die Nordwand nicht in Angriff nehmen können, wenn auch nur ein Mitglied der Seilschaft ausfällt."

„Natürlich weiß ich das, aber darum geht es doch gar nicht", versuchte es Imhoff diesmal beschwichtigend. „Es geht doch um die zweite Seilschaft, die offenbar ein gewisses Interesse an der Eiger-Nordwand zeigt."

„Womit wir wieder beim Anfang wären", stellte Ellering

fest. „Du kannst dich nicht einfach auf eine beliebige Seilschaft stürzen, nur weil sie Interesse an der Nordwand zeigt."

„Verdammt, Hermann!", antwortete Imhoff genervt. „Was glaubst du denn wohl, wie viele Seilschaften es gibt, die sich für diese spezielle Wand interessieren? Und wenn Georg Rahmatt diese Seilschaft führt, dann interessieren sie sich nicht nur für die Wand, dann werden sie auch einsteigen! Nein, mein Lieber. Ganz egal, aus welchen Mitgliedern diese neue Seilschaft besteht; das sind unsere Zielpersonen."

Es war Hermann Ellering anzumerken, dass ihm die zwingende Logik der Antwort nicht behagte. So saß er nur mühsam beherrscht da und hob leicht beschwichtigend die Hände.

„Trotzdem ...", meinte er schließlich. „Wenn wir nun eine Verbindung dieser neuen Seilschaft zu unseren ursprünglichen Zielpersonen herstellen könnten ..."

„Dann hätten wir eine völlig eindeutige Situation", bestätigte Imhoff bereitwillig. „Aber was mich betrifft, so ist das überflüssig. Mir ist das Interesse an der Nordwand eindeutig genug."

„Mir aber nicht", erwiderte Hermann Ellering mit aller Bestimmtheit. „Erst wenn sie wirklich in voller Ausrüstung am Fuß des Eiger stehen, bin ich bereit sie als neue Zielpersonen zu akzeptieren."

„Aber dann ist es zu spät, um noch einen überzeugenden Unfall in der Wand vorzubereiten", warf Imhoff ein. „Und du weißt, dass es in der Wand geschehen muss. Bei einer Katastrophe in der Nordwand wird sich niemand wundern oder unbequeme Fragen stellen. Wenn wir dagegen hier im Ort aktiv werden, und das vielleicht noch unter Zeitdruck, dann kannst ..."

Ellering starrte mit einem Mal wie gebannt auf die Eingangstür des Cafés und legte Imhoff mit einem warnenden Blick die Hand auf den Unterarm. Dieser verstand sofort und brach mitten im Satz ab.

„Was ist?", fragte er schließlich leise.

„Rahmatt!", zischte Ellering. „Er ist gerade mit einem Gast auf die Terrasse gekommen."

Imhoff wollte sich instinktiv umdrehen, aber Ellering hielt ihn zurück.

„Lass das. Damit machst du sie nur auf uns aufmerksam."

Imhoff nickte und blieb sitzen, wo er war.

„Kannst du sie sehen?"

„Ja", bestätigte Ellering. „Sie sitzen gerade drei Tische weiter, direkt vorne am Geländer."

„Und was machen sie?"

Ellering zuckte kaum merklich mit den Schultern.

„Nichts", erwiderte er. „Das heißt, sie schauen immer wieder zur Eingangstür. Es scheint fast so, als erwarten sie noch jemanden."

„Mensch, sollte das etwa ..."

Imhoff ließ den Satz unvollendet, da er sicher war, dass Ellering auch so verstanden hatte, was gemeint war.

Dieser nickte dann auch.

„Das wäre doch zu schön, nicht wahr?"

Imhoff grinste.

„Vergiss bloß nicht, mir Bescheid zu sagen, wenn der dritte Mann auftaucht."

„Da brauchst du gar nicht mehr zu warten", entgegnete Ellering. „Dreh dich einfach um und schau zum Eingang rüber."

Imhoff setzte den Stuhl möglichst unauffällig etwas zurück und drehte den Kopf gerade so weit, dass er die Eingangstür im Blick hatte. Und was er dort sah, zauberte ein triumphierendes Lächeln auf sein Gesicht.

„Kämmerer!", meinte er, nachdem er sich wieder umgedreht hatte. „Ganz eindeutig Anton Kämmerer."

Ellering nickte bestätigend.

„Ja, ich habe ihn auch gleich erkannt. Und ja, er geht zu Rahmatt und dem anderen Mann hinüber."

„Na also! Das ist doch genau die Verbindung, nach der wir gesucht haben."

„Ja, das ist sie", bestätigte Hermann Ellering. „Und unter diesen Voraussetzungen ist unser Auftrag auch wieder ganz eindeutig: Sollten diese Herren in die Nordwand einsteigen, dann sorgen wir dafür, dass sie da nicht mehr lebend herauskommen."

*

Es war soweit.

Der Tag, an dem die Bergung der Schriftrollen stattfinden sollte, war angebrochen, und bis jetzt schien sogar das Wetter auf ihrer Seite zu sein. Es war nun später Vormittag, und auf der Talstation der Jungfraubahn wurde jener Versorgungszug zur Abfahrt bereitgemacht, der gegen Mittag das Berghaus Jungfraujoch erreichen sollte.

Anton Kämmerer und Adalbert von Grolitz standen fast ein wenig verloren auf dem Bahnsteig und traten nervös von einem Fuß auf den anderen. Sie maßen den Versorgungszug zum unzähligsten Male mit ihren Blicken und zählten die Waggons, wohl wissend, dass dieser Zug einen Waggon mehr angehängt hatte als üblich.

Gemäß den Vereinbarungen, die Kämmerer getroffen hatte, musste der letzte Waggon für sie bestimmt sein. Aber von Emil Rögler, jenem Bahnbeamten, der all das organisiert hatte, war nach wie vor nichts zu sehen.

Kämmerer sah Adalbert abschätzend an, und es war offensichtlich, dass er sich Sorgen über dessen körperliche Verfassung machte. Adalbert war erst am Tag zuvor aus dem Krankenhaus entlassen worden und merkte bereits jetzt, dass ihm die ungewohnte Anspannung zu schaffen machte. Dennoch schwieg Kämmerer beharrlich, anstatt sich, wie es normal gewesen wäre, zu erkundigen, wie er sich fühlte.

Eine Reaktion, die zweifellos auf den gestrigen Abend zurückzuführen war. Anstelle einer Feier zur Entlassung aus dem Krankenhaus war es zu einem erbitterten Streit gekommen. Adalbert hatte ihm gestern Abend ohne Vorwarnung erklärt, dass er wohl bereit sei für den Transport der Schriftrollen nach Italien zu sorgen, er selbst aber an der anschließenden Reise in die USA nicht teilnehmen würde.

Kämmerer war zunächst sichtlich irritiert gewesen von diesem Ansinnen, das er als einigermaßen schwachsinnig empfunden haben musste. Dennoch hatte er die Freundlichkeit besessen sich höflich nach dem Grund für diese Entscheidung zu erkundigen. Als Adalbert dann jedoch erklärt hatte, dass Greta Fehrenbach dieser Grund sei, war Kämmerer der Kragen geplatzt. Er hatte seinen Ansichten über Gretas Beweggründe freien Lauf gelassen und damit durchaus einen wunden Punkt berührt. Er habe ja schon immer vermutet, dass diese Frau im Auftrag ihrer Gegner handele, mit dem Auftrag der Prieuré Schaden zuzufügen. Und das habe sie ja nun wohl auch erreicht.

Er müsse sich doch darüber im Klaren sein, dass seine Entscheidung ihr ganzes Unternehmen gefährde und dass sie ihn nur umgarnt habe, um dieses Ziel möglichst schnell zu erreichen.

Adalbert war angesichts derartiger Vorwürfe natürlich auch nicht ruhig geblieben, und so hatten sich einige äußerst heftige Wortwechsel ergeben.

Schließlich hatte er es zwar noch geschafft Kämmerer zum Einlenken zu bewegen, aber dazu hatte er die gesamten Ereignisse um die Familie Fehrenbach vor Anton Kämmerer ausbreiten müssen. Und genau das hatte er ursprünglich vermeiden wollen. Das Nachgeben Kämmerers war ohnehin nur aus der Not geboren, da machte er sich keine Illusionen.

„Na endlich!", riss Kämmerer ihn nun aus seinen Gedanken, indem er nach vorn auf das Bahnhofsgebäude deutete. Hier war soeben ein Mann in der Uniform der Schweizer Bahnbetriebe vor die Tür getreten und kam nun mit schnellen Schritten auf sie zu. Die Tatsache, dass er sich dabei mehrfach umdrehte, verlieh seinem Auftreten allerdings genau die Aufmerksamkeit, die er sicherlich vermeiden wollte.

„Rögler?", fragte Adalbert.

Kämmerer nickte nur.

„Kommen Sie!", forderte Rögler sie auf, kaum dass er bei ihnen angekommen war. „Schnell. Wir müssen uns beeilen!"

Mit diesen Worten ging er sogleich an ihnen vorüber, ohne auch nur eine Sekunde innezuhalten oder sich gar mit der Höflichkeit einer Begrüßung aufzuhalten. Erst als er den letzten Waggon des Zuges erreicht hatte, blieb er stehen und öffnete die seitliche Schiebetür. Gleich darauf verschwand er im Inneren des Waggons und winkte als Zeichen ihm zu folgen.

Kämmerer wechselte einen schnellen Blick mit Adalbert, zuckte aber mit den Schultern und kletterte hinter Rögler in den Waggon. Da ihm kaum etwas anderes übrig blieb, folgte Adalbert ihm kurz darauf und stellte mit Erleichterung fest, dass der Waggon tatsächlich vollkommen leer war.

„Wir haben nicht viel Zeit", eröffnete Rögler nun mit verschwörerischem Gesichtsausdruck das Gespräch. „Die Zugbegleitung ist informiert, aber die Beamten auf der Station haben keine Ahnung, was hier geschieht. Und wir wollen doch nicht, dass sie allzu neugierig werden."

Adalbert bestätigte bereitwillig diese Auffassung.

„Nun gut", fuhr Rögler daraufhin fort. „Ich habe dafür gesorgt, dass der Zug in der Höhe des hinteren Abzweiggleises zur ehemaligen Station Rotstock halten wird. Aus technischen Gründen bleiben dafür jedoch maximal fünf Minuten. In dieser Zeit müssen Sie das Umstellen der Weiche von Hand sowie das Abkoppeln des Waggons vom Zug bewerkstelligen.

Die Strecke fällt an dieser Stelle bis zur Station Rotstock beständig ab. Nach dem Umstellen der Weiche rollt der Waggon also selbstständig bis an seinen Zielort. Allerdings sollten Sie dafür gut mit den Bremsen vertraut sein.

Das Bremserhäuschen befindet sich dort, gleich hinter der Tür. Aber keine Angst: Es gibt nur dieses eine Handrad in dem kleinen Abteil, so dass sie keine Schwierigkeiten haben werden, den Waggon zum Stehen zu bringen.

Und noch etwas: Es ist wirklich zwingend notwendig, dass Sie die alte Weiche unmittelbar nach dem Passieren des Waggons wieder in die Ausgangsposition zurückstellen. Vergessen Sie das bloß nicht!"

Kämmerer nickte beruhigend und nahm ein Blatt Papier von Rögler entgegen, das dieser ihm hinhielt.

„Es wird schon alles gut gehen", entgegnete er. „Das haben wir doch alles schon hundertmal durchgesprochen. Ich nehme an, dies ist die Bedienungsanleitung für die Handverstellung der Weiche?"

„Genau", bestätigte Rögler. „Und ich habe noch mal alles darauf vermerkt, was Sie zum korrekten Abkoppeln des Waggons wissen müssen. Wichtig ist vor allen Dingen, dass sie beim Abbremsen des Zuges den Waggon zum richtigen Zeitpunkt mit der eigenen Bremse blockieren. Das muss genau in dem Moment geschehen, wenn der Zug zum Halten kommt. Danach laufen die anderen Waggons bedingt durch die Steigung noch ein paar Zentimeter zurück. Und genau diese Eigenschaft wird den Druck von der Kupplung nehmen. Wenn das nicht geschieht, liegt nachher so viel Spannung auf der Kupplung, dass Sie den Waggon nicht mehr vom Zug abkoppeln können. Das ist haargenaue Millimeterarbeit, und Sie müssen ..."

„Es wird alles gut gehen!", unterbrach Kämmerer den Redefluss Röglers. „Wir haben das jetzt wirklich oft genug durchgesprochen. Und einmal haben wir es sogar in der Praxis üben können. Sie brauchen sich also wirklich keine Sorgen zu machen. Bestätigen Sie uns lieber, dass wir auch wie vereinbart von der Station Rotstock wegkommen."

Rögler stutzte, fast so als sei er tatsächlich überrascht.

„Ja natürlich, alles wird laufen wie es geplant ist", entgegnete er. „Aber Sie müssen da oben volle acht Stunden ausharren, denn der letzte abendliche Versorgungszug ist der einzige, der auf der Strecke Zeit genug hat, um in die alte Station Rotstock einzufahren und den Waggon wieder anzuhängen."

Rögler sah ihn ein wenig zweifelnd an, so als sei es ihm völlig unverständlich, dass ein normaler Mann da oben allen Ernstes volle acht Stunden ausharren wollte.

„Das geht schon in Ordnung", bestätigte Kämmerer also, bevor unangebrachte Fragen auftauchten. „Wir werden in diesen acht Stunden genug zu tun haben. Sorgen Sie nur dafür, dass der Zug dann auch tatsächlich kommt!"

„Er wird kommen", bestätigte Rögler, während er abermals nervös auf die Uhr schaute. „Allerdings müssen Sie dann erst noch ganz bis zum Berghaus Jungfraujoch mit hinauffahren, da der Zug seinen normalen Fahrtablauf natürlich nicht ändern kann."

Kämmerer nickte.

„Ja, ich weiß."

Ein erneuter Blick auf die Uhr und das schrille Geräusch der Signalpfeife zeigten unmissverständlich an, dass es für Rögler Zeit war den Zug zu verlassen. Er verabschiedete sich dann auch ausgesprochen schnell und sah zu, dass er aus dem Zug kam.

„Vergessen Sie nicht die Türen zu schließen!", riet er ihnen noch im Aussteigen. „Um sich zu orientieren, reicht das Licht, das durch das Bremserhäuschen hereinfällt."

Adalbert und Kämmerer wechselten einen kurzen Blick und machten sich gleich darauf an die Arbeit. Adalbert öffnete die Tür zum Bremserhäuschen und verschaffte sich einen kurzen Überblick, während Kämmerer sich an den Türen zu schaffen machte. Noch bevor er wieder bei Adalbert im Bremserhäuschen war, ruckte der Zug an, und ihre Fahrt hatte begonnen.

Zunächst verfolgten sie schweigend, wie der Zug aus der Talstation ausfuhr, dann jedoch überwand Adalbert sich zu einem Gespräch mit Kämmerer. Dieser schien eine Entspannung zwischen ihnen ebenso zu wünschen wie Adalbert, aber offensichtlich legte er großen Wert darauf, dass die Initiative nicht von ihm ausging.

„Wie weit Grasco und Rahmatt jetzt wohl sind?", fragte er also, obwohl er ganz genau wusste, dass die beiden schon in den frühen Morgenstunden in die Nordwand eingestiegen waren. Inzwischen mussten sie also schon einen beträchtlichen Teil ihres Weges zurückgelegt haben.

Kämmerer sah auf die Uhr.

„Nun, ich denke, sie werden inzwischen knapp unterhalb des zerschrundenen Pfeilers sein", entgegnete er nach durchaus ernsthafter Überlegung. „Jedenfalls wenn sie Georg Rahmatts Zeitplan einhalten konnten. Immerhin sind sie ja schon früh in die Wand eingestiegen, um später möglichst viel Zeit für den unbekannten Teil der Nordwand zu haben."

„Aber sie werden auf jeden Fall noch vor uns das ehemalige Dynamitlager erreichen?"

„Ja, vermutlich schon", stimmte Kämmerer zu. „Allerdings werden wir uns dennoch auf eine beträchtliche Wartezeit im Dynamitlager einstellen müssen. Ich habe nämlich keine Ahnung, wie lange Grasco brauchen wird, um die Sprengfalle von innen zu entschärfen. Das ist aber im Grunde gar nicht so wichtig, da wir mit unseren Vorbereitungen ohnehin noch eine ganze Weile zu tun haben werden."

Adalbert nickte.

„Aber wie erfahren wir dann, dass Grasco und Rahmatt das Depot erreicht haben?"

„Ich hoffe sehr, dass wir uns durch die Wand verständigen können", entgegnete Kämmerer ernst. „Da die aufgemauerte Wand durch Sprengstoff gesichert ist, braucht sie nicht besonders dick zu sein. Daher stehen die Chancen ganz gut, dass man Stimmen auch durch die Wand hindurch hören kann. Nun, und sollte das nicht gelingen, dann müssen wir eben solange warten, bis Grasco sich an der Wand selbst zu schaffen macht. Das zumindest werden wir dann ganz bestimmt hören."

Na, hoffen wir, dass es nicht das Letzte sein wird, was wir jemals zu hören bekommen, dachte Adalbert, hütete sich jedoch davor etwas in dieser Art zu äußern.

„Na schön", entgegnete er also lapidar. „Dann werden wir uns eben etwas in Geduld üben."

Kämmerer nickte, schien aber dennoch ziemlich besorgt zu sein.

„Hoffentlich müssen wir nicht zu lange warten", bemerkte er schließlich. „Ich habe wirklich keine Lust länger als nötig da oben untätig herumzusitzen."

„Verständlich", entgegnete Adalbert aus tiefster Überzeugung, während Kämmerer ihm gleichzeitig jenes Papier entgegenhielt, auf dem Rögler seine Anweisungen notiert hatte.

„Ich denke, du solltest langsam mal einen Blick darauf werfen."

Adalbert nahm das Blatt entgegen und konzentrierte sich auf die schematischen Zeichnungen. Erstaunlicherweise hatte Emil Rögler gründlich gearbeitet und eine leicht verständliche Zusammenfassung angefertigt. Einen zusätzlichen Erklärungsbedarf gab es also tatsächlich nicht. So einigten sie sich auch bald darauf, dass Adalbert das Umstellen der Weiche erledigen sollte, während Kämmerer sich um das Abkoppeln des Waggons kümmerte.

Eine Übereinkunft, die keine Minute zu früh geschlossen wurde, denn als sie nun aus den schmalen Scheiben des Bremserhäuschens sahen, merkten sie, dass sie ihr Ziel schon bald erreicht haben mussten.

„Ich denke, wir sollten ruhig schon mit den Vorbereitungen beginnen", meinte Kämmerer in diesem Augenblick und machte sich auf den Weg zur Verladetür.

Kaum hatte er dies jedoch getan, als er auch schon ins Bremserhäuschen zurückeilte, da der Zug nun eindeutig langsamer zu werden begann. Kämmerer trat eiligst an das Handrad der Waggonbremse, um diese im richtigen Moment arretieren zu können.

Auch Adalbert wusste ohne weitere Anweisungen, was nun zu tun war, und beeilte sich zur offenen Verladetür zu gelangen, um gleich nach dem Stillstand des Zuges zur Weiche laufen zu können. So sprang er dann auch auf den felsigen Boden, kaum dass der Waggon zum Stehen kam, und rannte zum Abzweiggleis zurück.

Die Handhabung des Handverstellsystems erwies sich als überraschend leicht, und noch während er damit beschäftigt war, sah er, dass Kämmerer die Abkopplung des Waggons geglückt sein musste. Zumindest hielt dieser sich nun außerhalb des Waggons auf.

„Alles klar da hinten?", erklang nun Kämmerers Stimme.

„Ja, alles in Ordnung", rief Adalbert zurück, begleitet von der Geste des erhobenen Daumens.

„Gut. Bleib an der Weiche!", kam die prompte Antwort. „Ich werde jetzt die Bremsen lösen und den Waggon darüber hinwegrollen lassen!"

Kurz darauf lösten sich bereits quietschend die Bremsen des Waggons, während auch der Zug selbst sich gleichzeitig wieder in Bewegung setzte. Adalbert hielt sich aufgrund des durch die enge Felsröhre vielfach verstärkten Lärms die Ohren zu und beobachtete, wie der Waggon auf ihn zurollte.

Schließlich überquerte er holpernd die Weiche und kam mit erneutem lautem Quietschen auf dem neuen Gleis zum Stehen. Adalbert beeilte sich die Weiche wieder in die ursprüngliche Position zu stellen und sprintete zum Waggon hinüber. Kaum hatte er das Bremserhäuschen erreicht, als Kämmerer erneut die Bremse löste und ihn mit einem triumphierenden Lächeln ansah.

„Das hätten wir geschafft!"

Adalbert nickte.

„Ja, auf zur Station Rotstock!"

*

Außer ihren eigenen Leuten wusste niemand, dass sie nun in der Wand waren. Zumindest hofften sie das. Nicht nur weil ihr Unternehmen geheim gehalten werden musste, sondern auch weil ihnen an der öffentlichen Aufmerksamkeit nichts lag.

Vittorio Grasco und Georg Rahmatt vertraten gleichermaßen die Ansicht, dass der Sport des Bergsteigens vor allen Dingen als Herausforderung für das eigene Ich zu sehen war und nicht der Selbstdarstellung dienen sollte. Eine Auffassung, die sie mit den weitaus meisten Bergsteigern der Welt teilten.

Die Welt des alpinen Hochleistungssports kannte viele schwierige Durchsteigungen und Erstbegehungen, die oft genug das Äußerste an Mut und Geschicklichkeit erforderten. Aber die Helden dieses Sports gaben sich selten als eitle, selbstgefällige Supermänner; vielmehr galt es als korrekt sich ruhig und besonnen zu geben und das Wissen um die eigene Leistungsfähigkeit höher einzuschätzen als den öffentlichen Ruhm.

So hatten dann auch Grasco und Rahmatt kein Geheimnis daraus gemacht, dass sie sich auf eine besonders schwierige Begehung vorbereiteten. Dadurch war natürlich in einschlägigen Kreisen schnell das Gerücht aufgekommen: Georg Rahmatt bereitet sich ein weiteres Mal auf die Nordwand des Eiger vor.

Die Folge war eine Unmenge von wohlgemeinten Ratschlägen und Warnungen gewesen, und sowohl Rahmatt als auch Grasco hatten einmütig versucht derartigen Gerüchten die Grundlage zu entziehen. Sie erklärten einstimmig, dass an eine Durchsteigung der Wand nicht einmal gedacht wurde, leugneten aber auch nicht, dass sie möglicherweise in den unteren, felsigen Teil der Nordwand einsteigen würden. Sie begründeten dies mit der Möglichkeit sich hier, praktisch vor Ort, auf eine Felsbegehung von allergrößtem Schwierigkeitsgrad vorbereiten zu können. Eine Erklärung, die im Allgemeinen akzeptiert wurde, ohne dass die Gerüchteküche jedoch völlig zum Erliegen gekommen wäre.

Letzteres lag wohl auch daran, dass der Widerstand gegen die Theorie einer Durchsteigbarkeit der Eiger-Nordwand unter den Grindelwalder Bergführern überaus groß war. Die weitaus meisten von ihnen vertraten die Ansicht, dass man die Wand meiden sollte, weshalb jede Aktivität in dieser Richtung nicht nur mit Argusaugen, sondern auch mit eindeutiger Kritik beobachtet wurde.

Dennoch war das Interesse an genauen Informationen aus der Nordwand auch unter den schärfsten Kritikern zweifellos vorhanden. Ihnen allen war klar, dass gerade der Reiz des scheinbar Unmöglichen eines Tages eine Seilschaft auf den Plan rufen würde, welche die Herausforderung einer Durchsteigung der Nordwand annahm.

Und von diesem Tag an liefen sie alle Gefahr irgendwann in die Nordwand einsteigen zu müssen, um eine in Bergnot geratene Seilschaft zu retten. Folglich würde jeder auch noch so kleine Erfahrungswert aus der Wand dann möglicherweise helfen Menschenleben zu retten.

Schon aus diesem Grund wurde Rahmatts Erklärung, nur den unteren Teil der Wand zu begehen mit Verständnis aufgenommen, auch wenn eine solche Handlungsweise unter rein sportlichen Aspekten keinen Sinn machte.

Nun aber war die Zeit jeder Diskussion und Rechtfertigung vorbei. Seit zwei Uhr in der Früh befanden sich Vittorio Grasco und Georg Rahmatt nun in der Wand, und diese Tatsache erforderte zweifellos ihre gesamte Aufmerksamkeit.

Sie waren sich sehr schnell einig geworden, dass Georg Rahmatt führen würde, schon weil dies bereits sein dritter Einstieg in die Wand war. Zwar kannte auch er nur den unteren Teil, aber seine Kenntnisse waren von großem Vorteil, so dass sie trotz der Dunkelheit anfangs zügig vorankamen. Was sie jedoch weiter oben erwarten würde, wusste niemand von ihnen, auch Georg Rahmatt nicht.

Gewiss, sie hatten die Wand genauestens beobachtet. Sie hatten sie aus allen nur erdenklichen Perspektiven studiert, aber ein wirklich verlässliches Wissen hatte ihnen auch das nicht eingebracht. Sie hatten so nur das Gesicht der Wand kennen gelernt, ein abweisendes, sich permanent änderndes Gesicht, geprägt von Fels, Schnee, Eis, Lawinen und Steinschlag. Sie hatten begriffen, dass das Wetter wichtig war, da die Nordwand in dieser Hinsicht ihre eigene Gesetzmäßigkeit besaß.

Sie hatten auch begriffen, dass die Katastrophe von Rahmatts erster Begehung der Nordwand sich jederzeit wiederholen konnte. Überaus heftige Wetterumstürze, die sich ausschließlich und allein in der Nordwand abspielten, waren durchaus keine Seltenheit. Schon eine kleine, unscheinbare Wolke konnte, gefangen in dem riesigen konkaven Becken der Wand, buchstäblich die Hölle losbrechen lassen.

Furchterregende Gewitter mit Hagel, Sturm und Schneelawinen konnten nach erschreckend kurzer Zeit in der Wand toben, während unten in Grindelwald noch der schönste Sonnenschein herrschte. Aber sei's drum: Sie hatten lange genug dazu gebraucht, um Anton Kämmerer davon zu überzeugen, dass ihr gesamter Zeitplan vom Wetter abhängig war. So war es also nur gut, dass sie nun – im entscheidenden Augenblick – von einer Schönwetterperiode verwöhnt wurden.

Sie waren bislang wirklich gut vorangekommen, und so befanden sie sich in der frühen Morgendämmerung bereits etwa siebenhundert Meter über dem Einstieg, etwas oberhalb des zerschrundenen Pfeilers. Sie hatten allen Grund zufrieden zu sein, aber als Grasco nun zu Rahmatt hinüberschaute, bemerkte er in dessen Zügen eine gewisse Sorge, die ihm zu diesem Zeitpunkt etwas deplaciert erschien.

Grasco prüfte also selbst noch einmal ihre Umgebung,

konnte jedoch nach wie vor keinen Grund für Rahmatts Sorge erkennen. Sie befanden sich an einer relativ sicheren Stelle der Wand, und das Wetter war nach wie vor gut. Nicht einmal die Andeutung einer Wolke verunzierte den heraufdämmernden Morgen.

„Worüber machst du dir Sorgen?", fragte er also ein wenig ratlos. „Bis jetzt läuft doch alles bestens."

„Ja", kam die einsilbige Antwort, begleitet von einem ernsten Nicken. „Du hast Recht, aber ich mache mir Sorgen wegen der anderen Seilschaft."

„Du meinst dieses Gerücht, dass es angeblich noch zwei Leute gibt, die sich für die Nordwand interessieren?"

„Genau", bestätigte Rahmatt.

Grasco schien ziemlich gleichgültig.

„Ich halte das für ein Gerücht", erwiderte er. „Wenn es die beiden wirklich gibt, und wenn sie es wirklich auf die Nordwand abgesehen haben, dann hätten wir in den letzten Tagen mehr von ihnen bemerken müssen. Aber wir haben sie ja noch nicht einmal zu Gesicht bekommen. Glaub mir, die beiden sind ein Hirngespinst."

Rahmatt schüttelte nachdenklich den Kopf.

„Nein, Vittorio, sie sind kein Hirngespinst. Ich denke, es gibt die beiden wirklich, und ich halte es sogar für möglich, dass sie sich gerade jetzt ebenfalls in der Wand befinden."

Grasco schien eher amüsiert als überrascht.

„Wie kommst du darauf?", fragte er.

„Hast du die Haken während unseres Aufstiegs bemerkt?"

„Natürlich", entgegnete Grasco. „Das war doch zu erwarten, da die Soljakow-Seilschaft damals den gleichen Weg genommen haben muss. Jedenfalls sind die Haken älteren Datums; allerdings scheinen sie noch tadellos verankert zu sein."

„Eben", bestätigte Rahmatt. „Doch genau das sollten sie eigentlich nicht. Jedenfalls nicht, wenn sie tatsächlich noch von der Soljakow-Seilschaft stammen. Außerdem zeigen sie keinerlei Abnutzungserscheinungen. Keine Kratzspuren von Steinschlägen, kein Rostansatz und auch kein gelockerter Halt! Kurz gesagt: Ich glaube nicht, dass diese Haken tatsächlich noch von der Soljakow-Seilschaft stammen. Immerhin müssten sie dann schon über ein halbes Jahr in der Wand sein, und diese Haken erwecken eher den Eindruck, als seien sie erst vor ein paar Stunden dort eingeschlagen worden."

Grascos amüsierter Gesichtsausdruck war zunehmend einer besorgten Mimik gewichen.

„Ja, stimmt", erwiderte er widerstrebend. „Was allerdings nichts Gutes bedeuten würde. Die Möglichkeit, dass eine andere Seilschaft kurz vor uns aus sportlichen Gründen in die Nordwand eingestiegen ist, können wir ja wohl ausschließen."

„Voll und ganz", bekräftigte Rahmatt. „Falls jemand da oben ist, dann ist er unseretwegen dort."

Grasco nickte.

„Ja, wir sollten auf der Hut sein."

Georg Rahmatt erwiderte nichts darauf, sondern packte sein provisorisches Frühstück wieder zusammen, ohne wirklich etwas davon gegessen zu haben. Seine plötzliche Eile zeigte ohnehin deutlich genug, dass er Grascos Auffassung teilte, und so begannen sie in stillschweigendem Einvernehmen ihre Ausrüstung für den weiteren Aufstieg vorzubereiten.

Sie befanden sich an einem entscheidenden Punkt ihrer Route, denn sie hatten nun etwa die Höhe der Station Eigerwand erreicht. Allerdings waren sie noch weit rechts von dieser in der Wand und mussten daher eine Möglichkeit finden nach links zu queren, um in die Höhlung des ehemaligen Dynamitlagers zu gelangen.

Da eine Querung nach links an dieser Stelle jedoch nicht möglich schien, folgte Rahmatt zunächst der Route ihrer Vorgänger. Die bereits im Fels hängenden Sicherungshaken waren schließlich leicht zu erkennen, aber sicherheitshalber verwendete er auch weiterhin seine eigenen Haken zur Absicherung. Beide waren sich, auch ohne dass sie es aussprachen, darüber im Klaren, dass dieser nur allzu deutlich im Fels hinterlassene Wegweiser möglicherweise nur dazu diente sie in eine Falle zu locken.

Schließlich jedoch hatten sie ohne besondere Zwischenfälle einen schmalen Felsgrad erreicht, der ihnen einen vergleichsweise sicheren Stand bot, aber auch ein weiteres Problem aufzeigte. Über ihnen schichtete der Fels sich zu einem Überhang, unterbrochen nur von einem Riss, der den Weg zur *Roten Fluh* wies, jener hunderte Meter hohen Felsmauer, die von dort an in nahezu unglaublicher Glätte in den Himmel stieg. Links von ihnen dagegen zeigte sich der Fels mit einer Eisschicht bedeckt, und auch die Ausläufer des ersten Eisfeldes waren bereits zu erkennen.

Diese vereiste Felsverschneidung links von ihnen schien zunächst gar nicht so schwer. Es hatte den Anschein, als brauche man nur einen Standhaken durch die Eisschicht in den Fels zu schlagen, um einen sicheren Halt zu bekommen. Auch einige Haken der anderen Seilschaft wiesen eindeutig in diese Richtung.

Grasco wusste jedoch auch, dass der schwierige Riss über ihnen durchstiegen werden konnte. Immerhin war Georg Rahmatt bei seiner ersten Expedition in die Nordwand durch eben diesen Riss bis an den Fuß der *Roten Fluh* gelangt.

Andererseits machte es wenig Sinn, noch höher in die Wand aufzusteigen, da ihr Ziel bereits auf gleicher Höhe lag. Auch würde Rahmatt diesen schwierigen Riss nicht angehen wollen, denn an genau dieser Stelle hatte er bei der ersten Begehung seinen Bergkameraden verloren. Dieser war bei dem Versuch, den schwierigen Riss zu durchsteigen, abgestürzt, nachdem sie damals von einem Steinschlag überrascht worden waren.

Abgesehen davon trugen sie diesmal noch eine zusätzliche

Ausrüstung von fast 16 Kilo mit sich, so dass der Weg durch den Eiskanal links von ihnen die scheinbar bessere Lösung darstellte.

Rahmatt schien zu der gleichen Überzeugung gelangt zu sein, denn er nahm nun den ersten Standhaken und suchte den Fels nach einer Stelle ab, die einen sicheren Halt versprach.

Aber so leicht, wie es im ersten Augenblick schien, war es offensichtlich doch nicht. Es gab keine Ritzen im Fels, die den Haken Halt geboten hätten. Im Gegenteil: Das Gestein war dachziegelartig abwärts geschichtet, und der Fels unterhalb er dünnen Eisschicht war durch Steinschlag, Schutt und Schneelawinen glatt gescheuert.

Rahmatt prüfte nun die bereits in der Wand befindlichen Haken der anderen Seilschaft und stellte dabei fest, dass auch sie kaum in dem Fels verankert waren, sondern lediglich durch die Eisschicht gehalten wurden. Schon ein mittelschwerer Druck genügte, um den Halt des Sicherungshakens zu lösen. Das Gewicht eines Mannes hätte er auf keinen Fall gehalten.

Rahmatt tauschte mit Grasco einen viel sagenden Blick, konnte sich aber jede weitere Erklärung sparen. Auch er hatte begriffen, dass sie, wenn sie sich auf die Haken der anderen Seilschaft verlassen hätten, unweigerlich abgestürzt wären.

Dennoch: Diese vereiste Felsverschneidung bot ihnen die Möglichkeit des Weiterkommens, auch wenn jene Stellen, die den Sicherungshaken einen festen Halt boten, äußerst selten waren. Rahmatt versuchte es also an einer völlig anderen Stelle in gerade noch erreichbarer Entfernung, wo der Fels durch eine kurze horizontale Schichtung einen sicheren Halt versprach. Er arbeitete schnell und konzentriert, denn sie wollten die Kälte des Morgens nutzen, um diesen Eisschlauch zu überwinden.

Beide wussten, dass mit der zusätzlichen Erwärmung des anbrechenden Tages diese Stelle vermutlich unpassierbar wurde, da dann die abtauenden Schnee- und Eismassen aus dem ersten Eisfeld durch diesen Kanal in die Tiefe stürzen würden.

In dieser frühen und kalten Morgenstunde jedoch hielt die Eisschicht noch stand, so dass der Eisschlauch im Augenblick noch passierbar erschien. Überhaupt war auf Grund der noch festen Eisschicht die Gefahr von Schneelawinen und Steinschlag in den frühen Morgenstunden geringer. Dies war einer der Gründe für ihren Entschluss gewesen, schon in der Nacht in die Wand einzusteigen.

Dass die Nordwand jedoch auch in dieser Hinsicht ihre eigene Gesetzmäßigkeit besaß, kündigte sich bald darauf durch ein dumpfes Grollen und Poltern an, ein Geräusch, das aus Richtung des schwierigen Risses von oberhalb der *Roten Fluh* zu kommen schien. Rahmatt und Grasco wechselten einen kurzen, warnenden Blick, und dann sahen sie auch schon die ersten Gesteinsbrocken über den Überhang des schwierigen Risses hinwegschleudern.

Zum Glück schützte der Überhang sie davor, durch den Steinschlag ernsthaft in Gefahr zu geraten. Aber allein schon die Tatsache, dass die Wand anfing Sperrfeuer zu schießen, zeigte ihnen, dass weniger Zeit blieb, den Eisschlauch zu passieren, als ihnen lieb gewesen wäre.

*

Es war bitterkalt und unbequem.
 Imhoff und Ellering hatten zwar gewusst, dass sie sich auf eine lange Wartezeit einrichten mussten, aber das machte ihre Situation auch nicht angenehmer. Dabei bot ihnen diese Stelle oberhalb des schwierigen Risses am Fuße der *Roten Fluh* einen sicheren Stand – sofern man in dieser Wand überhaupt von Sicherheit sprechen konnte – und war gleichzeitig die ideale Ausgangsbasis für alle weiteren Aktionen. Die stundenlange, untätige Warterei zerrte an den Nerven. Vor allem dem sonst so impulsiven Steffen Imhoff war dies deutlich anzumerken.

Hermann Ellering beobachtete bei seinem Bergkameraden nicht ohne Sorge, dass dieser immer mehr in einen Zustand stumpfsinniger Gleichgültigkeit verfiel. Er schien seine Umgebung kaum noch wahrzunehmen und hatte sich geistig offenbar völlig abgekapselt.

Ellering wusste, dass Imhoff dazu neigte sich bei extremer Anspannung einfach auszuklinken, bis er sein seelisches Gleichgewicht wiedergefunden hatte. Er wusste aber auch, dass dies ein äußerst kritischer Zustand war, da Imhoff dann langsamer und schwerfälliger reagierte als gewöhnlich. Ein Umstand, der ihnen in dieser Wand leicht zum Verhängnis werden konnte. So war er dann auch ziemlich erleichtert, als er nun, zunächst noch sehr leise, jene Geräusche vernahm, die das Näherkommen einer anderen Seilschaft ankündigten.

„Ich glaube, sie kommen", wandte er sich also an Imhoff, indem er diesen leicht in die Seite stieß, um ihn in die Gegenwart zurückzuzwingen.

Wie erwartet schaute dieser ihn zunächst etwas verständnislos an, gerade so als sei er eben erst aus einem tiefen Traum erwacht. Schließlich jedoch nickte er.

„Ja, ich höre sie auch", bemerkte er. „Glaubst du, dass es die Rahmatt-Seilschaft ist?"

„Wer denn sonst?", entgegnete Ellering genervt.

Steffen Imhoff versuchte ein missglücktes Lächeln.

„Ja, du hast Recht. Hört sich an, als wären sie kurz unterhalb des schwierigen Risses."

Ellering nickte.

„Aber es hört sich so an, als benutzten sie ihre eigenen Sicherungshaken."

Imhoff zuckte nur mit den Schultern.

„Ist doch egal", erwiderte er. „Schließlich sind wir auf jede Eventualität vorbereitet."

Ellering ersparte sich eine Antwort, denn ganz so sorglos wie Imhoff konnte er die Situation nicht sehen.

Realistisch betrachtet gab es nun drei Möglichkeiten: Erstens, die Rahmatt-Seilschaft stieg in den linksseitigen Eiskanal ein und vertraute dabei auf die von Imhoff präparierten Sicherungshaken. Das wäre sozusagen die ideale Lösung, denn dann würden sie abstürzen, sobald sie ihr gesamtes Gewicht diesen Sicherungshaken anvertrauten. Zweitens, Rahmatt machte, trotz der verlockend vorhandenen Sicherungshaken, einen Bogen um den Eiskanal und versuchte die Durchsteigung des schwierigen Risses. In diesem Fall wären Imhoff und er selbst bereits an der richtigen Stelle, um einen Erfolg dieses Versuchs zu vereiteln.

Und drittens gab es noch die Möglichkeit, dass Rahmatt die Falle roch, sich aber dennoch für den Eiskanal entschied, nur eben mit seinem eigenen Material. Das wäre die schlechteste, weil für sie selbst arbeitsintensivste, Lösung. In diesem Fall nämlich müssten sie davon ausgehen, dass Rahmatt tatsächlich die Durchsteigung des Eiskanals gelang. Sollte das geschehen, so mussten Imhoff und er selbst eine gefährliche Querung der Wand vornehmen, um vor Rahmatt am oberen Ende des Eiskanals anzukommen.

„Verdammt!", riss Steffen Imhoff ihn aus seinen Gedanken.

Ellering schaute ihn zunächst etwas überrascht an, wusste

dann aber sofort, was er meinte.

Nachdem es eine Zeit unter ihnen ruhig geblieben war, hörten sie nun, dass die Rahmatt-Seilschaft die Felsverschneidung mit eigenen Sicherungshaken anging. Nun gab es also kein Rätseln mehr: Rahmatt versuchte allen Ernstes eine Durchsteigung des Eiskanals.

Ellering war offen gestanden ziemlich überrascht. Rahmatt musste entweder verrückt sein, um das zu wagen, oder er war so klug, dass er ihre Falle durchschaut hatte. Aber wie auch immer: Für sie selbst wurde es nun höchste Zeit aufzubrechen, denn sie waren jetzt gezwungen das Ende des Eiskanals noch vor Rahmatt zu erreichen.

Der Eisschlauch erwies sich wie erwartet als schwierig, selbst für einen so erfahrenen Mann wie Georg Rahmatt. Und je weiter der Tag fortschritt, umso häufiger wurden sie mit Wassermassen konfrontiert, die sich nun immer öfter ihren Weg durch den Eisschlauch bahnten.

Sicherungshaken von der anderen Seilschaft waren im oberen Bereich des Schlauches nicht mehr zu entdecken, und für einen flüchtigen Augenblick fragte Georg Rahmatt sich, was wohl mit der anderen Seilschaft geschehen war. Waren sie abgestürzt, oder waren die nun fehlenden Haken nur der Beweis, dass sie aufgegeben hatten?

Eine müßige Frage, auf die es ohnehin keine Antwort gab. Außerdem hatten sie im Augenblick andere Probleme.

Wasser, Eis und Fels boten wenig Halt und erforderten die beste Klettertechnik. Immer wieder waren sie zuletzt von herabstürzenden Wassermassen überspült worden, und mehr als einmal drohte ihnen der sichere Halt zu entgleiten. Selbst für einen wirklich brillanten Bergsteiger war dieser Eisschlauch die Hölle. Schließlich jedoch war es ihnen gelungen die vereiste Felsverschneidung zu überwinden, auch wenn sie keinen einzigen trockenen Faden mehr am Leibe trugen.

Hier hatten sie zum ersten Mal zu spüren bekommen, dass

die Wand von dieser Stelle an ihre Charakteristik völlig veränderte. Von hier aus war zu erkennen, dass der weitere Teil der Wand, entgegen seiner optischen Erscheinung, als reine Eiswand betrachtet und angegangen werden musste.

Jeder, der bis hierhin gegangen war, musste zu dem Schluss kommen, dass diese Wand unbezwingbar war. Zu großflächig, trügerisch und glatt waren die Eis- und Felsmassen, die sich über ihnen auftürmten. Aber bezwingen wollten sie diese Wand schließlich auch nicht.

Ihr Ziel war die herausgesprengte Außenwand des ehemaligen Dynamitlagers, und diesem Ziel waren sie nun bereits sehr nahe.

*

Sie kamen viel zu langsam voran. Weder Ellering noch Imhoff waren auf die tatsächliche Beschaffenheit der Wand vorbereitet gewesen. Die beabsichtigte Querung, die aus der Ferne betrachtet durchaus möglich erschien, erwies sich in der Praxis zunehmend als lebensgefährlich. Denn was aus der Ferne noch wie eine Felswand ausgesehen hatte, entpuppte sich bei näherer Betrachtung als reine Eiswand.

Zwar hatten beide Erfahrungen im Begehen von Eiswänden, aber dieser Teil der Nordwand forderte alles an Geschicklichkeit und Mut, was verfügbar war. Zwei Passagen lagen bereits hinter ihnen, die sie nur mit viel Glück bewältigt hatten, und nun gab es praktisch kein Zurück mehr. Zudem war ihre Ausrüstung denkbar ungeeignet für eine extreme Eiswand; und extrem war diese Wand in so mancher Beziehung. Der abwärts geschichtete Fels war mit einer fast durchsichtigen Eisschicht bedeckt, deren Oberfläche so glatt und hart war, dass selbst ein mit Wucht geschlagener Eispickel oftmals abrutschte. In dieser Querung mussten sie sich praktisch Zentimeter für Zentimeter vorankämpfen.

„Ich sehe sie!", rief Hermann Ellering plötzlich gegen das Tosen der Wand an und wies mit dem Finger in die Richtung.

Imhoff nickte, wobei seine anfängliche Erleichterung ziemlich schnell in Sorge umschlug.

„Wir sind zu weit weg, um einzugreifen", stellte er nüchtern fest. „Von unserer Position aus können wir nichts tun."

Ellering sagte nichts dazu, sondern konzentrierte sich auf die Personen in der Ferne, während er sein Gewehr schussbereit machte.

„Die Entfernung ist zu groß", kommentierte Imhoff das Geschehen. „Außerdem wird der Wind für enormen Abdrift sorgen."

„Hast du eine bessere Idee?", verlangte Ellering zu wissen.

„Schon gut", lenkte Steffen Imhoff ein. „Versuchen wir unser Glück. Aber dir ist schon klar, dass sie durch den Schuss gewarnt sind, wenn du nicht treffen solltest?"

Ellering schüttelte den Kopf.

„Bei der Geräuschkulisse werden sie den Schuss nicht hören."

Imhoff hatte da seine Zweifel, aber er hielt es für besser zu schweigen.

„Du musst mich zusätzlich sichern, während ich anlege", stellte Ellering gleich darauf klar. „Ich kann sonst den Rückstoß nicht abfangen."

„Das ist mir klar", entgegnete Imhoff. „Du musst weiter nach links verlagern."

Ellering fluchte. Schon der erste Versuch einer Verlagerung hätte ihn fast das Gleichgewicht gekostet.

„Pass auf, verdammt!", kommentierte Imhoff prompt, während er instinktiv die Sicherungsleine anzog. „Und beeil dich, sonst sind sie endgültig aus dem Schussfeld."

Ellering erkannte das Problem durchaus, ließ sich aber nicht beirren. Er bewegte sich mit äußerster Vorsicht, und die verstreichenden Sekunden erschienen endlos.

„Ich bin soweit", verkündete er schließlich, kurz bevor Imhoff ihn erneut zur Eile gemahnen wollte.

Er wartete noch, bis er das Anziehen der Sicherungsleine spürte, dann visierte er an und schoss.

Der Rückstoß warf ihn wie erwartet aus dem Gleichgewicht, aber Imhoff war vorbereitet und konnte ihn abfangen. Dennoch dauerte es einige Sekunden, bis sie wieder sicheren Stand hatten und sich von dem Ergebnis ihrer Bemühungen überzeugen konnten.

„Daneben", kommentierte Imhoff nicht sonderlich überrascht. „Und einen zweiten Schuss haben wir nicht. Inzwischen sind sie durch die Felsen geschützt."

„Ich weiß", versetzte Ellering ärgerlich und fügte hinzu: „Aber einen Versuch war es wert."

Imhoff zuckte mit den Schultern.

„Und was jetzt?"

„Jetzt kämpfen wir gegen die Zeit", verkündete Ellering. „Wir müssen die Rahmatt-Seilschaft einholen."

*

„Was zum Teufel war das?"

Vittorio Grasco sah ihn verständnislos an.

„Was meinst du?"

„Ein kurzes scharfes Krachen", erklärte Georg Rahmatt. „Gerade eben. Vor ein paar Sekunden."

„Aufbrechende Eisfelder?"

Rahmatt zögerte.

„Kann sein", entgegnete er schließlich. „Aber es klang irgendwie mechanisch."

Es war offensichtlich, dass Vittorio damit nichts anfangen konnte.

„Du meinst künstlich erzeugt?"

„Ja ... oder nein. Ich weiß es nicht."

„Wenn die Gefahr besteht, dass ein Eisfeld abrutscht, dann sollten wir unsere Position nicht verlassen. Hier sind wir einigermaßen geschützt."

Rahmatt war unschlüssig. Der Abgang einer größeren Eisfläche war ungewöhnlich, aber nicht unmöglich, schon gar nicht in der Nordwand. Außerdem hatte das Getöse in der Wand stetig zugenommen. Der fortschreitende Tag brachte eine eindeutige Erwärmung, und das abgehende Schmelzwasser riss immer wieder kleinere Gesteinsbrocken mit. Es war durchaus möglich, dass auf diese Weise eine Eisplatte losgeschlagen wurde.

„Wir haben keine Zeit", stellte er jedoch eher missmutig fest. „Und die Situation in der Wand wird mit zunehmender Sonneneinstrahlung nicht besser."

„Dennoch sollten wir nicht leichtsinnig werden", schrie Vittorio gegen den Sturm an, der in den Trichter der Nordwand gedrückt wurde. „Wenn es Aufrisse gegeben hat, dann erfolgt der Abgang innerhalb weniger Minuten danach. Zumindest solange sollten wir unsere Deckung nicht verlassen."

Rahmatt war anzusehen, dass er die dadurch erzwungene Verzögerung gerne vermieden hätte. Schließlich jedoch siegte die Vernunft, und er nickte.

„Also gut. Lass uns ein paar Minuten warten."

Ellering machte ihre Ausrüstung fertig und übernahm erneut die Führung. Sie hatten nun eine schwierige, völlig vereiste Stelle zu bewältigen, und so reagierte Ellering mit extremer Aufmerksamkeit auf die Launen der Wand, die nun mit einem dumpfen Rumoren aus den oberen Regionen zum Leben erwachte.

Die erwarteten Schneerutsche und Steinschläge blieben jedoch aus, so dass Ellering nach einer kurzen Zeit der Deckung seinen Weg fortsetzte. Eher zufällig bemerkte er dann jedoch, wie ein einzelner schwerer Felsbrocken, scheinbar schwerelos durch die Luft taumelnd, direkt auf sie zuschoss. Fast gleichzeitig bemerkte er auch, dass jenes dumpfe Rumoren aus dem oberen Teil der Wand wieder neu eingesetzt hatte. Aber da war es bereits zu spät.

Noch bevor er Imhoff eine Warnung zurufen konnte, wurde dieser von dem herabstürzenden Felsbrocken am Kopf getroffen und aus der Wand geschleudert.

Ellering hatte instinktiv geahnt, was kommen würde, und so war es ihm gerade noch rechtzeitig gelungen, seine eigene Position durch ein Seil zu sichern, bevor auch er, bedingt durch das Gewicht des herabstürzenden Steffen Imhoff, aus der Wand gerissen wurde.

Zum Glück aber fingen die Sicherungshaken seinen Sturz ab, so dass es ihm gelang, wieder Halt und einen sicheren Stand im Fels finden. Kaum war ihm dies gelungen, schaute er zu dem schwer im Seil hängenden Steffen Imhoff hinunter und rief diesen an.

Eine Reaktion darauf blieb jedoch aus. Imhoff war offensichtlich bewusstlos, wenn nicht sogar tot. Seine Haltung jedenfalls ließ das Schlimmste befürchten.

Ellering musste ein Gefühl der Panik gewaltsam niederkämpfen, sah es doch nun so aus, als sei ihnen jenes Schicksal bestimmt, dass sie für die Rahmatt-Seilschaft vorgesehen hatten. Er bemühte sich verzweifelt seinen eigenen Stand soweit zu sichern, dass er den Versuch wagen konnte, Imhoff zu bergen.

Gleichzeitig jedoch schwoll das leichte Kratzen und Knarren über ihm zu einem dumpfen, machtvollen Grollen an, und er erkannte mit Schrecken, dass der einzelne Felsbrocken, der ihnen zum Verhängnis geworden war, nur der Vorbote einer mächtigen Lawine war. Einer Lawine, die sich nun unaufhaltsam auf sie zu bewegte.

Bei den ersten leichten Felsbrocken hatte er noch Glück. Es gelang ihm, sich so nah an die Felswand zu drücken, dass sämtliche Brocken in einem leichten Bogen über ihn hinwegsegelten. Allerdings spürte er an den mehrfachen Rucken im Sicherungsseil, dass Steffen Imhoff von weiteren Gesteinsbrocken getroffen worden war. Mit Panik registrierte er nun, dass er nicht mehr lange in der Lage sein würde sich im Fels zu halten, während die Macht des Steinschlags noch zunahm.

Schließlich führte ein weiterer harter Ruck im Sicherungsseil dazu, dass er sein Gewicht verlagern musste, um nicht erneut aus der Wand gerissen zu werden. Ihm war klar, dass der vermutlich schon tote Steffen Imhoff am Rettungsseil eine akute Gefahr für ihn darstellte. Aber dennoch sträubte sich alles in ihm dagegen, das Seil zu Imhoff zu kappen und diesen in die Tiefe stürzen zu lassen.

Er wollte vorher sicher gehen, dass Imhoff bereits tot war, und so verlagerte er sein Gewicht erneut, um einen besseren Blick auf seinen Kameraden zu bekommen. Das erwies sich jedoch als schwerwiegender Fehler, denn dazu musste er sich etwas zurücklehnen und seine eigene Deckung aufgeben.

Gerade als er glaubte, es geschafft zu haben, wurde er an der rechten Schulter getroffen und mit Gewalt nach links herumgerissen. Zwar gelang es ihm gerade noch, sich mit der linken Hand zu halten, aber gleichzeitig registrierte er mit

Schrecken, dass sein eigenes Sicherungsseil nur noch an einem einzigen Haken hing. Ihm war augenblicklich klar, dass dieser eine Haken unmöglich auch noch das zusätzliche Gewicht Imhoffs halten konnte, falls auch er selbst abstürzen sollte.

Da es ihm durch die verletzte Schulter nicht gelang, wieder sicheren Halt zu finden, krallte er sich mit der linken Hand im Fels fest und verlagerte sein Gewicht auf den linken Fuß, um so mit der rechten Hand das Messer hervorzuholen und das Rettungsseil zu Steffen Imhoff zu kappen, bevor er selbst den Halt verlor.

Dieser Versuch geriet zu einem Wettlauf mit der Zeit, denn in seiner jetzigen Position wurde er immer wieder von neuen Gesteinsbrocken getroffen, und er spürte schon bald, dass er unweigerlich abstürzen würde.

Endlich war es ihm gelungen das Messer vorzuziehen und sicher zu greifen, so dass er mit äußerster Anstrengung die linke Hand im Fels verkrampfte und gleichzeitig mit der Rechten versuchte das schwer an seinem Körper zerrende Rettungsseil Imhoffs zu kappen. Gerade war es ihm gelungen das Messer am Seil anzulegen, als er von einem weiteren Brocken mit solcher Gewalt getroffen wurde, dass er endgültig den Halt verlor.

Er wusste, dass sein Leben nun nur noch an einem einzigen Haken hing, und so arbeitete er geradezu verbissen weiter, in der irrwitzigen Hoffnung das zusätzliche Gewicht Imhoffs loszuwerden, bevor sein eigenes Rettungsseil anzog. Eine Arbeit, die trotz aller Verbissenheit umsonst war, denn mit einem Mal spürte er einen heftigen Ruck, wobei ihm sein Rettungsgeschirr schmerzhaft in die Haut schnitt und der enorme Druck ihm die Luft aus den Lungen presste. Es war ein Gefühl, als würde er von einem gewaltigen Amboss getroffen und in die Höhe geschleudert.

Der plötzliche und unerwartete Schmerz raubte ihm fast die Besinnung, und so war er zunächst froh, als er spürte wie der Schmerz und der Druck auf seinen Brustkorb abrupt nachließen. Im ersten Augenblick war es, als habe sich eine stählerne Faust, die ihn zu zerquetschen drohte, in letzter Sekunde geöffnet.

Dann jedoch wurde ihm klar, dass die plötzliche Erleichterung nur eines bedeuten konnte: Der letzte Sicherungshaken war aus dem Fels gerissen worden.

Ellering hätte nicht sagen können, ob er schrie, aber er begriff mit unbeschreiblichem Entsetzen, dass der nun einsetzende Sturz in den Tod führte.

*

„Hast du es auch gehört?", fragte Grasco nun unvermittelt, nachdem er zu Rahmatt aufgeschlossen hatte.

„Was gehört?", erwiderte Rahmatt irritiert. Immerhin boten die herabstürzenden Wassermassen, die Felsbrocken und aufplatzenden Eisschichten eine reichliche Auswahl an Geräuschen.

„Den Schrei!", antwortete Grasco. „Für einen Augenblick glaubte ich einen Schrei zu hören!"

Rahmatt war nicht ganz wohl bei diesem Gedanken, aber schließlich schüttelte er den Kopf.

„Ich habe nichts gehört", erklärte er. „Wann soll das denn gewesen sein?"

„Kurz nachdem wir in die letzte Felsrinne eingestiegen waren", entgegnete Grasco. „Als sich die erste Felslawine von oberhalb der *Roten Fluh* löste."

Rahmatt musterte ihn aufmerksam.

„Nein", entgegnete er schließlich. „Ich habe nichts gehört!"

Grasco zögerte ein wenig. Offenbar widerstrebte es ihm das Thema damit fallen zu lassen.

„Nun, möglicherweise habe ich es mir auch nur eingebildet", lenkte er dann jedoch ein. „Bei dem Getöse kann man das nie genau sagen."

Rahmatt erwiderte nichts darauf, machte aber fortan den Eindruck erhöhter Wachsamkeit. Auch Grasco selbst prüfte aufmerksam ihre unmittelbare Umgebung, aber er konnte nichts Verdächtiges erkennen.

Die Fenster der Station Eigerwand waren bereits mit bloßem Auge zu erkennen, ebenso wie die zerklüfteten, abwärts geschichteten und vereisten Felsstränge mit vertikaler Schichtung, die zwischen der Station Eigerwand und dem zersprengten Dynamitlager ein unüberwindbares Bollwerk darstellten. Sie waren der Grund für die Notwendigkeit des Aufstiegs durch die Nordwand. Von der Station Eigerwand aus gab es hier kein Durchkommen.

Rahmatt und Grasco folgten also dem schmalen Felsgrad, auf dem sie sich befanden, und erkannten nach einiger Zeit wieder andere Sicherungshaken in der Wand. Diese befanden sich etwas oberhalb ihres eigenen Standorts, und der Verlauf dieser Haken ließ erkennen, dass jene Seilschaft, zu der sie gehörten, einen anderen Weg genommen haben musste.

Vermutlich hatten sie, statt durch den Eiskanal zu gehen, den schwierigen Riss bewältigt und am Fuße der *Roten Fluh* eine Möglichkeit gefunden in diese Richtung weiterzukommen.

Jedenfalls schienen sie von einem höher gelegenen Punkt der Wand aus wieder zu einer Stelle abgestiegen zu sein, die noch etwas weiter links von ihnen lag.

Rahmatt inspizierte die fremden Sicherungshaken, kaum dass er den Ersten erreicht hatte. Was er sah, beruhigte ihn jedoch. Im Gegensatz zu den anderen, kaum befestigten Haken, wiesen diese deutliche Spuren der Abnutzung auf und waren auch noch fest verankert. Schon nach Sekunden war er sicher, dass diese Haken schon längere Zeit in der Wand waren, aber dennoch boten sie nach wie vor sicheren Halt.

Er wartete, bis Grasco zu ihm aufgeschlossen hatte, und deutete schließlich auf den Verlauf der anderen Sicherungshaken.

„Ich denke, wir haben die Spur der Soljakow-Seilschaft gefunden", erklärte er.

Grasco nickte.

„Ja, und wenn unsere Theorie stimmt, dann wird uns diese Spur direkt in das ehemalige Dynamitlager führen."

„Genau", bestätigte Rahmatt lapidar und setzte sich erneut in Bewegung. Aber auch hier machte ihnen die Vereisung des Felsens erneut zu schaffen. Sie hatten aus Gewichtsgründen auf die Mitnahme von schweren Steigeisen verzichtet, und stattdessen auf Schuhe mit dem Grazer Klauennägelbeschlag vertraut. Eine Entscheidung, die für die Anforderungen dieser Wand alles andere als ideal war. Eine Entscheidung, die zusätzliche Anspannung und Mühe kostete.

Allerdings hatten sich diese Mühen gelohnt, denn nun erkannten sie, noch halb verdeckt von einem weiteren Felsvorsprung und getrennt durch eine schmale Barriere völlig glatter, stark vereister Felsen, eine dunkle, höhlenartige Öffnung in der Wand, die ihnen zeigte, dass sie ihr Ziel erreicht hatten.

Die Frage, wie sie die vereiste und damit unbegehbare Felsbarriere überwinden sollten, war bereits durch die Soljakow-Seilschaft beantwortet worden. Diese hatten mit Hilfe eines Seilquerganges die fragliche Stelle überwunden und das Quergangsseil anschließend einfach hängen gelassen.

Georg Rahmatt prüfte dieses Seil mit äußerster Vorsicht, denn schließlich war es mehrere Monate lang Unwetter, Nässe und Kälte ausgesetzt gewesen. Zum Glück jedoch war es noch sicher verankert und rissfest.

Somit war der Entschluss, das vorhandene Seil zu benutzen, durchaus vertretbar, zumal Rahmatt wusste, dass Vittorio Grasco die Technik des Seilquergehens ebenfalls beherrschte. Und letzteres war keineswegs selbstverständlich, denn diese Technik war erst kurz vor dem Weltkrieg von dem Felsspezialisten Hans Dülfer entwickelt und ausgeführt worden. Damit hatte er eine Möglichkeit gefunden erkletterbare Stellen mit Hilfe eines schrägen Seilzuges über unpassierbare Stellen hinweg miteinander zu verbinden.

Dies galt seinerzeit als ebenso verwegen wie revolutionär, so dass die Dülfer-Technik schnell mit einem Satz charakterisiert wurde: Man geht solange es geht, und wenn es nicht mehr geht, macht man einen Quergang und geht weiter.

Das klang jedoch wesentlich einfacher als es tatsächlich war, und ein solcher Quergang stellte die allergrößten Anforderungen an die Geschicklichkeit des Ausführenden. Außerdem war ein Quergang natürlich nicht überall möglich. Ja, es verdiente durchaus Respekt, dass die Soljakow-Seilschaft diese Technik sogar auf vereistem Fels erfolgreich angewendet hatte.

Es war also nur logisch, dass Georg Rahmatt diese Stelle mit gemischten Gefühlen anging und sich insgeheim eingestand, dass er sich an diese Aufgabe nicht herangetraut hätte. So aber war das Quergangsseil bereits vorhanden, und so machte er sich mit äußerster Vorsicht auf den Weg.

Schon bald musste er jedoch feststellen, dass gerade die Eisschicht die größten Probleme bereitete. In Verbindung mit dem glatten Fels bot sie dem reibungssuchenden Fuß kaum einen Halt, und so erforderte es das Äußerste an Geschicklichkeit dem Gelände Meter um Meter abzutrotzen.

Rahmatt versuchte mit dem Eisbeil Schnee und Eisbelag von den Felsen zu schlagen, schob und tastete sich immer weiter nach links, kämpfte um sein Gleichgewicht und fand oftmals erst im letzten Augenblick wieder Halt. Und doch gelang es ihm schließlich unter großen Mühen den jenseitigen Rand des Querganges zu erreichen.

Anschließend gelang es auch Grasco mit ungeheurer Anstrengung die Barriere zu überwinden, so dass sie sich schließlich beide direkt oberhalb des Eingangs zum ehemaligen Dynamitlager befanden. Als sie ihre Position erkannten, überkam sie ein Gefühl tiefer Zufriedenheit, denn nun hatten sie es praktisch schon geschafft.

Von hier aus brauchten sie sich nur noch abzuseilen, um ihr Ziel zu erreichen. So genügte beiden ein kurzer Blick, um trotz der Erschöpfung jeden Gedanken an eine Pause zunichte zu machen, und Georg Rahmatt begann ohne Umschweife mit den Vorbereitungen zum Abseilen. Erwartungsgemäß bewältigten sie auch diese letzte hochalpine Aktion ohne Probleme, und so setzte Georg Rahmatt um 13 Uhr 24 als erster den Fuß in jene Höhlung, die in das zersprengte Dynamitlager führte.

*

Inzwischen fühlte er sich wieder besser. Zumindest körperlich. Silvio Varesi wusste, dass er nahezu unerhörtes Glück gehabt hatte. Denn wären seine Verletzungen tatsächlich so umfangreich gewesen, wie er anfangs befürchtet hatte, dann wäre ihm die Flucht aus der Schweiz niemals gelungen.So aber war er bereits vor einigen Tagen relativ unbeschadet zurück in den Vatikan gelangt, womit sich auch seine medizinische Versorgung schlagartig verbessert hatte.

Sein körperlicher Zustand war auf dem Weg der Besserung; von seinem seelischen Gleichgewicht konnte man das allerdings nicht behaupten. Nicht nur das Scheitern seines Auftrages in der Schweiz, sondern auch die deutlich spürbare Atmosphäre von Feindschaft und Intrige innerhalb des Vatikans machten ihm zu schaffen. Gerade Letzteres glaubte er nun in sehr viel stärkerem Ausmaß zu spüren als noch vor seiner Abreise, und so hatte er dem heutigen Termin beim Ordensgeneral eher sorgenvoll entgegengesehen.

Gemessen an seinen Erwartungen war der Empfang bei General Ledóchowski jedoch unerwartet freundlich ausgefallen. Die Sympathie und geistige Nähe des Ordensgenerals zum inneren Zirkel um Oberst Escrivá war einigermaßen bekannt, aber Silvio Varesi war sich nicht sicher gewesen, inwieweit General Ledóchowski tatsächlich über die Schweizer Aktion informiert gewesen war. Es hatte jedoch den Anschein, dass der Ordensgeneral im Bilde war. Und Pater Varesi glaubte für einen kurzen Moment sogar unter der distanzierten Reserviertheit General Ledóchowskis ein lauerndes Triumphgefühl zu entdecken. Gleich darauf war dieser Eindruck jedoch wieder verflogen, und der Ordensgeneral forderte ihn auf vor dem großen Schreibtisch Platz zu nehmen.

„Der Verlust von Francesco Patri hat uns alle sehr getroffen", eröffnete er gleich darauf das Gespräch.

Pater Varesi brauchte einige Sekunden, um zu begreifen, dass Francesco Patri mit Victor identisch war, äußerte sich jedoch nicht dazu.

„Aber für eine so gewagte Aktion hätten die Ergebnisse eindeutiger sein müssen", war General Ledóchowski auch sogleich fortgefahren, ohne Zeit für eine Erwiderung einzuräumen. „Das Scheitern dieser Aktion bedeutet einen herben Rückschlag für die Wahrhaftigkeit des Katholizismus. Ohne die katharischen Dokumente wird es weit schwieriger sein, die Werte des wahren Glaubens gegen den Einfluss des Liberalismus zu verteidigen."

Pater Varesi teilte diese Auffassung. Und obwohl die Wortwahl ein deutlicher Vorwurf gegen seine Leistung in der Schweiz war, konnte er weder in General Ledóchowskis Zügen noch in dessen Tonfall etwas Vorwurfsvolles entdecken.

„Es gab einige Faktoren, die unsere Arbeit erschwerten", erwiderte Varesi also lediglich etwas hilflos.

General Ledóchowski nickte.

„Mag sein. Aber zum Glück ist noch nicht alles verloren."

Pater Varesi schaute ihn abwartend an, aber der General schien nicht der Ansicht zu sein, dass diese Äußerung einer Erklärung bedurfte. Ganz im Gegenteil: Er schien das sich ausbreitende Schweigen sogar in gewisser Weise zu genießen.

„Was meinen Sie damit?", fragte Varesi also notgedrungen.

General Ledóchowski trat vom Fenster zurück und setzte sich ihm gegenüber an den Schreibtisch.

„Wir werden alle katharischen Dokumente frei Haus geliefert bekommen", erklärte er gleich darauf und schien das Ernst zu meinen. „Unsere Gegner scheinen nämlich entschlossen zu sein ihr Schicksal in geradezu unglaublicher Weise herauszufordern."

„Ich verstehe nicht recht ...", entgegnete Pater Varesi.

„Nun, wir wissen aus sicherer Quelle, dass die Katharer-

Dokumente nach ihrer Bergung direkt nach Italien transportiert werden sollen", erklärte der Ordensgeneral triumphierend. „Die Prieuré scheint sich ihres Sieges wirklich sehr sicher zu sein."

Pater Varesi schaute den General ungläubig an, bevor er schließlich den Kopf schüttelte.

„Das wäre zu schön, um wahr zu sein", bemerkte er. „Diese Information ist mit ziemlicher Sicherheit eine Falle."

„Das habe ich zuerst auch gedacht", gab General Ledóchowski zu. „Aber die Quelle ist wirklich sehr verlässlich. Und außerdem macht eine solche Vorgehensweise auf den zweiten Blick durchaus Sinn. Ja, ich glaube sogar, dass die Prieuré dieses Risiko ganz bewusst eingegangen ist. Sie scheinen sich absolut sicher zu sein, dass wir nichts von dem Ziel dieses Transportes wissen, beziehungsweise dass wir davon ausgehen, dass ihr Ziel in Frankreich liegt."

Varesi nickte.

„Ja, das wäre in der Tat logisch", sagte er. „Ich glaube auch nach wie vor an ein endgültiges Ziel in Frankreich. Warum also der gefährliche Umweg über Italien?"

„Weil wir uns geirrt haben", stellte der General klar. „Das endgültige Ziel der Prieuré liegt nicht in Frankreich, sondern in den USA."

Es war Pater Varesi anzusehen, dass er diese Behauptung nur schwer nachvollziehen konnte.

„Von wem stammt diese Information?"

Der General musterte ihn mit scharfem Blick und gab so zu verstehen, dass er diese Frage äußerst ungehörig fand. Schließlich jedoch rang er sich zu einer Antwort durch.

„Aus dem persönlichen Umfeld des Herrn von Grolitz."

Silvio Varesi war überrascht über die guten Kontakte des Ordens, aber überzeugt war er deswegen noch nicht.

„Das bedeutet, dass die Prieuré die Kontakte des Herrn von Grolitz zur Lösung der Transportfrage nutzt?", vergewisserte er sich.

„Ja, davon können wir ausgehen."
„Aber warum?", konterte Pater Varesi. „Das bedeutet immerhin ein nicht unbeträchtliches Risiko."
„Aus Gründen der Tarnung natürlich", erklärte der Ordensgeneral mit Ungeduld. „Sie wollen die uns bekannten Strukturen vermeiden."
„Aber dann ergibt die Nutzung der von Grolitz'schen Kontakte keinen Sinn", konterte Pater Varesi. „Auch die Prieuré muss inzwischen wissen, dass wir über die Verwicklung der Familie von Grolitz informiert sind. So gesehen hätten sie ebenso gut ihre eigenen Transportstrukturen benutzen können."
General Ledóchowski ließ ein feines Lächeln erkennen.
„Ja, Sie hätten Recht, wenn die Nutzung der von Grolitz'schen Kontakte eindeutig wäre."
„Aber das ist es nicht?"
„Nein, das ist es nicht", bestätigte Ledóchowski. „Im Gegenteil: Dieser Adalbert von Grolitz macht einen großen Bogen um das deutsche Stammhaus und bedient sich einer kleinen italienische Firma. Ein Unternehmen, das erst vor kurzer Zeit in den Familienkonzern eingegliedert wurde, aber noch unter eigenem Namen und unter eigener Geschäftsleitung agiert. Es beruht auf purem Zufall dass uns diese Bindung an den Konzern aufgefallen ist."
Langsam gewann auch bei Pater Varesi ein feines Lächeln die Oberhand.
„Ja, es sieht so aus als hätten wir da etwas Konkretes", bemerkte er schließlich. „Aber wie sollen wir reagieren? Ich meine, kennen wir den Bestimmungsort in Italien?"
Der Ordensgeneral winkte etwas unwirsch ab.
„Nein, den kennen wir nicht", gab er etwas unwillig zu. „Oder besser gesagt: noch nicht. Die Prieuré geht mit äußerster Vorsicht vor, und sie sorgt anscheinend dafür, dass keine der an dem Transport beteiligten Personen den gesamten Ablauf vom Anfang bis zum Ende kennt.

Sie bedienen sich eines Systems der Aufgabenstaffelung, das jeder Person immer nur einzelne, klar umrissene Aufgaben zuweist. Das System ist zwar gut, aber es wird nicht konsequent genug umgesetzt. Zurzeit ist es noch ziemlich durchlässig, und niemand bei der Prieuré scheint ernsthaft davon auszugehen, dass wir ihre Absichten bereits ermittelt haben.

Ich rechne also fast stündlich damit, dass wir nicht nur den genauen Transportweg ermitteln konnten, sondern auch das endgültige Ziel."

*

Es war im Grunde merkwürdig, aber trotz der unmittelbaren Gefahr, in der sie sich befanden, fühlte Adalbert sich hier, an der neu errichteten Mauer im ehemaligen Dynamitlager, noch am sichersten. Die enge, aber trotz der spärlichen Beleuchtung gut erkennbare Höhle erschien ihm inzwischen beruhigend vertraut.

Jene Gänge dagegen, die von der Station Rotstock hierher führten, blieben für ihn unheimlich und bedrohlich; daran vermochte auch ein stundenlanger Aufenthalt an diesem Ort nichts zu ändern.

Dabei waren es nicht einmal die schroffen, abweisenden Felsformationen, die er im flackernden Licht erkennen konnte, die ihm Angst machten, sondern eher die undurchdringliche Schwärze, die sich jenseits der Reichweite des Fackellichtes befand.

Ihm war klar, dass seine Angst sich nicht auf reale Gefahren wie plötzlich einknickende Stützbalken, herabstürzende Felsbrocken oder Ähnliches bezog, sondern ausschließlich ein Produkt seiner Phantasie war. Einer Phantasie, die kindliche Ängste von Geistern, Ungeheuern und bösartigen Kräften heraufbeschwor.

So war es ein Trost für ihn, als er bemerkte, dass es Anton Kämmerer offensichtlich ganz ähnlich erging. So hatten sie nach dem Erreichen der Station Rotstock schnell und konzentriert daran gearbeitet, die Verbindungswege für den Transport der Kisten vorzubereiten. Aber das wenige, was sie tun konnten, war schnell erledigt gewesen, und so hatten sie sich schließlich wieder in jene winzige Höhlung zurückgezogen, die sich unmittelbar vor der neuen, mit Sprengstoff präparierten Mauer befand. Von nun an blieb ihnen nichts weiter übrig, als auf ein Zeichen zu warten, das ihnen die Ankunft von Vittorio Grasco und Georg Rahmatt signalisierte.

Adalbert schaute zum wiederholten Mal auf die Uhr, obwohl er ganz genau wusste, wie spät es war. Von der anfänglichen Spannung zwischen ihm und Kämmerer war nun nichts mehr zu spüren, aber dennoch wollte kein Gespräch entstehen. Jeder hing seinen eigenen Gedanken nach, und die Anspannung machte ein bangloses Geplauder unmöglich.

Adalbert fragte sich wiederum, ob seine so spontan gefasste Entscheidung bezüglich des Abtransports der Dokumente richtig gewesen war. Sein Entschluss, den Transport über die kleine italienische Firma abzuwickeln, erschien logisch, war aber nicht ohne Risiko. Immerhin gehörte das Unternehmen noch nicht lange zum von Grolitz Konzern, und einen persönlichen Kontakt zur Geschäftsführung besaß er auch nicht. Aber wie so vieles im Leben hatte auch diese Konstellation zwei Seiten. Immerhin war die Verbindung zur Familie von Grolitz noch weitgehend unbekannt, und, was viel wichtiger war, die neue Firma konnte sich in Italien frei bewegen. Sie verfügte über Transportkapazität sowohl auf der Straße als auch auf der Schiene.

Und gerade Letzteres war enorm wichtig, ermöglichte es doch die Nutzung einer regulären Verbindung für den Abtransport der Dokumente. Auf diese Weise würden die Dokumente von Interlaken aus ihr Ziel erreichen, ohne dass ein Sonderzug zusammengestellt oder ein zusätzlicher Lastwagen angemietet werden musste.

Außerdem war die Bereitschaft zur Zusammenarbeit mit ihm, dem neuen Geldgeber, erwartungsgemäß groß, und das endgültige Ziel Mailand wurde ohnehin täglich angefahren. Warum also nicht eine Kiste alter Papiere zusätzlich mitnehmen? Ein solches Arrangement schien schließlich auch für Anton Kämmerer ideal zu sein, denn eine Verbindung zur Prieuré konnte schon ganz einfach deshalb nicht hergestellt werden, weil es keine gab.

Adalbert war stolz darauf, dass es ihm innerhalb von nur zwei Tagen gelungen war, den gesamten Transport durch

Italien zu organisieren. Und das, ohne dabei das Frachtgut näher beschreiben zu müssen.

„Das müssen sie sein!", rief Anton Kämmerer unvermittelt und riss ihn so aus seinen Gedanken. Adalbert brauchte einige Sekunden, um zu begreifen, was Kämmerer meinte, aber dann hörte auch er, wie auf der anderen Seite der Wand mit Werkzeugen hantiert wurde. Er nickte also mit erkennbarer Erleichterung, während Kämmerer sich bereits ganz dicht an das Mauerwerk der Wand gedrängt hatte.

„Hallo?", rief er gleich darauf, aber es war mehr ein heiseres Krächzen, weshalb er sich räusperte und seinen Ruf laut und deutlich wiederholte.

„Hallo? ... Rahmatt? ... Grasco?"

„Wer denn sonst?", kam nach einer Weile die überraschend klare Antwort.

Adalbert konnte sich ein Lachen nicht verkneifen und trat nun ebenfalls näher an die Wand.

„Wie weit sind sie?", fragte er gleich darauf leise an Anton Kämmerer gewandt, während er sich gleichzeitig fragte, wieso er die Frage nicht selbst zur anderen Seite hinüberrief. Anton sah ihn dann auch etwas verwundert an und zuckte mit den Schultern.

„Wie weit seid ihr?", rief er also zu Rahmatt und Grasco hinüber.

Die Antwort ließ einige Sekunden auf sich warten, aber als Vittorio Grasco schließlich antwortete, wirkte er ruhig und konzentriert.

„Es dauert nicht mehr lange", stellte er sachlich fest. „Ich werde mich gleich daran machen, die Hauptsprengladung zu entschärfen."

„Seid bloß vorsichtig!", ermahnte Kämmerer sie, was mit einem deutlich verständlichen Stöhnen quittiert wurde.

„Ich weiß schon, was ich tue", kam gleich darauf Grascos giftige Antwort. „Außerdem ist das von hier aus eine relativ einfache Sache. Sie haben sich auf dieser Seite nicht mehr die

Mühe gemacht den Zündmechanismus in irgendeiner Weise zu tarnen."

Kämmerer nickte, bis ihm bewusst wurde, dass Grasco das ja gar nicht sehen konnte.

„Schon gut!", rief er also hinüber. „Können wir von hier aus etwas tun?"

„Nein", erwiderte Grasco mit Entschiedenheit. „Wartet, bis ich euch Bescheid gebe."

„In Ordnung", bestätigte Kämmerer. „Seid ihr wohlauf? Ist Georg Rahmatt bei Ihnen?"

„Ja, hier ist alles in Ordnung", vernahm er kurz darauf Rahmatts Stimme. „Wie sieht es bei euch aus?"

„Alles wohlauf", entgegnete Kämmerer mit einer gewissen Nervosität. Es war ihm, ebenso wie Adalbert, durchaus bewusst, dass Grasco nun anfing mit etlichen Tonnen Dynamit zu hantieren, die jeden Augenblick in die Luft fliegen konnten. Sie zogen sich also instinktiv wieder etwas von der Mauer zurück, was im Fall einer Detonation natürlich auch nichts geholfen hätte, aber es gab ihnen das Gefühl erhöhter Sicherheit.

Sie verharrten eine Weile in dieser Stellung und lauschten den spärlichen Geräuschen, die von der anderen Seite der Wand bis zu ihnen vordrangen.

„Hallo?", vernahmen sie nach einiger Zeit wieder die Stimme Rahmatts, woraufhin Kämmerer wieder näher zur Wand trat.

„Ja? ... Was ist?"

„Die Hauptladung ist entschärft", verkündete Rahmatt mit deutlich hörbarer Erleichterung, die sich fast augenblicklich auf Adalbert übertrug. „Vittorio macht sich gleich daran eine zweite, kleinere Anlage zu entschärfen. Ich soll euch noch sagen, dass ihr gleich im Bereich der kleinen Ampullen ein zischendes Geräusch hören werdet, dem ein trockenes Knacken folgt. Ihr sollt euch deswegen aber keine Sorgen machen. Das sei völlig normal."

„In Ordnung", erwiderte Kämmerer. „Wie lange wird er dafür brauchen?"

Für einige Sekunden herrschte Schweigen.

„Ungefähr zehn Minuten", war Rahmatts Stimme dann wieder zu hören. „Ihr sollt aber nichts tun, bevor wir uns wieder gemeldet haben!"

Anton zog hörbar die Luft ein.

„Natürlich nicht", entgegnete er spürbar beleidigt. „Wir sind doch nicht lebensmüde!"

„Ich meinte nicht nur die Wand", kam Vittorio Grascos Antwort von der anderen Seite. „Ihr sollt ganz einfach überhaupt nichts tun. Kein Geröll beiseite schaffen, kein Material stapeln oder Ähnliches. Vor allen Dingen dürft ihr nichts tun, was irgendwelche Erschütterungen auslösen könnte!"

„Ja, verstanden", rief Adalbert hinüber, da Kämmerer immer noch leicht pikiert wirkte. „Macht euch keine Sorgen."

„Noch etwas", mischte Kämmerer sich nun wieder ein. „Habt ihr auf eurer Seite schon irgendetwas von den Dokumenten finden können? Irgendwelche Kisten, Truhen, oder so was?"

„Ja ... haben wir", entgegnete Rahmatt etwas zögerlich. „Keine zehn Schritte hinter uns stehen in einer kleinen Nische fünf große, eisenbeschlagene Holzkisten."

Adalbert bemerkte, dass Anton von dieser Nachricht in höchste Aufregung versetzt wurde. Während des ganzen Höllentrips hier herauf hatte er seine Reserviertheit eisern aufrechterhalten, aber nun zeigte er erstmals Emotionen. Allerdings war dies lediglich für Adalbert erkennbar, denn er blieb dabei so wortkarg wie immer und erwiderte nur: „Beeilt euch."

*

Der erste Aufprall des Vorschlaghammers dröhnte wie ein Urknall durch das enge Gewölbe und ließ Adalbert und Anton zusammenzucken, obwohl die beiden anderen sie zuvor gewarnt hatten. Aber nach dem minutenlangen, bewegungslosen Verharren in völliger Stille war das normale Denken wie ausgeschaltet. Sie befanden sich in einem Zustand seltsamer Gleichgültigkeit, was erst durch den Schlag des Hammers aufgelöst wurde.

Dann ging alles sehr schnell. Nachdem sie begriffen hatten, dass ihnen von der Wand definitiv keine Gefahr mehr drohte, hatten sie nach besten Kräften mit angepackt und so in wenigen Minuten eine Öffnung geschaffen, die groß genug war, um einen Mann hindurch zu lassen.

Da Grasco jedoch noch damit beschäftigt war, sein Werkzeug zu verstauen, war es schließlich Georg Rahmatt, der als erster zu ihnen herüberkam. Er schaute sich etwas hilflos um und wusste in diesem Augenblick ihres gemeinsamen Triumphes offenbar nicht recht, was er sagen sollte.

Auch Adalbert und Anton erging es nicht anders. Dass diese Aktion tatsächlich von Erfolg gekrönt war, entzog sich fürs Erste ihrem Begreifen. Die ganze Idee hatte unbestreitbar etwas Wahnsinniges gehabt, und allen war klar gewesen, dass ihre Chancen es zu schaffen nicht allzu groß gewesen waren. Aber nun hatten sie es geschafft!

Sie schüttelten sich also nur in stummer Ergriffenheit die Hände, und aus ihren Blicken sprach all das, was im Augenblick niemand in Worte zu fassen vermochte.

Schließlich brach Georg Rahmatt den Bann, indem er zur Eile mahnte und ohne eine weitere Erklärung wieder durch die Mauer zurückging. Vittorio Grasco hatte in der Zwischenzeit seine Werkzeuge wieder ordnungsgemäß verstaut und sah nun ebenfalls mit einem matten Lächeln zu ihnen herüber. Er machte, wie sie alle, einen erschöpften und abgespannten Eindruck, aber es war eindeutig, dass auch er ihren Erfolg genoss.

„Willkommen im Palast der Winde", begrüßte er sie scherzhaft, und Adalbert und Anton Kämmerer begriffen sofort, was er meinte. Das konkave Becken der Eiger-Nordwand war wie ein auf sie gerichteter Trichter, in dem der stürmende Wind gefangen und in die offenen Felskanäle gepresst wurde. Dennoch empfanden alle die vehemente Zufuhr von Frischluft als angenehm, auch wenn es bitterkalt war.

Grasco musterte sie mit einem undurchdringlichen Gesichtsausdruck.

„Na, dann werde ich euch mal die Kisten zeigen", meinte er und machte sich auch sogleich auf den Weg. Da ein Widerspruch ohnehin nichts gebracht hätte, folgten sie ihm also bereitwillig in den immer enger werdenden Felskanal. Nach etwa zehn Schritten blieb Grasco stehen und wies auf eine größere Aushöhlung in der Seite des Felskanals.

Dort standen, sauber aufeinander gestapelt, fünf schwere, eisenbeschlagene Kisten, die offensichtlich neueren Datums waren. Kämmerer strich sanft mit der Hand über den Deckel der oberen Kiste, und seine Ergriffenheit war ihm deutlich anzumerken.

„Ja ...", flüsterte er schließlich leise und mehr zu sich selbst. „Wir sind am Ziel."

Auch die anderen verharrten in ergriffener Untätigkeit, bis Adalbert sich schließlich räusperte und auf die Uhr schaute.

„Wir haben noch dreieinhalb Stunden bis zum Eintreffen des Versorgungszuges", bemerkte er. „Das ist nicht gerade viel."

Eine Bemerkung, die ihre Lethargie schlagartig beendete, und ihnen die Notwendigkeit zum Handeln klar machte. Viel zu erklären gab es nicht, und so machte sich jeder konzentriert an die Arbeit.

„Zuerst die obere", bemerkte Kämmerer und trat gleich

darauf in den schmalen Spalt, der zwischen den Kisten und der Felswand noch frei war. Adalbert bemerkte schnell, dass Anton allein nicht viel bewerkstelligen konnte, und zwängte sich auf der anderen Seite zwischen die Kisten.

Gemeinsam versuchten sie nun die obere Kiste anzuheben, die sich jedoch als unerwartet schwer erwies. Schon auf Grund der eingeschränkten Bewegungsfreiheit in dem engen Felskanal kostete es sie also Einiges an Kraft und Mühe die Kiste zumindest so weit nach vorne zu schieben, dass Rahmatt sie von vorne greifen und zur Unterstützung ziehen konnte. Schließlich gelang es ihnen, die Kiste unbeschadet aus ihrer Höhlung zu bergen und in dem etwas breiteren Gang abzustellen.

Adalbert bemerkte, dass Anton am liebsten sofort den Deckel anheben würde, um sich vom unversehrten Zustand des Inhalts zu überzeugen. Aber da die Zeit viel zu knapp war, beherrschte er sich und sah mit leicht fragendem Gesichtsausdruck zu Adalbert hinüber. Dieser schüttelte dann auch mit Nachdruck den Kopf.

„Das kannst du noch machen, nachdem wir sämtliche Kisten im Waggon verstaut haben", sagte er leise zu Kämmerer, ohne dass die anderen es hörten. „Außerdem sind die Kisten unbeschädigt. Also dürfte auch der Inhalt keinen Schaden genommen haben."

Anton nickte, obwohl es ihm sichtlich Überwindung kostete von der Kiste abzulassen.

„Du hast ja Recht", gab er schließlich zu. „Wir werden wirklich jede Minute brauchen, um die Kisten zu verstauen. Bei dem Gewicht müssen wir jede einzelne zu viert tragen."

Grasco und Rahmatt hatten sich inzwischen mit der zweiten Kiste abgemüht, zögerten jedoch nicht herüberzukommen, als Kämmerer sie heranwinkte.

„Ihr müsst mit anpacken", erklärte er ohne Umschweife. „Wir müssen jede geborgene Kiste sofort in den Waggon laden, sonst wird es zu eng hier im Gang."

Die beiden nickten nur und nahmen ihre Positionen ein. Es erwies sich wie erwartet als schwierig, die schwere Kiste durch die schmale Maueröffnung zu bekommen, aber nachdem ihnen dies gelungen war, konnten sie sich in den engen Felskanälen überraschend gut bewegen. Lediglich an einigen Stellen war ein Weiterkommen nur möglich, indem sie die Kiste über den Boden schleiften.

Dennoch war die Bergung der ersten Kiste, auch dank der allgemeinen Euphorie, noch relativ leicht gewesen. Mit jeder der vier folgenden Kisten jedoch schien das Gewicht größer und die Strecke unbezwingbar zu werden.

Aber sie arbeiteten verbissen weiter, denn ihnen war schnell klar geworden, dass die verbleibende Zeit bis zum Eintreffen des Versorgungszuges knapp wurde. Am Ende blieben ihnen gerade noch vier Minuten Wartezeit, nachdem sie sämtliche Kisten ordnungsgemäß verstaut hatten. Vier Minuten, in denen sie ihre Utensilien zusammensuchen mussten, und in denen sämtliche Spuren ihrer Gegenwart aus der Station Rotstock verschwinden mussten.

Keiner von ihnen hatte jedoch gemurrt, oder gar eine Pause gefordert, obwohl sie alle restlos erschöpft waren. Erst als der letzte Handschlag getan war, zogen sich Rahmatt und Grasco völlig entkräftet in den Waggon zurück, während Adalbert und Anton Kämmerer ein Stück nach vorne gingen, um das Hereinkommen des Versorgungszuges besser beobachten zu können. Erstaunlicherweise wirkte Kämmerer noch immer geradezu ausgelassen, obwohl ihm die körperliche Belastung anzusehen war. Aber die Euphorie des Erfolges hielt ihn offensichtlich aufrecht. Adalbert beschloss, die Situation zu nutzen, indem er möglichst belanglos jene Frage stellte, die ihm schon lange auf der Seele lag.

„Was genau ist eigentlich unser Ziel in Mailand?"

Kämmerer sah mit einem eher abweisenden Gesichtsausdruck zu ihm hinüber.

„Dein Ziel", erklärte er kurz darauf ebenso bestimmend

wie ausweichend. „Du wirst diese Reise bedauerlicherweise allein unternehmen müssen."

Adalbert war überrascht, fand diesen Umstand allerdings nicht besonders schlimm. Eher im Gegenteil: Das kam seinen privaten Plänen durchaus entgegen. Genau dieser Umstand jedoch schien Kämmerer Sorgen zu machen. Jedenfalls war ihm offenbar nicht ganz wohl bei dem Gedanken, dass er die wertvollen Dokumente Adalbert allein anvertrauen musste. Da auch er sich jedoch nicht weiter dazu äußerte, ging Adalbert schließlich auf seine knappe Bemerkung ein.

„Na schön. Dann also mein Ziel", erklärte er so geduldig wie möglich. „Aber es wird jetzt wirklich höchste Zeit, dass ich dieses Ziel erfahre. Ich habe zwar wie vereinbart einen voll getankten LKW zum Mailänder Bahnhof beordert, aber bis jetzt weiß noch niemand außer dir, wohin die Reise dann geht."

„Aus gutem Grund", bemerkte Kämmerer fast trotzig. „Das kurze Stück mit dem LKW bietet unseren Gegnern die beste Angriffsfläche. Es war also wichtig, dass die Route geheim blieb. Aber du hast Recht: Es wird höchste Zeit, dass du das endgültige Ziel erfährst. Der LKW soll die Dokumente zum Luftschiffhafen von Mailand bringen."

Adalbert nickte beiläufig, stutzte dann jedoch, als ihm klar wurde, was Anton Kämmerer da soeben gesagt hatte.

„Augenblick!", forderte er also nach einer Weile und hielt Kämmerer gleichzeitig am Arm zurück. „Wenn ich mich nicht irre, dann befindet sich im Luftschiffhafen von Mailand zurzeit nur ein einziges Luftschiff."

„Richtig", bestätigte Kämmerer unwillig. Ihm war anzumerken, dass er eine Erörterung dieses Punktes lieber vermieden hätte. Aber Adalbert dachte nicht daran es dabei zu belassen.

„Mein Gott, Kämmerer!", entgegnete er also. „Das Luftschiff, das ich meine, ist die *Italia*!"

Anton blieb nun endgültig stehen und sah Adalbert direkt an.

„Du hast schon ganz richtig verstanden", bekräftigte er. „Auch ich spreche von der *Italia*. Wir werden diese Nordpol-Expedition der *Italia* nutzen, um unsere Dokumente sicher nach Amerika zu bringen. Denn das Luftschiff wird nach der Erfüllung seiner Mission nach Nordamerika fahren; so wie vor ihm bereits die *Norge*."

Adalbert konnte kaum glauben, was er da hörte, aber er zweifelte nicht einen Augenblick daran, dass Kämmerer jedes Wort ernst gemeint hatte.

„Nach Erfüllung seiner Mission?", erwiderte er also mit herausforderndem Sarkasmus. „Mensch, Anton! Diese Mission ist eine seit langem vorbereitete Expedition zum Nordpol. Also tu verdammt noch mal nicht so, als sei es eine normale Routinefahrt!

Und mit Verlaub: Wenn die Prieuré wirklich die Absicht hat die Katharer Schriften mit Hilfe dieses Luftschiffes in die USA zu befördern, dann habt ihr den Verstand verloren. Diese Expedition ist in höchstem Maße gefährlich, und ihr Ausgang ist mehr als ungewiss. Außerdem ruht das Interesse der gesamten Öffentlichkeit auf diesem Luftschiff, so dass es kaum möglich sein wird, die Kisten unbemerkt an Bord zu schaffen."

Anton hatte zu lächeln begonnen, was Adalbert derartig unpassend erschien, dass sich seine Empörung in Wut zu steigern drohte. Kämmerer bemerkte das natürlich und versuchte ihn zu beruhigen.

„Aber das ist es doch, worauf wir bauen", entgegnete er um Sachlichkeit bemüht. „Dieses Luftschiff steht derzeit so sehr im Licht der Öffentlichkeit, dass niemand auf die Idee kommt, dass wir es für unsere Zwecke nutzen könnten. Und glaub mir: Es hat uns erhebliche Mühe bereitet, diese Form des Transportes zu ermöglichen.

Aber du kannst beruhigt sein. Niemand wird Verdacht schöpfen, wenn wir die Dokumente an Bord schaffen. Denn statt dies heimlich zu tun, werden wir sie ganz einfach vor den Augen der Öffentlichkeit als normale Ausrüstungsgegenstände an Bord bringen."

Adalbert blieb skeptisch.

„Ach ... ganz einfach, ja?", entgegnete er sarkastisch.

„Ja, ganz einfach", bekräftigte Kämmerer mit Nachdruck. „Wir haben alle nötigen Voraussetzungen getroffen. Niemand wird sich über unsere Vorgehensweise wundern. Glaub mir: Die Dokumente sind auf dem Weg zum Luftschiffhafen sehr viel gefährdeter als nach ihrer Ankunft."

Adalbert zuckte etwas unwillig mit den Schultern.

„Ja, das mag sein", gab er zu. „Mich wundert allerdings, dass der Kommandant des Luftschiffes, Oberst Nobile, mit einer derartigen Regelung einverstanden ist."

Anton Kämmerer war dieses Thema sichtlich unangenehm.

„Nun, das kann man so auch nicht sagen", meinte er schließlich.

„Was soll das heißen?"

„Genau genommen weiß Oberst Nobile nichts von seiner ungewöhnlichen Fracht. Wir haben als Besatzungsmitglied einen eigenen Mann an Bord geschleust, der während der Expedition über unseren Schatz wachen wird."

Adalbert schüttelte ungläubig den Kopf.

„Du willst allen Ernstes behaupten, der Einfluss de Prieuré reicht bis hin zu Personalentscheidungen bei einer Nordpol-Expedition?"

Anton Kämmerers Antwort bestand in einem sehr selbstzufriedenen Lächeln.

*

Sie waren spät dran, und sie erregten Aufmerksamkeit. Beides war nicht gut und sorgte für eine gewisse Nervosität bei Adalbert und Anton. Die Grenzpassage in Richtung Italien war ein heikles Unterfangen und konnte nur gelingen, wenn die Organisation der Prieuré zuverlässig funktionierte. Aber genau das schien im Augenblick fraglich zu sein.

Es war vorgesehen, dass sie den Expresszug nach Rom nahmen, da dieser nach dem Grenzübertritt ohne weiteren Halt direkt bis Mailand durchfuhr. Dazu musste aber dafür gesorgt werden, dass ihr Spezialwaggon mit den Schriftrollen an den regulären Rom-Express angehängt wurde und auch auf dem Mailänder Bahnhof wieder abgekoppelt werden konnte. Eine logistische Herausforderung, die nur mit den Verbindungen der Prieuré gelingen konnte. Aber ihnen war zugesichert worden, dass die Planungen reibungslos abliefen und dass ihr eigener Waggon problemlos mit dem Rom-Express verbunden werden würde. Und zwar im letzten Bahnhof auf Schweizer Boden, der Station von Lugano.

Diese Station hatten sie zwar ohne Zwischenfälle erreicht, aber hier schienen sie nun festzusitzen. Seit nervenaufreibenden fünfunddreißig Minuten befanden sie sich nun schon im Mailänder Bahnhof, aber ihre Kontaktpersonen waren weit und breit nicht zu sehen.

„In fünfzehn Minuten fährt der Rom-Express ab", bemerkte Adalbert überflüssigerweise, da er an Antons Gesichtsausdruck unschwer erkennen konnte, dass dieser ebenfalls kaum einen anderen Gedanken fassen konnte.

„In siebzehn Minuten", entgegnete Anton dann auch kurz angebunden, nachdem er ein weiteres Mal auf die Uhr gesehen hatte. „Verlier jetzt bloß nicht die Nerven."

„Da mach dir mal keine Sorgen", konterte Adalbert verärgert. „Aber dennoch läuft uns die Zeit davon. Im Grunde genommen haben wir doch höchstens noch fünf Minuten."

Anton sah leicht irritiert zu ihm herüber.

„Was meinst du damit?", verlangte er zu wissen.

„Na, was schon", rutschte es ihm heraus. „Mit dem Kontakt alleine ist es doch nicht getan. Immerhin muss der Waggon noch angehängt werden. Was glaubst du wohl, wie lange das dauert?"

„Höchstens zehn Minuten", verkündete eine tiefe Stimme hinter ihnen. „Es bleibt also noch Zeit genug."

Adalbert und Anton wirbelten fast gleichzeitig herum. Sie hatten den Mann nicht kommen hören und sahen sich nun mit einer großen, breitschultrigen Person konfrontiert, die sich mit einer erstaunlichen Geschicklichkeit bewegte.

„Wer sind Sie?", verlangte Anton zu wissen.

„Sie wissen, wer ich bin, Herr Kämmerer!", entgegnete der Fremde mit Bestimmtheit. „Die Beschreibung meiner Person haben Sie schon vor Tagen bekommen."

Anton nickte, denn er war sich tatsächlich sicher, jenen Heinrich Genter vor sich zu haben, der ihm beschrieben worden war.

„Zeigen Sie mir Ihren Ausweis!", verlangte er dennoch, und sei es auch nur, um sich für die überlange Wartezeit zu rächen.

Genter stöhnte ein wenig theatralisch auf, reichte aber schließlich seinen Ausweis herüber.

„Sie sollten sich beeilen", bemerkte er dabei. „Viel Zeit bleibt uns wirklich nicht."

„Wo steht denn der richtige Zug?", mischte Adalbert sich ein wenig besänftigend ein. „Ich hoffe, wir müssen keine weiten Wege mehr machen."

„Der Rom-Express steht auf Gleis Zwei", klärte Genter ihn freundlich auf, während er seinen Ausweis wieder entgegennahm. „Und Sie sollten zusehen, dass Sie in Ihr Abteil kommen. Ihr Waggon wird jetzt als letzter an den Expresszug angekoppelt. Dabei können Sie nicht helfen."

„Ich habe auch nicht die Absicht zu helfen", konterte Anton etwas verkniffen. „Aber ich werde mich persönlich davon überzeugen, dass der Waggon korrekt angekoppelt wurde, bevor ich mein Abteil besteige."

Genter zuckte scheinbar resignierend mit den Schultern.

„Ganz wie Sie wünschen", lenkte er jedoch bereitwillig ein. „Wir werden Ihren Waggon mit einer Rangierlok zum Gleis Zwei herüberbringen. Und sobald er angekoppelt ist, wird der Zug abfahren."

„Und wie werden wir in Mailand verfahren?", warf Adalbert ein, als er merkte, dass Genter verschwinden wollte. „Wir hatten erwartet, dass wir von Ihnen Instruktionen bekommen."

Genter stutzte und drehte sich wieder zu ihnen um.

„Ich fürchte, da weiß ich auch nicht mehr als Sie", bemerkte er. „In Mailand werden sich Ihre Wege trennen. Wir haben einen Scheintransport organisiert, der hoffentlich von dem tatsächlichen Transport ablenken wird, aber mehr weiß ich auch nicht. Für den genauen Ablauf sind Ihre Kontaktpersonen in Mailand zuständig."

„Aber wie genau soll das ablaufen?", hakte Adalbert nach. „Ich meine, müssen wir vor der Ankunft in Mailand irgendwelche Vorbereitungen treffen?"

„Davon weiß ich nichts", entgegnete Genter. „Allerdings halte ich das auch für sehr unwahrscheinlich. Welche Vorbereitungen sollten Sie während der Zugfahrt schon treffen können?"

„Genau das wollten wir von Ihnen erfahren", antwortete Anton genervt.

Genter zuckte nur mit den Schultern.

„Ich habe keinerlei diesbezügliche Anweisungen für Sie", bemerkte er. „Sie werden sich wohl auf die Arbeit Ihrer Kontaktpersonen verlassen müssen."

Anton nickte, wirkte aber keineswegs zufrieden.

„Bisher wirkte die Organisation nicht allzu überzeugend",

gab er zurück. „Zumindest fehlt die sonst übliche Sorgfalt."

Genter wirkte etwas ratlos.

„Was genau meinen Sie?"

Anton zögerte einige Sekunden und winkte dann doch ab. Adalbert wusste natürlich, dass er auf die Ereignisse beim Verladen in der Talstation der Jungfraubahn anspielte. Schon dabei wäre ihr ganzer Plan fast gescheitert, aber die dortigen Pannen jetzt zu diskutieren war in der Tat sinnlos. Außerdem war Genter ohnehin nicht weit genug in die Organisation eingeweiht, um irgendwelche Erklärungen abgeben zu können.

„Ist schon gut", lenkte Anton also ein. „Lassen Sie uns zusehen, dass wenigstens hier alles reibungslos abläuft."

Genter reagierte mit deutlich erkennbarer Erleichterung.

„Es gibt nichts, was dagegen spricht", stellte er klar. „Allerdings sollten wir jetzt wirklich keine Zeit mehr verlieren."

*

Pater Falkonese ließ sich nicht beirren. Er teilte die Sorgen seines deutschen Kollegen Gustav Surtkämper keineswegs. Eher im Gegenteil: Er amüsierte sich fast ein wenig über die dilettantische und überstürzte Aktion, die er soeben beobachtet hatte.

„Und wenn sie nun doch ganz kurzfristig ihre Pläne geändert haben?", beharrte Pater Surtkämper. „Immerhin wäre es doch möglich, dass…"

„Unsinn!", unterbrach Falkonese ihn mit einer unwirschen Geste. „Eine so dilettantische Aktion wäre völlig untypisch für die Prieuré. Außerdem hätten wir durch unseren Informanten davon gewusst."

„Das ist kein Argument", erwiderte Pater Surtkämper. „Wir haben gerade beobachtet, dass eine unserer Zielpersonen schwere Kisten auf einen LKW umlud. Diese Aktion hat also definitiv stattgefunden, obwohl unser Informant nichts davon wusste."

Tinto Falkonese atmete einmal tief durch und bemühte sich sein Temperament im Zaum zu halten. Im Grunde mochte er seinen deutschen Ordensbruder und arbeitete auch gerne mit ihm zusammen. Er schätzte Pater Surtkämpers Pflichtbewusstsein und seine sprichwörtliche deutsche Gründlichkeit, aber nur solange es nicht in Pedanterie ausartete.

„Das war ein Ablenkungsmanöver", entschied er daher kurzum. „Es war uns doch klar, dass wir mit derartigen Dingen rechnen mussten. Die Prieuré hatte nicht viel Zeit den Transport der Dokumente über Rom zu organisieren. Aber sie haben es dennoch gründlich vorbereitet, so, wie wir es von ihnen kennen. Nein, glauben Sie mir. Ganz gleich, was sich hier auf dem Mailänder Bahnhof abgespielt hat. Der Weg der Katharer Dokumente geht über Rom. Und von dort aus auf dem schnellsten Weg raus aus Italien. Und das bedeutet für uns, dass wir in Rom zuschlagen müssen. Eine Änderung dieser Pläne wäre absolut unverantwortlich."

Pater Surtkämper gefiel diese Zurechtweisung nicht, aber er musste einsehen, dass die Argumentation logisch war.

„Nun gut. Wahrscheinlich haben Sie Recht", gab er eher unwillig zu. „Es verunsichert mich allerdings, dass es gerade Adalbert von Grolitz ist, der den Zug in Mailand verlässt. Bislang war er derjenige, der den engsten Kontakt zu den Dokumenten gehalten hat."

Pater Falkonese zuckte mit den Schultern.

„Sie brauchen ihn nicht mehr", entgegnete er mit einer Gleichgültigkeit, die zeigte, dass er dieses Thema unsinnig fand. „Außerdem dürfte auch die Prieuré inzwischen wissen, dass wir über die Funktion des Herrn von Grolitz Bescheid wissen. Was liegt also näher, als ihn für ein Ablenkungsmanöver einzusetzen. Auf diese Weise haben sie die Katharer Schriften wieder unter ihrer eigenen Kontrolle und haben gleichzeitig einen Mitwisser aus dem engeren Planungsfeld entfernt. Eine sehr elegante Lösung."

Surtkämper blieb skeptisch. Er sagte zwar nichts dazu, aber seine Zweifel waren ihm deutlich anzusehen.

„Also gut, spielen wir es mal durch", lenkte Falkonese schließlich ein, als ihm das vorwurfsvolle Schweigen zu bunt wurde. „Was genau haben wir denn gesehen? Wir wissen, dass Adalbert von Grolitz hier einen Lastwagen organisiert hat, auf den schwere Kisten umgeladen wurden. Mitten auf dem Bahnhof, wohlgemerkt, und für jeden zufällig Anwesenden zu beobachten. Und um dem Ganzen praktisch noch die Krone aufzusetzen, lässt sich ohne große Mühe feststellen, dass der LKW zum Luftschiffhafen von Mailand fahren wird. Glauben Sie im Ernst, dass die Prieuré mit ihrem wertvollsten Schatz so dilettantisch umgeht?"

„Nein, natürlich nicht", gab Pater Surtkämper zu. „Es fragt sich ja nur, ob diese Vorgehensweise wirklich so dilettantisch ist, wie es sich gerade angehört hat. Immerhin ist der Luftschiffhafen vom Bahnhof aus schnell und problemlos zu erreichen. Die Frachtkontrollen dürften weniger gründlich sein als in Rom, und ein Luftschiff kann problemlos große Strecken zurücklegen."

„Alles richtig", bestätigte Tinto Falkonese mit einem boshaften Grinsen. „Sie haben nur eine Winzigkeit übersehen: Das einzige Luftschiff, das sich zurzeit im Luftschiffhafen von Mailand befindet, ist die *Italia*, die in Kürze zu einer Arktis-Expedition aufbrechen wird. Und das ist ganz bestimmt nicht das Ziel der Prieuré."

„Oh ...", entfuhr es Gustav Surtkämper. „Ja, das hatte ich nicht bedacht."

„Die Prieuré auch nicht", entgegnete Tinto Falkonese selbstzufrieden und klopfte seinem Ordensbruder gönnerhaft auf die Schulter. „Sie sehen also: Wir sollten unsere Pläne in Rom auf keinen Fall aufgeben. Ich garantiere Ihnen, dass die Dokumente immer noch im Zug sind."

Pater Surtkämper nickte langsam.

„Ja, Sie haben Recht", gab er zu. „Ich wüsste allerdings schon gerne, wohin Adalbert von Grolitz wirklich fährt."

„Ich auch", entgegnete Falkonese. „Und ich habe bereits Vorkehrungen getroffen, damit wir genau das erfahren."

*

Der Grenzübertritt und die Fahrt nach Mailand waren erfreulich unspektakulär verlaufen. Auch das Treffen mit ihren Kontaktpersonen auf dem Mailänder Bahnhof war über die Bühne gegangen, auch wenn Adalbert die ganze Organisation wieder einmal sehr überhastet vorkam. Weder die Vorbereitungen zur Verladung der Dokumente selbst noch die Anweisungen an die beiden Helfer, die ihn begleiten sollten, waren ausreichend präzise. Außerdem glaubte er eine gewisse Spannung zwischen den beiden Begleitpersonen wahrzunehmen, die er sich nicht recht erklären konnte.

Er beobachtete die beiden, die ihm als Matteo und Giuseppe vorgestellt worden waren, nun schon seit einiger Zeit, einen konkreten Beleg für sein Gefühl konnte er jedoch nicht finden. Es beunruhigte ihn lediglich, dass insbesondere Giuseppe offenbar selbst von der Tatsache überrascht war, dass tatsächlich die Original-Dokumente umgeladen wurden. Der Mann wirkte extrem nervös und schien auf irgendetwas zu warten.

„Seid ihr soweit?", unterbrach Anton Kämmerer in diesem Augenblick seine Gedanken. „Der Zug wird pünktlich weiterfahren, und uns bleibt nicht mehr viel Zeit."

Adalbert nickte.

„Die Schriften sind komplett verladen", entgegnete er. „Von mir aus kann es losgehen!"

„Gut, dann macht euch unverzüglich auf den Weg", entschied Anton, wobei er seine Anspannung nicht ganz verbergen konnte. „Euer Zeitplan ist sehr eng. Ihr müsst Franco Skalti, euren Kontaktmann an Bord der *Italia*, erreichen, noch bevor die übrigen Besatzungsmitglieder an Bord gehen."

Adalbert winkte etwas unwillig ab. Auf den Punkt hatte Anton nun wahrlich oft genug hingewiesen.

„Mach dir keine Sorgen", forderte er mit mehr Zuversicht

als er tatsächlich empfand. „Ich kenne die Probleme, und wir werden den Zeitplan einhalten!"

Anton begegnete seinem Blick mit einer gewissen Skepsis, aber da es ohnehin zu spät war, um noch etwas an den Abläufen zu ändern, begnügte er sich mit einem knappen Nicken. „Viel Glück!", wünschte er stattdessen, wandte sich fast abrupt um und eilte seinem Zugabteil entgegen.

Adalbert wollte noch etwas Passendes erwidern, aber bevor er die richtigen Worte gefunden hatte, war Anton bereits vom Dampf der Lokomotive verschluckt.

„Müssen wir sofort los?", hörte er eine eher unsichere Stimme unmittelbar hinter ihm. Adalbert fuhr überrascht herum und erkannte Giuseppe, der unbemerkt herangekommen war.

„Natürlich", entschied er ohne eine Sekunde nachzudenken. „Nach dem ganzen Wirbel, den wir hier veranstaltet haben, möchte ich keine Sekunde länger bleiben als unbedingt nötig."

„Aber wäre es nicht besser, wenn ich kurz noch die Zentrale benachrichtige? Immerhin sollten die wissen, dass das Umladen ..."

„Was für eine Zentrale?", mischte Matteo sich in scharfem Tonfall ein. „Wovon redest du überhaupt? Alle Personen, die eingeweiht sind, wissen ohnehin schon Bescheid."

Da war es wieder, das unterschwellige Misstrauen. Aber Matteo schien seinen Einwand nicht näher erklären zu wollen.

„Gibt es irgendein Problem?", verlangte Adalbert also mit Nachdruck zu wissen.

Beide schüttelten nun wieder in trauter Einigkeit den Kopf.

„Nein, Chef! Alles in Ordnung", versicherte Matteo sofort, wobei die Bezeichnung *Chef* gewiss nicht respektvoll gemeint war. Außerdem fixierte er Giuseppe die ganze Zeit über mit einem bedrohlichen Blick.

„Na gut", entschied Adalbert, wohl wissend, dass er die Initiative behalten musste. „Dann lasst uns sehen, dass wir von hier verschwinden."

*

„Du bist beunruhigt?"
Pater Surtkämper schüttelte den Kopf, aber es war ihm anzumerken, dass er Bedenken hatte. Die Informationen, die sie kurz vor ihrer Abfahrt aus Mailand bekommen hatten, gaben seinen Zweifeln neue Nahrung.
„Es gefällt mir einfach nicht", stellte er fest. „Was dein Informant erzählt hat, könnte durchaus wahr sein. Wenn diese umgeladenen Kisten nun tatsächlich ..."
„Blödsinn!", fiel Pater Tinto Falkonese ihm ins Wort. „Das war eine Finte! Und eine schlecht vorbereitete noch dazu."
„Aber dein Informant wirkte sehr überzeugend."
Pater Falkonese reagierte mit einem verächtlichen Schnaufen.
„Der Mann ist zu jung und zu unerfahren", entschied er. „Er konnte die Zusammenhänge nicht erkennen und ist daher fast in Panik geraten. Nein, mein Lieber: Die Dokumente sind nach wie vor hier im Zug. Darauf gehe ich jede Wette ein."
Gustav Surtkämper schluckte die Erwiderung hinunter, die ihm bereits auf der Zunge lag. Auf einen Streit mit Bruder Tinto wollte er sich keinesfalls einlassen.
„Vielleicht hast du ja Recht", lenkte er also ein. „Es stört mich nur, dass wir praktisch keine Möglichkeit mehr haben einzugreifen, wenn wir uns irren."
„Das stimmt doch gar nicht!", entgegnete Pater Falkonese erkennbar genervt. „Wir haben alle Vorbereitungen getroffen, um eingreifen zu können, falls das erforderlich wird."
„Aber nur über deinen Informanten."
„Na und? Der Mann weiß, was er zu tun hat."
„Ich denke, er ist zu jung und zu unerfahren?"
Tinto Falkonese winkte gereizt ab.
„Diese Haarspalterei bringt doch nichts", erklärte er. „Auf

meinen Informanten ist Verlass. Wir sollten uns besser darauf konzentrieren, welche Aufgaben uns in Rom erwarten."

*

Adalbert war froh endlich unterwegs zu sein, aber beruhigt war er nicht. Die ganze Umladeaktion auf dem Bahnhof hatte für sein Gefühl zu viel Aufmerksamkeit erregt. Außerdem wirkte der gesamte Ablauf unprofessionell und damit ganz anders, als er es bislang von der Prieuré gewohnt war.

Zugegeben: Es hatte kaum Zeit für eine vernünftige Vorbereitung gegeben, aber so forderte man das Unglück ja geradezu heraus.

„Wir sind ziemlich spät dran", bemerkte Giuseppe in diesem Augenblick. Er sagte es beiläufig und ohne eine bestimmte Person anzusprechen, aber Adalbert fasste es als unterschwellige Kritik an Matteo auf. Zwischen den beiden herrschte nach wie vor eine unerklärliche Spannung, die fast schon an Feindseligkeit grenzte. Es war schwer sich vorzustellen, dass beide die gleichen Ziele verfolgten.

„Wir sind noch innerhalb des Zeitrahmens", erwiderte Matteo dann auch erwartungsgemäß, wobei seine Mimik deutlich erkennen ließ, dass er sich persönlich angegriffen fühlte.

„Aber nur so gerade noch", setzte Giuseppe nach. „Schon die geringste Unterbrechung würde den gesamten Zeitplan zunichte machen."

Matteo knurrte etwas Unverständliches und starrte mit sturem Blick auf die Straße.

„Giuseppe hat Recht", mischte Adalbert sich ein. „Zeitlich haben wir praktisch keinen Spielraum mehr. Aber wir kommen gut voran und können bestimmt noch ein paar Minuten gut machen, bevor wir den Luftschiffhafen erreichen. Mehr können wir ohnehin nicht tun."

Für einen kurzen Moment schwiegen beide, bis Giuseppe schließlich den Kopf schüttelte.

„Das ist nicht ganz richtig", erklärte er überraschenderweise. „Wir könnten sehr wohl etwas tun."

Adalbert sah leicht irritiert zu ihm herüber.

„Wie meinen Sie das?", verlangte er zu wissen.

„So, wie ich es sage", versicherte Giuseppe aus vollster Überzeugung. „Wir könnten eine Abkürzung fahren. Es gibt einen kleinen Weg, der hinter dem Hügel da vorne auf der linken Seite abzweigt. Es ist ein Trampelpfad, den die hiesigen Bauern benutzen, um zu ihren Feldern zu gelangen, ohne durch die Vororte zu müssen."

„Und über diesen Weg gelangen wir schneller zum Luftschiffhafen?", vergewisserte Adalbert sich etwas ungläubig.

„Ja. Allerdings kommen wir dann von der Rückseite an das Gelände heran. Aber das ist in unserer Situation ja nicht unbedingt von Nachteil."

„Wir haben die strikte Anweisung den vorgeschriebenen Weg nicht zu verlassen", sagte Matteo unwillig.

Giuseppe verdrehte die Augen.

„Dabei ging man davon aus, dass wir reichlich Zeit haben", stellte er fest. „Aber Zeit haben wir nicht. Also werden wir wohl die Initiative ergreifen müssen."

Matteo wollte etwas erwidern, aber Adalbert kam ihm zuvor.

„Woher wissen Sie von diesem Trampelpfad?", verlangte er zu wissen.

„Ich stamme aus dieser Gegend", erklärte Giuseppe, wobei er unsinnigerweise rot wurde. „Mein Geburtsort ist keine zwei Kilometer von hier entfernt."

„Ich denke, du stammst aus Salerno?", warf Matteo misstrauisch ein. „Das ist in Süditalien."

„In gewissem Sinne stimmt das auch", versuchte Giuseppe zu beruhigen. „Ich war erst zwei Jahre alt, als wir hier wegzogen."

„Woher weißt du dann von dem Trampelpfad?"

„Da vorne ist es!", rief Giuseppe, anstatt auf die Frage zu antworten. „Gleich da vorne, hinter der kleinen Baumgruppe müssen wir links abbiegen!"

Adalbert verlangsamte die Fahrt, blieb aber unschlüssig. „Matteos Frage war schon ganz berechtigt", stellte er kurz darauf klar. „Woher wissen Sie von dem Trampelpfad?"

„Aus Erzählungen", entgegnete Giuseppe, aber besonders überzeugend wirkte er dabei nicht. „Außerdem wohnen ja noch Verwandte von uns in dieser Gegend."

Das konnte zwar sein, aber eine Garantie gab es dafür nicht. Und ein Seitenblick auf Matteo zeigte Adalbert, dass auch dieser seine Skepsis nicht abgelegt hatte. Dennoch brachte Adalbert den LKW vorsichtshalber zum Stehen, anstatt einfach an der Einmündung vorbeizufahren. Immerhin war der Zeitplan tatsächlich kaum noch einzuhalten, und eine Abkürzung wäre somit die ideale Lösung.

„Wie viel Zeit gewinnen wir, wenn wir den Pfad nehmen?", verlangte er daher zu wissen.

„Schwer zu sagen", erwiderte Giuseppe nachdenklich. „Aber mindestens eine halbe Stunde."

„Dann nehmen wir den Weg", entschied Adalbert, ohne Matteo vorher zu fragen.

Er zog den Lastwagen wieder auf die Straße und bog gleich darauf in den schmalen Trampelpfad ein. Ein Seitenblick genügte, um zu erkennen, dass Matteo mit dieser Entscheidung nicht einverstanden war, aber er zog es vor zu schweigen. Nun gut: Mit der Ablehnung Matteos hatte er gerechnet. Was ihm jedoch viel mehr zu Denken gab, war das seltsam triumphierende Lächeln von Giuseppe.

Adalbert zwang sich jedoch nicht weiter darüber nachzudenken, da seine Entscheidung ohnehin bereits gefallen war. Auch Matteo schluckte anscheinend jede Kritik hinunter, wirkte jedoch während der weiteren Fahrt äußerst angespannt und wachsam.

„Von hier aus kann es nicht mehr weit sein", klärte Giuseppe sie unvermittelt auf. „Wenn wir den Gipfel dieser Bergkuppe erreicht haben, kann man den Luftschiffhafen bereits erkennen."

Adalbert war freudig überrascht. Er hatte das Gefühl, kaum mehr als fünfzehn Minuten gefahren zu sein, allerdings erhielt sein Hochgefühl auch gleich darauf einen empfindlichen Dämpfer. Direkt auf der Kuppe des Hügels stand ein Polizeifahrzeug, bei dem zwei uniformierte Posten Wache hielten. An diesem Ort und zu dieser Zeit ein sehr ungewöhnlicher Anblick. Es schien fast, als hätten die beiden nur auf sie gewartet.

„Verdammt!", rief Giuseppe aus, während Adalbert und Matteo vor Schreck kein Wort herausbrachten. „So ein verdammter Mist! Was wollen die Idioten denn hier?"

Keiner schien es für nötig zu halten, die Frage zu beantworten, was Giuseppe dazu veranlasste seinen Unmut durch eine eindeutige Geste zu unterstreichen. Und obwohl alle ebenso empfanden, wurde Adalbert das Gefühl nicht los, dass Giuseppes Reaktion übertrieben und einstudiert war.

Dennoch fügte er sich dem Unvermeidlichen und drosselte die Geschwindigkeit auf Schritttempo, bis er die Polizisten erreicht hatte.

„Fahrzeugkontrolle", erklärte der jüngere der beiden, der an das Fenster der Fahrerkabine getreten war. „Ihre Papiere, bitte."

Adalbert zwang sich die Nerven zu bewahren und suchte die entsprechenden Dokumente hervor.

„Sie stehen ziemlich weit unten auf diesem Weg", stellte Giuseppe unvermittelt fest, womit offensichtlich niemand etwas anfangen konnte. Zumindest schaute der Polizist ihn ebenso verständnislos an wie Adalbert.

„Es gibt keine festgelegten Stellen für Routinekontrollen", erklärte der Polizist durchaus freundlich, wenn auch mit Bestimmtheit. „Sonst würde eine Kontrolle ja keinen Sinn machen."

„Natürlich", beeilte Adalbert sich zu bestätigen. „Und da bei uns alles in Ordnung ist, haben wir auch nichts zu befürchten."

Das war eher eine Frage geworden, als die gewünschte Feststellung.

„Ihre Papiere scheinen in Ordnung zu sein", bestätigte der Polizist. „Ich habe Sie allerdings angehalten, weil Ihr rechtes Positionslicht nicht brennt."

Adalbert bemühte sich seine Erleichterung zu verbergen.

„Oh ... das habe ich nicht gewusst", entgegnete er etwas hilflos und wartete die weitere Entwicklung ab. Vermutlich würde es auf ein Verwarnungsgeld hinauslaufen, für das es weder eine Quittung noch eine Berechtigung gab. Das war im Augenblick ihr geringstes Problem.

„Warum dauert das so lange?", zischte Giuseppe plötzlich in kaum verständlicher Lautstärke. „Wir müssen hier weg."

Adalbert schaute leicht verwundert zu ihm hinüber und stellte überrascht fest, dass Giuseppe nun angespannt und nervös wirkte. Es schien fast so, als habe das harmlose Anliegen der Polizisten ihm einen gehörigen Schreck eingejagt. Zumindest war seine Reaktion nun echt und wirkte nicht so gekünstelt wie zuerst.

„Beruhige dich", flüsterte Adalbert deshalb in beruhigendem Tonfall, wobei er hoffte, dass der Polizist ihn nicht hörte. „Es ist alles in Ordnung."

*

„Das werden Sie nie erfahren!"
Anton Kämmerer hatte triumphierend gesprochen, obwohl er sich eine solche Haltung eigentlich nicht erlauben konnte. Er war in körperlich schlechter Verfassung, und seine beiden Bewacher waren nervös und verärgert.

„Seien Sie doch nicht so dumm", mischte jener Mann sich nun ein, der bislang schweigend im Hintergrund geblieben war. Er gehörte eindeutig nicht zu der Gruppe, die den Transport kurz hinter Rom überfallen hatte, aber er besaß zweifellos die größere Autorität im Raum.

„Sie können mich mal!", entgegnete Anton dennoch provozierend, obwohl die scheinbar mitfühlende Vernunft des Mannes nach den Misshandlungen der letzten Stunde verlockend wirkte. „Von mir werden Sie nichts erfahren!"

Der Mann schüttelte bedauernd den Kopf.

„Aber natürlich werden wir das", stellte er kurz darauf klar. „Und Sie wissen genau, dass Sie uns am Ende doch alles verraten werden. Also machen Sie es sich doch nicht unnötig schwer. Wir wollen doch nur wissen, wo die Schriften der Katharer sich im Augenblick befinden."

„Auf jeden Fall weit außerhalb Ihrer Reichweite!", antwortete Anton trotzig, was ihm prompt einen Hieb in die Magengrube einbrachte.

Es war der kleinere von seinen beiden Bewachern, der zugeschlagen hatte. Ein Mann mit kräftiger Statur und dürftigem Denkvermögen, der schon beim Überfall selbst durch unnötige Brutalität aufgefallen war. Anton bemühte sich die Schmerzen zu verdrängen und rang nach Luft, während er aus den Augenwinkeln wahrnahm, wie eine weitere Person aus dem Dunkel des Raumes hervortrat. Es war ein Mann mit dem kompletten Ordensgewand der Jesuiten.

„Lassen Sie das!", befahl er in scharfem Tonfall, was dem

kleinen Kräftigen offenbar gar nicht gefiel. „Wir wissen ohnehin, wo sich die Dokumente befinden."
„Blödsinn!", krächzte Anton, kaum dass er wieder Luft bekam.
„Sie täuschen sich schon wieder, Herr Kämmerer", bemerkte der Jesuit mit einer gefährlichen Gelassenheit. „Wir sind über Ihre Aktivitäten in Mailand unterrichtet. Wir kennen nur noch nicht das genaue Ziel des Lastwagens."
Anton versuchte ein verächtliches Lächeln.
„Und dabei wird es auch bleiben."
„Du verdammtes, arrogantes Dreckschwein!", fuhr der kleine Kräftige ihn an und griff ihm an die Gurgel. „Dich mach ich fertig! Du wirst schon sehen, was ..."
„Schluss jetzt!", fuhr der Jesuit dazwischen. „Lassen Sie auf der Stelle den Mann los!"
„Sie haben mir gar nichts zu befehlen!", rief der Kräftige mit sich überschlagender Stimme.
Der Jesuit wurde trotz seiner hellen Haut erkennbar blass, während Anton eine Chance witterte das Chaos im Raum zu vergrößern. Vielleicht bot sich ihm auf diese Weise doch noch eine Möglichkeit zur Flucht.
„Du armseliges Würstchen hast hier gar nichts zu sagen!", ging Anton seinen Gegner daher mit äußerster Verachtung an. „Typen wie du taugen gerade mal zum Handlanger!"
Zu seiner eigenen Verblüffung ließ der kleine Kräftige daraufhin tatsächlich von ihm ab und trat einen Schritt zurück. Seine anfängliche Erleichterung verwandelte sich jedoch schnell ins Gegenteil, als er sah, wie sein Gegner eine Pistole zog.
„Runter mit der Waffe!", forderten der Jesuit und der unbekannte Dritte fast gleichzeitig, während Anton sich bemühte keinerlei Angst zu zeigen.
„Der Spinner hat doch eh nicht den Mumm abzudrücken!", setzte er schließlich nach, in der Hoffnung die Situation so außer Kontrolle zu bringen. Wenn er seine Gegner gegenein-

ander aufbringen konnte, ergab sich vielleicht die eine Chance, auf die er lauerte.

Zu seinem Schrecken musste er jedoch erkennen, dass er sich diesmal verkalkuliert hatte. Wie in Zeitlupe nahm er wahr, wie der kleine Kräftige den Finger krümmte und den Abzug der Pistole durchzog. Einen Sekundenbruchteil später spürte er einen kurzen, heftigen Schmerz hinter der Stirn, bevor er endgültig in die Dunkelheit stürzte.

Im ersten Augenblick beherrschte blankes Entsetzen den Raum, während Anton Kämmerers Leiche mitsamt dem Stuhl zur Seite kippte.

„Sie verdammter Idiot!", zerschlug der Jesuit schließlich den Bann, während er dem kleinen Kräftigen mit einem kurzem Schwung die Waffe aus der Hand schlug. „Was zum Teufel haben Sie da angerichtet?"

Der Mann schaute ihn mit großen Augen an, so als wäre er gerade erst aus einer Art Trance erwacht.

„Das ... das wollte ich nicht", brachte er stammelnd hervor, nur um gleich darauf trotzig hinzuzufügen: „Aber da war der Kerl doch selber schuld!"

Der Jesuit rang sichtlich mit seiner Beherrschung, als er spürte, wie sich von hinten eine Hand auf seine Schulter legte.

„Sie müssen hier weg, Pater Falkonese", bemerkte der dritte Mann eindringlich. „Hiermit dürfen Sie nicht in Verbindung gebracht werden."

„Aber ..."

„Nein! Kein Aber!", wurde er zurechtgewiesen. „Hier können Sie nichts mehr tun. Die Katharer Schriften sind vorerst verloren. Auf dem Transport, den wir überfallen haben, waren sie jedenfalls nicht. Außerdem hat es schon dabei Tote gegeben. Und jetzt das hier!"

„Die Schriften sind nicht verloren", entgegnete Falkonese fast automatisch. „Eine Chance haben wir noch."

„Mag sein, aber jetzt müssen Sie hier weg! Ich kümmere

mich schon um alles."

Pater Falkonese reagierte nicht. Er stand immer noch fassungslos mitten im Raum und starrte auf den Leichnam hinunter.

„Bruder Tinto ... Hören Sie?", setzte der dritte Mann nach. „Sie müssen hier weg. Jetzt!"

*

Der Betrag war lächerlich und stand in keinem Zusammenhang zu der defekten Positionsleuchte. Dennoch hatte Adalbert es vorgezogen den gewünschten Betrag ohne Widerspruch zu zahlen, um den Polizisten nicht unnötig gegen sich aufzubringen.

„Sie müssen übrigens wieder umkehren", bemerkte der zweite Polizist nun, der inzwischen zu ihnen herüber gekommen war. „Wenn sie nach Campolo wollen, dann haben Sie die falsche Abfahrt genommen. Das hier ist eine Sackgasse."

Adalbert glaubte nicht richtig zu hören.

„Wieso ist das eine Sackgasse?", fragte er in weitaus schärferem Tonfall als beabsichtigt. „Ich denke, hier geht es um die Vororte herum und am Luftschiffhafen vorbei."

Der erste Polizist schaute in ungläubig an, während sein Kollege zu lachen begann.

„Mein Gott, da haben Sie sich aber gründlich geirrt!", kommentierte er kurz darauf. „Wenn Sie zum Luftschiffhafen wollen, dann hätten Sie auf der Hauptstraße bleiben müssen. Es gibt keine Möglichkeit die Vororte zu umfahren. Schon gar nicht auf diesem Weg."

Adalbert und Matteo schauten fast gleichzeitig zu Giuseppe herüber, dem plötzlich der Schweiß auf der Stirn stand.

„Er lügt", zischte Giuseppe, als er die feindseligen Blicke seiner Kameraden bemerkte. „Hier stimmt etwas nicht. Wir sollten weiterfahren, und zwar sofort."

„Hier stimmt allerdings etwas nicht", bestätigte Adalbert, während er aus den Augenwinkeln beobachtete, wie die Polizisten sich entfernten. „Aber es sind Ihre Angaben, die hier nicht stimmen. Ich denke, Sie sind uns eine Erklärung schuldig."

„Was gibt's da noch zu erklären?", folgerte Matteo. „Der Hund spielt falsch!"

„Blödsinn!", sagte Giuseppe überraschend selbstsicher. Er schien plötzlich jede Nervosität abgelegt zu haben und wirkte völlig verwandelt. „Ich weiß auch nicht, was das gerade sollte, aber wir werden auf jeden Fall auf diesem Weg weiterfahren."

Adalbert schüttelte energisch den Kopf, während er ein kurzes Stück in den Wald hineinfuhr, um den Lastwagen besser wenden zu können.

„Ich fahre hier keinen Meter weiter", stellte er kurz darauf klar. „Wir kehren um und halten uns an den ursprünglichen Weg!"

„Genau!", bekräftigte Matteo. „Wir haben ohnehin schon zu viel Zeit verloren."

Giuseppe gab sich merkwürdig unbeteiligt und schaute stattdessen aufmerksam den Weg hinunter, auf dem die Polizisten verschwunden waren. Kurz darauf jedoch hielt er plötzlich eine Waffe auf Matteos Kopf gerichtet.

„Anhalten!", befahl er beängstigend ruhig. „Für euch ist diese Fahrt hier zu Ende."

„Was soll das?", fragte Adalbert völlig überrumpelt. „Haben Sie den Verstand verloren?"

„Im Gegenteil", beteuerte Giuseppe mit einer Kälte, die seinen Hass verriet. „Sie werden den Lastwagen jetzt wieder in die ursprüngliche Fahrtrichtung wenden und dem Weg noch ungefähr zwei Kilometer folgen. Dort oben werden wir bereits erwartet."

„Deswegen warst du also kurz vor der Abfahrt noch einmal weg", stellte Matteo mit rauer Stimme fest, wobei er sich bemühte seine Angst zu unterdrücken.

Giuseppe sah ihn mitleidig an, konnte seine Verachtung jedoch nicht verbergen.

„Endlich hast du's kapiert", triumphierte er. „Das war gar nicht so leicht zu organisieren."

Adalbert spürte, dass dieser kurze Moment persönlicher Genugtuung ihre einzige Chance war. Er hatte inzwischen den Rückwärtsgang hineingerammt und ließ nun so abrupt die Kupplung kommen, dass Giuseppe den Halt verlor und die Waffe für einen kurzen Moment von Matteos Kopf abrutschte. Aber zum Glück schien dieser nur auf eine solche Gelegenheit gewartet zu haben, denn dieser kurze Moment reichte völlig aus.

Mit seiner gesamten aufgestauten Wut und Enttäuschung rammte er Giuseppe seinen Ellbogen in die Seite und entriss ihm gleichzeitig die Waffe. Adalbert hatte unterdessen den Lastwagen wieder auf den Feldweg gebracht, so dass er nun mit der Schnauze in jene Richtung zeigte, aus der sie gekommen waren.

Giuseppe begriff die veränderte Situation sofort, aber noch bevor er etwas ändern konnte, hatte er sich einen weiteren Haken von Matteo eingefangen, der seinen Kopf gegen die geschlossene Beifahrertür schmetterte. Er versuchte sich zu wehren, merkte aber gleichzeitig, dass ihm schwarz vor Augen wurde.

Adalbert kämpfte unterdessen mit Kupplung und Getriebe, um den ersten Gang hineinzukriegen, und nahm nur aus den Augenwinkeln war, was neben ihm vorging. Dennoch war es Matteo irgendwie gelungen um den erschlafften Körper Giuseppes herum die Beifahrertür zu öffnen und den Körper seines Kollegen nach draußen zu befördern!

„Los, weg hier!", forderte Matteo gleich darauf noch völlig außer Atem.

„Was ist mit ihm?", verlangte Adalbert zu wissen. „Ist er tot?"

„Glaube ich nicht", entgegnete Matteo. „Ist mir aber auch egal. Lass uns verschwinden!"

*

Der Anblick war einfach überwältigend. Und obwohl Franco Skalti diesen Anblick jeden Morgen geboten bekam, wirkte die schiere Größe des Luftschiffes regelrecht erdrückend auf ihn. Gerade jetzt, in der trüben und diesigen Morgenstunde, hatte die Szenerie etwas Bedrohliches. Später, wenn die Sonne sich durchgesetzt hatte und hektische Betriebsamkeit auf dem Platz herrschte, würde der Eindruck sich legen. So jedoch schien es, als würde die Technik den Menschen beherrschen, und nicht umgekehrt.

Und in den nächsten Minuten würde sich daran auch nicht viel ändern, da die Herren der Expeditionsleitung erst in gut einer Stunde erwartet wurden. Sie würden zusammen mit Oberst Nobile eintreffen und damit auch den inzwischen schon unvermeidlichen Presserummel in Gang setzen. Immerhin würden heute noch zusätzliche Vertreter der Stadt Mailand anwesend sein, da für diesen Tag ein letzter Probe-Aufstieg des Luftschiffes vorgesehen war.

Im Näherkommen erkannte er, dass einige Techniker bereits an der Arbeit waren. Das Luftschiff war aus der gigantischen hölzernen Halle herausgeholt worden und schwebte nun durch Halteseile fixiert über dem Vorfeld.

Die N2, die man auf den Namen *Italia* getauft hatte, war ein halbstarres Luftschiff, was bedeutete, dass im Gegensatz zu den berühmten Zeppelinen nur der untere Teil des Schiffes ein festes Stahlskelett besaß. Die darüber befindliche Hülle wurde ausschließlich durch den Innendruck des Traggases in seine Form gebracht. Dieser Innendruck der Hülle konnte noch zusätzlich variiert werden, um eine sichere Lage des Luftschiffes während des Fluges zu gewährleisten.

Franco Skalti war als leitender Ingenieur für die Motorentechnik des Luftschiffes zuständig und daher mit der Technik der N2 gut vertraut. Außerdem hatte er bereits bei der Entstehung des Vorgänger-Luftschiffes N1 mitgewirkt, das unter dem Namen *Norge* zur Berühmtheit geworden war. Mit ihr war es 1926 gelungen den Nordpol zu überfliegen.

Diese erste Arktis-Expedition war ein großer Erfolg gewesen, der den Konstrukteur und Kommandanten Oberst Nobile zu Weltruhm gelangen ließ, auch wenn die Expedition selbst durch den norwegischen Forscher Roald Amundsen geleitet worden war. Und da Amundsen sehr nationalistisch gesinnt war, hatte man der N1 den Namen *Norge* verpasst.

Allerdings war auch Kommandant Nobile ein glühender Patriot, nur dass sein Nationalismus natürlich nicht Norwegen, sondern Italien galt. Eine Situation, die bei der Expeditionsfahrt für heftige Kompetenz-Rangeleien gesorgt hatte.

Aber an dieser zweiten Expedition war Roald Amundsen nicht mehr beteiligt, und die Befehlsgewalt lag allein bei Oberst Nobile. So war es dann auch nicht weiter verwunderlich, dass das neue Schiff, die N2, auf den Namen *Italia* getauft worden war.

Dieses, ebenfalls von Oberst Nobile konstruierte Luftschiff war im Grunde eine vergrößerte Ausgabe der *Norge*. Franco Skalti wusste um die Leistungsfähigkeit der neuen Konstruktion, denn als leitender Ingenieur unterlag ihm die Wartung der drei Motoren.

Er näherte sich also dem gewaltigen Koloss und bestieg die Führergondel. Außer ihm waren nur noch einige Leute der Haltemannschaft in der näheren Umgebung des Luftschiffes, so dass es ihm problemlos möglich war, das Luftschiff ungehindert zu betreten.

Man brauchte dafür im Grunde nicht mehr als die korrekte Arbeitskleidung des Bodenpersonals, und schon wurde man von niemandem mehr sonderlich beachtet. Überhaupt wurden die vorhandenen Sicherheitsvorkehrungen in der Praxis nicht sehr ernst genommen. Ein Umstand, den er gemessen an der Bedeutung dieser Expedition sehr verwunderlich fand, der ihm aber auch sehr entgegen kam. Immerhin war er das einzige Mitglied der Prieuré, das überhaupt Zugang zum Luftschiff hatte. Und folglich konnte er bei der Erfüllung seiner Aufgabe auch keinerlei Hilfe von Außen erwarten. Aber das hatte ihn nicht abgeschreckt. Im Gegenteil: Er empfand es als Ehre, dass man ihm das nötige Vertrauen schenkte, um eine geheime Fracht in Empfang zu nehmen, die für die Prieuré offenbar überaus wichtig war. Es würde während der Expeditionsfahrt seine Aufgabe sein dafür zu sorgen, dass die Fracht unentdeckt blieb und ohne Beschädigungen ihren Bestimmungsort in Amerika erreichte.

In diesem Augenblick sah er eine große Limousine auf das Luftschiff zukommen, die er im Näherkommen als das Fahrzeug des Bürgermeisters von Mailand erkannte. Er wusste, dass nun der übliche Rummel einsetzen würde, und er sollte in dieser Hinsicht nicht enttäuscht werden. Unmittelbar hinter dem Fahrzeug des Bürgermeisters erkannte er nun auch den Wagen von Oberst Nobile.

Inzwischen hatte der Lancia des Bürgermeisters das Luftschiff erreicht, und Skalti erkannte am anderen Ende des Feldes weitere Fahrzeuge, die nun ebenfalls auf das Luftschiff zuhielten. Die Vermutung, dass es sich dabei um Reporter handelte, lag ziemlich nahe, denn dank der sehr medienwirksamen Person des Oberst Nobile wiederholte sich dieses Schauspiel inzwischen fast jeden Morgen.

Skalti beeilte sich also in seine Motorengondel zu gelangen, bevor das morgendliche Ritual der Heldenverehrung begann. Er hatte die entsprechenden Phrasen zu derartigen Anlässen schon zu oft gehört, um noch beeindruckt zu sein. Und die neue Expedition, welche die Erforschung des vier Millionen Quadratkilometer großen Gebiets der noch unbekannten Arktis zum Ziel hatte, war ihm inzwischen zu vertraut, als dass derartige Reden noch neue Erkenntnisse bringen konnten.

Allerdings erinnerte er sich noch recht gut daran, wie bei der ersten Rede, die er von Oberst Umberto Nobile gehört hatte, der Funke der Begeisterung auch auf ihn übergesprungen war. Wie hatte Nobile sich doch damals geäußert, als man ihn zu den Gefahren der neuen Mission befragt hatte? *„Alles, was menschliche Kraft tun konnte, das gesteckte Ziel zu erreichen, ist geschehen, auf alles, was man vorhersehen kann, sind wir vorbereitet, auch auf die Möglichkeit eines Misserfolges oder einer Katastrophe. Wir wissen, dass das Unternehmen schwierig und riskant ist, noch mehr als im Jahre 1926. Aber gerade die Schwierigkeiten und Risiken reizen uns. Wenn es leicht und sicher wäre, hätten schon andere das Ziel erreicht!"*

Es war damals eine flammende und mitreißende Rede gewesen. Und die Tatsache, dass er selbst Mitglied dieser Expedition sein würde, hatte ihn mit Stolz erfüllt.

Aber mit der Zeit wurde auch die flammendste und mitreißendste Rede langweilig und bedeutungslos, wenn man sie nur oft genug hörte. Also bemühte er sich derartigen Veranstaltungen aus dem Weg zu gehen und fieberte ansonsten dem Tag entgegen, an dem ihre Mission beginnen würde. Aber lange brauchte er da nicht mehr zu warten, denn vorausgesetzt die weitere Vorbereitung verlief problemlos, würde der Start der Expedition am 15. April stattfinden – also in drei Tagen!

Bis dahin jedoch mussten jene geheimnisvollen Kisten, für deren sicheren Transport er im Namen der Prieuré sorgen sollte, noch hier eintreffen. Und nicht zuletzt aus diesem Grunde war er heute nervöser als sonst. Denn es war vorgesehen, die Kisten der Prieuré mit den Ausrüstungsgegenständen für den heutigen Probe-Aufstieg an Bord zu nehmen. Und das bedeutete, dass der LKW mit den Kisten innerhalb der nächsten zwei Stunden eintreffen musste.

*

Es herrschte ein gewaltiger Trubel. Eine riesige Menschenmenge drängte sich vor einer Art Tribüne, die vor dem Hintergrund des imposanten Luftschiffes aufgebaut war. Es schien fast so, als sei halb Mailand hier versammelt, aber das war noch nicht einmal das Schlimmste. Was Adalbert am meisten erschreckte, war die Anwesenheit von Pressevertretern aus aller Welt.

Nicht zum ersten Mal fragte er sich, ob die Prieuré wirklich wusste, was sie hier tat, aber die Antwort darauf wurde ihm fast ebenso schnell klar. Zum einen war ihr Lastwagen am Zufahrtstor zum Luftschiffhafen nur sehr unwillig kontrolliert worden, zum anderen nahm niemand mehr Notiz von ihnen, sobald sie sich erst einmal auf dem Gelände befanden. Die Aufmerksamkeit aller Anwesenden war voll auf die Tribüne gerichtet, wo eine Gruppe von drei oder vier Männern zu erkennen war, die irgendwelche Erklärungen abgaben.

Adalbert versuchte also sich möglichst weit von der Tribüne entfernt zu halten und näherte sich dem Luftschiff in einem großen Bogen von der Rückseite her. In dieser frühen Morgenstunde warf die Sonne noch lange Schatten und sorgte so noch zusätzlich dafür, dass sie mit ihrem LKW fast unbemerkt bis an die Führungsgondel des Luftschiffes heranfahren konnten. Adalbert rief sich also nochmals die Beschreibung jenes Mannes in Erinnerung, dem er die Kisten mit den Schriftrollen übergeben sollte. Dieser Mann der Prieuré, ein gewisser Franco Skalti, war tatsächlich ein offizielles Besatzungsmitglied bei dieser Arktis-Expedition und sollte sich jetzt bereits an Bord befinden.

Er hatte den LKW kaum zum Stehen gebracht, da öffnete sich bereits die Tür der Führungsgondel, und ein Mann in der Uniform der italienischen Luftschiffer starrte ungeduldig auf sie herab. Adalbert schätzte den Mann auf Mitte dreißig, und der Schmiss auf der rechten Wange legte die Vermutung nahe, dass er Franco Skalti bereits vor sich hatte. Dennoch blieb er vorsichtig und ließ den Motor des Lastwagens laufen, während er darauf wartete, dass der Mann das Luftschiff verließ und zu ihnen herüberkam.

„Sie kommen spät", war die erste Bemerkung des Mannes, nachdem der den Lastwagen erreicht hatte. „Uns bleibt nicht viel Zeit für die Verladeaktion."

Adalbert nickte, hielt es jedoch nicht für notwendig sich zu entschuldigen. Immerhin war diese Fahrt gefährlich gewesen, und ihre Verspätung war zudem geringer ausgefallen als ursprünglich befürchtet.

„Sie kennen das Zeichen von Gisors?", entgegnete er stattdessen weisungsgemäß und beobachtete seinen Gegenüber genau.

„Die gespaltene Ulme zeigt uns die Notwendigkeit des Zusammenhalts", kam die todernst vorgebrachte Antwort. Eine Antwort, die zum Ritual der Identifizierung gehörte.

„Demnach sind Sie Franco Skalti?", vergewisserte sich Adalbert, obwohl auch die Beschreibung Kämmerers auf diesen Mann vollständig zutraf.

„Wer denn sonst?", kam die ungeduldige Antwort. „Wir müssen uns wirklich beeilen, Herr von Grolitz! Die Abläufe für diesen Tag haben sich geändert. Der Probeaufstieg wurde um zwei Stunden vorverlegt. Und das bedeutet, dass Sie innerhalb von dreißig Minuten wieder verschwunden sein müssen, sonst geraten wir zu sehr ins Licht der Öffentlichkeit."

Adalbert war verwundert darüber, dass Skalti seinen Namen kannte. Aber er zwang sich nicht länger darüber nachzudenken, sondern begann umgehend mit den Vorbereitungen zum Entladen.

„Hatten Sie Probleme auf dem Weg hierher?", wollte Skalti unvermittelt wissen.

Adalbert zögerte, entschied sich dann aber dafür das Vor-

407

gefallene nicht hochzuspielen. Dass sie von ihren Gegnern noch eingeholt wurden, war inzwischen eher unwahrscheinlich.

„Wir haben alle Probleme lösen können", entgegnete er also durchaus wahrheitsgemäß.

Franco Skalti musterte ihn mit durchdringendem Blick, aber schließlich nickte er nur.

„Das ist gut", entgegnete er lapidar.

Adalbert zuckte nur mit den Schultern. Nun war es ohnehin zu spät, um noch irgendetwas an der Situation zu ändern.

„Wohin sollen die Kisten gebracht werden?", verlangte er stattdessen zu wissen. „Sie sind verdammt schwer und müssen von zwei Mann getragen werden."

„Ja, ich bin mit dem Gewichtsproblem vertraut", entgegnete Skalti daraufhin, ohne dass Adalbert so recht wusste, was er meinte. „Wir müssen sie an verschiedenen Stellen des Luftschiffes unterbringen."

„Es gibt also keinen Gepäckraum oder dergleichen?"

„Was glauben Sie, was das hier ist?", entgegnete Skalti mit einer gewissen Arroganz. „Jeder Ausrüstungsgegenstand hat seinen festen Platz im Schiff. Die Kisten müssen also nicht nur so untergebracht werden, dass sich niemand über sie wundert, sondern sie dürfen auch die Trimmung nicht beeinflussen. Daher war es ja so wichtig, dass die Kisten bei diesem letzten Probeaufstieg des Luftschiffes schon an Bord sind. Das endgültige Austrimmen des Luftschiffes erfolgt dann schon unter den Realbedingungen der Expedition. Dieser Umstand könnte für uns alle lebenswichtig werden."

Adalbert nickte, auch wenn er Skaltis Verhalten etwas theatralisch fand.

„Dann sollten wir uns umgehend ans Werk machen", erklärte er daher kurz angebunden. „Da wir zu zweit sind, können wir die Kisten tragen, aber Sie müssen uns sagen, wo sie hin sollen."

„Zunächst mal zur Ladeklappe an der Unterseite der Führungsgondel", entschied Skalti, während er mit dem Arm in die entsprechende Richtung wies. „Wo sie im Schiff untergebracht werden, zeige ich Ihnen später."

Adalbert ging mit Matteo zur Rückseite des Lastwagens und warf die Plane hoch. Die Kisten mit den Katharer Schriften standen nacheinander aufgereiht in der Mitte der Ladefläche und waren rechts und links mit Stricken fixiert. Er erkannte auf den ersten Blick, dass die Ladung den Transport unbeschadet überstanden hatte, und begann umgehend damit die Transportsicherungen zu lösen. Zum Glück gab es keine Verzögerungen, und so hatten sie schon kurze Zeit später sämtliche Kisten unter der großen Verladeluke des Luftschiffes stehen.

Skalti hatte sich inzwischen damit befasst eine Art Flaschenzug zu montieren, mit dem die Kisten an Bord gehievt werden konnten. Sobald er damit fertig war, ließ er die Fanghaken zu ihnen herunter und beugte sich so weit wie möglich vor.

„Macht die erste Kiste fest!", rief er herunter. „Je ein Haken für jede Seite. Das mittlere Seil gehört durch die seitlichen Führungslaschen."

„In Ordnung", rief Adalbert zurück und befolgte Skaltis Anweisungen so gut es ging.

„Fertig?", kam schon kurze Zeit später die ungeduldige Frage von oben.

Adalbert machte eine beruhigende Geste und arretierte den letzten Haken am seitlichen Tragegriff der Kiste.

„So. Hoch damit!", rief er und sah zu, wie Franco Skalti die schwere Kiste an Bord des Luftschiffes zog. Kaum hatte er das geschafft, da beugte er sich erneut über die geöffnete Luke.

„Herr von Grolitz! Gehen Sie nach vorne zur Tür der Gondel und steigen Sie hinauf. Ich brauche Sie jetzt hier oben."

Adalbert nickte und machte sich umgehend auf den Weg. Die Hauptzugangstür zur Gondel war nur über eine kurze

Leiter zu erreichen, also machte er sich ohne Umschweife daran zur Gondel hinaufzusteigen. Kaum hatte er das Luftschiff jedoch betreten, da erschien Skalti im hinteren Türrahmen des Führungsstandes.

„Halt. Keinen Schritt weiter!", befahl Skalti, wenngleich auch in eher freundlichem Tonfall. „Sehen Sie die gummierten Schuhüberzüge rechts neben der Eingangstür? Ziehen Sie die erst einmal über."

Adalbert schaute in die angegebene Richtung und holte zwei Überzüge aus einem dort aufgehängten Beutel.

„Wozu soll das gut sein?", erkundigte er sich, während er die Schoner über die Schuhe streifte.

„Sie tragen Schuhe mit eisenbeschlagenen Kappen", erklärte Skalti. „Und die gesamte Gondel besteht aus Metall."

„Sie meinen unsere Schritte wären sonst zu laut?", erkundigte Adalbert sich amüsiert.

„Die Überzüge sollen Funkenschlag vermeiden. Ein Luftschiff benutzt Wasserstoff als Traggas. Und das ist ein hochexplosives Zeug. Unter Umständen genügt da schon ein einziger Funke, und die ganze Italia fliegt uns um die Ohren."

Adalbert war augenblicklich stehen geblieben und fühlte sich plötzlich gar nicht mehr wohl in seiner Haut. Zumindest war er froh, gleich wieder verschwinden zu können. Die Aussicht an Bord einer fliegenden Bombe auf eine Arktis-Expedition zu gehen, fand er überhaupt nicht verlockend.

Da Skalti jedoch keine Anstalten machte noch weitere Erklärungen anzufügen, folgte er ihm in den hinteren Teil der Gondel. Er bewegte sich nun mit äußerster Vorsicht und wunderte sich gleichzeitig darüber, wie beengt es an Bord dieses riesigen Ungetüms zuging. An mehreren Stellen war der Gang so mit Ausrüstung zugestellt, dass man sich regelrecht hindurchzwängen musste, und so etwas wie Mannschaftsunterkünfte konnte er auf den ersten Blick überhaupt nicht entdecken. Stattdessen gab es jede Menge offen liegende Hydraulik- und Elektroleitungen, sowie Handräder und

Stellmechanismen, deren Sinn er nicht einmal erahnen konnte. Zusätzlich wurde das Durchkommen von Leitern und Bodenklappen erschwert, die in andere Bereiche des Luftschiffes führten.

Als sie den hinteren Teil der Gondel erreicht hatten, zwängte sich Skalti durch eine Bodenluke und war kurz darauf verschwunden. Adalbert beeilte sich also, die Luke zu erreichen und zwängte sich ebenfalls hindurch. Kaum war er auf dem unteren Deck angekommen, sah er Skalti jedoch am hinteren Ende des niedrigen Raumes, und wusste nun auch wieder, wo sie sich befanden. Franco Skalti stand über die erste Kiste gebeugt, die sie kurz zuvor an Bord gehievt hatten, und löste die Haken des Flaschenzuges.

„Müssen wir die Kisten etwa durch diese schmale Öffnung bringen?", verlangte Adalbert zu wissen, wobei er mit Schrecken daran dachte, wie mühsam es gewesen war selbst durch die Bodenluke zu steigen. Zudem erinnerte er sich daran, dass die Kisten mit den Schriftrollen ebenfalls eisenbeschlagene Ecken aufwiesen, um sie vor Transportschäden zu schützen.

Skalti gönnte ihm jedoch nur ein schadenfrohes Grinsen.

„Ich habe doch gesagt, dass ich Sie hier brauche", entgegnete er lapidar.

Adalbert begann damit den Gang zur Deckenluke freizuräumen. Anschließend ging er zu Skalti zurück, und gemeinsam begannen sie die erste Kiste an ihren Bestimmungsort zu schleppen. Eine Arbeit, die erstaunlich gut von der Hand ging, wenn man bedachte, wie beengt es in der Luftschiffgondel zuging. Aber Adalbert war schnell klar geworden, dass Skalti die Aufbewahrungsorte mit Bedacht gewählt hatte, und so konnten die Kisten tatsächlich einigermaßen unauffällig in dem scheinbaren Durcheinander verschwinden.

„Sie werden die Kisten in den USA auch persönlich wieder in Empfang nehmen?", wollte Skalti unvermittelt wissen.

Adalbert musterte ihn mit einem kurzen Seitenblick, denn das war eher eine Feststellung gewesen als eine Frage.

„Ja, sicher, ich reise schon morgen ebenfalls in die USA", bestätigte er, wobei er absichtlich verschwieg, dass Greta ihn begleiten würde. „Zumindest war es so geplant. Warum? Gibt es irgendwelche Änderungen?"
Franco Skalti schüttelte den Kopf.
„Nein, nichts dergleichen", versicherte er hastig. „Ich habe mich nur gefragt, ob Sie den endgültigen Bestimmungsort in den USA kennen."
„Nein, natürlich nicht", entgegnete Adalbert wahrheitsgemäß. „Ich werde den endgültigen Bestimmungsort erst unmittelbar vor dem Beginn des Transportes erfahren. Das ist eine zusätzliche Sicherheitsmaßnahme."
Skalti sah ihn mit erkennbarem Unbehagen an. Es war ihm anzumerken, dass er noch etwas sagen wollte.
„Was ist los?", hakte Adalbert also nochmals nach. „Gibt es irgendetwas, das ich noch wissen sollte?"
„Nicht von offizieller Seite", entgegnete Skalti ausweichend. „Seien Sie vorsichtig, nachdem Sie die Kisten an ihrem endgültigen Bestimmungsort abgeliefert haben."
Adalbert war stehen geblieben und hielt Skalti am Arm zurück.
„Was genau wollen Sie damit sagen?"
Franco Skalti blieb ebenfalls stehen, versuchte jedoch den direkten Blickkontakt zu vermeiden.
„Die Prieuré überlässt nichts dem Zufall. Oft genug sichert sie sich die Loyalität ihrer Mitglieder durch Abhängigkeiten. In meinem Fall ist das so, aber wenn es bei Ihnen anders sein sollte, dann bedenken Sie, dass die Prieuré sicherlich keine unnötigen Zeugen haben will. Schon gar keine, die sie nicht kontrollieren kann."

*

Es war ein seltsames Treffen an einem seltsamen Ort. Alle fünf Männer, die sich in den späten Nachmittagsstunden hier, in der Sakristei einer verlassenen Kirche am Stadtrand Roms, getroffen hatten, verband die Tatsache, dass sie Mitglieder des Jesuitenordens waren. Und ausnahmslos alle waren eingeweiht in die Existenz des inneren Zirkels. Aber heute verband sie noch etwas anderes, und das war die Angst. Angst davor, dass die Situation ihrer Kontrolle entglitt, und auch die Angst davor, dass es bereits zu spät war, um dem noch wirkungsvoll entgegenzutreten.

„Diese Entwicklung ist äußerst gefährlich und darf auf keinen Fall unterschätzt werden", stellte Pater Tinto Falkonese soeben mit Nachdruck fest. „Wenn wir die Kontrolle verlieren und unsere Aktivitäten bekannt werden, dann ist nicht nur der innere Zirkel gefährdet. Ein solches Szenario könnte den gesamten Orden spalten."

Die anderen stimmten ihm widerstrebend zu. Die Vorstellung, dass die Aktivitäten des inneren Zirkels zu einer Spaltung des Jesuitenordens führen könnten, war ihnen unerträglich. Für sie war der innere Zirkel stets ein Bollwerk gegen allzu liberale Einflüsse gewesen und somit ein Instrument zur Sicherung des Ordens.

„Die Gefahr einer Spaltung sehe ich nicht", entgegnete Pater Surtkämper dann auch trotzig. „Eine Spaltung des Ordens könnte nur unter einem schwachen Ordensgeneral gelingen. Aber wir alle wissen, dass General Ledóchowski eine starke Führungspersönlichkeit ist, und wir alle kennen auch seine Ansichten und Ziele. Ich bin daher sicher, dass der Ordensgeneral unsere Vorgehensweise gutheißen würde."

Die anderen nickten verhalten.

„Ja, richtig. Wir alle kennen die Bestrebungen General Ledóchowskis", formulierte Pater Falkonese ihre Gedanken.

„Seine Vorstellungen von einem föderativen katholischen Staatenbund als Bollwerk gegen Kommunismus und protestantische Umtriebe sind uns allen bekannt. Und wir alle wissen auch, wie sehr unser Ordensgeneral die nachgiebige Haltung des Heiligen Stuhls bei den aktuellen Verhandlungen mit dem Regime Mussolini verabscheut. Der Besitz der Katharer Schriften wäre da ein mächtiges Instrument zur Einflussnahme."

„Was genau meinen Sie damit?", wandte Pater Emilio Bigalla mit überraschender Naivität ein.

„Damit meine ich, dass die Katharer Dokumente es ihm erlauben würden, die Politik des Heiligen Stuhls direkt in unserem Sinne zu beeinflussen", stellte Pater Falkonese klar.

Emilio Bigalla musterte ihn ein wenig ungläubig.

„Wir sprechen hier vom Heiligen Vater persönlich?", vergewisserte er sich mit Unbehagen. „Sie meinen allen Ernstes, General Ledóchowski würde zum Papst gehen und ihn auffordern die Verhandlungsziele in unserem Sinne zu ändern?"

„Ganz genau."

„Aber das wäre ja glatte Erpressung!"

„Natürlich ist das Erpressung", gab Pater Falkonese zu. „Ein uraltes und sehr erfolgreiches Rezept zur Ausübung von Macht."

„Aber eines, das wir nicht anwenden können," warf Pater Surtkämper ärgerlich ein. „Immerhin dürfte wohl keinem hier entgangen sein, dass wir die Katharer Schriften nicht besitzen. Und mehr noch: Die Pannen bei dem Versuch, sie in unseren Besitz zu bringen, haben uns erst in diese bedrohliche Lage gebracht. Es ist also müßig darüber zu reden, was wir tun würden, wenn wir die Dokumente hätten. Sinnvoller wäre es, herauszufinden, wie wir die Schriften doch noch bekommen können."

Ein zustimmendes Nicken der Übrigen war die Folge.

„Wir brauchen gar nicht lange um den heißen Brei herumreden", meldete sich Pater Kippling zu Wort. Auch er war dem Regionalassistenten für Deutschland unterstellt und damit unmittelbar für die Sicherheit der Schriften verantwortlich gewesen. „Es gibt nur noch eine einzige Möglichkeit die Dokumente wieder in unseren Besitz zu bringen. Und zwar, indem wir in den USA selbst aktiv werden. Unsere Verbindungsleute dort müssen den Transport vom Luftschiff zum endgültigen Bestimmungsort unterbinden. Und sie müssen konsequent genug handeln, um sicherzustellen, dass es keine Zeugen für ihre Aktion gibt."

„Das ist doch Wahnsinn!", ereiferte sich Pater Bigalla. „Bei dieser ganzen Geschichte hat es ohnehin schon zu viele Opfer gegeben. Es muss doch noch Alternativen geben."

„Wenn Sie Alternativen kennen, dann bitte ich um konkrete Vorschläge", entgegnete Pater Falkonese mit einer gewissen Bitterkeit, um nach einigen Sekunden des Schweigens hinzuzufügen: „Nun gut, dann sind wir uns also einig?"

„Ganz so einfach wird es nicht sein", entgegnete Gustav Surtkämper eindringlich. „In den USA wird der Transport eher noch besser abgesichert sein als hier in Italien. Das heißt, es werden mehr Leute eingeweiht sein, und es wird mehr Mitwirkende geben als hier."

„Nein, das glaube ich nicht", warf Pater Falkonese aus voller Überzeugung ein. „Wenn das Luftschiff die USA erreicht hat, dann wird die Prieuré glauben, sie sei am Ziel. All ihre falschen Fährten haben Erfolg gehabt, und unsere Leute haben nichts erreichen können. Nein, sie werden für den Transport zum endgültigen Aufbewahrungsort nur das nötigste an Personal einsetzen, schon um später die Geheimhaltung wahren zu können. Und genau hier liegt unsere Chance."

„Aber dann müssen wir mit unseren Verbindungsleuten in den USA arbeiten", wandte Pater Surtkämper ein. „Und die sind zwar dem Jesuitenorden treu ergeben, aber sie sind nicht Mitglieder des inneren Zirkels."

„Das bin ich auch nicht", konterte Pater Henry Bromkin.

Er hatte bislang schweigend zugehört, machte nun jedoch seinem Unmut Luft. „Und unsere Leute in den USA sind verlässlich. Ganz besonders, weil es auch um den Zusammenhalt des ganzen Ordens geht. Sie alle sympathisieren mit den Zielen des inneren Zirkels. Die Beweggründe sind die gleichen wie bei mir selbst, und daher verbürge ich mich jederzeit für die Aufrichtigkeit meiner Mitbrüder."

Es folgte ein etwas betretenes Schweigen, das durch die Empörung in seiner Aussage nur noch unterstrichen wurde.

„Niemand bezweifelt die Aufrichtigkeit Ihrer Mitbrüder", versicherte Pater Falkonese schließlich aufrichtig. „Aber man sollte sich schon darüber im Klaren sein, was wir Ihnen abverlangen. Immerhin geht es hier nicht nur um die Sicherung der Katharer Schriften. Hier geht es auch darum, dass es keine Zeugen dafür geben darf, dass wir die Dokumente wieder in unseren Besitz gebracht haben. Und das heißt im Klartext: Es geht um Mord."

„Ich habe das sehr wohl verstanden", versicherte Henry Bromkin. „Und ich kann nur wiederholen was ich vorhin schon sagte: Auf unsere Leute ist Verlass!"

*

Er wusste selbst nicht, warum er einen Mann gewarnt hatte, den er eigentlich gar nicht mochte. Dieser Adalbert von Grolitz verkörperte im Grunde alles, was Franco Skalti aus tiefster Überzeugung verabscheute. Er war ein junger, erfolgreicher Adliger, der es nicht nötig hatte, um seine Existenz zu kämpfen. Ein Mann, dem scheinbar all das zufiel, von dem er, Skalti, nur träumen konnte. Ein Mann, der nun auf dem Weg zu einer schönen Frau war, die in der Schweiz auf ihn wartete. Ein Mann, der mit dieser Frau gemeinsam auf dem sicheren Weg über Frankreich in die USA reisen würde. Aber dennoch: von Grolitz war immerhin ein Mann, dem die Prieuré vertraute, und somit wohl auch ein Verwandter im Geiste.

Außerdem hatte er mitgeholfen, den wertvollsten Besitz der Prieuré zu retten, und das allein war schon Grund genug ihn zu schützen. Er war sich zwar nicht sicher, ob dem jungen von Grolitz nach dem Transport der Dokumente tatsächlich Gefahr drohte, aber immerhin wusste er aus eigener Erfahrung, wie die Prieuré mit Zweiflern umzugehen pflegte, und Adalbert von Grolitz war noch nicht einmal Mitglied der Prieuré.

„Die Leinen straff halten!", schrie ein Mann aus der Haltemannschaft in diesem Augenblick. Er stand direkt unterhalb der hinteren Motorengondel und brüllte so laut, dass Skalti ihn durch den Motorenlärm hindurch verstehen konnte. Der Start der *Italia* und damit der Beginn der Expedition standen unmittelbar bevor, und an Bord hatte bereits jedes Besatzungsmitglied seine Position besetzt. Er selbst hatte sich kurz zuvor noch ein letztes Mal davon überzeugt, dass die Katharer Schriften nicht mehr angerührt worden waren, und war nun zum ersten Mal seit mehreren Tagen völlig ruhig.

Ganz im Gegensatz zur Disziplin und Ordnung an Bord war draußen jedoch die Hölle los. Unzählige Reporter, zahlreiche politische Größen und nicht zuletzt eine unüberschaubare Menge von Schaulustigen verfolgten das Aufstiegsmanöver des Luftschiffes. Skalti selbst war jedoch froh, wenn er diesen Trubel erst einmal hinter sich gelassen hatte. Alle Besatzungsmitglieder waren auf die bevorstehende Expedition gut vorbereitet, aber der Ernst dieses Wagnisses würde ihnen erst wieder in vollem Umfang bewusst werden, wenn sie dem ganzen Trubel entflohen waren.

In diesem Augenblick kam der Befehl die Motorenlast hochzufahren, und fast gleichzeitig ertönte von unten der Ruf „Leinen los!" Skalti spürte, wie ein Beben den riesigen Schiffskörper erfasste und das Luftschiff sich langsam, aber beständig vom Boden entfernte. Der Lärm in der Motorengondel war ohrenbetäubend und wurde durch die Ohrschützer, die er bei Volllastbetrieb tragen musste, nur unwesentlich gedämpft. Dennoch war dies im doppelten Wortsinn ein erhebender Moment. Von jetzt an galten nur noch die Unerbittlichkeit der Natur und die Kraft des menschlichen Willens.

ENDE

Epilog

Die Nordpolexpedition des Luftschiffes *Italia* unter Führung von Oberst Umberto Nobile hat es tatsächlich gegeben.

Es sei jedoch ausdrücklich darauf hingewiesen, dass es keinerlei Hinweise darauf gibt, dass die *Italia* irgendetwas an Bord gehabt hat, das mit dem heiligen Gral in Verbindung gebracht werden kann. Und selbstverständlich hat es auch keinen Bordmechaniker mit Namen Franco Skalti an Bord der *Italia* gegeben.

Die eigentliche Expeditionsfahrt über dem Nordpol begann am 23. Mai 1928 um 4.28 Uhr in der Kingsbai auf Spitzbergen. Die *Italia* gelangte dann mit einem Zickzackkurs bei starkem Rückenwind bis zum Nordpol, dort jedoch wich man von der geplanten Route ab. Aufgrund einer falschen Wettermeldung wurde der Entschluss gefasst, zur Kingsbai zurückzukehren.

Durch diesen Entschluss geriet das Luftschiff erst in vollem Umfang in die angekündigte Schlechtwetterfront hinein. In der Folge kämpfte sich die *Italia* vierundzwanzig Stunden lang bei Nebel, Schneetreiben und starkem Gegenwind durch die Sturmfront, bis ihre Geschwindigkeit über Grund schließlich kaum noch vierzig km/h betrug.

Am 25. Mai befand sich die *Italia* in akuter Gefahr. Das gesamte Luftschiff war inzwischen mit einer dicken Eisschicht überzogen, und das von den Propellern abplatzende Eis prasselte wie Trommelfeuer gegen die Hülle.

Um 9.25 Uhr schließlich verklemmte sich plötzlich das Höhenruder in Abwärtsstellung. Oberst Nobile ließ sofort die Motoren stoppen, und so kam die *Italia* etwa 80 Meter über dem Eis zum Stillstand. Dann jedoch stieg sie, da die Motoren nicht in Betrieb waren, wie ein Freiballon über den Nebel hinaus und gelangte um 9.55 Uhr auf einer Höhe von elfhundert Metern in strahlenden Sonnenschein.

Bei diesem Aufstieg hatte sich das Traggas ausgedehnt und war dadurch zum Teil durch die Sicherheitsventile abgeblasen worden. Durch das fehlende Traggas würde das Schiff aber bedrohlich schwer werden, sobald es wieder in den Nebel eintauchte. Es gelang der Besatzung jedoch, das Höhenruder zu reparieren und zwei der drei Motoren wieder anzulassen.

Auf diese Weise kämpfte sich das Luftschiff im Nebel über dem Eis nach Süden voran, wobei das Schiff aber, bedingt durch das abgeblasene Traggas, stetig schwerer wurde.

Um 10.30 Uhr wurde die *Italia* hecklastig und begann mit einer halben Metersekunde zu sinken. Oberst Nobile reagierte zwar unverzüglich auf diese Situation und ließ die Motoren mit äußerster Kraft laufen, um das Schiffsheck zu heben, aber es war bereits zu spät. Auch das Anlassen des dritten Motors half nichts mehr; der Absturz auf das Packeis war bereits unvermeidbar.

Als der Aufprall aufs Eis erfolgte, wurden die Führungsgondel und die hintere Motorengondel der *Italia* abgerissen, und mit zehn Mann der insgesamt sechzehn Besatzungsmitglieder auf das Eis geworfen.

Der Rest des Luftschiffes dagegen stieg, erleichtert durch das soeben verlorene Gewicht, wieder in die Höhe, und trieb mit den übrigen sechs Besatzungsmitgliedern und dem größten Teil der Expeditionsausrüstung davon.

Oberst Nobile befand sich unter jenen zehn Männern, die beim Aufprall aufs Eis geschleudert wurden, wobei er aber schwere Verletzungen erlitt. Sein rechter Arm und das rechte Bein waren gebrochen, und die Aussicht auf Rettung schien gering zu sein. Von den zehn Männern auf dem Eis war einer bereits tot, und außer Oberst Nobile waren noch drei weitere verletzt.

Die Übrigen machten sich jedoch daran die Wrackteile der

Italia zu durchsuchen, und zu ihrem Glück fanden sie dabei Teile der Notausrüstung. Darunter ein Zelt, einen Revolver und Proviant für ca. fünfundvierzig Tage. Auch der Notsender der *Italia* war unbeschädigt, so dass der ebenfalls unter ihnen befindliche Funker einen Notruf absetzen konnte.

Nun begann eine schwierige und langwierige Rettungsaktion, bei der es viele Pannen und Merkwürdigkeiten gegeben hat, und die noch ein weiteres berühmtes Todesopfer forderte. Dabei handelte es sich um Roald Amundsen, jenen norwegischen Polarforscher, mit dem Oberst Nobile bereits die erste Nordpolexpedition im Jahre 1926 unternommen hatte.

Amundsen vergaß seinen Groll gegen Nobile, sobald er von der *Italia*-Katastrophe hörte, und schloss sich der Besatzung eines französischen Flugbootes an, um Oberst Nobile und seine Männer zu suchen. Dieses Flugzeug blieb nach dem Start in Tromsö für immer verschollen.

Ein Schicksal, das übrigens auch die Reste des Luftschiffes *Italia* traf. Weder von den sechs noch an Bord befindlichen Männern noch von dem Luftschiff selbst wurde jemals wieder irgendeine Spur gefunden.

Die neun Überlebenden auf dem Eis jedoch sollten schließlich gerettet werden.

Am 23. Juni wurde Oberst Nobile mit einem Flugzeug aus dem Eis gerettet. Bei dem Versuch weitere Besatzungsmitglieder per Flugzeug zu retten, verunglückte der Pilot bei der Landung und blieb selbst auf dem Eis zurück. So waren also auch nach dem 23. Juni wiederum neun Menschen auf dem Packeis eingeschlossen.

In der Folge wurde Oberst Nobile für das Scheitern der Expedition und den Verlust der *Italia* verantwortlich gemacht und von der faschistischen Regierung Italiens in jeder nur erdenklichen Weise durch den Dreck gezogen.

Sein guter Name konnte erst nach dem Sturz des faschistischen Regimes wieder hergestellt werden, wobei gleichzeitig auch seine Leistungen als Polarforscher wieder anerkannt wurden. Umberto Nobile starb 1978 im Alter von dreiundneunzig Jahren.

Die nach dem 23. Juni 1928 auf dem Packeis Zurückgebliebenen wurden schließlich am 12. Juli 1928 von dem sowjetischen Eisbrecher *Krassin* gerettet.